ullstein

Das Buch

Als Sophies große Liebe, ihr Verlobter Maximilian, kurz vor der Hochzeit stirbt, bricht ihre Welt zusammen. Am Tag seiner Beerdigung erhält sie einen Umschlag mit Flugtickets – Maximilian wollte sie offenbar mit einer Hochzeitsreise nach Bali überraschen. Sophie ist drauf und dran, die Reise verfallen zu lassen, doch ihre Schwester überredet sie, sich ihrer Trauer zu stellen. Also fliegt Sophie schweren Herzens allein in die Flitterwochen. Womit sie allerdings nicht gerechnet hat: Der Sitz neben ihr – Maximilians Platz – wurde neu vergeben. An Niklas, einen Fotografen, der auf Bali Bilder für einen Reiseführer machen möchte. Er geht Sophie mit seiner betont lässigen Art ziemlich auf die Nerven, doch dann kreuzen sich ihre Wege nach der Landung erneut. Ausgerechnet Niklas kommt ihr zu Hilfe, als sie am Strand von einem Fremden bedrängt wird. Sophie beschließt, Niklas ein Stück im Auto zu begleiten, und erlebt das erste Abenteuer ihres Lebens. Denn Niklas zeigt ihr nicht nur Tempel, Reisfelder und Wasserfälle, sondern führt sie auch Schritt für Schritt ins Leben zurück ...

Die Autorin

Julia Hanel, geboren 1987 in Ansbach, studierte Germanistik in Bamberg und arbeitete danach als Redakteurin in Fulda. Heute lebt und arbeitet sie in Würzburg.

JULIA
HANEL

Dein Bild für immer

Roman

Ullstein

Besuchen Sie uns im Internet:
www.ullstein-buchverlage.de

MIX
Papier
FSC® C083411

Originalausgabe im Ullstein Taschenbuch
1. Auflage November 2018
2. Auflage 2019

Umschlaggestaltung: bürosüd° GmbH, München
Titelabbildung: © www.buerosued.de
Gesetzt aus der Quadraat Pro powered by pepyrus.com
Druck und Bindearbeiten: CPI books GmbH, Leck
ISBN 978-3-548-29118-5

Für Rosa.

Und für Leonhard, Christl und Karl, die dieses Buch nie lesen werden. Oder an einem anderen Ort.

Sophie

Nicht noch eine Kondolenzkarte, dachte Sophie müde, als sie den weißen Umschlag aus ihrem Briefkasten zog. Nicht noch eine dieser Karten mit betenden Händen, weinenden Marmorengeln und kitschigen Sonnenuntergängen, unter denen Wörter wie *Hinscheiden* und *Geleit* prangten, die heutzutage kein Mensch mehr verwendete. Oder Sprüche, die entweder keinen Sinn ergaben (*Du bist nicht mehr da, wo du warst, aber du bist überall, wo wir sind*), Wutanfälle in ihr auslösten (*Alles hat seine Zeit*) oder schlichtweg nicht stimmten (*Niemand, den man wirklich liebt, ist jemals tot*). Denn sie hatte Maximilian *wirklich* geliebt – und er *war* tot. Ein überwältigender Schmerz packte ihr Herz, als die Bedeutung dieser Worte zu ihr durchdrang. Der Schmerz, den sie immer empfand, wenn sie an ihn dachte. Sophie schaffte es nicht, die Tränen zurückzuhalten, und fragte sich gleichzeitig, wie es möglich war, dass sie überhaupt noch welche hatte. Es kam ihr vor, als hätte sie auf dem Friedhof alle Tränen dieser Welt vergossen, mehr als in ihrem ganzen bisherigen Leben.

»Und meine Seele spannte weit ihre Flügel aus, flog durch die stillen Lande, als flöge sie nach Haus«, hatte der Pfarrer an Maximilians Grab gesagt, bevor der Sarg hinabgelassen worden war. Schluchzend musste sie mit ansehen, wie die Liebe ihres Lebens, der Mann, den sie hatte heiraten wollen, in einem dreckigen Erdloch verschwunden war – statt *nach Haus* zu kommen. Denn *nach*

Haus, das war bei ihr. In ihren Armen, in ihrer gemeinsamen Wohnung. Nicht im Himmel, bei Gott oder in einem Erdloch.

Es war ein sonniger Märztag gewesen. Die Vögel hatten gezwitschert, und das Thermometer war auf fast 20 Grad geklettert. »Heiter« hatten sie im Radio gesagt. Niemand sollte an einem heiteren Tag beerdigt werden, dachte Sophie. Niemand, der so geliebt und vermisst wurde wie Maximilian. Niemand, der so gemein und hinterhältig aus dem Leben gerissen worden war. Es hätte blitzen und donnern müssen, stürmen und hageln, und der Himmel hätte sich schwarz und grau verfärben müssen, wenn es nach Sophie ging. Wenn es nach Sophie ging, hätte es aber auch keinen »Leichenschmaus« gegeben, denn sie verabscheute nicht nur diesen völlig geschmacklosen Begriff, sondern auch die Vorstellung, eine Runde Marmorkuchen auf Maximilians Tod zu schmeißen. Nur seinen Eltern zuliebe hatte sie sich zwei Stunden lang in eine Gaststätte am Starnberger See gesetzt und bei Kaffee und Kuchen Beileidsbekundungen, tröstende Ratschläge und aufmunternde Worte über sich ergehen lassen, die allesamt hohl in ihren Ohren geklungen hatten. Und immer wieder hatte sie sich gefragt, wie lange es noch dauerte, bis sie endlich nach Hause in ihr Nest flüchten und sich vor dem Rest der Welt verstecken konnte, so wie sie es in den letzten Tagen gemacht hatte.

Sophie strich sich die Tränen aus den Augen und ließ den Umschlag ungeöffnet in die Seitentasche ihres schwarzen Blazers gleiten, bevor sie mit dem Fahrstuhl in ihre Wohnung im dritten Stock eines Münchner Altbaus fuhr. Er ruckelte so langsam nach oben, dass sie zu viel Zeit hatte, ihr ausgezehrtes, blasses Gesicht im Spiegel zu betrachten. Die schlaflosen Nächte, die Tränen und der Wein hatten sich in Form von Augenringen, Furchen und Rötungen auf ihrer Haut verewigt, und das helle Haar fiel ihr matt und strohig über die Schultern. Aber sie hatte einfach keinen Sinn darin gesehen, ihren Kummer unter Make-up-Schichten zu verbergen.

Als Sophie die Tür aufschloss, empfing sie der charakteristische Duft ihrer Wohnung, eine einzigartige Mischung aus Holz und Blumen, die sie fest mit ihrem Zuhause verband. Seit Maximilians Tod hatte sie panische Angst davor, eines Tages die Wohnung zu betreten und einen veränderten Geruch vorzufinden, weil er nicht mehr da war, die Räume nicht mehr mit ihr bewohnte. Dieselbe Angst überkam sie, wenn sie an seinen Kleidungsstücken roch, die noch immer über der Lehne eines Stuhls im Schlafzimmer hingen, als würde er jeden Moment hineinschlüpfen. Als wäre er nur mal eben in die Kanzlei oder zum Badminton gefahren und würde jeden Moment durch die Tür kommen und sie in die Arme schließen. Als sie die erste Nacht ohne ihn verbringen musste, hatte Sophie sie auf ihr Bett geworfen und sich weinend darin gesuhlt, den Duft der Hemden eingesogen, das flauschige Weich seiner Pullover genossen, ihre Finger in seinen Sweatshirts vergraben und sich dem Schmerz der Erinnerung hingegeben, bis sie irgendwann eingeschlafen war.

Sie schloss die Tür hinter sich, zog den Brief aus ihrer Blazertasche und legte ihn neben das Telefon, während sie aus den schlichten schwarzen Ballerinas schlüpfte und ihre ebenfalls schwarze Tasche auf dem Boden abstellte. Umgeben von ihren hellen cremefarbenen Möbeln kam sie sich in ihrer Trauerkleidung wie ein Einbrecher vor, und die drückende Stille verstärkte dieses Gefühl nur noch mehr.

Sophie spitzte kurz auf den Absender des Briefes, ein Reisebüro aus München, von dem sie noch nie gehört hatte. Zum ersten Mal kam ihr der Gedanke, dass es sich womöglich nur um Werbung handelte und ihr statt Kreuzen, Engeln, Blumen und Herbstblättern gleich Ballermann-Schnäppchen ins Auge springen würden. Mit einem verdrießlichen Gesichtsausdruck öffnete sie den Umschlag, setzte sich auf ihre hellgraue Wildledercouch und faltete das dünne Papier auseinander. Sophies Kiefer klappte nach unten, als sie begriff, dass sie keine Blabla-Karte mit Blabla-Text in den Händen hielt, sondern Flugtickets.

Sie schluckte.

»Sehr geehrter Herr Huber«, begann sie flüsternd und stockte. »Wie vereinbart sende ich Ihnen die Unterlagen für Ihr Flitterwochen-Paket (Flugtickets und Hotel-Voucher), das Sie über uns ...«

Vor Sophies Augen drehte sich plötzlich alles. Mit zitternden Händen legte sie das Schreiben vor sich auf den Glastisch.

Herr Huber. Flitterwochen. Beides gab es nicht mehr. Beides hatte es nicht in die Gegenwart geschafft. Trauer überwältigte sie. Sie wischte sich die Tränen von der Wange und griff nach dem Stück Papier, um weiterzulesen.

»... gebucht haben. Ich wünsche Ihnen und Ihrer Frau wunderschöne Flitterwochen auf Bali und ...«

Sophie sah auf und schnappte nach Luft. Bali?, dachte sie verwirrt und hatte plötzlich tausend Fragezeichen vor Augen. Maximilian hatte eine Reise nach Bali gebucht? Wann? Und warum? Sie warf einen Blick auf die Tickets, die auf den 20. September datiert waren, und schüttelte ungläubig den Kopf. Wenn es um das Thema Flitterwochen gegangen war, hatte Maximilian immer abgewunken und sie auf nächstes Jahr vertröstet. Nur wenige Monate vor dem Unfall war er in die Kanzlei seines Vaters eingestiegen, eine der führenden Wirtschaftskanzleien im Münchner Raum, in der auch Sophie ihr Rechtsreferendariat absolvierte.

»Wolltest du mich überraschen?«, flüsterte sie leise in den Raum und lächelte unter Tränen.

Im selben Moment erfasste sie ein Anflug von Panik, und sie fand sich in einem hässlichen Konflikt aus Rührung und Vernunft wieder. Sie musste diese Reise sofort stornieren! Wie sie ihn kannte, hatte er eine Rücktrittsversicherung abgeschlossen. Mit leicht zittrigen Fingern suchte sie in den Unterlagen nach der Telefonnummer des Reisebüros. Eigentlich hatte sie heute mit niemandem mehr sprechen wollen außer mit Maximilians Bild auf ihrem Nachttisch.

Obwohl es noch nicht einmal 17 Uhr war, meldete sich ein Anrufbeantworter. »Sie sind verbunden mit dem ... leider rufen Sie außerhalb unserer ... Bitte hinterlassen Sie ...«

»Hallo. Mein Name ist Sophie Silber«, begann sie, als ihr klar wurde, dass sie keine Ahnung hatte, was sie überhaupt sagen wollte. »Ich habe heute Reiseunterlagen erhalten. Für die Reise, die mein ... die Maximilian Huber bei Ihnen gebucht hat.«

Sie schluckte und konnte nicht verhindern, dass sich ihre Augen wie ein Brunnen mit Wasser füllten.

»Leider ist ... Herr Huber ... kürzlich verstorben«, brachte sie mit brüchiger Stimme hervor und schnappte nach Luft. »Ich muss die Reise dringend stornieren. Vielleicht könnten Sie ... mich zurückzurufen? Unter 0171/31415926 ... oder ... ich rufe einfach noch mal an. Auf Wiedersehen.«

Als sie die Zahlen laut und deutlich vortrug, dachte sie daran, wie Maximilian sie voller Begeisterung darauf hingewiesen hatte, dass der hintere Teil ihrer Handynummer den Beginn der Kreiszahl Pi darstellte. »Das ist die konstanteste Telefonnummer der Welt«, hatte er gescherzt und ihr einen Kuss auf den Scheitel gedrückt. Konstant war leider nicht alles in ihrem Leben.

Sophie

»Was hat er sich nur dabei gedacht?«

»Ich glaube, er wollte mich überraschen«, sagte Sophie schwermütig, als sie neben ihrer Schwester im Wohnzimmer saß und in ihr Weinglas starrte. Charlie war bereits auf dem Weg nach Berlin gewesen, als Sophie vollkommen aufgelöst bei ihr angerufen und ins Telefon geschluchzt hatte.

»Ich meine eigentlich dieses ... Hemd«, murmelte Charlie, die wie ein gestrandeter Wal auf Sophies Couch lag und mit hochgezogenen Brauen ein Foto von Maximilian beäugte. »Damit sieht er aus wie Sponge Bob.«

Sophie schielte auf das Foto, das Maximilian in einem gelben Poloshirt zeigte.

»Das ist von Ralph Lauren!«

»Dann soll der das doch anziehen«, gluckste Charlie und griff in die Chipstüte auf ihrem Bauch, die sich mit jedem Atemzug hob und senkte.

Ein schwaches Lächeln spielte um Sophies Lippen. Sie nahm einen großen Schluck Wein und betrachtete ihre Schwester, die mit ihrer ausgeleierten Haremshose und den bunt tätowierten Unterarmen der einzige Farbtupfer in ihrem puristisch weißen Wohnzimmer war.

»Was hast du jetzt vor?«, fragte Charlie, während sie sich eine Handvoll Chips in den Mund schob.

Sophie zuckte mit den Schultern.

»Altkleidersammlung? Spenden? Er hat es eh nicht oft getragen.«

Und wird es nie wieder tragen. Nie wieder. Ein überwältigender Schmerz packte ihr Herz. Sie leerte ihr Weinglas in einem Zug und sehnte sich nach der betäubenden Wirkung.

»Ich hab eigentlich deine Flugtickets gemeint.«

»Was soll ich damit machen?«, seufzte sie. »Ich werde wohl kaum allein nach Bali fliegen.«

»Ich kann immer noch nicht glauben, dass er keine Reiserücktrittsversicherung abgeschlossen hat. Das passt überhaupt nicht zu ihm. Ich meine, der Mann hat sogar seine Kippen versichern lassen.«

»Zigarren«, murmelte Sophie und schob kleinlaut »kubanische« hinterher, als würde das besser erklären, warum man ein unscheinbares Holzkästchen wie einen Monet behandelte.

»Ist das dann eigentlich Brandstiftung, wenn man die raucht?«, kicherte Charlie und ließ ihre Hand ein weiteres Mal in der Chipstüte verschwinden.

Ein Lächeln trat auf Sophies Gesicht. Das erste an diesem grauenvollen Tag. Sie hatte vergessen, wie gut es tat, Charlie um sich zu haben. In den letzten Monaten hatte sie ihre große Schwester viel zu selten gesehen, was nur zum Teil daran lag, dass sie fast 600 Kilometer entfernt wohnte. Ihre Leben hatten sich bereits vor vielen Jahren in unterschiedliche Richtungen entwickelt. Während Sophie den geradlinigen Weg gegangen war, den ihre Eltern sich für sie ausgedacht hatten, war Charlie immer wieder abgebogen und in einer Sackgasse gelandet. Zumindest waren ihre Eltern dieser Meinung. Charlie selbst betrachtete ihr Leben in Berlin als ziemlich perfekt. Sie wohnte mit ihrer Freundin in einer

WG in Kreuzberg und führte eine abgehalfterte Studentenkneipe, in die sich die Maximilians dieser Welt niemals verirrt hätten.

»Hast du mal darüber nachgedacht? Allein zu fliegen?«

Sophie runzelte die Stirn.

»Na ja, die Reise ist immerhin bezahlt«, begann Charlie und tastete im Liegen nach ihrer Bierflasche, »Und vielleicht täte es dir ja gut, mal ein bisschen rauszukommen. Zeit für dich zu haben und so ...«

Ein bitteres Lachen drang aus Sophies Mund.

»Zeit für mich? Davon hab ich jetzt wirklich genug.«

Wie oft hatte sie sich in den vergangenen Tagen gewünscht, die Zeiger der Uhr würden sich schneller bewegen, ihr bald wieder erlauben, unter der Bettdecke zu verschwinden. Wie oft hatte sie sich danach gesehnt, dass die Nacht hereinbrach und sie von ihrem Kummer befreite.

»Bis September ist es noch ein halbes Jahr hin«, gab Charlie zu bedenken. »Wer weiß, wie du ...«

Sophie schüttelte den Kopf.

»Ich fliege nicht allein. Und schon gar nicht nach ... Bali. Was soll ich denn da?«

Sie konnte sich immer noch nicht erklären, wie Maximilian ausgerechnet auf dieses Ziel gekommen war. Bali war nie ein Thema zwischen ihnen gewesen. Wenn sie ehrlich war, wusste sie nicht einmal, wo dieses Land lag – und ob es überhaupt eins war.

»Entspannen? Ein bisschen Sonne täte dir auch gut. Du siehst schon fast so aus wie die Drachenmutti mit den Flechtfrisuren aus *Game of Thrones*«, erwiderte Charlie stirnrunzelnd. Als sie bei dem Versuch scheiterte, im Liegen an ihrem Bier zu nippen, richtete sie sich ächzend auf.

»Sind noch Chips da?«, fragte sie und drehte die leere Tüte mit der Öffnung nach unten.

»Im Sofa bestimmt.«

Sophie schielte mit hochgezogener Braue auf Charlies verwaschenes Nirvana-T-Shirt, das mit Krümeln übersät war.

»Ich finde, du solltest es dir noch mal überlegen. Immerhin war es sein letztes ... Geschenk an dich.« Tröstend legte sie den Arm um Sophie und zog sie fest an sich. Für ein paar Sekunden verfielen sie in trübsinniges Schweigen und starrten auf das Meer von Bildern auf Sophies Couchtisch. Tagelang hatte sie sich nicht entscheiden können, welches Foto von ihm in der Kapelle stehen sollte. Am Ende hatte sie sich für eine Aufnahme entschieden, die entstanden war, als er seinen Einstieg in die Kanzlei gefeiert hatte. Sophie wusste, wie unglaublich stolz er an diesem Tag gewesen war.

»Außerdem will ich unbedingt die Gesichter von *Marianne und Michael* sehen, wenn sie hören, dass ihre Prinzessin allein nach Bali fliegt«, flüsterte Charlie irgendwann an Sophies Ohr und imitierte die akzentuierte Sprechweise ihrer Mutter: *»Sophie! Ich mach kein Auge zu, wenn du allein in die Dritte Welt fliegst! Das hat dir doch wieder alles Charlotte eingeredet!«*

Schmunzelnd ließ Sophie den Kopf auf die Schulter ihrer Schwester sinken. Weil niemand so gut ihre Mutter nachmachen konnte und niemand so gut darin war, negative Gedanken zu vertreiben. Aber Sophie wusste, dass sie zurückkommen würden. Das war immer so.

Als Charlie längst ins Bett gegangen war, zog sie die Tickets aus ihrer Kommode und betrachtete sie nachdenklich. Maximilian hatte die Reise bereits vor Monaten gebucht und bezahlt. Das hatte ihr die Dame aus dem Reisebüro gesagt, als sie Sophie zurückgerufen und ihr Beileid ausgesprochen hatte. Sie hatte sogar behauptet, sich an Maximilian zu erinnern. Sophie presste die Lippen aufeinander. Die Buchstaben begannen zu tanzen und verschwammen schließlich vor ihren tränennassen Augen. Mit dem Rücken zur Wand ließ sie sich auf den Boden gleiten und zog die Knie fest an die Brust, als würde es weniger wehtun, wenn sie sich kleiner machte. Als würde der Schmerz nachlassen, wenn sie sich nicht bewegte. Ihr Blick wanderte zu dem Papier in ihrer Hand und ruhte schließlich auf dem Ring an ihrem Finger. Sie erinnerte sich noch genau an den Moment, in dem Maximilian ihn ihr angesteckt hatte, nur wenige Sekunden, nachdem sie gerührt »ja« geflüstert hatte. Ja zu ihm. Ja zu einer gemeinsamen Zukunft, die so wunderbar, so glücklich gewesen wäre. Eine Zukunft, die man ihnen auf grausame Weise genommen hatte. Und nun saß sie allein auf ihrem kalten Wohnzimmerboden und trauerte um diese Zukunft.

»Was soll ich jetzt machen?«, flüsterte sie ins Nichts. »Was willst du von mir? Dass ich ohne dich fahre? Allein?«

Er schwieg. Aber er hatte ja noch sechs Monate Zeit, um zu antworten.

Sechs Monate später

Sophie

Maximilian hatte nicht geantwortet. Er hatte weder Lampen zum Flackern noch Bilderrahmen zum Umfallen gebracht, geschweige denn in ihren Träumen zu ihr gesprochen. Dafür hatten andere das Antworten für ihn übernommen. Ihre Mutter, die sich neben Sophies Sicherheit vor allem um ihre eigene Nachtruhe gesorgt hatte (*Du bist schließlich noch nie allein verreist!*), Charlie, die fleißig die Emanzipationskeule geschwungen hatte (*Du bist schließlich noch nie allein verreist!*) und der Gratisglückskeks aus dem Asia-Imbiss (*Das Herz kennt den Weg!*). In den ersten Monaten nach Maximilians Tod hatte sie geglaubt, dass ausgerechnet ihres sich verlaufen hatte. Wenn sie einen Reiseführer kaufte, um ihn sofort wieder umzutauschen, oder einen Pass beantragte und ihn wochenlang nicht abholte. Wenn sie um Urlaub bat und ihn nicht einreichte oder ihren Koffer packte und wieder ausleerte. Nächtelang hatte sie Zwiegespräche mit ihm geführt, ihn verflucht, weil er ihr diese Entscheidung, diese Bürde hinterlassen hatte. Aber dann war der Tag gekommen, da hatte Sophie begriffen, dass ihre Schwester recht gehabt hatte. Die Flugtickets waren sein letztes Geschenk an sie. Alles, was ihr von ihm geblieben war. Und diese Erkenntnis hatte es durch ihre Schutzmauern geschafft, durch das Bollwerk, das sie so mühsam um ihr Herz gebaut hatte. Diese Erkenntnis flüsterte Sophie Mut zu, als sie in das Flugzeug stieg.

»31 A«, murmelte sie, als ihre Augen das kleine leuchtende Schild unter dem Gepäckfach entdeckt hatten. Sie warf einen letzten prüfenden Blick auf die Bordkarte in ihrer Hand, ließ sich in den dunkelblauen Sitz fallen und stieß jenes erleichterte Geräusch aus, das Menschen eben ausstießen, wenn sie Gepäckaufgabe, Sicherheitscheck und Boarding hinter sich hatten.

Gelöst stellte sie ihre kamelfarbene Wildledertasche mit dem Goldemblem auf den leeren Platz neben sich, den Platz, der frei bleiben würde. Auf den sich niemand setzen würde für die nächsten elf bis zwölf Stunden. Ein Gedanke, der den meisten Menschen ein entspanntes Lächeln aufs Gesicht gezaubert hätte, ihr jedoch genau dort einen Stich versetzte, wo es am meisten schmerzte.

Sophie stellte sich vor, wie Maximilian in diesem Moment neben ihr gesessen und aus dem Fenster gelugt hätte, wie er über Flugzeuge gefachsimpelt und mit Begriffen wie »Hydraulik« und »Avionik« jongliert hätte, als wären sie Teil seines täglichen Wortschatzes. Wie er ein Selfie mit dem Hashtag *offtoparadise* von ihnen beiden auf Instagram gepostet und ihr zärtlich über den Handrücken gestrichen hätte. Und sie stellte sich vor, wie sie ihn dabei angelächelt, den Kopf an seine Schulter gelehnt und diese Geborgenheit, die nur er ihr schenkte, genossen hätte.

»Tschuldigung?«

Das Bild vor ihren Augen verlief, als hätte jemand Wasser auf ein Aquarell gegossen. Geistesabwesend sah sie auf und blickte in das Gesicht eines jungen Mannes, der, einen Starbucks-Becher in der linken Hand, scheinbar mühelos eine schwarze Tasche in das Fach direkt über ihrem Kopf wuchtete. Als sie ihn verständnislos ansah, deutete er auf ihre Tasche und lächelte.

»Ich ... sitze da.«

Er hatte ein offenes, sympathisches Lächeln, eines, das sie an einem anderen Ort, zu einer anderen Zeit als charmant, vielleicht sogar attraktiv bezeichnet hätte. In diesem Moment jedoch störte sie sich daran.

»Ich glaube, Sie haben sich in der Reihe geirrt«, sagte Sophie höflich, obwohl der Teil vor dem Komma nur eine Floskel war. Sie *wusste*, dass er sich geirrt hatte.

Eine Hand mit einem Ticket schob sich in ihr Blickfeld und wollte sie vom Gegenteil überzeugen.

»31 B.«

Er lächelte erneut. Sophie suchte das Stück Papier vor ihren Augen nach dem entscheidenden Fehler ab – einem Zahlendreher, einem falschen Datum, einer falschen Airline – und wurde unruhig, als sie ihn nicht fand. Ihr Brustkorb hob und senkte sich schneller.

»Das kann nicht sein. Ich ... ich habe beide Plätze ...«

Sie brach ab und räusperte sich, bevor sie einen zweiten Blick auf das leicht zerknitterte Ticket warf, das er ihr wie einen Strafzettel unter die Nase hielt. Nervös kramte sie in ihrer Handtasche und zog ihr eigenes heraus. 31 A. Ein flaues Gefühl breitete sich in ihrem Magen aus. Das war nicht möglich. 31 B war Maximilians Platz. Er hätte hier gesessen.

»Dann ... sitzt hier jemand?«, fragte er irritiert und hob die dunklen Brauen, unter denen wache Augen hervorspitzten.

»Ja«, kam es eine Spur zu schnell aus ihrem Mund. »Nein ... Das heißt ...«

Hier sitzt mein toter Verlobter. Sophies Blick wanderte zu ihrer Handtasche.

»Du hast beide Plätze reserviert? Für dich und ... deine Tasche?«, fragte er, während der Anflug eines Lächelns um seine Lippen spielte. Ein Lächeln, das in Sophies Augen zu viel Selbstbewusstsein und einen Hauch Ironie offenbarte. Noch dazu störte sie sich an der Selbstverständlichkeit, mit der er sie duzte – auch wenn er etwa in ihrem Alter sein musste. Sie war Anfang des Jahres 28 geworden. *Das ideale Alter zum Heiraten*, hatte jemand zu ihr gesagt, als sie und Maximilian ihre Verlobung bekannt gegeben hatten. Als ob 27 oder 29 weniger ideal gewesen wäre. Die Hochzeit hätte am 12. August stattgefunden. An jenem Tag wären sie genau zwölf Jahre zusammen gewesen. 4 380 Tage. 378 432 200 Sekunden. So hatten sie es auf die elfenbeinfarbenen Einladungskarten geschrieben, die nun in Mülleimern und Papierschreddern lagen, wenn sie nicht ein Schicksal als Feueranzünder oder Notizzettel ereilt hatte.

»Versteh mich nicht falsch«, holte er sie zurück ins Jetzt. »Deine Tasche ist mit Sicherheit teuer genug, um einen eigenen Platz verdient zu haben, aber ich glaube trotzdem, dass ihr zwölf Stunden auf dem Boden weniger ausmachen als mir.«

Wieder dieses Lächeln. Sophie kämpfte gegen die Flut von Emotionen, die es bei ihr auslöste. Ihren Ärger über die Ironie in seiner Stimme, die Sorge, dass er womöglich recht hatte und am Ende einfach so Maximilians Platz einnehmen würde.

»Gibt es ein Problem?«, ertönte die zuckersüße Stimme einer Stewardess, die mit ihrem taillierten blauen Kostüm, dem gelben Halstuch und den erdbeerroten Lippen aussah, als hätte man sie aus einer Lufthansa-Werbung geklaut. Oder für einen Douglas-Spot erfunden.

»Ich glaube nicht«, erwiderte er mit einem unbekümmerten Lächeln. »Oder?«

Neugierig richtete er seine Augen auf Sophie. Sie waren auffallend grün.

»Nein«, kam es leise aus ihrem Mund, während sie die Handtasche auf ihren Schoß zog und den Griff so fest umklammerte, dass sich ihre Fingerknöchel weiß abzeichneten. Aus dem Augenwinkel schnappte Sophie das flüchtige Lächeln auf, das er der Stewardess zuwarf, während er seinen Rucksack, ein ramponiertes Exemplar mit aufgenähten Flaggen, abstellte und sich neben sie setzte. Auf den Platz, auf dem die nächsten elf bis zwölf Stunden niemand hätte sitzen sollen. Den Platz, auf dem ein anderer sitzen sollte.

Niklas

Niklas schloss die Augen und versuchte, das Durcheinander an Geräuschen auszublenden. Die Koffer, die ins Gepäckfach gewuchtet wurden, die vielen Menschen, die sich in den Gängen drängten, und vor allem das Schließen der Ladeklappen und die röhrenden Triebwerke der Maschine. Er fühlte sich nicht wohl in Flugzeugen. Beim Gedanken daran, sein Leben in die Hände eines Fremden zu legen, verkrampfte jeder Muskel seines Körpers. Noch dazu gefiel es ihm nicht, wie viel Zeit zum Nachdenken man in Flugzeugen hatte. Über die Wahrscheinlichkeit eines Absturzes (0,0000007 Prozent), den besten Platz im Falle eines Absturzes (vorne), die Frage, ob man bei einem geplatzten Fenster aus dem Flugzeug gezogen wurde (nein), ob Flugzeugtoiletten in der Luft entsorgt wurden (nein) oder warum es Schwimmwesten statt Fallschirmen gab (leichtere Bedienung).

Weil das mulmige Gefühl in seinem Magen stärker wurde, je näher der Abflug kam, winkte er die Stewardess mit seinem charmantesten Lächeln zu sich und bestellte einen Wodka auf Eis. Entgegen seiner Erwartung schüttelte sie weder den Kopf, noch verdrehte sie die Augen. Stattdessen drang ein freundliches »Sehr gerne« aus ihrem erdbeerroten Mund und zauberte ein zufriedenes Grinsen auf sein Gesicht. So war das also, wenn man Businessclass flog.

Es dauerte keine zwei Minuten, bis ein Glas Wodka vor ihm stand, und keine zwei weiteren, bis die kalte Flüssigkeit seine Kehle hinunterrann und drei einsame Eiswürfel zurückblieben.

Die wohltuende Wirkung des Alkohols setzte sogleich ein und legte sich wie eine warme Decke um seinen Körper. Niklas ließ den Kopf entspannt zurückfallen und drehte das Glas in seiner Hand, um die Eiswürfel klimpern zu lassen und das Geräusch des Wohlstands gebührend zu zelebrieren. Es war schließlich das erste und wohl auch einzige Mal in seinem Leben, dass er sich in einem Flugzeug nicht mit billigen Plastikbechern begnügen musste.

Schließlich öffnete er seinen Rucksack, um eine Tüte Chips herauszuziehen, die er sich im Duty-free-Shop zu einem völlig absurden Preis gekauft hatte. Flughäfen verlockten ihn – genauso wie Bahnhöfe – immer dazu, absurde Preise für Dinge zu zahlen, die er nicht brauchte. Außerdem bildete er sich ein, mit Essen seine Flugangst effektiv bekämpfen zu können. Er war fest davon überzeugt, dass sein Körper dann so sehr damit beschäftigt war, Fett und Kalorien zu verarbeiten, dass er nicht mehr imstande war, Angstsignale zu senden.

Als er die Tüte mit einem knisternden Geräusch öffnete und ein intensives Gemisch aus Käse und Zwiebel an seine Nase drang, bemerkte Niklas aus dem Augenwinkel, wie ein Anflug von Ekel über das Gesicht seiner Sitznachbarin huschte.

»Auch ein paar?«

Ohne eine Antwort abzuwarten, streckte er ihr die Tüte entgegen.

»Danke«, murmelte sie mit einem gequälten Lächeln und schüttelte den Kopf.

Er hatte noch nie verstanden, warum Menschen »danke« sagten, wenn sie eigentlich »nein« meinten. Oder in diesem Fall: *Ganz bestimmt nicht, du Vollpfosten, weil es absolut widerlich ist, morgens um acht Cheese & Onion-Chips zu mampfen.*

Niklas konnte ihre Gedanken förmlich hören. Sie standen ihr genauso ins Gesicht geschrieben wie die Überzeugung, er hätte sich diesen Sitzplatz – warum auch immer – widerrechtlich ergaunert. Wie sie ihn mit Blicken getötet hatte, als er sich neben sie gesetzt hatte! Als müsse sie zwölf Stunden neben Putin sitzen. Als hätte er nicht für diesen Platz bezahlt. Gut, hatte er streng genommen auch nicht. Aber sein Auftraggeber hatte ihn bezahlt. Warum nur musste er in Flugzeugen immer neben anstrengenden Menschen landen? Warum hatte er durchgehend das Pech, neben Armlehnenterroristen, Teilzeit-Inkontinenten oder ADHS-Babys zu sitzen (und neuerdings Platzbesetzerinnen)?

Niklas riskierte einen Seitenblick. Auf eine fast verträumt wirkende Art hatte sie ihren Kopf gegen die Fensterscheibe gelehnt.

Ihr helles, weißblondes Haar hatte sie zu einem dieser Zöpfe geflochten, die aussahen, als hätte man drei Nächte auf ihnen geschlafen und sie dann mit einer Stricknadel gefoltert. *Fischgrätenzopf*, fiel es ihm wieder ein. Erst kürzlich hatte er seiner großen Schwester dabei zugesehen, wie sie ihrer siebenjährigen Tochter Greta eine solche Frisur geflochten hatte. *Fischgreta* hatte er die Kleine daraufhin getauft und sich böse Blicke von seinen beiden Lieblingsmädels eingefangen. Niklas überlegte, ob er Greta ein Foto von seiner Sitznachbarin schicken sollte. Mit ihren großen blauen Augen, der hellen Haut und dem langen weißblonden Haar erinnerte sie ihn ein wenig an Elsa, die Hauptfigur aus Gretas Lieblingsfilm. Vielleicht bildete er sich das aber auch nur ein, weil er Disneys *Eiskönigin* inzwischen so oft gesehen hatte, dass er kürzlich im Supermarkt »Willst du einen Schneemann bauen« vor sich hin geträllert und verstörte Blicke geerntet hatte. Aber das passierte eben, wenn man keine Neffen hatte. Dafür eine Nichte, der man keinen Wunsch abschlagen konnte, weil ihr Vater in Afghanistan stationiert war.

Niklas zog sein Tablet aus dem Rucksack und entdeckte zwei neue WhatsApp-Nachrichten auf dem Display. Eine von seiner Schwester, die ihm einen guten Rutsch nach Bali wünschte und ihm auf diese Weise verriet, dass sie immer noch nicht herausgefunden hatte, wie man die Autokorrektur abstellte. Und eine von Greta, die aus einem Wal, drei gelben Herzen, einem Flugzeug, dem Emoji mit der Kopfbandage, einem Pizzastück und einem Fragezeichen bestand. Niklas grinste, weil Fischgreta es wieder einmal geschafft hatte, ihrer Mutter das Smartphone zu stibitzen, und antwortete mit einem Schweinerüssel, einer Wassermelone, dem Emoji ohne Mund und einer Ananas.

Was soll das heißen?, schrieb die Kleine sogleich zurück und schickte ein rotes Fragezeichen hinterher.

Niklas runzelte die Stirn.

Was sollte deine Nachricht heißen?, entgegnete er.

Dass ich dich lieb habe und hoffe, dass dein Flugzeug nicht abstürzt, weil es da Haie im Meer gibt.

Das ist aber ein Wal, tippte Niklas schmunzelnd.

Greta ließ nicht lange auf eine Antwort warten.

Haie gibt es nicht.

Er grinste. Manchmal glaubte er, dass Greta nur vorgab, sieben Jahre alt zu sein, und in Wirklichkeit so eine Art Benjamin Button war. Abgesehen von einem Faible für Disney-Prinzessinnen ruhte in diesem blonden Köpfchen ein altkluger, frühreifer Geist.

Und die Pizza?

Ich wollte wissen, ob es bei dir im Flugzeug Pizza gibt. Wie in der Werbung.

Welche Werbung?

Die mit dem Flugzeug.

Niklas schmunzelte.

Bisher nur Chips, tippte er und griff in die Tüte.

Er konnte sich bildlich vorstellen, wie Greta in diesem Moment im rosa Schlafanzug auf ihrem Bett saß und mit ihren kleinen Fingern auf der Tastatur herumspielte, während Elsa im Hintergrund »Lass jetzt los« trällerte.

Ich sitze übrigens neben Elsa, schrieb Niklas und fügte eine Krone sowie eine Schneeflocke hinzu.

Du schwindelst.

Nein.

Beweise!!!

Niklas machte unauffällig ein Foto von seiner Sitznachbarin, die noch immer so verschlafen aus dem Fenster blickte, dass sie nichts davon mitbekam, und drückte auf *Senden*. Nachdem Greta das Foto erhalten hatte, schickte sie drei Gespenster, vier klatschende Hände und sieben Emojis mit Herzaugen. Schmunzelnd schüttelte Niklas den Kopf.

Kannst du sie fragen, warum sie nicht krank wird, obwohl sie nie eine Jacke im Eispalast trägt?

Nein, das verwendest du nur wieder gegen deine Mutter.

»Das müssten Sie jetzt bitte ausschalten«, ertönte die Stimme der Stewardess mit dem Erdbeermund neben ihm. Sie schenkte ihm ein Lächeln und deutete mit ihrem Finger auf sein Tablet. »Sobald wir in der Luft sind, dürfen Sie es natürlich wieder einschalten. Sie können dann selbstverständlich auch gerne unseren Hotspot nutzen.«

Geht los. Grüße an deine Mama, tippte er hastig und fügte den Emoji mit dem zu Angst erstarrten Gesicht hinzu.

Sollte seine Schwester diese Nachricht jemals entdecken, würde sie hoffentlich erkennen, dass sich der Angst-Emoji auf sein gestörtes Verhältnis zu Flugzeugen bezog und nicht auf sie. Niklas aktivierte den Flugmodus und legte das Tablet auf den ausklappbaren Tisch vor sich. Im selben Moment meldete sich der Pilot aus dem Cockpit und teilte allen Passagieren mit, dass die Maschine noch keine Starterlaubnis habe. Seine Stimme war tief und ruhig, konnte aber nicht verhindern, dass ein unentspanntes Raunen, gepaart mit vereinzelten Seufzern, wie eine La-Ola-Welle durch das Flugzeug ging.

Niklas machte die Verzögerung nichts aus, da er sich am Boden ohnehin wohler fühlte als in der Luft. Er musste zwar in Singapur einen Anschlussflug nach Bali erreichen, störte sich aber nicht sonderlich an der Vorstellung, ein paar Stunden länger am Changi Flughafen verbringen zu müssen. Denn so wenig er das Fliegen an sich mochte, so sehr begeisterten ihn Flughäfen. Die verschiedenen Sprachen, die auf kleinstem Raum gesprochen wurden, die internationalen Zeitungen in den Buchläden, die Wechselstuben und die Masse an unbekannten Gesichtern gaben ihm das Gefühl, mit der ganzen Welt verbunden zu sein. Und dieses Gefühl liebte er.

Sophie

Mit zunehmender Beunruhigung beobachtete Sophie die Zeiger ihrer Armbanduhr, die sich immer weiter von der Uhrzeit entfernten, die für den Start angedacht war. Sie würde ihren Anschlussflug verpassen, davon war sie jetzt schon überzeugt. Wahrscheinlich würde sie stundenlang in Singapur festsitzen und mitten in der Nacht auf Bali landen. Ob sie im Hotel anrufen sollte? Den Shuttleservice umbestellen? Zum ersten Mal bereute sie die Entscheidung, ihr Handy zu Hause gelassen zu haben. Es würde die nächsten zwei Wochen ausgeschaltet auf ihrem Nachttisch liegen, nur weil sie der Versuchung erlegen war, zwei Wochen lang unerreichbar zu sein. Erst jetzt wurde ihr so richtig bewusst, dass das auch beinhaltete, dass *sie* niemanden erreichen konnte.

Schließlich winkte sie die Stewardess zu sich, deren grellroter Lippenstift fast in den Augen blendete und die rein äußerlich betrachtet das komplette Gegenteil von Sophie war. Mit ihrem olivefarbenen Teint und dem dunklen Haar erinnerte sie an eine spanische Flamenco-Tänzerin, während sich Sophie regelmäßig anhören durfte, sie könne als Elbin zum Fasching gehen, ohne sich verkleiden zu müssen. Sie hatte die porzellanfarbene Haut ihrer Mutter geerbt, die blassblauen Augen ihres Vaters und war dank irgendwelcher merkwürdigen Gene mit einer Haarfarbe auf die Welt gekommen, die andere erst mit 65 plus hatten.

»Ich muss in Singapur einen Anschlussflug erwischen …«, begann Sophie.

»Wir werden alles tun, damit Sie Ihren Anschlussflug bekommen«, antwortete die Frau im blauen Kostüm diplomatisch und setzte ein verständnisvolles Gesicht auf. »Leider warten wir nach wie vor auf die Starterlaubnis.«

Sophie bedankte sich für diese Info, die keine war, und ließ sich seufzend in den Sitz zurückfallen.

»Keine Sorge, fast jeder in diesem Flieger muss von Singapur aus weiter«, sagte ihr Sitznachbar gelassen. »Wenn du Glück hast, wartet deine Maschine sogar.«

Falls er sie mit dieser Information beruhigen wollte, hatte er sein Ziel verfehlt. Wenn Sophie eines nicht leiden konnte, dann waren es Menschen, die ihr das Gefühl gaben, nicht entspannt genug zu sein. Und nebenher geräuschvoll Zwiebel-Chips mit ihrem Kiefer zermalmten und wie ein russischer Schnapsladen rochen. Neben wem war sie da nur wieder gelandet? Warum saß sie in Flugzeugen immer neben stinkenden Selbstversorgern, Schuhausziehern oder Aftershavetankern (und neuerdings Sitzplatzpiraten)? Sie zwang sich zu einem Lächeln, weil sie von Kindesbeinen an gelernt hatte, anderen Menschen mit Höflichkeit zu begegnen, selbst wenn diese Höflichkeit nur gespielt war. Politikerkind.

»Wo musst du hin?«, fragte er, während er einmal mehr in seine Chipstüte griff – und sich ihr einmal mehr der Magen umdrehte.

»Bali«, antwortete sie mit etwas Verzögerung.

Es klang wie ein Fremdkörper aus ihrem Mund. Auch ein halbes Jahr später konnte sie sich nicht erklären, warum Maximilian ausgerechnet dieses Ziel für ihre Flitterwochen ausgesucht hatte. Sie hatte damals googeln müssen, wo dieses Land, das sich als Insel erwiesen hatte, überhaupt lag.

»Ich auch.«

Sophie fand, dass er nicht aussah wie jemand, der nach Bali flog, wenngleich sie sich selbst nicht beantworten konnte, wie so jemand denn auszusehen hatte. Mit seinen Bartstoppeln, der abgewetzten Jeans und den Boots hätte sie ihn eher nach Schweden oder Norwegen gesteckt. Vielleicht auch nach Kanada. Oder in einen irischen Pub.

»Urlaub?«

Sophie nickte und fragte sich, ob es überhaupt eine andere Antwort auf diese Frage gab. Als ob man einen Zoobesucher fragen würde, ob er sich Tiere ansehen wollte.

Niklas

Mit ihrem weißblonden Haar, der porzellanfarbenen Haut und den hohen Wangenknochen sah sie aus, als würde sie nicht nach Bali, sondern ins Auenland fliegen, dachte Niklas. Sie hatte etwas

Interessantes an sich, und er hätte gerne seine Kamera gezückt und sie fotografiert, diese Augen auf Papier gebannt. Sie erinnerten ihn an zersprungene Murmeln und waren von einem so blassen Blau, dass er einen Moment lang glaubte, jemand hätte sie ihr mit Wasserfarben ins Gesicht gemalt. Er bemerkte erst, wie offensichtlich er sie anstarrte, als sie ihren Kopf wegdrehte und gegen das kleine runde Fenster lehnte. Ende der Vorstellung.

Kurz darauf hob der Airbus endlich ab und stieg leicht torkelnd in den Himmel auf. Als Niklas nichts als flauschige Wolken mehr sah, lockerte sich das beklemmende Gefühl in seiner Brust ein wenig. Sein Atem wurde gleichmäßiger, und seine Hände lösten sich von der krampfartigen Umklammerung der Lehnen, als er erleichtert feststellte, dass er den schlimmsten Part des Fliegens wieder einmal hinter sich gebracht hatte. Bis zur nächsten Belastungsprobe, der Landung, würde er genug Zeit haben, seinen Körper mit Fett, Zucker und Alkohol zu überschwemmen, und darauf hoffen, dass ihn der Cocktail aus Vorfreude und Glückshormonen in einen rauschähnlichen Zustand versetzen würde. Etwas weniger als zwölf Stunden, um genau zu sein, und die würden lang werden, wenn er sich nicht mit Schlaf, Filmen oder Musik ablenkte. Niklas klickte sich durch das Entertainmentprogramm, sah sich ein paar Trailer an, die ihn nicht überzeugten, und blieb kurz bei einer Folge von *How I Met Your Mother* hängen, die er so oft gesehen hatte, dass ihm die Gags auf einmal lahm erschienen. Er hörte in die Playlist *Traveller's Songs* rein – so lange, bis *Sending Postcards From a Plane Crash* von *Fall Out Boy* kam – und verlor ein paar Runden Backgammon gegen sich selbst. Während die Stewardess zitronig duftende Frischetücher verteilte, dachte Niklas an Cleo, mit der er die letzte Nacht verbracht hatte, und überlegte, ob er ihr eine Nachricht schicken sollte, wenn er gelandet war. Ihm fiel ein, dass er den Kühlschrank nicht abgestellt und die angerissene Packung Käse nicht weggeschmissen hatte, die bereits seit zwei Tagen abgelaufen war. Er fragte sich, ob nur eine seiner Pflanzen ohne Wasser überleben würde und ob der Postbote die Briefe wieder mitnahm, wenn sein Briefkasten überquoll. Er ärgerte sich, dass er seiner Schwester Pia nicht den Schlüssel zu seiner Wohnung gegeben hatte, sah nach rechts und fragte sich, ob der Mann im blauen Anzug wusste, dass er Tomatenflecken auf dem Hemd hatte, sah nach links und überlegte, ob ihr Haar von Natur aus so hell war. Und hasste das Fliegen auf alle erdenklichen Weisen, weil es einfach zu viel Raum zum Nachdenken bot.

Sophie

Als sie über Turkmenistan flogen – ein Land, das Sophie als Kind gerne bei »Stadt, Land, Fluss« verwendet hatte, weil es immer zehn Punkte brachte –, überkamen sie erstmals Zweifel, ob sie die richtige Entscheidung getroffen hatte. Zweifel, die sich so lange in ihr Innerstes fraßen, bis sie endgültig der Überzeugung war, einen großen Fehler begangen zu haben. Sie hatte sich in einem sentimentalen Moment in die Idee verliebt, eine letzte Reise mit Maximilian zu machen und ihm noch einmal nahe zu sein. Und jetzt war seine Gegenwart so erdrückend, dass sie kaum atmen konnte. Er war alles, woran sie dachte, seit sie ihre Wohnungstür hinter sich zugezogen hatte. Wie ein Magnet lenkte er ihre Gedanken auf sich. Wenn sie ihre Augen schloss, hatte sie sein Gesicht vor sich, seine Stimme in ihrem Ohr. Sein Lachen. Und wenn sie sie öffnete, war es nicht anders. Sophie presste die Kiefer aufeinander, als eine Welle von Panik über sie schwappte und ihr bewusst wurde, dass sie nicht in diesem Flugzeug sitzen wollte. Nicht nach Bali wollte. Sondern nach Hause, wo sie unbeobachtet und ganz für sich allein dem Schmerz ihrer Erinnerungen nachhängen konnte. Aber nun war es zu spät. Sie hatte sich ein Kleid gekauft, das sie nicht anziehen wollte, das sie aber auch nicht zurückgeben konnte. Jetzt musste sie es wohl oder übel tragen. Plötzlich hatte sie einen dicken Kloß im Hals. Gequält schloss Sophie die Augen und wünschte sich einen Moment lang, sie nie wieder öffnen zu müssen.

»Herr und Frau Huber?«

Eine freundliche Stimme drang schwach an ihr Ohr, gefolgt von einer sanften Berührung am Arm. Sophie öffnete die Lider und brauchte ein, zwei Sekunden, um sich zu orientieren. Die Müdigkeit musste sie wie ein Panzer überrollt haben. Sie hatte doch nur einen Moment lang die Augen geschlossen. Schläfrig blickte sie auf und sah in das Gesicht der Stewardess mit dem dunklen Teint, die ihr freudestrahlend etwas entgegenstreckte. Es war eine runde Plastikschale mit einer kleinen Sahnetorte, wie man sie in amerikanischen Supermärkten fand. Irritiert wanderten Sophies Augen von der Torte zur Stewardess und wieder zurück.

»Eine kleine Aufmerksamkeit vom Captain für unsere Honeymooner an Bord.«

Als sie nicht reagierte, öffnete die Stewardess ihre roten Lippen und formte mit ihnen das Wort »Flitterwochen«, dem sie ein strahlendes Lächeln folgen ließ. Es traf Sophie wie ein Pfeil ins

Herz. Einen Augenblick lang war die Welt wie eingefroren. Als hätte jemand auf die Stopptaste gedrückt. Sophie spürte, wie sich eine eiskalte Hand um ihren Hals legte und zudrückte, ihr die Luft nahm. Und sie sah wieder sein Gesicht vor sich, hörte seine Stimme in ihrem Kopf und spürte einen Schmerz, der sie fast zerspringen ließ. Die Sorte Schmerz, die einen darüber nachdenken ließ, wie viele Schlaftabletten nötig waren, um nie wieder etwas Vergleichbares ertragen zu müssen.

»Äh ... danke«, hörte sie eine Männerstimme neben sich.

Wie in Trance beobachtete sie, wie ihr Sitznachbar die Torte entgegennahm. Sprachlos stierte Sophie auf die Plastikschachtel, die nun auf seinem Tisch stand. Maximilians Tisch. 31 B. »Happy Honeymoon« prangte in rosafarbenem Zuckerguss auf der sahnigen Oberfläche.

»Ich dachte, so was gibt's nur im Film«, sagte er sichtlich fasziniert und runzelte die Stirn.

»Woher ...«

Sie stockte.

»Na, ja, wahrscheinlich habt ihr bei der Buchung angegeben, dass ihr ...«

Er brach ab und biss sich auf die Unterlippe, als sei ihm in diesem Moment klar geworden, dass es womöglich kein »ihr« mehr gab. Sophie starrte noch immer auf die verschnörkelten Buchstaben, während sich ihr Herz mit kleinen Backsteinen zu füllen schien. *Herr und Frau Huber.* So hätte es sein können. Sein sollen. Im Drehbuch ihres Lebens. Jemand hatte es umgeschrieben. Ohne sie zu fragen. Sie kämpfte gegen die Tränen und vermisste die übergroße Sonnenbrille, die sie an diesem Morgen – und an den vielen Tagen, Wochen und Monaten zuvor – getragen hatte. Wie ein Schild, hinter dem sie ihren Schmerz verbergen konnte.

»Äh«, hörte sie ihn neben sich stottern.

Er deutete auf die Plastikschachtel und sah sie fragend an. Sophie zuckte mit den Schultern.

»Kannst du von mir aus essen. Oder wegschmeißen. Mir egal.«

»Bist du sicher?«

Wortlos nickte sie.

Niklas

In der Businessclass zu sitzen und Honeymoon-Cremetorte zu essen zählte in der Tat zu seinen absurdesten Erlebnissen, dachte Niklas bei sich. Dabei war sein Leben bis zu diesem Moment wahrhaftig nicht langweilig verlaufen. Während seiner Schulzeit hatte er, als Maskottchen verkleidet, Werbung für Tampons gemacht, kurzzeitig in einer WG mit einer bulgarischen Travestiekünstlerin gelebt und, um seine Freundin zu beeindrucken, in einer Nacht hundert weiße Origami-Kraniche gefaltet. Er hatte in Australien als Pinguinzähler gejobbt, um sich den Rückflug leisten zu können, und für eine Wette an einem Eierschnellessen in England teilgenommen. Aber all das erschien ihm auf einmal äußerst gewöhnlich.

»Und du willst nicht mal probieren?«, fragte Niklas, als er die Torte zu zwei Dritteln vernichtet hatte. Sie schmeckte pappsüß und künstlich, als hätte man Zucker mit Zucker und Zucker vermischt und anschließend mit Zucker bestäubt. Ganz nach seinem

Geschmack – der sich nur geringfügig von dem seiner siebenjährigen Nichte unterschied.

»Danke«, antwortete sie und schüttelte den Kopf.

Ihre blassblauen Augen strahlten dabei eine Traurigkeit aus, die den süßen Bissen in seinem Mund zu einem zähen Klumpen werden ließ, der ihm schließlich wie ein Golfball die Speiseröhre hinunterrutschte. Plötzlich fühlte er sich mies, einen Kuchen zu vertilgen, dessen bloßer Anblick sie fast zum Weinen gebracht hatte. Er legte die Gabel beiseite und betrachtete die beiden Buchstaben aus Zuckerguss, die als Einzige seine Fressattacke überlebt hatten. H und A. Der Beginn von *Happy* – ein Wort, das in diesem Moment sicherlich am besten beschrieb, was die Frau neben ihm *nicht* war.

Frau Huber hatte die Stewardess zu ihr gesagt, erinnerte er sich. Ein Name, der in Niklas' Augen überhaupt nicht zu ihr passte. Als gab man einer Figur von Tolkien den Namen einer Allgäuer Almbäuerin.

Er spülte den zuckersüßen Geschmack in seinem Mund mit einem Schluck lauwarmen Kaffee hinunter, der nun ungewohnt bitter schmeckte. Auch den hatte sie abgelehnt. Genauso wie das Frühstücksomelett und das Hühnchen mit Gemüse und Reis. Womöglich war sie eine dieser Frauen, die pedantisch auf ihr Gewicht achteten, wie Cleo, die, wenn sie es mal richtig krachen ließ, ein Vollkornbrötchen zum Frühstück aß. Oder sie zählte zu jenen Menschen, denen in Stresssituationen der Appetit verging. Beides konnte er nicht ansatzweise nachvollziehen.

Aus dem Augenwinkel beobachtete er, wie sie ihre Tasche öffnete und einen dicken Reiseführer herauszog, auf dem in fetten Lettern »Bali« prangte. Bunte Haftnotizen und ein Lesezeichen ragten aus dem Wälzer. Niklas runzelte die Stirn. Er hatte noch nie verstanden, warum Menschen Reiseführer wie Bücher lasen. Warum sie sie überhaupt lasen. In seinen Augen waren Reiseführer der natürliche Feind des Abenteuers. Sie waren nichts anderes als Navigationsgeräte in Papierform, die es einem abnahmen, selbst den Weg herauszufinden und auf Entdeckungsreise zu gehen. Kolumbus hätte Amerika jedenfalls sicher nicht entdeckt, wenn er auf seinen Reiseführer gehört hätte. *Sparen Sie sich die beschwerliche Anreise bei hohem Seegang, und machen Sie stattdessen lieber einen Tagesausflug auf die Azoren. Die Inselgruppe lockt mit reizvollen Badebuchten und idyllischen Hafenstädten.*

»Fahr da nicht hin«, rutschte es ihm heraus, als sie ein kleines Fragezeichen neben einen Absatz setzte, den sie mit Textmarkern bearbeitet hatte.

Verwundert hob sie den Kopf.

»Dieser Strand«, erklärte er und deutete auf den Reiseführer. »Der ist total überlaufen und voller Händler, die dir nur bunte Sonnenbrillen andrehen wollen.«

Ihre Augen verengten sich, und Niklas bereute es sogleich, seine Gedanken nicht für sich behalten zu haben.

»Außer ... du magst bunte Sonnenbrillen. Dann ... ähm ... solltest du da natürlich unbedingt hinfahren.«

Er grinste, und zu seiner Überraschung verzog sich ihr Mund zu einem kaum wahrnehmbaren Lächeln.

»Ich glaube, mein Bedarf an bunten Sonnenbrillen ist bereits gedeckt.«

Sie strich das Fragezeichen durch.

»Was ist damit?«

Mit dem Zeigefinger deutete sie auf ein Foto, das einen hinduistischen Tempel mit einer steinernen Shiva-Figur zeigte.

»Das«, begann er und rümpfte verdrießlich die Nase, »ist das

Ergebnis eines mittelmäßigen Fotografen, der die falsche Belichtungszeit gewählt hat.«

»Ich habe eigentlich den Tempel gemeint.«

»Sorry«, sagte er grinsend. »Ich bin Fotograf. Ähm ... das ist ein schöner Tempel. Ohne ... Sonnenbrillenverkäufer.«

»Fotograf«, wiederholte sie überrascht, als hätte er ihr gerade gesagt, er sei Unterwasserholzfäller (die es tatsächlich gab) oder Glückskeksbotschaftentexter (die es wahrscheinlich nicht gab).

Niklas ahnte, was folgen würde. Entweder gehörte sie zu den 80 Prozent, die nun fragten, ob er schon mal jemand Berühmten fotografiert hatte oder zu den 20 Prozent, die wissen wollten, ob er auch Passbilder machte.

»Hobbyfotograf?«

Das war neu.

»Nein, ich bin selbstständig.«

Niklas wusste nur zu gut, dass *selbstständig* so viel eindrucksvoller daherkam, als es eigentlich war. Dass es nach Freiheit und Unabhängigkeit klang, obwohl es eher ein Synonym für zweilagiges Toilettenpapier, Dosenravioli und Steuererklärungschaos war.

»Das ist heutzutage sicher nicht leicht«, bemerkte sie und kräuselte die Stirn.

So viel zu *eindrucksvoll*.

»Kommt drauf an.«

Niklas bemühte sich, lässig zu klingen, obwohl sie ihn direkt ins Fotografenherz getroffen hatte. Es war tatsächlich schwer gewesen in den letzten Jahren. Nein, es war eigentlich schon immer schwer gewesen, von der Fotografie zu leben. Die Aufträge, die er bekam, reichten gerade so, um die Miete für seine Bruchbude zu bezahlen, und sein Blog *www.phototramp.de* interessierte im Schnitt zehn Menschen am Tag, von denen mindestens drei mit ihm verwandt waren. Die anderen sieben waren, wie er vermutete, durch Tippfehler auf seinem Blog gelandet – oder beim Googeln nach Donald Trump.

»Hast du ein Studio?«

Zurück zu den Passbildern.

Er antwortete mit einem Kopfschütteln.

»Ich arbeite freiberuflich für ein paar Zeitungen. Und wenn's sein muss, fotografiere ich auf Hochzeiten und Firmenfeiern«, er zuckte mit den Schultern, »oder für Werbeblättchen. Und wenn ich viel Glück habe, bekomme ich ab und zu solche Aufträge.«

Grinsend deutete er mit dem Finger nach unten.

»Du fliegst beruflich nach Bali?«, fragte sie überrascht.

»Für irgendeinen neuen Reiseführer.«

»Reiseführer«, wiederholte sie erstaunt und ließ ihre Augen von ihm zu dem dicken Buch in ihrem Schoß und wieder zurück wandern. Niklas hatte auch dieses Mal das Gefühl zu wissen, was ihr durch den Kopf ging. Dass sie an all die Reiseführer dachte, die sie im Regal der Buchhandlung gesehen hatte, und sich fragte, ob es noch einen weiteren brauchte. Brauchte es definitiv nicht. Aber für einen Gratisflug nach Bali und einen Job unter Palmen war er gerne bereit, seine Überzeugungen zu verraten.

»Nicht so einen. Es wird, glaube ich, ein etwas anderer Reiseführer. Für ... Individualtouristen und Backpacker. Low Budget.« Zu seiner Überraschung nickte sie, obwohl sie nicht gerade aussah, als hätte dieses Wort in ihrer Sprache einen Platz. Niklas fand, dass alles an ihr eher teuer wirkte, von der Handtasche über die Golduhr bis hin zur Jacke, die sich wahrscheinlich noch weicher anfühlte, als sie aussah. Womöglich war ihr ganzes Outfit sogar mehr wert als das Inventar seiner winzigen Wohnung in München. Noch dazu flog sie Businessclass in den Urlaub. Niemand in seinem Freundeskreis konnte sich das leisten. Er selbst war nur durch eine glückliche Fügung hier gelandet und wusste sehr wohl, dass es das erste und einzige Mal war, dass ihm in einem Flugzeug Lachs angeboten wurde. »Für Reisende, die authentische Unterkünfte suchen. Nicht diese Wellnesstempel, in denen man Gold frisst«, fügte er hinzu.

Ihm kam zu spät der Gedanke, dass sie womöglich in genau solch einem Tempel Urlaub machen würde. In einem dieser Luxusbunker, in denen dreimal am Tag die Betten gemacht wurden, selbst wenn sie unbenutzt waren. In denen Lotusblüten auf Kopfkissen drapiert wurden und Poolboys im Minutentakt Erfrischungsdrinks brachten, während die Zimmermädchen lächerliche Tiere aus Handtüchern falteten. Wer zum Henker brauchte einen Frottee-Zoo in seinem Badezimmer?

»Hm«, murmelte sie und nickte.

»Und du? Wo geht's bei dir so hin?«

Sie hatte sein Zögern bemerkt, die Sekunde, in der er darüber nachgedacht hatte, wie er die Frage am besten formulierte.

»In einen dieser Wellnesstempel, in denen man Gold frisst«, schoss es nüchtern aus ihrem Mund. Sie ließ ihn ein paar Sekunden lang zappeln, bis sie ein schwaches Lächeln folgen ließ.

»Hast du schon häufig Fotos für Reiseführer gemacht?«, überging sie den peinlichen Moment.

»Nein, das ist der erste. Jobs im Ausland sind eher selten.«

»Dann scheint dein Auftraggeber ja großes Vertrauen in dich zu haben«, bemerkte sie, während ihre Augen wie Laser über die Sitze der Businessclass fuhren.

»Ach, das war nur Glück. Ich wäre eigentlich Economy geflogen, aber in der Business wurde kurzfristig ein Platz frei, weil jemand nicht eingecheckt hat.«

Wieder war seine Zunge schneller als sein Kopf. Er biss sich auf die Lippe und gab sich eine innerliche Ohrfeige. Sie senkte den Blick und schwieg, und Niklas spürte, dass ihre flüchtige Unterhaltung an dieser Stelle zu Ende war.

Sophie

Obwohl sie rannte, bis ihre Lungen brannten, hob das Flugzeug nach Bali ohne Sophie ab. Vom Gate aus musste sie dabei zusehen, wie der mächtige Vogel in den Himmel startete und sie allein an einem gigantisch großen Flughafen zurückließ. Keuchend und schwitzend schleppte sie sich zum Schalter der Airline, wo ihr eine junge Frau mit straffem Dutt und Perlenohrringen in akzentfreiem Englisch anbot, sie könne in zwei Stunden mit der nächsten Maschine fliegen. Sophie hatte mit einer längeren Wartezeit gerechnet und nickte dankbar.

Als sie das lederne Mäppchen mit ihrem Portemonnaie, dem Pass und den Reiseunterlagen aus ihrer Handtasche ziehen wollte, griffen ihre Finger ins Leere. Hektisch tastete sie den Boden ab und wurde blass vor Schreck. Es war weg.

»Nein, nein, nein«, murmelte sie, während ihr die Hitze in den Kopf stieg.

Ihr Pass war in diesem Mäppchen, ihr ganzes Geld, die Tickets – und die Fotos. Die Fotos! Der Boden unter ihren Füßen begann zu wanken, als sie sich ins Gedächtnis rief, wie sie all die Bilder ausgewählt und sortiert hatte, sie sorgsam mit einer

Schleife zusammengebunden und im Mäppchen verstaut hatte. Dort, wo sie am sichersten waren und keine Knicke und Risse abbekamen. Mit rasendem Puls breitete sie den Inhalt ihrer Handtasche vor der jungen Frau am Schalter aus, die einen mitfühlenden Blick aufsetzte, obwohl die Schlange hinter Sophie länger und länger wurde und unruhiges Gemurmel einsetzte. Sie war nicht die Einzige, die ihren Anschlussflug verpasst hatte – wenn auch die Einzige, die keinen Pass zur Hand hatte.

»Ich kann meinen Pass nicht finden.«

Verzweiflung hatte sich in ihre Stimme geschlichen.

»Ich muss ihn im Flugzeug verloren haben. Oder als ich gerannt bin. In München hatte ich ihn noch, sonst wäre ich ja nie in den Flieger gekommen.«

Sophie wusste, dass sie in diesem Moment Selbstgespräche führte. Und dass das vielleicht ehrlich gemeinte Mitleid der jungen Frau kaum ausreichen würde, um einen Alarmknopf zu betätigen und den Notstand auszurufen.

»Wenn Sie ihn hier am Flughafen verloren haben, wird er sicher gefunden. Am besten Sie wenden sich an einen der Infoschalter.«

Sophie ließ den Kopf in die Hände sinken und stieß einen langen, bebenden Atemzug aus. Was sollte sie jetzt machen? Ohne Pass, ohne Geld und ohne Flugpapiere? Ohne ihre Fotos, die der Grund für diese Reise waren? Nicht einmal ihr Handy hatte sie. Ihr brach der Schweiß aus.

»Miss«, setzte die Frau am Schalter mit einer Mischung aus Bedauern und Ungeduld an und deutete verlegen auf die vielen Passagiere, die hinter Sophie standen.

Sie spürte, wie sich ihr Brustkorb zusammenschnürte, wie sich die Welt um sie herum zu drehen begann. Und dann tat sie etwas, das sie sehr lange nicht mehr gemacht hatte. Sie brach vor aller Welt in Tränen aus. Schluchzte. Japste. Weinte. Um alles, was sie verloren hatte. Und das war so viel mehr als ein Pass.

Niklas

Niklas erkannte sie schon von Weitem. Mit ihrem hellen Haar stach sie aus der Menge heraus wie ein weißes Schaf unter schwarzen. Auch aus der Ferne bemerkte er, dass etwas nicht stimmte, und die kleine Ledertasche in seiner Hand ließ ihn erahnen, was es war.

»Das ist dir vorhin aus der Tasche gefallen«, sagte er, als er den Schalter erreichte und in ihre kummervollen blauen Augen blickte, die regelrecht in Tränen schwammen. Mit ihrer ebenmäßigen, blassen Haut erinnerte sie ihn an eine Porzellanpuppe, die früher auf dem Sofa seiner Großmutter gesessen hatte.

Ihre zittrigen Finger griffen nach dem Mäppchen, während ihr ein Schluchzen entfuhr, in dem so viel Verzweiflung lag, dass er der Situation instinktiv entfliehen wollte. Mit Unbehagen sah Niklas dabei zu, wie sie tränenüberströmt den Reißverschluss des Mäppchens öffnete und ihren Pass herauszog. Statt ihn weiterzureichen, warf sie einen zweiten Blick hinein, als wolle sie sich vergewissern, dass etwas sehr viel Wichtigeres an seinem Platz war. Niklas ahnte, worum es sich dabei handelte. Er hatte das Mäppchen geöffnet, als er es gefunden hatte, und neben ihrem Pass und dem Geldbeutel ein Bündel Fotos entdeckt, das von einem blauen Band zusammengehalten wurde. Das oberste Bild hatte einen schlanken Durchschnittstypen mit glatt rasiertem Kinn und gegeltem Haar gezeigt.

Als sie der Frau am Schalter schließlich den Pass entgegenstreckte, lächelte diese – auch wenn er durchaus bemerkte, dass dieses Lächeln eher ihm galt. Während sie die Daten mit rosa lackierten Fingernägeln in ihren Computer eingab, hob sie den Blick und fragte ihn, ob er ebenfalls umbuchen wolle. Vielleicht war es Karma, angesichts der Tatsache, dass hinter ihm mindestens fünfzehn Passagiere standen, die schon länger auf eine Umbuchung warteten. Vielleicht fand sie ihn auch einfach nur attraktiv.

Niklas hatte es in seinem Leben nie schwer gehabt, Frauen kennenzulernen, und seine Kumpels hatten ihn stets darum beneidet, dass sie seinen Look als hip betrachteten – statt als das, was er tatsächlich war: nachlässig. Er gab nicht viel auf sein Aussehen, trug mit Vorliebe bequeme Jeans und war meistens zu faul, sich zu rasieren. Seine Shirts hatten stets etwas Verwaschenes, und seine dunkelbraunen Haare waren immer ein paar Zentimeter zu lang, als hätten sie keine Lust, eine Frisur zu sein.

Als er seine neue Bordkarte in der Hand hielt, bedankte er sich mit einem Lächeln bei ihr und schwang sich die schwarze Kameratasche und den Rucksack um die Schulter. Eine schwache Berührung veranlasste ihn dazu, sich umzudrehen. Erneut blickte er in die blassesten Augen, die er je gesehen hatte. Photoshop hätte sie nicht eindrucksvoller hinbekommen.

»Danke.« Ihre Stimme war eine seltsame Mischung aus Demut und Kummer. »Ich weiß nicht, was ich gemacht hätte, wenn …«

»Na ja, du hättest im Flughafen wohnen und eine Wand bauen können.«

Er grinste, und ihre Augenbrauen hoben sich.

»Eine Wand?«

»So wie in ›Terminal‹.«

Sie reagierte nicht.

»Tom Hanks?«

»Ah«, stieß sie wenig euphorisch hervor.

Es war die Sorte von »Ah«, die man mit »Keine Ahnung, interessiert mich nicht« gleichsetzen konnte. Sie mochte also keine Komödien. Oder Tom Hanks.

»Kann ich mich irgendwie dafür revanchieren?«

»Du hast mich bereits im Voraus bezahlt.«

Wieder wirkte sie irritiert.

»Die Torte.«

Ein schiefes Grinsen trat auf sein Gesicht.

»Ich fürchte, der Wert meines Portemonnaies übersteigt den der Torte erheblich.«

Nicht nur ihre Wortwahl ließ ihn schmunzeln. Sie schien alles, was er sagte, eine Spur zu ernst zu nehmen.

»Ich habe nur etwas aufgehoben, das dir aus der Tasche gefallen ist.«

»Danke«, sagte sie erneut.

Zum Abschied hob er die Hand.

»Viel Spaß auf Bali, Elsa.«

Sie zog die Stirn kraus. »Elsa? Ich ... heiße Sophie.«

Sophie. Der Name passte zu ihr. Er klang federleicht und sanft, kultiviert und ein wenig elitär. Nach Klavierunterricht und Reitstunden. Nach einem seidigen Stoff, der einem durch die Finger glitt.

»Gut zu wissen.«

Er lachte, drehte sich um und ging davon.

Sophie

Von ihrem Balkon aus verfolgte Sophie, wie die rote Abendsonne im Indischen Ozean versank – ein Anblick, der die meisten Menschen zu spontanen Superlativen hingerissen hätte, sie jedoch nur an eine der scheußlichen Kondolenzkarten erinnerte, die sie nach Maximilians Tod erhalten hatte. *Die Sonne sank, bevor es Abend wurde.*

Mit stoischer Gelassenheit wartete sie, bis der Feuerball ertrunken war, ging wieder hinein in ihre Suite und schloss die Balkontür hinter sich. Die klimatisierte Luft legte sich angenehm kühl auf ihre erhitzte, schweißige Haut.

Sophie setzte sich auf die Kante des gigantischen Queensize-Betts, das geradezu einschüchternd die Mitte der Suite ausmachte und Platz für mindestens drei Menschen bot. Sie würde allein unter dieser blütenweißen Decke liegen. Der Gedanke schnürte ihr die Luft ab. Allein. Ganz allein. Ohne Maximilian.

Gleichgültig wanderten ihre Augen durch das geschmackvoll eingerichtete Zimmer, vorbei an stilvollen dunklen Holzmöbeln, balinesischen Skulpturen, modernen Lampenschirmen, einem geflochtenen Korb mit exotischen Früchten und dem kleinen Schokoladentörtchen, auf dem mit Zuckerguss in schnörkeligen Buchstaben »Welcome« stand.

Beim Einchecken im Hotel hatte ihr ein kleiner Balinese im Seidensarong lächelnd die Chipkarte gereicht und ihr einen angenehmen Aufenthalt gewünscht, statt zu fragen, wo eigentlich ihr Ehemann war. Vielleicht steckte ihre Mutter dahinter. Schließlich war sie der festen Überzeugung gewesen, Sophie würde sich mit der Reise all ihre frisch verheilten Wunden wieder aufreißen. Es sei noch zu früh, hatte sie auf ihre Tochter eingeredet. Schließlich hatte sie noch Sophies Vaters rekrutiert und mit ihm im Chor »Lass es langsam angehen« getönt. Die Armee der Besserwisser.

Trotzdem nagten noch immer Zweifel an ihr. Die Bedenken, die sie bereits im Flugzeug geplagt hatten, sorgten dafür, dass die Pracht dieses Ortes sie nicht ansatzweise erreichte. Als säße sie unter einer Glasglocke, die alle Schönheit an sich abprallen ließ. Wie ein Geist war sie durch die luxuriöse Hotelanlage gewandert, die Maximilian für sie beide ausgesucht hatte. Vorbei an lagunenartigen Poolanlagen mit Wasserfällen, weißen Baldachinliegen und Rattansofas, gigantischen Palmen und prächtig blühenden Frangipani-Bäumen. Vorbei an Menschen mit Sonnenbrillen, Strohhüten und Cocktailgläsern und eifrigen Hotelangestellten, deren Haar Orchideen schmückten.

Nachdem sie aus ihren verschwitzten Klamotten geschlüpft war, ging Sophie ins Bad, das in etwa die Größe ihres Münchner Schlafzimmers hatte, und nahm eine kalte Dusche. Das Wasser schoss so eisig aus der Leitung, dass es ihr für eine Sekunde den Atem raubte, aber sie sehnte sich so sehr danach, etwas anderes zu fühlen als die mächtige Leere in ihrem Herzen. Etwas, das sie dieses große Loch für ein paar Sekunden vergessen ließ. Sie schloss die Augen, lehnte sich gegen die Mosaikfliesen und glitt langsam auf den Boden, während das Wasser noch immer auf ihren Körper prasselte. Sie war im Paradies, und es fühlte sich an wie die Hölle.

Niklas

Als die Sonne hinter dem Horizont unterging, nahm Niklas den letzten Schluck seines eisgekühlten Bieres, verschränkte entspannt die Arme hinter dem Kopf, lehnte sich im Liegestuhl zurück und beobachtete das Brechen der Wellen, während er seine Zehen in den aufgewärmten Sand grub. Es waren genau diese Momente, für die es sich lohnte, in den Flieger zu steigen. Für die es sich lohnte, seine inneren Dämonen zu bezwingen und die eigenen Ängste zu überwinden.

Per Handzeichen bestellte Niklas ein weiteres Bier bei einer jungen Frau, die kurze Shorts und ein neongelbes Bikinioberteil trug und mit ihrer tiefbraunen Haut aussah, als hätte sie ihr Leben lang nichts anderes gemacht, als unter der gleißenden Sonne Balis zu kellnern. Sie sprach Englisch mit französischem Akzent und stellte sich ihm als Marie vor. Marie aus Toulouse. Sie erwähnte eine Strandparty und fragte, ob er Lust habe, mit ihr heute Abend dorthin zu gehen. Dabei schenkte sie ihm ein Lächeln, das keinen Spielraum für Spekulationen ließ. Er hatte Lust. Auf die Party und auf Marie. Mit ihrer Nummer im Handy ging er zurück in sein Hostel, um sich ein paar Stunden Schlaf zu gönnen und den hartnäckigen Jetlag loszuwerden. Da er nicht beabsichtigte, lange in Kuta zu bleiben – ein lauter und aufdringlicher Ort voller partywütiger Backpacker –, hatte er sich für eine Nacht ein günstiges Zimmer in Strandnähe genommen. Der Verlag, für den er Fotos machen sollte, übernahm die Kosten für sechs Übernachtungen. Niklas hatte jedoch beschlossen, ein paar Tage dranzuhängen und Freunde zu besuchen – auch wenn er sich momentan eigentlich keinen Urlaub leisten konnte.

Als er die Tür aufschloss, drang ein leicht muffiger Geruch an seine Nase. Das Zimmer war etwas heruntergekommen und schlicht, aber immerhin halbwegs sauber. An der Decke hing ein in die Jahre gekommener Ventilator, der mit Mühe etwas Bewegung in die Luft brachte. Niklas fiel rückwärts auf das knarrende Bett, sah hinauf und ließ sich von der gleichmäßigen Rotation in den Schlaf wiegen.

Als er die Augen wieder öffnete, war es fast Mitternacht, und durch die dünnen Wände drangen Stimmen, Gelächter und Musik in sein Zimmer. Er dachte an die Strandparty. Und an Marie. Dann griff er nach seinem Handy, schickte ihr eine kurze Nachricht und sprang unter die Dusche.

Sophie

Sophie stellte das Wasser ab. Ihre Haut war eiskalt und mit Rötungen übersät. Der Vollmond flutete bereits ihr dunkles Zimmer und tauchte den Raum in ein silbriges Licht. Nur mit einem Handtuch um den Körper gewickelt setzte sie sich auf die Kante ihres Bettes und starrte aus dem deckenhohen Fenster. Es war so gespenstisch still, dass sie nichts als ihren eigenen Atem hören konnte. Dort draußen, dachte Sophie, gab es Menschen, die in diesem Moment mit einem Cocktail auf ihren Urlaub anstießen, sich verliebt ansahen, sich küssten, an die schönsten Momente ihrer Hochzeit zurückdachten. Die Selfies an Freunde verschickten und Fotos mit dem Hashtag *paradise* auf Facebook oder Instagram posteten. Doch hier in diesem Zimmer regierte die eiskalte Macht der Einsamkeit, und das Öffnen eines Fensters hätte nichts daran ändern können. Einen Moment lang sehnte Sophie sich danach, ihre Schwester anzurufen und sich in der Wärme der Vertrautheit zu suhlen.

Als ihr Magen knurrende Geräusche von sich gab – eine mahnende Erinnerung daran, dass sie in den vergangenen 24 Stunden kaum etwas zu sich genommen hatte –, öffnete sie die Minibar und entschied sich für ein Bounty, weil es ihr, auch wenn es absurd war, am besten zu diesem Zimmer, diesem Hotel und diesem Land zu passen schien. Doch bereits nach einem Bissen war ihr die süße Mischung aus Kokos und Schokolade derart zuwider, dass sie den Riegel zurück in den Kühlschrank legte und stattdessen eine kleine Flasche Weißwein herausnahm. Seit Maximilians Tod hatte sie keinen Abend ohne Alkohol ausgehalten, und sie hatte nicht vor, ausgerechnet heute mit einem gesünderen Lebensstil zu beginnen.

Sophie füllte das Weinglas neben der Minibar randvoll und leerte es viel zu schnell. Die Wirkung des Alkohols ließ nicht lange auf sich warten. Das ersehnte wohlige Gefühl breitete sich in ihrem Körper aus, drang bis in ihre Fingerspitzen und erhitzte ihre Wangen. Sie ließ sich nach hinten fallen, breitete ihre Arme aus und starrte an die Zimmerdecke. Ohne Maximilian erschien ihr dieses Bett wie eine unendlich weite Landschaft.

An ihrem letzten gemeinsamen Morgen hatten sie sich gestritten. Maximilian war nach einer Kneipentour mit Mandanten erst spät nach Hause gekommen, hatte nach Bier und Zigarren gestunken und sich schnarchend neben sie ins Bett gelegt. Sophie war wütend gewesen, weil sie am nächsten Morgen um sechs Uhr im ICE nach Frankfurt sitzen musste. »Ich mach's wieder gut«, hatte Maximilian im Halbschlaf in ihr Haar gemurmelt. Es war das Letzte gewesen, was er zu ihr gesagt hatte, bevor sich sein Auto überschlagen und ihn in den Tod gerissen hatte. *Ich mach's wieder gut*. Heiße Tränen rollten ihr die Wangen hinunter, als sie mit der überwältigenden Erinnerung kämpfte.

Mit der Hand tastete sie nach ihrer Tasche, die irgendwo neben ihr liegen musste. Sie griff hinein und zog das Bündel Fotos heraus. Im schwachen Licht der Nachttischlampe, eine stilvolle Leuchte aus Korbgeflecht, betrachtete Sophie die Fotos, die allesamt Maximilian zeigten. Porträts aus zwölf gemeinsamen Jahren. Schnappschüsse, die mal unscharf, mal überbelichtet waren und gerade deswegen so unverfälscht wirkten. Die meisten davon hatte sie geschossen. Im Urlaub in Südfrankreich, an seinem 30. Geburtstag, bei einer Grillfeier mit Freunden, auf dem Oktoberfest. Sophie schloss die Augen und ließ sich einen Moment lang in die Vergangenheit entführen, zurück zu glücklichen Tagen, in denen – zumindest im Nachhinein betrachtet – immer die Sonne geschienen hatte.

Was sie mit den Bildern machen wollte, wusste Sophie noch nicht, aber sie gaben ihr das Gefühl, nicht ganz so allein zu sein in diesem fremden Zimmer, diesem fremden Land. Ja, sie gaben ihr das Gefühl, diese Reise gemeinsam mit ihm zu machen.

Nachdem sie sich jedes Bild mindestens fünfmal angesehen und parallel eine weitere kleine Flasche Weißwein getrunken hatte, hatte Sophie einen Pegel erreicht, der sie abwechselnd weinen und lachen ließ. Ihre Wangen glühten unter den heißen Tränen, und ihr Magen war so leer, dass ihr schwindelig wurde. Sie musste dringend etwas essen. Am besten sofort. Es kostete sie einige Mühe, sich vom Bett zu erheben und ihren Koffer zu öffnen. Schwankend schlüpfte sie in Shorts und Top und band sich die langen feuchten Haare zu einem lockeren Pferdeschwanz zusammen.

»Geld«, brachte sie mit schwerer Zunge hervor und stolperte kurz, als sie nach ihrer Handtasche griff.

Sophie kicherte. Sie kicherte auch noch, als sie im Fahrstuhl ihrem Spiegelbild ausgesetzt war und feststellte, dass ihre Wimperntusche verlaufen war und sie wie eine blonde Version von Marilyn Manson aussah. Notdürftig entfernte sie die schwarzen Spuren um ihre Augen mit dem Daumen und lachte über ihre dunkle Fingerkuppe.

Als die Fahrstuhltür aufsprang, drangen entspannende Klänge an ihr Ohr, die sie an ihren Massagesalon in München denken ließen. Ein Hauch von Orchidee lag in der Luft und mischte sich mit Sandelholz und Jasmin. Der Duft hatte etwas Schweres, Betörendes. Ein junger Hotelmitarbeiter grüßte sie mit einer anmutigen Verbeugung, als Sophie aus dem Fahrstuhl trat.

Mit unsicheren Schritten steuerte sie auf die Rezeption zu, um sich zu erkundigen, wo man um diese Uhrzeit noch etwas zu essen bekam. Das Ressort lag etwas abgelegen auf den Klippen südlich von Jimbaran. Sophie erinnerte sich jedoch daran, dass es drei hoteleigene Restaurants gab. Sie stellte sich hinter ein junges Paar, das bereits an der Rezeption wartete. Die beiden unterhielten sich in einer Sprache, die Sophie nicht verstand. Schwedisch. Vielleicht auch Norwegisch oder Finnisch. In ihren Ohren klangen diese Sprachen alle ähnlich.

Sie hatten beide strohblondes Haar und gebräunte Beine, die in Flipflops steckten. Am Knöchel der jungen Frau entdeckte

Sophie einen tätowierten blauen Schmetterling. Sie selbst hatte keine Tätowierungen, was nicht daran lag, dass sie ihr nicht gefielen, sondern eher daran, dass sie nie Teil ihrer Lebenswelt gewesen waren. Sie hatte nicht einmal Freunde mit Tätowierungen – abgesehen von ihrer Schwester, die gewissermaßen doppelt zählte. Oder dreifach. Denn Charlies Arme waren so stark tätowiert, dass ihre Mutter spöttisch behauptete, sie hätte ebenso gut ein Bilderbuch auf die Welt bringen können.

Sophie zuckte leicht zusammen, als die junge Frau sich zu ihr umdrehte und fremde Silben auf sie einprasseln ließ, während ein freundliches Lächeln um ihre Lippen spielte. Sie war von hinten hübscher als von vorne, stellte Sophie fest, als ihre Augen die etwas zu große Nase und die buschigen Augenbrauen einfingen. Der Mann neben ihr drehte sich nun ebenfalls zu Sophie um und blickte sie neugierig aus poolblauen Augen an, die ihn durchaus attraktiv erscheinen ließen. Mit seiner gebräunten Haut und dem bunten Hawaiihemd erinnerte er sie an einen Surfer. Sie erklärte den beiden auf Englisch, dass sie nicht verstand, und die junge Frau wechselte ohne zu zögern ebenfalls ins Englische. Ob sie auch ein Taxi zur Beachparty brauche, wollte sie von Sophie wissen.

»Beachparty?«, wiederholte Sophie mit schwerer Zunge und bildete sich kurz ein, die Frau vor sich in doppelter Ausführung zu sehen.

»Alcohol, Party, Dancing«, tönte die schwedisch-norwegische Finnin und bewegte lachend ihre Hüften, die in einem engen Jeansrock steckten.

»Alcohol, Party, Dancing«, nuschelte Sophie und ließ die Worte ein paar Sekunden auf sich wirken. Sie klangen gut.

Niklas

Niklas hatte es sich mit einem Mojito in der Hand in einem weißen Loungesessel bequem gemacht, während er Marie dabei beobachtete, wie sie ihre Hüften zum Rhythmus der Musik bewegte. Ihr Körper steckte in einem knappen lachsfarbenen Schlauchkleid, das nicht nur ihre gebräunte Haut perfekt zur Geltung brachte. Er stellte sich vor, wie er es ihr noch in dieser Nacht ausziehen würde, und überlegte, ob es besser bei ihr oder bei ihm geschehen sollte. Währenddessen winkte sie ihm grinsend zu und deutete mit einer übertriebenen Schnute auf ihr leeres Glas, was er als Aufforderung verstand, für Nachschub zu sorgen.

An der Bar drängelten sich verschwitzte Körper, und Niklas kam dem Tresen nur zentimeterweise näher. Die Hitze der feuchten Haut um ihn herum und der beißende Geruch von Zigaretten und Joints ekelten ihn an. Nach Luft schnappend streckte er den Kopf aus der Masse. Im selben Moment stießen seine Augen auf etwas, das seine Aufmerksamkeit sofort in Beschlag nahm. Es war eine junge Frau, die nur wenige Meter entfernt am Versuch scheiterte, auf einen Barhocker zu steigen. Sie torkelte, nahm einen zweiten Anlauf und fixierte den Hocker, als sei er der Mount Everest. Als sie es endlich geschafft hatte, kippte sie wieder nach hinten, ließ sich von einem blonden Mann im Hawaiihemd auffangen und kicherte beschämt.

Niklas verfolgte ungläubig die Szene. Nicht, weil es lange her war, dass er eine derart betrunkene Frau gesehen hatte, sondern weil ihr weißblondes Haar wie ein Blitz in der Nacht leuchtete und sie eine kamelfarbene Tasche mit Goldemblem bei sich trug.

Sophie

Sophie hatte noch nie in ihrem Leben so viel Alkohol auf einmal getrunken. Nicht an ihrem 18. Geburtstag, nicht an Silvester, ja, nicht einmal nach Maximilians Tod, als ihr jeder weismachen wollte, mit Rotwein ließe es sich besser einschlafen. Sie hatte gar nicht einschlafen wollen, denn das bedeutete immer wieder aufs Neue, aufzuwachen und von der Erkenntnis überrannt zu werden, dass nichts mehr so war wie zuvor.

Nachdem sie mit Alma und Benny, den beiden Dänen aus der Hotellobby, und einer Flasche billigem Wodka in ein Taxi gestiegen war, hatte Sophie jegliches Zeitgefühl verloren. Der Fahrer ließ sie in einer Straße aussteigen, die sie mit einem Wirrwarr aus Elektroklängen, blinkenden Lichtern und hupenden Motorrollern empfing. Menschenmassen drängten sich durch die schmalen Gassen, steuerten Bars und Klubs mit Leuchtreklamen an und grölten lauthals Songs, die sie nicht kannte. Eine üble Mischung aus Abgasen, Essen und Rauch drang an Sophies Nase und brachte den Boden unter ihr zum Wanken. Ihr Magen war so leer, dass er abwechselnd drückte und knurrte.

Wie ein Kind tapste sie Alma und Benny nach, die irgendeinen Klub am Strand ansteuerten und ihr immer wieder die Wodkaflasche reichten, in der, als sie die Location schließlich erreichten, nur noch ein armseliger Rest schwamm.

Sie verloren Alma im Gewusel der Tanzfläche, die sie auf dem Weg zur Bar durchqueren mussten, doch zu ihrer Verwunderung schien das Benny nichts auszumachen. Er drückte Sophie einen pinkfarbenen Mai Tai in die Hand, der herrlich süffig schmeckte, und tanzte um sie herum, während sie ihren Körper zur Musik bewegte. Sie fühlte sich leicht und schwerelos, wie eine Feder im Wind. Alles um sie herum war plötzlich bunt, fröhlich und laut und so vollkommen anders als in diesem tristen Hotelzimmer. So vollkommen anders als in den letzten Monaten, die, in Farben beschrieben, ein einziges Schwarz gewesen waren.

Die Hände in der Luft, bewegte sie ihren Körper zur Musik, während Benny seinen Rücken an ihr rieb. Ab und zu flüsterte er ihr etwas ins Ohr, doch die Musik dröhnte zu laut aus den Boxen, und es interessierte sie auch zu wenig, was er sagte, sodass sie ihm als Antwort stets ein Lächeln schenkte. Doch irgendwann musste es ein Lächeln zu viel gewesen sein. Oder an der falschen Stelle. Denn Benny war plötzlich viel zu nah an ihrem Gesicht. So nah, dass sie seinen alkoholgeschwängerten Atem riechen konnte, die Hitze seiner gebräunten Haut fühlen konnte, sein wild pochendes Herz an ihrem spürte. Sie erstarrte innerlich und wurde plötzlich von einem tiefen Schamgefühl eingeholt.

»Nein.«

Mit einer heftigen Bewegung versuchte Sophie, ihn von sich zu stoßen, doch Benny war groß und breitschultrig und lachte nur amüsiert, als spiele sie Katz und Maus mit ihm. Mit seinem vollen Gewicht presste er Sophie gegen die Palme in ihrem Rücken und wollte seine Lippen auf ihren Mund drücken, während seine

Hände um ihre Taille griffen. Sie roch Alkohol und Schweiß und musste würgen.

»Stopp«, schrie Sophie panisch und wand sich unter ihm.

Hilfe suchend blickte sie sich um, wohlwissend, dass niemand hier nüchtern genug war, um ihre missliche Lage richtig zu deuten. Als Benny nicht von ihr abließ, holte sie aus und schlug ihm mit ihrer Tasche ins Gesicht. Einen Moment lang starrte er sie verdutzt an, und genau diesen nutzte sie aus, um abzuhauen.

Ihre Flucht war jedoch eher ein armseliges Torkeln. Alles um sie herum drehte sich, und sie hatte keine Ahnung, ob sie nach rechts oder nach links, zum Ausgang oder zum Eingang lief. Oben war plötzlich unten, und unten raste auch noch auf sie zu. Schließlich wurde ihr schwarz vor Augen. Sophie klammerte sich an etwas, das sich wie eine Palme anfühlte, und rang nach Luft. Das sanfte Rauschen der Wellen drang an ihr Ohr. Der Geruch von Salz und Algen lag in der Luft, und ihre Füße versanken im Sand.

Niklas

Ihr helles Haar schimmerte im Schein der Laserstrahlen abwechselnd blau, grün und pink, wenn es nicht von diesem breitschultrigen Kerl verdeckt wurde, der seine Hände an ihrer schmalen Taille hatte. Er trug ein Hemd mit Blütenprint, das Niklas nicht einmal gegen Bezahlung angezogen hätte, und viel zu enge Jeansshorts. Einen derart schlechten Geschmack hätte er ihr nicht zugetraut. Allerdings hätte er auch nie erwartet, dass sich Miss

Zugeknöpft gleich am ersten Abend ihres Urlaubs voll wie eine Haubitze auf einer Strandparty abschleppen lassen würde. Dieselbe Frau, die seine Käse-Chips wie Crystal Meth beäugt und vor lauter Herzschmerz eine ganze Torte verschenkt hatte.

Argwöhnisch beobachtete er, wie sich ihre Körper aneinanderpressten, als ihm auffiel, dass etwas an diesem Bild nicht stimmte. Ihre Haltung war irgendwie schief, ihr Gesicht angespannt. Als sie dem Kerl schließlich die Tasche überzog und in wackeligen Schritten davonwankte, war Niklas sicher, dass hier etwas anderes als Liebe in der Luft lag. Zweifellos bedeutete es Ärger, dass Mr Honolulu ihr zum Strand nachlief.

»Shit«, fluchte Niklas, während eine Stimme abwechselnd »Mach was« und »Halt dich raus« in sein Ohr wisperte. Genervt blies er die Backen auf, weil er insgeheim wusste, dass es nur eine richtige Entscheidung gab.

Sekunden später kämpfte er sich bereits durch die Massen von Menschen hindurch, die sich um die Bar herumdrängten und zu sehr mit Tanzen und Feiern beschäftigt waren, um die tiefen Falten auf seiner Stirn zu bemerken. Als er nur noch wenige Meter vom Strand entfernt war, hörte er bereits die Schreie einer Frau und spürte, wie sein Puls hochschnellte.

Im Licht des Vollmonds machte Niklas die Umrisse zweier Gestalten aus – ein Anblick, der für kitschige Postkarten, Motorräder und Badetücher hätte herhalten können, wären diese Körper nicht unnatürlich verrenkt gewesen. Und wären da nicht diese erbitterten Flüche gewesen, die durch die Nacht hallten.

»Gib her«, hörte er Sophie schimpfen. »Dasismeine.«

Ihre Stimme zeugte von Wut – und vom Überschreiten jeglicher Promillegrenzen.

»You stole my money«, wetterte eine dunkle Männerstimme. »Fucking bitch.«

Das silbrige Licht reichte aus, um die Umrisse einer Handtasche auszumachen, an der beide zerrten. Niklas runzelte die Stirn. Er hatte ja vieles befürchtet – dass der Kerl auf eine schnelle Nummer am Strand aus war oder sich nicht mit einer Abfuhr begnügte – aber nicht, dass es hier um eine dämliche Handtasche ging. Und Geld. Wer beklaute denn hier wen?

»Lass los«, fauchte Sophie und trommelte mit den Fäusten auf sämtliche Hawaiiblumen ein, bis der Kerl ihre Handgelenke so grob packte, dass sie aufschrie.

»Wowowowo«, ging Niklas schlichtend dazwischen, packte ihn am Hemdkragen und zog ihn in einer ruckartigen Bewegung von Sophie weg, die ihn mit großen Augen anstarrte. Der Mann begann, in einer Sprache zu fluchen, die Niklas nicht verstand, wechselte dann jedoch wieder ins Englische und reihte das Wort *bitch* mindestens sechsmal aneinander. Als er erneut auf Sophie losgehen wollte, stellte Niklas sich ihm in den Weg, konnte jedoch nicht mehr rechtzeitig ausweichen, als sich eine Faust mit einem dumpfen Schlag in seine Schläfe rammte. Er taumelte rückwärts. Schwärze kroch in sein Blickfeld. Er wollte sich der Dunkelheit gerade hingeben, als Sophies hysterische Schreie ihn wieder zurückholten. Wütend riss Niklas die Augen auf und stürzte sich mit voller Wucht auf den Kerl im Hawaiihemd, der nun in Sophies Tasche wühlte und dabei den gesamten Inhalt in den Sand leerte.

»Nein«, schrie Sophie panisch und fiel auf die Knie. In hektischen Bewegungen tastete sie den Boden ab, während Flüche auf sie einhagelten.

Niklas verstand nicht alles, aber es schien tatsächlich um Geld zu gehen. Der Kerl beschwerte sich, sie den ganzen Abend ausgehalten zu haben, und wollte Geld für das Taxi und die Cocktails. Wahrscheinlich, dachte Niklas, zählte er zu den Männern, die Frauen nicht ohne Hintergedanken einen »Sex on the beach« spendierten.

Sophie ignorierte sein Poltern und krabbelte noch immer auf allen vieren über den Boden. Mr Honolulu fluchte noch einmal in die Nacht hinein, schubste Niklas zur Seite und zog in energischen Schritten ab.

»Alles o.k. mit dir?«, fragte Niklas und beugte sich leicht nach unten.

Er erhielt keine Antwort. Vor sich hin murmelnd, fuhren ihre Hände durch den Sand. Suchte sie ihren Geldbeutel? Einen Schlüssel?

»Ist alles o.k.?«

Niklas ging in die Hocke.

»Bilder«, faselte sie. »Sin' ... weg.«

Mit weit aufgerissenen Augen starrte sie ihn an, und er fragte sich, ob sie ihn überhaupt erkannte. Das silbrige Licht des Mondes ließ ihre Haut noch blasser erscheinen, und Niklas hatte das Gefühl, ein Gespenst vor sich zu haben. Ein mulmiges Gefühl überkam ihn. Intuitiv wollte er aufstehen und gehen, zurück zu Marie, einen Mojito trinken und vergessen, dass er sich zum ersten Mal in seinem Leben geprügelt hatte. Besser gesagt geprügelt *worden* war. Zu mehr als einem Schubs hatte es von seiner Seite aus ja nicht gereicht. Mit der Hand fuhr er sich über seine pochende Schläfe. Das würde eine fiese Beule geben.

»Muss ... hier ... sein«, flüsterte Sophie mit schwerer Zunge und krabbelte auf allen vieren über den Boden.

Niklas ließ seine Augen über den dunklen Sand wandern, bis

sein Blick auf ein kleines rechteckiges Bündel fiel, das neben seinem Fuß im Sand lag. Er hob es auf und reichte es ihr.

»Suchst du das?«

Sie hob den Kopf und riss es ihm aus der Hand.

»Ja«, wisperte sie apathisch.

Irritiert beobachtete Niklas, wie sie sich schwerfällig aufrichtete, den Sand von ihrer Kleidung klopfte und in wackeligen Schritten davonging.

»Hallo?«, schrie er ihr ungläubig nach, doch sie stapfte unbeirrt weiter.

Wut blähte sich wie ein Ballon in seinem Bauch. Ließ sie ihn hier einfach stehen? Ohne wenigstens Danke zu sagen?

»Was soll das?«, fauchte er, als er sie eingeholt hatte und nach ihrem Arm griff.

Als sie sich ihm entziehen wollte, packte er fester zu.

»Lass mich«, lallte sie und begann, um sich zu schlagen.

Niklas spürte etwas Hartes, Kantiges an seiner Lippe und schmeckte kurz darauf Blut.

»Bleib ... stehen«, schrie er wütend, doch sie ignorierte ihn.

»Sophie, bleib stehen.«

Ihr Name kam aus seinem Mund, als sei sie eine alte Bekannte, doch er hatte keine Zeit, sich darüber Gedanken zu machen. Ruckartig blieb sie stehen.

»Woher ... woher kennstdu ... mein ... Namen?«

Sie hatte ihn also wirklich nicht erkannt.

»Wir saßen im Flugzeug nebeneinander. Niklas ...?«

Ihre Augen verengten sich zu Schlitzen.

»Du hast diese ... stinkenden ... Chips gegessen«, brachte sie lallend hervor. »Und meine ... To ...horte.«

Er runzelte die Stirn.

»Das ist dir von mir in Erinnerung geblieben?«

Ausdruckslos starrte sie ihn an.

»Und du … hass' Maximilians Platz geklaut.«

»Wer ist Maximilian?«

»Tooooot«, flötete sie und zog das Wort übertrieben in die Länge.

Niklas schluckte.

»Aber weißt du waaaas?«, kicherte sie plötzlich und sah ihn erwartungsvoll an. »Niemand liebt, der jemals tot ist.«

Er hob die Brauen und beäugte sich skeptisch.

»Nein, stopp, anders. Niemand ist jemals tot, der liebt. Ähm …«

Ihr Kinn sackte nach unten, und ihre Lider schlossen sich.

»Wie viel hast du denn getrunken?«

»3,1415926«, hickste sie.

Beinahe musste er schmunzeln.

»Schön, du hast die Kreiszahl Pi getrunken. Und was noch?«

»Du bisss ja … schlau.«

Ihr Daumen schnellte nach oben.

»Dasis die … konsta …hanteste Handynummer der … Welt.«

Niklas verstand kein Wort. Ratlos sah er sich um. Wie kam er nur wieder aus dieser Nummer raus? Sophie trat von einem Bein aufs andere und wankte dabei.

»Mir issss … schwindelig.«

»Ja, alles andere wäre auch unfair«, raunte Niklas.

»Kannst du … Massimilian anrufen und sagen, er soll mich …abholen?«

Beim Anblick ihrer großen Augen überkam ihn wieder ein mulmiges Gefühl. Wer war dieser Maximilian? Eben hatte sie noch gesagt, er sei tot.

»Ist er denn ... hier? Auf ... der Party?«

Sophie schüttelte den Kopf.

»In deinem Hotel?«

»Er«, sie dachte nach, »ist nicht mehr, wo er war, aber ... überall, wo ... wir sind.«

Ihre Stimme hallte durch die Nacht. Ein paar Sekunden lang starrte sie in den Sand. Dann drang ein leises Schluchzen aus ihrem Mund. Es wurde lauter und lauter, und Niklas stand hilflos neben ihr und musste mit ansehen, wie ihr Körper kraftlos zusammensackte.

Sophie

Als Sophie die Augen öffnete, war der Schmerz in ihrem Kopf so überwältigend, dass sie glaubte, ohnmächtig zu werden. Der Versuch, sich aufzurichten, löste Übelkeit in ihr aus, sodass sie aus dem Bett stolperte und ins Bad hasten wollte. Ihr Kopf prallte gegen etwas Hartes, ehe ihr bewusst wurde, dass dort, wo die Badtür hätte sein sollen, ein Schrank war. Wieder schoss ihr ein stechender Schmerz in den Kopf, der sich wellenartig in ihrem Körper ausbreitete. Panik überrollte sie. Das war nicht ihr Zimmer.

»Da geht's lang«, hörte sie eine Männerstimme hinter sich und zuckte zusammen. Als Sophie sich umdrehte, entdeckte sie Niklas auf einem Stuhl neben dem Fenster. Seine Haltung verriet, dass er schon eine ganze Weile dort saß, seine finstere Miene, dass es ihm nicht gefiel.

»Was ...«, murmelte sie gequält und versuchte, sich zu orientieren.

»Das Bad. Es ist dort«, bemerkte Niklas und deutete auf eine Tür, deren weiße Farbe größtenteils abgeblättert war. »Ich bezweifle allerdings, dass du noch irgendetwas in deinem Magen hast.«

Obwohl sie vor lauter Kopfschmerzen keinen klaren Gedanken fassen konnte, registrierte sie den zynischen Ton in seiner Stimme, doch im selben Moment wurde ihr so übel, dass sie ohne Erwiderung in Richtung Badezimmer taumelte und die Tür aufriss. Sie schaffte es gerade noch zur Kloschüssel und erbrach eine klare, bittere Flüssigkeit.

»Hab mich getäuscht«, hörte sie ihn rufen, während sie wie ein Häufchen Elend würgte. Als sie den Kopf anhob und versuchte aufzustehen, fühlte sie sich wie eine Figur in einer Spieluhr, nur dass sie sich nicht selbst, sondern sich alles um sie herum drehte. Der Wandspiegel, dem eine Ecke fehlte, die Dusche ohne Vorhang, das Waschbecken, das verschlissene Holzschränkchen. Wo zum Teufel war sie? Und was hatte dieser Kerl aus dem Flugzeug hier zu suchen? Sophie kramte nach Erinnerungen, doch da war nichts mehr. Als hätte man ihr mit einem Schlauch den Kopf ausgespült.

»Alles klar da drin?«

»Ja«, krächzte sie und wischte sich Erbrochenes aus dem Gesicht. Es war eine Lüge. Nichts war klar. Alles war unklar. Sie wusste nicht mal, wie der Typ da draußen hieß. Als sie versuchte, sich am Waschbecken hochzuziehen, gaben ihre nackten Beine unter ihr nach. Alles wurde schwarz.

Als Sophie ihre Augen wieder öffnete, fand sie sich erneut im Bett wieder. Ein Moskito summte direkt neben ihrem Ohr, und etwas Feuchtes lag kühl und schwer auf ihrer Stirn. Ihre Finger tasteten danach.

»Waschlappen«, hörte sie Niklas sagen und hob leicht den Kopf. Wieder schoss ein pochender Schmerz durch ihn hindurch. Er saß auch dieses Mal auf dem Stuhl am Fenster und beobachtete sie von dort aus. Durch die Ritzen der Bambusjalousie drangen grelle Sonnenstrahlen, die ein Muster an die Wand zeichneten. Wie spät war es? Wie lange hatte sie geschlafen?

»Wo bin ich?«, fragte sie schleppend. Ihre Zunge fühlte sich wie gelähmt an.

»Bali«, bemerkte Niklas nüchtern.

»Wo?« Sie fuhr mit dem Zeigefinger durch den Raum. »Das ist nicht mein Zimmer.«

»Stimmt. Ist meins.«

Er verschränkte die Arme vor der Brust, und Sophie fragte sich, ob er die kakifarbenen Badeshorts vorhin schon getragen hatte. Damit sah er vollkommen anders aus als im Flugzeug. Wie ein Surfer. Womöglich passte er ja doch hierher.

»Warum ...? Was ist ... passiert?«

Niklas antwortete mit einem spöttischen Schnauben.

»Was passiert ist? Bevor oder nachdem du dich mit Alkohol umbringen wolltest?«

Seine Worte prasselten wie Hagel auf Sophie ein, und für einen Augenblick war sie zu überrumpelt, um etwas erwidern zu können. Bruchstückhafte Erinnerungen an die vergangene Nacht kamen in grausigen Flashbacks zu ihr zurück. Die Minibar. Eine Party. Alkohol. Strand. Und Schwärze. Ihr Puls schnellte nach oben.

»Wo ist meine Tasche?«

Hektisch richtete sie sich im Bett auf. Unter ihr quietschte der Lattenrost.

»Deine Tasche?!«, wiederholte Niklas ungläubig.

»Ja, ich hatte eine Tasche dabei. Braun. Aus Leder.«

Ein Gefühl von Panik überkam sie. Ihr Portemonnaie war in dieser Tasche gewesen. Die Chipkarte fürs Hotel. Und die Fotos von Maximilian. Sie hatte doch nicht etwa schon wieder ...

»Nimm so lange die hier«, brummte er genervt und deutete auf die Tasche, die neben dem Bett stand.

Sophie zog sie auf ihren Schoß und stellte erleichtert fest, dass nichts fehlte.

»Keine Sorge, Leute, die ich ausraube, lasse ich normalerweise nicht in meinem Bett schlafen.«

»So war das nicht gemeint.«

Verlegen senkte sie den Blick und stierte auf das dunkelblaue T-Shirt, das sie trug. Es musste ihm gehören. Sophie schielte unter die Bettdecke. Ihre Beine waren nackt unter dem weißen Laken, aber es beruhigte sie, dass sie einen Slip trug. Mit etwas Glück hatte er sie nicht nackt gesehen.

»Ich dachte echt, ich wäre kaputt, aber du«, begann er und lachte auf, »spielst in einer ganz anderen Liga. Erinnerst du dich wenigstens noch an irgendwas?«

Kopfschüttelnd erhob er sich aus dem Stuhl und ging ein paar Schritte auf sie zu. Zu seinen Badeshorts trug er ein T-Shirt, das leicht zerknittert war, und seine Lippe war aufgesprungen. Irgendwie sah er ziemlich ramponiert aus.

»Mein Verlobter ist tot«, flüsterte sie mit brüchiger Stimme und konnte nicht verhindern, dass ihr Tränen die Augen verschleierten. Ihr Herz fiel in sich zusammen, als sie an Maximilian dachte. Der nicht hier war. Der nie wieder hier sein würde.

»Ja, das hast du mir letzte Nacht mehrfach erzählt«, erwiderte Niklas überraschend kühl. »Und du willst jetzt auch unbedingt sterben, oder wie?«

Die Härte seiner Worte traf sie unvorbereitet. Sie hatte Mitleid erwartet, Anteilnahme, aufbauende Floskeln. Aber nicht das.

»Hör zu. Von mir aus kannst du machen, was du willst. Aber zieh mich nicht mit rein. Ich hab genug eigene Probleme. Geh zurück in deinen Luxustempel und ...«

»Da geh ich nicht mehr hin«, unterbrach ihn Sophie und war überrascht von der Entschlossenheit in ihrer Stimme.

Niklas hob die Brauen.

»Das halte ich nicht aus.« Der Gedanke an die nüchterne Suite, das riesige Bett und all die grinsenden Turteltäubchen ließ sie frösteln. »Ich will nicht zurück. Da dreh ich durch!«

»Das bist du längst«, murmelte Niklas zynisch.

»Ich. Gehe. Nicht. Mehr. In. Dieses. Hotel«, sagte Sophie trotzig und verschränkte die Arme vor der Brust.

Sie wusste, dass sie sich wie eine Dreijährige benahm, aber es war ihr egal. Keinen Tag länger wollte sie in dieser riesigen Suite verbringen. Keinen Tag länger zwischen Lotusblüten und Jasminduft.

Niklas seufzte.

»Wo willst du denn dann hin?«

Ratlosigkeit schlich sich in ihr Gesicht. Ja, wo wollte sie eigentlich hin? Sie hatte kein Auto, und ihre Sachen waren alle im Hotel.

»Du wolltest doch in den Norden fahren«, murmelte sie kleinlaut. »Kannst du mich nicht ein Stück ...«

Mit einem ungläubigen Stirnrunzeln quittierte er ihre Frage.

»Daran erinnerst du dich wohl?«

Im Flugzeug hatte er ihr von Reisplantagen, Vulkanen und Tempeln erzählt, die er für den Reiseführer ablichten würde. Reiseführer, genau. Deswegen war er hier, fiel es ihr wieder ein. Er war Fotograf und sein Name ... Niklas.

»Vergiss es.«

Flehend wandte sie sich an ihn.

»Nur ein Stück? Ich beteilige mich auch am Sprit.«

»Vergiss es.«

»O.k., ich zahle den ganzen Sprit.«

Niklas schüttelte den Kopf.

»Ich will doch nur weg von hier. Egal, wohin. Und du hast einen Mietwagen.«

Verzweiflung schwang in ihrer Stimme mit.

»Miete dir selbst ein Auto.«

Sie biss sich auf die Unterlippe.

»Ich kann nicht Auto fahren.«

Es war nur ein Flüstern. Niklas zuckte mit den Schultern.

»Na schön, dann nimm ein Taxi. Am besten zum Flughafen.«

Sein Spott verletzte sie.

»Ich kann nicht nach Hause.«

»Du willst nicht ins Hotel, und nach Hause willst du auch nicht. Was zum Teufel willst du überhaupt?«, fuhr er sie an und stand nun direkt neben dem Bett, in dem sie lag.

»Ich weiß es nicht mehr«, kam es erstickt aus ihrem Mund. Tränen schossen ihr erneut in die Augen, und sie hatte Mühe, nicht laut aufzuschluchzen. Sie fühlte sich schuldig und ungerecht behandelt zugleich. Als habe das Leben sie verraten. Als habe die ganze Welt sie verraten. Warum war er jetzt nicht hier und nahm sie in die Arme? Warum drückte er sie nicht fest an sich und murmelte ihr ins Ohr, dass alles gut werden würde? Warum war sie nur so allein?

Niklas vergrub das Gesicht in den Händen und seufzte.

»Mein Zimmer ist nicht der geeignete Ort, um das herauszufinden.«

Mit dem Handrücken rieb sie sich die Tränen aus dem Gesicht.

»Ich werde jetzt runter zum Strand gehen. Bleib von mir aus liegen, bis es dir besser geht. Aber wenn ich heute Abend wiederkomme, bist du weg.«

Niklas

In was bin ich da nur hineingeraten?, dachte Niklas missmutig, als er am Strand saß und Muscheln ins Meer schleuderte, während um ihn herum Sonnenanbeter im Sand lagen, Eis schleckten, Bier tranken, Bücher lasen und sich im Paradies angekommen sahen. Er selbst konnte all das in diesem Moment nicht genießen. Seine Gedanken kreisten ununterbrochen um die Frau, die in seinem Bett lag. Ob es ein Fehler gewesen war, sie allein in seinem Zimmer zurückzulassen? Sie hatte schrecklich ausgesehen mit ihrem blassen Gesicht und den dunklen Ringen unter den Augen. Noch dazu hatte sie geweint. Niklas hasste es, wenn Frauen weinten. Egal, ob sie sieben Jahre alt waren und ihren Hamster betrauerten oder eben Ende 20. Niklas fühlte sich dann immer so hilflos, dass er am liebsten wegsehen wollte. Doch diesmal konnte er nicht wegsehen.

Die Bilder der vergangenen Nacht tauchten vor seinem inneren Auge auf und erinnerten ihn daran, wie verzweifelt sie geschluchzt hatte. Wie sie vor lauter Alkohol kaum ein Wort herausgebracht und sich so an ihn geklammert hatte, dass er das Pochen ihres Herzens spürte. *Maximilian*, hatte sie immer wieder gemurmelt, als er sie ohne lange nachzudenken über die Schulter geworfen und zu seinem Hostel getragen hatte. Er wusste inzwischen, dass es der Name ihres Verlobten war – und dass dieser Verlobte nicht mehr lebte. Und er kannte den Schmerz, jemanden zu verlieren, nur zu gut. Sein Vater war abgehauen, als er sechs Jahre alt war, und hatte nicht nur seine Mutter mit gebrochenem Herzen zurückgelassen. Und dann war da noch ... Niklas schloss die Augen. Plötzlich überkam ihn ein furchtbar schlechtes Gewissen. Wie er sie eben angefahren hatte. So grob. Das passte eigentlich nicht zu ihm.

»Scheiße«, fluchte er laut und rammte seine geballte Faust in den heißen Sand.

Sekunden später schlüpfte er in seine Flipflops und lief zurück zum Hostel, das keine 300 Meter vom Strand entfernt war. 300 Meter, die aber lang genug waren, um im Kopf wilde Horrorszenarien zu durchleben. Er sah sie an einem Strick baumeln, mit aufgeschnittenen Pulsadern in der Badewanne und mit schäumendem Mund im Bett liegen. Er sah sich die Polizei rufen und den Notarzt, sah sich mit Fragen und Anschuldigungen konfrontiert und rollte schließlich die Augen über seine absurden Horrorfantasien.

Als Niklas schließlich mit rasendem Herzen die Tür zu seinem Zimmer aufstieß, entfuhr ihm ein lauter Schrei. Sie musste gerade aus dem Badezimmer gekommen sein und stand mit weit aufgerissenen Augen vor ihm. Nass. Und halb nackt. Das kleine Handtuch, das sie vor sich hielt, reichte nicht annähernd aus, um ihre geballte Weiblichkeit zu verbergen.

»Dreh dich um«, fauchte sie.

»Äh, ja …«, stammelte Niklas und spürte, wie ihm die Röte ins Gesicht schoss.

Er fühlte sich plötzlich wie ein kleiner Junge, der einem Mädchen unter den Rock gesehen hatte.

»Das andere Umdrehen«, zischte sie.

Entschuldigend hob er die Hand und wandte den Blick ab.

»Du wolltest doch erst heute Abend wiederkommen«, schnaubte Sophie, während sie sich ins Bad verzog.

Peinlich berührt rieb Niklas sich die Stirn und zwang sich, die Bilder aus seinem Kopf zu verbannen. Ihre nackten Beine, die helle Haut, der Ansatz ihrer … *Stopp*, hörte er eine warnende Stimme tief in sich drin.

Als Sophie kurz darauf aus dem Badezimmer kam, trug sie die Jeansshorts und das weiße Tanktop vom Vorabend. Es hatte einen bräunlichen Fleck am Ausschnitt, und er musste sich anstrengen, nicht darauf zu starren.

»Sorry«, murmelte Niklas, als ihr vorwurfsvoller Blick ihn traf.

»Bin gleich weg«, murmelte sie, während sie ihr nasses blondes Haar mit flinken Bewegungen in einen geflochtenen Zopf verwandelte. *Hangover-Elsa*.

Sie schnappte sich ihre Tasche vom Boden und wollte sich wortlos an ihm vorbeischieben, als er sie am Arm festhielt. Ein dünner, zierlicher Arm, der sich überraschend weich anfühlte. Als er sie nachts zu seinem Hostel getragen hatte, war ihm aufgefallen, wie leicht sie war.

»Fährst du zurück in dein Hotel?«

»Nein«, brummte sie trotzig, ohne ihn anzusehen. »Ich dachte, das hätte ich vorhin deutlich gesagt.«

»Zum Flughafen?«

Sie schenkte ihm einen eindeutigen Blick.

»Ich suche mir jemanden, der mich mitnimmt. Hier gibt es doch genügend Touristen und Backpacker, denen ich mich anschließen kann.«

»So?«

Seine Augen wanderten ihren Körper hinab, bis hin zu den ledernen Sandalen, in denen gepflegte Füße mit zartrosa lackierten Nägeln steckten.

»Du hast nicht mal einen Rucksack.«

Sophie blies die Backen auf.

»Nicht jeder Backpacker braucht einen Rucksack.«

»Doch, sonst ist er ja nur noch ein -er.«

Sie zog die Stirn kraus.

»Vergiss es«, murmelte Niklas. »Aber so kannst du nicht ...«

»Das kann dir doch egal sein.«

Sophie hatte recht. Es konnte ihm egal sein. Sie hatte sein Zimmer nicht zum Tatort eines Suizids gemacht und wirkte auf ihn deutlich gefasster als am Morgen. Er konnte reinen Gewissens wieder zum Strand gehen, sich in die Sonne legen und entspannen. Aber da war etwas in ihm, ein Gefühl oder ein Instinkt, das ihn nicht zur Ruhe kommen ließ.

»Hast du genug Geld?«

Sophie nickte. Natürlich hat sie genug Geld, dachte Niklas. Sie ist Businessclass geflogen und wohnt in einem Luxushotel. Plötzlich musste er an den Stapel Rechnungen denken, der sich neben seinem Telefon türmte – und in etwa so hoch war wie Zuckerbergs

Kontostand –, und das mickrige Budget, das er für diesen Kurzurlaub hatte.

»O.k., für 100 Euro nehme ich dich bis nach Ubud mit. Das liegt im Landesinneren. Von dort aus kommst du gut allein weiter«, schoss es plötzlich aus seinem Mund.

Skepsis spiegelte sich in ihren blauen Augen, und für einen Moment rechnete er damit, dass sie ablehnen und ihn einen gierigen Halsabschneider nennen würde. Denn jeder wusste, dass man sich auf Bali für 20 Euro einen ganzen Tag lang durch die Gegend kutschieren lassen konnte. Stattdessen nickte sie wortlos und murmelte etwas, das wie »O.k.« klang.

Sophie

»Warum hast du deine Meinung geändert?«

Sie fuhren nun bereits über eine halbe Stunde ins Landesinnere, ohne ein Wort miteinander gewechselt zu haben, und sosehr Sophie sich für die atemberaubende Landschaft begeistern konnte, so sehr sehnte sie sich danach, mit jemandem zu sprechen und die Lücken in ihrer Erinnerung zu schließen. Nach der Taxifahrt mit den beiden Dänen (oder waren es Norweger gewesen?) war alles verschwommen und unscharf, als hätte man ein Bild ohne Blitz gemacht, und sie fühlte sich noch immer, als hätte sie 12 Runden gegen Vladimir Klitschko geboxt.

»100 Euro sind 100 Euro«, antwortete er, während er vorgab, sich auf die Straße zu konzentrieren.

Bei Tageslicht sah der Riss in seiner Lippe deutlich schlimmer aus als im schummrigen Zimmerlicht. Die Haut um sein Auge hatte eine bläuliche Färbung, die ihr bislang entgangen war. Sophie traute sich nicht, ihn darauf anzusprechen, weil sie befürchtete, ihren Teil dazu beigetragen zu haben, dass er wie ein Fight-Club-Mitglied aussah.

»Es gibt allerdings ein kleines Problem«, brachte sie kleinlaut hervor und spürte, wie er sie aus dem Augenwinkel beobachtete. »Ich habe nur«, Sophie öffnete erst ihre Tasche, dann ihr Portemonnaie, »700.000 Rupiah dabei.«

»Aber eine Kreditkarte.«

Sophie schluckte.

»Die ist im Hotel.«

Niklas sah sie entgeistert an.

»700.000 Rupiah? Das sind nicht mal 50 Euro. Damit kommt man auch in Indonesien nicht gerade weit – vor allem, wenn man eigentlich minus 50 Euro hat, weil man 100 abtreten muss.«

Sophie biss sich auf die Unterlippe und fluchte stumm. Warum hatte sie nicht mehr Bargeld eingesteckt? Oder wenigstens ihre Kreditkarte aus dem Safe geholt?

»Na, da hätte dich dieser Honolulu-Hans ja heute Nacht richtig ausnehmen können«, raunte Niklas und drehte demonstrativ das Radio lauter, aus dem aggressive Metal-Klänge drangen. Wie eine Schildkröte zog Sophie den Kopf ein und ließ sich tiefer in den Sitz sinken. Das würde eine grauenhafte Autofahrt werden – nicht nur für ihre Ohren. Sie fuhren an einem Straßenschild vorbei, das die Entfernung nach Ubud angab. Hatte er nicht gesagt, er würde sie bis dorthin mitnehmen? Dann wären es noch 20 Meilen, die sie durchhalten musste. Sie hatte über Ubud im Reiseführer gelesen. Über die vielen Künstler und Hippies, die sich dort niedergelassen hatten, den Affenwald voller Makaken, kitschig grüne Reisfelder, nette kleine Straßencafés, Souvenirs und Malereien. Und über die »Eat, Pray, Love«-Pilger, die wegen dieses Hollywoodfilms mit Julia Roberts nach Ubud kamen und auf irgendeine Form von Selbstfindung hofften. Vielleicht konnte sie dort eine Nacht bleiben. Für ein günstiges Hotel und eine Zahnbürste würde es reichen, wenn sich Niklas darauf einließ, dass sie ihm das Geld später überweisen würde. Aber weit würde sie mit 50 Euro nicht kommen, das war ihr bewusst.

Zu ihrer Erleichterung drehte Niklas am Radio und wechselte den Sender. Tracy Chapmans unvergleichliche Stimme drang aus den Boxen, während Sophies Blick in die fremde Ferne wanderte. *»You got a fast car, I want a ticket to anywhere, maybe we make a deal, maybe together we can get somewhere.«*

Niklas

Als er den Motor abstellte, lehnte Sophies Kopf in unnatürlicher Haltung an der Fensterscheibe seines Jeeps. Sie war etwa zehn Meilen vor Ubud eingeschlafen und atmete ruhig und gleichmäßig. Niklas beobachtete sie unschlüssig und überlegte, ob er die Autotür leise oder bewusst laut ins Schloss fallen lassen wollte. Schließlich hatten sie vereinbart, dass er sie nur bis Ubud mitnehmen würde, und dort waren sie nun angekommen. Mit einem entspannten Lächeln auf dem Gesicht betrachtete er das zweistöckige Holzhaus vor seinen Augen. Niklas hatte es kleiner, aber ebenso schön in Erinnerung. Bambusgewächse, Kokospalmen, Bananenbäume, Farne, Orchideen und Lotusblüten zierten den schmalen gepflasterten Weg, der zum Haus führte, das sich mit seinem Schilfdach perfekt in die Landschaft einfügte. Das Geräusch von plätscherndem Wasser drang an sein Ohr und mischte sich unter munteres Vogelgezwitscher. Niklas genoss das wohlige Gefühl, das ihn überkam. Als würde er nach Hause kommen.

Gerade als er die Tür hinter sich zuwerfen wollte – er hatte sich für laut entschieden –, tauchte Sara auf der Veranda auf und winkte ihm freudig zu. Ihr sonnengegerbtes, faltiges Gesicht begann zu strahlen, und auch ihn überkam eine wonnige Wärme, als er die kleine Frau in der roten Leinentunika erblickte.

»Nick. Sweetheart«, rief sie ihm in breitem Amerikanisch zu und ließ eine stürmische Umarmung folgen, als sie ihn erreicht hatte.

»Sara«, murmelte Niklas in ihr graues langes Haar hinein, das nach Patschuli und Gewürzen roch und zu einem unordentlichen Zopf geflochten war.

Er hatte vergessen, wie klein sie war. Ihr Kopf reichte ihm nicht einmal bis zum Brustansatz.

»Ich dachte, du kommst erst morgen.«

Sie zählte ihm auf, was sie ihm alles hätte kochen können, wenn sie früher von seinem Besuch gewusst hätte, und er konnte sich nicht einen Namen davon merken.

»Das … hat sich spontan ergeben«, erklärte Niklas und wanderte mit seinen Augen, ohne es zu wollen, zum Jeep.

»Oh, Sleeping Beauty«, hauchte Sara entzückt und schlug ihm freudig auf die Schulter. »Deine Freundin?«

Sleeping Beauty, lachte er in sich hinein. Dornröschen mit Restalkohol traf es wohl eher.

»Nein, nein. Ich ... hab sie nur ein Stück mitgenommen. Kompliziert.«

Niklas winkte ab, doch Sara zwinkerte ihm zu.

»Ich mag kompliziert.«

Dann kicherte sie und wirkte plötzlich wie sechs statt 60 Jahre. Niklas dachte, dass er viel zu lange nicht hier gewesen war. Viel zu lange nicht mehr diese Energie und Lebendigkeit erlebt hatte, die immer von ihr auszugehen schien.

»Lass uns reingehen. Es ist so schrecklich schwül heute. Dan müsste auch gleich zurück sein. Er ist zum Markt gefahren.«

Niklas warf einen Blick zum Jeep, wo Sophies Kopf noch immer regungslos an der Scheibe lehnte.

»Lass sie in Ruhe schlafen. Sie findet uns schon, wenn sie aufwacht. Hier ist ja sonst weit und breit kein Mensch«, sagte Sara und hakte sich bei ihm ein.

Niklas war sich nicht sicher, ob es die richtige Entscheidung war, doch er schloss die Jeeptür, so leise er konnte.

»Jetzt erzählst du mir erst mal, wer dein hübsches Gesicht so zugerichtet hat«, sagte sie, als sie ihn mit sich zog.

»Lange Geschichte«, seufzte Niklas.

»Ich mag lang.«

Sophie

Inzwischen war es für Sophie fast schon zur Routine geworden aufzuwachen, ohne zu wissen, wo sie war. Diesmal war es allerdings so dunkel, dass sie einen Moment brauchte, bis sie erkannte, dass sie in einem Auto saß. In Niklas' Jeep, wie sie sich erinnerte. Sie tastete nach dem Leselicht, fand den Knopf aber nicht und öffnete die Tür. Die Nachtluft drang warm und feucht ins Auto und trug den Duft von Frangipani zu ihr. Sophies Füße landeten auf weichem Boden. Gräser kitzelten ihre nackten Knöchel.

»Niklas?«, flüsterte sie in die Nacht hinein, die ihr nicht antworten wollte.

Stattdessen drang leises Gelächter an ihr Ohr. Stimmen. Sophie glaubte, in der Dunkelheit die schwach erleuchteten Umrisse eines Hauses zu erkennen, und erinnerte sich daran, dass Niklas nach Ubud fahren wollte. War das hier Ubud? Ihr Blick wanderte von rechts nach links und wieder zurück. Es schien weit und breit das einzige Haus in dieser Straße zu sein. War das überhaupt eine Straße?

»Niklas?«

Als erneut keine Antwort kam, schloss sie die Tür hinter sich und folgte einem gepflasterten Weg. Je weiter sie sich vom Auto entfernte, umso deutlicher baute sich das Haus vor ihren Augen auf. Es war dunkel und zweistöckig. Über ein paar Stufen und eine

Veranda gelangte Sophie zu einer Holztür, die leicht offen stand. Wieder hörte sie Stimmen, die aus dem Inneren drangen.

»Hallo?«, rief sie. »Niklas?«

Vergeblich suchte sie eine Klingel und klopfte stattdessen gegen die Tür. Als sich nichts rührte, ging sie hinein und stand in einem weitläufigen, schwach beleuchteten Raum mit dunklem Holzboden und einem Deckenventilator, der kühle Luft auf ihren Kopf blies. Ein Hotel ist das nicht, dachte sie mit Blick auf eine kleine Küchenecke, in der sich benutzte Töpfe und Pfannen stapelten. Sie entdeckte ein hübsches Rattansofa mit hellen Kissen und einem quadratischen Tisch sowie ein Holzregal voller Bücher. Die Wände zierten großflächige Gemälde aus Öl oder Acryl, die im gedimmten Licht etwas Düsteres ausstrahlten. Dennoch fand sie den Einrichtungsstil geschmackvoll und gemütlich.

Das muntere Lachen einer Frau ließ Sophie aufhorchen. Es kam von draußen, stellte sie fest, bevor ihre Blick auf eine Glastür fiel, die wiederum auf eine Terrasse führte.

Sophie trat hindurch und blickte in drei überraschte Gesichter.

»Sophie«, sagte Niklas erstaunt, als hätte er jeden außer ihr hier erwartet.

»Sleeping Beauty woke up«, bemerkte die Frau, die neben ihm saß, mit einem amüsierten Lächeln. Sie hatte ein freundliches rundes Gesicht mit tiefen Falten auf der Stirn und trug ihr graues Haar zu einem Zopf geflochten, der ihr über die Schulter fiel. Ihr Englisch war breit und lang gezogen. Amerikanisch, dachte Sophie. Zu ihrer Rechten saß ein Mann, der ebenfalls graues Haar hatte und Sophie mit seinem weißen Vollbart an Karl Marx erinnerte.

Einen Moment lang fühlte sie sich wie ein Löwe vor Safaritouristen und wollte instinktiv einen Schritt zurückweichen, als Niklas das Wort ergriff und den beiden anderen erklärte, was sie längst zu wissen schienen. Dass sie Sophie war. Während sie unbeholfen lächelte, kam die Frau, die erstaunlich klein war, auf sie zu und umarmte sie herzlich, was Sophie überrascht zusammenzucken ließ. Sie trug eine weitärmelige rote Tunika aus grobem Leinen und ging barfuß. Es hätte Sophie nicht überrascht, wenn sie in diesem Moment eine Kristallkugel hervorgeholt hätte – oder einen Joint.

»Schön, dich kennenzulernen, Sophie. Ich bin Sara. Das steht für Saraswaki, die Göttin der Fruchtbarkeit.«

»Stimmt gar nicht«, brummte der Mann mit den grauen Haaren und runzelte schmunzelnd die Stirn. »Das hätte sie nur gerne. Nenn sie Sara, so heißt sie, seit sie 1958 in Philadelphia auf die Welt gekommen ist.«

Er ließ ein lautes, kehliges Lachen folgen, für das er von Sara einen liebevollen Klaps auf den Arm kassierte.

»Du musst hungrig sein, meine Liebe«, sagte sie sogleich und deutete auf den Tisch, auf dem sich neben halb vollen Rotweingläsern und benutzten Tellern ein Topf mit Reis und Gemüse befand, der Sophie das Wasser im Mund zusammenlaufen ließ. Sie hatte den ganzen Tag noch nichts gegessen und nur grauenhafte Erinnerungen an ein angebissenes Bounty in ihrer Minibar und jede Menge Erbrochenes. Doch bevor Sophie sich setzen konnte, schaltete sich Niklas ein.

»Ich … sollte Sophie jetzt besser in die Stadt fahren. Sie braucht noch eine Unterkunft, und es ist schon spät.«

Er warf einen Blick auf sein Handy, als wolle er dem Ganzen mehr Ausdruck verleihen, und Sophie schoss das Blut in die Wangen, als ihr bewusst wurde, dass sie einen Moment lang wie selbstverständlich davon ausgegangen war, an diesem Tisch Platz zu nehmen und Teil dieser Runde zu werden. Aber natürlich war das Unsinn. Sie kannte weder Niklas noch die beiden Amerikaner und war nur zufällig an diesem Ort gelandet.

»Unterkunft? Das hier ist ihre Unterkunft«, entgegnete Sara entschieden und deutete mit dem Zeigefinger nach unten.

»Sara …«, setzte Niklas an, doch die Frau ließ sich nicht umstimmen.

»Sie ist mit dir hier, und da du unser Gast bist, ist auch sie unser Gast.«

Mit zunehmender Beunruhigung verfolgte Sophie das Hin und Her zwischen Niklas und Sara, das Pingpongspiel ihrer Blicke.

»Während die beiden das ausdiskutieren, holen wir dir mal einen Teller, Herzchen«, flüsterte ihr eine Stimme zu. Sie sah auf und blickte in wache blaue Augen unter buschigen Brauen.

»Ich bin übrigens Dan, einfach nur Dan«, sagte Karl Marx und reichte ihr die Hand. »Die vermeintliche Göttin der Fruchtbarkeit da drüben ist meine Frau.«

Niklas

Sara hatte schon immer ihren eigenen Kopf gehabt, und das mochte Niklas so an ihr. Sie tat das, was sie für richtig hielt, nicht das, was man von ihr erwartete. In diesem Moment jedoch hätte er sie erwürgen können. Über seinen Kopf hinweg hatte sie Sophie zum Bleiben eingeladen, sogar zum Übernachten, und jetzt saß er mit ihr bei Wein und Nasi Goreng, als wären sie ein verdammtes Ehepaar auf einer Dinnerparty.

»Wie habt ihr euch kennengelernt?«, fragte Dan und nippte an seinem Glas.

Wie habt ihr euch kennengelernt? Das wurde ja immer besser, fluchte Niklas innerlich.

»Im Flugzeug«, antwortete Sophie und lächelte dankbar, als Sara ihr den Teller voll Reis lud und anschließend Wein einschenkte. »Wir saßen nebeneinander. Und dann haben wir uns«, sie warf Niklas einen kurzen Blick zu, »in ... äh ... Kuta wieder getroffen.«

Hauptsächlich hat mich dein Ring getroffen, brummte er innerlich und rieb sich über die verkrustete Stelle an seiner Lippe.

»Und ... dann ... hat Niklas angeboten, mich ein Stück mitzunehmen.«

Sophie lächelte vorsichtig in seine Richtung, und Niklas war heilfroh, dass sie die 100 Euro nicht erwähnt hatte. Sara würde ihm die Ohren lang ziehen. Noch schlimmer, sie würde ihm einen Vortrag über Karma und Dharma und sonst was halten und ihm eine Wiedergeburt als Mehlwurm prophezeien.

»Nett von dir«, sagte Sara mit Blick auf ihn und klang überrascht. Dann wandte sie sich an Sophie. »Unser Nick ist nämlich eigentlich ein ziemlicher lonely wolf.«

Mist, jetzt erzählt sie doch noch von den 100 Euro.

»Ja ... sehr ... nett.«

Sophie schenkte ihm ein unergründliches Lächeln und klärte ihre Stimme mit einem Räuspern.

»Bist du mit dem Rucksack unterwegs?«, fragte Dan.

Sophie schüttelte den Kopf.

»Das hat sich alles ... spontan ergeben. Ich habe eigentlich für zwei Wochen ein Hotel.«

»Den Fehler machen viele, wenn sie zum ersten Mal hier sind«, bemerkte Sara und nippte an ihrem Wein. »Dabei ist Bali viel zu schön, um nur an einem Ort zu bleiben. Nicht wahr?«

Niklas nickte und bemerkte die Veränderung in Sophies Gesicht. Als wäre sie in Gedanken plötzlich sehr weit weg.

»Und ihr beide lebt hier?«

»Schon eine gefühlte Ewigkeit«, antwortete Sara lächelnd. »Wir haben dieses Haus hier vor über zehn Jahren gekauft. Damals«, sie dachte nach, »ein paar Jahre nach den Terroranschlägen in Kuta, gab es viele Leerstände auf der Insel. Die meisten Auswanderer haben ihre Immobilien verkauft und sind woandershin. Wir haben dieses Schmuckstück hier gesehen und uns sofort verliebt.«

Sie schenkte Dan ein warmes Lächeln.

»Ich hatte bis letztes Jahr eine kleine Buchhandlung in Ubud«, erklärte er, »und Sara ist Künstlerin. Sie malt und zeichnet.«

Niklas schielte zu Sophie. Sie wirkte interessiert und hörte aufmerksam zu, als Sara von ihrer Kunst erzählte.

»Dein Englisch ist wirklich hervorragend«, sagte Sara zu ihr, nachdem sie sich zum Leidwesen von Niklas eine halbe Ewigkeit über die Werke von Frida Kahlo unterhalten hatten, die zu Saras großen Vorbildern zählte. Niklas hatte mit Malerei wenig am Hut, erst recht, wenn sie sich mit monströsen Monobrauen beschäftigte. Abgesehen davon musste er Sara recht geben. Sophie sprach Englisch wie eine Muttersprachlerin – auch wenn ihm ihr Akzent eine Spur zu britisch war. Er selbst bevorzugte das weichere, in seinen Augen freundlichere American English, wie Sara und Dan es sprachen.

»Ich habe zwei Semester in Cambridge studiert.«

Dans Brauen hoben sich.

»Cambridge. Das ist eine sehr renommierte Universität. Was hast du studiert?«

»Jura und Betriebswirtschaft.«

Niklas' Augen weiteten sich.

»Jura *und* Betriebswirtschaft?«

Es kam eine Spur zu entsetzt aus seinem Mund.

»Clever girl«, bemerkte Dan und prostete Sophie anerkennend zu, der die Aufmerksamkeit sichtlich unangenehm war.

Niklas musterte sie unverhohlen. Jura und Betriebswirtschaft. Das erklärte immerhin, warum ihr Reiseführer ausgesehen hatte wie ein BGB nach dem Staatsexamen.

»Und was machst du beruflich?«

»Im Moment mache ich mein Rechtsreferendariat in der Kanzlei meines ...«, begann sie, brach jedoch ab, »... in einer Kanzlei, die auf Wirtschaftsrecht spezialisiert ist«, vollendete sie den Satz und räusperte sich kurz. Sie ließ ein schwaches Lächeln folgen.

»Wirtschaftsrecht«, wiederholte Dan langsam und ließ es wie etwas klingen, das nicht furztrocken war. »Das ist sicher ein sehr spannender Bereich.«

Niklas runzelte die Stirn.

So spannend wie Hallenhalma und Rasenschach.

»Und wie habt ihr euch kennengelernt?«, fragte Sophie in die Runde und ließ ihre Augen zwischen Sara, Dan und Niklas hin- und herwandern.

»Ich glaube, das würde den Rahmen hier sprengen«, bemerkte Niklas eine Spur zu hastig und spürte ihren Blick auf sich.

»In Thailand«, erklärte Dan. »Wir haben dort alle ... Urlaub gemacht.«

Niklas stierte auf seinen leeren Teller.

»Es ist ... tatsächlich eine sehr ... lange Geschichte«, half ihm Sara und lächelte.

Bevor Sophie zu weiteren Fragen ansetzen konnte, gähnte Niklas ausgiebig.

»Ich glaube, ich muss langsam mal ins Bett. War eine ... kurze Nacht.«

Als hätte er ihr ein Kommando gegeben, erhob sich Sara vom Stuhl und sammelte die leeren Teller ein.

»Nick, du bekommst wie immer das Gästezimmer. Und Sophie kann im Atelier schlafen.«

»Mich lässt du nie im Atelier schlafen«, bemerkte Niklas mit gespielter Kränkung und schnappte sich die leeren Weingläser.

»Deinen kritischen Blick möchte ich meinen Kunstwerken eben nicht zumuten«, erwiderte Sara und zwinkerte ihm zu.

Sophie

Als Sophie aufwachte, war es 23 Uhr – in München. 11.700 Kilometer entfernt verkündete ein Hahn gerade lautstark den Anbruch eines neuen Tages und hatte sich für diese Demonstration ausgerechnet den Platz unter ihrem Fenster ausgesucht. Gähnend richtete Sophie sich auf und blickte sich leicht orientierungslos um. Morgenlicht fiel in goldenen Strahlen durch das offene Fenster und spiegelte sich im Glas der Bilder, die an den Wänden prangten. Sie erinnerte sich daran, dass Sara den Raum am Abend zuvor Atelier genannt hatte, und stellte fest, dass sie vor lauter Erschöpfung blind für die beeindruckende Ansammlung an Kunstwerken gewesen war. Neugierig wanderten Sophies Augen von Farbtöpfen, Pinseln und Staffeleien hin zu groß- und kleinformatigen Leinwänden voller bunter, wilder Pinselstriche, zu Aquarellen und Pastellzeichnungen. Einen Moment lang fühlte Sophie sich wie in ein Museum versetzt. Was war das für eine Parallelwelt, in die sie da geraten war? Eine Welt, in der sie betrunken auf Partys ging, mit 50 Euro in der Tasche zu einem Fremden ins Auto stieg, mit amerikanischen Hippies zu Abend aß und in einem Raum voller Gemälde aufwachte. Die Absurdität dieser Anhäufung von Merkwürdigkeiten ließ Sophie schmunzeln.

Sie zog die dünne Decke beiseite und schwang ihre nackten Beine aus dem Bett. Das T-Shirt, das Sara ihr zum Schlafen geborgt hatte, war blau gebatikt und reichte ihr bis knapp über die Knie. Vorsichtig öffnete Sophie die Tür und lauschte. Friedliche Stille drang an ihr Ohr. Sie schlüpfte hindurch und tapste leise die Treppe hinunter. In der Küche fand sie eine Flasche Wasser und trank sie in gierigen Zügen leer. Sie wusste nicht, ob es an Saras scharfem Nasi Goreng lag oder an den Nachwirkungen der Strandparty, dass sich ihre Zunge unangenehm pelzig anfühlte.

Als ihre Augen durch die offene Küche und das großzügige Wohnzimmer wanderten, stellte Sophie fest, dass das Haus von Sara und Dan bei Tageslicht noch schöner war und der Blick aus dem Fenster nahezu spektakuläre Bilder bot. Vor der Kulisse saftig grüner Reisfelder erstreckte sich ein liebevoll angelegter Garten mit steinernen Pfaden, einem kleinen Fischteich und prächtig blühenden Orchideen, ab und zu spitzten Figuren aus weißem und schwarzem Lavagestein, Wasserspeier und Pagoden hervor. Eine Hängematte spannte sich zwischen zwei Bäumen, die reife Papayas trugen und genügend Schatten spendeten, um der Mittagshitze zu entfliehen. Sophie war so hingerissen von der fast verschwenderischen Fülle an Schönheit, dass sie kurzum die Terrassentür öffnete und hinaus ins Freie trat.

»Herrlich, oder? Ich finde es auch nach über zehn Jahren noch atemberaubend, wenn der Garten zum Leben erwacht.«

Sophie zuckte zusammen und blickte in Saras graublaue Augen, die sie mit einer Mischung aus Verzückung und Neugier musterten.

»Oh, ich wollte dich nicht erschrecken, Liebes.«

»Ich wusste nicht, dass ...«, setzte Sophie an, brach jedoch ab, als Sara beschwichtigend die Hand hob.

»Ich freue mich immer über Gesellschaft. Dan ist schon immer ein elender Langschläfer gewesen.«

Mit einem Lächeln schüttelte sie den Kopf und legte den Zeichenblock, den sie in den Händen hielt, auf ihrem Schoß ab. In ihrer weißen Leinentunika, mit dem flüchtig zusammengebundenen Haar und den schwarzen Kohleflecken auf ihren Händen sah sie in Sophies Augen wie eine typische Künstlerin aus.

»Ich male am liebsten um diese Uhrzeit. Da ist mein Kopf noch frisch und frei«, erklärte Sara, als hätte sie Sophies Gedanken gelesen. »Möchtest du eine Tasse Tee?«

Sie deutete auf die schwarze gusseiserne Kanne, die auf dem Tisch stand, an dem sie gestern zu Abend gegessen hatten. Im Tageslicht erkannte Sophie die feinen Mosaiksteine, die sich sternförmig auf der Oberfläche ausbreiteten.

»Ich möchte dich nicht vom Malen abhalten.«

»Tust du nicht. Mein Motiv ist geduldig«, versicherte ihr Sara und wies auf den Korbstuhl neben sich.

Als Sophie sich setzte, erhaschte sie einen Blick auf die Kohlezeichnung, auf schwarze Linien und Striche, die mal kräftig, mal schwach das Gesicht eines Mädchens mit Locken und Stupsnase andeuteten. Trotz ihrer Schlichtheit hatte die Zeichnung etwas Ausdrucksstarkes an sich.

»Das ist unsere Tochter. Haley«, fing Sara ihren Blick auf.

Ihre Augen richteten sich auf die Zeichnung, und ein wehmütiges Lächeln umspielte ihre Lippen.

»Sie ist schon vor vielen Jahren gestorben.«

»Das tut mir leid«, flüsterte Sophie und spürte, wie ihr Herz an Gewicht zunahm.

Es fühlte sich merkwürdig an, nicht die einzige Person im Raum zu sein, die einen Schicksalsschlag zu verkraften hatte.

»Es ist sehr lange her.«

Sara legte Block und Kohlestift auf den Tisch und schenkte Sophie eine Tasse Tee ein. Dampfend schoss der dünne Strahl aus der Kanne und verbreitete ein würziges Aroma. Ein Hauch von Ingwer drang an Sophies Nase.

»So lange, dass ich ihr Gesicht nicht mehr so deutlich vor Augen habe, wie ich es gern hätte. Es verblasst von Jahr zu Jahr mehr.«

Saras Blick schweifte in die Ferne, während sich Maximilians Gesicht vor Sophies Augen aufbaute. Sein blondes gescheiteltes Haar, die wachen blauen Augen, der schmale Mund, die feinen Linien auf seiner Stirn, das glatt rasierte Kinn. Die Vorstellung, dieses Gesicht jemals nicht in dieser Schärfe und Klarheit vor Augen zu haben, löste ein Gefühl von Panik in ihr aus. Panik, die zu Schmerz wurde.

»Tut mir leid. Das war unsensibel von mir«, flüsterte Sara bedauernd und legte ihr die Hand auf den Arm. »Niklas hat mir erzählt, dass ... auch du jemanden verloren hast.«

Natürlich hatte er Sara davon erzählt. Schließlich hatte er einfach eine wildfremde Frau in ihr Haus geschleppt, die außer einer Handtasche nichts bei sich hatte. Trotzdem hätte Sophie gerne gewusst, welche Worte er gewählt hatte, denn sie hatte nicht vergessen, wie wenig Empathie er am Morgen zuvor aufgebracht hatte.

»Mein Verlobter ... Maximilian ... ist bei einem Autounfall gestorben. Das hier ... wären unsere Flitterwochen gewesen.«

Sophie lächelte traurig.

»Du bist allein geflogen«, bemerkte Sara sichtlich erstaunt.

Sophie nickte wortlos. Dann – aus irgendeinem Grund, den sie nicht kannte – erzählte sie der Frau in der Tunika von den Flugtickets, die sie am Tag von Maximilians Beerdigung aus dem Briefkasten gezogen hatte.

»Das Schicksal wollte, dass du hierherkommst«, bemerkte Sara lächelnd und faltete die Hände im Schoß.

»Wollte es das?«, seufzte Sophie. »Ich weiß nicht ... Seit ich hier bin, ist alles nur noch schlimmer geworden.«

Sie nahm einen Schluck Tee.

»Ich glaube, ich habe mir das zu einfach vorgestellt. Ich dachte ... ich komme hierher und fühle mich automatisch besser.«

Sara lächelte sanftmütig.

»Wir müssen bereit sein, uns von dem Leben zu lösen, das wir geplant haben, damit wir das Leben finden, das auf uns wartet.«

Sophie runzelte die Stirn.

»Ist das von Buddha?«

In Saras Augenwinkeln bildeten sich freundliche Falten, als sie zu lachen begann.

»Nein. Von Oscar Wilde.«

Jetzt lachten sie beide.

»Ich weiß nicht, wie das gehen soll. Mich lösen.«

»Vielleicht findest du es hier heraus.«

Sophie seufzte.

»Ich bin nur zwei Wochen auf Bali. Da sollte ich mich wohl beeilen.«

Sara zwinkerte ihr zu.

»Was hältst du von einem kleinen Ausflug?«

Sophie

Als Sophie neben Sara durch die wuselige Monkey Forest Road schlenderte, begriff sie, warum Ubud das kulturelle Zentrum Balis genannt wurde. Kunstgalerien, Buchläden und viele kleine Märkte, auf denen einheimische Künstler hübsche Schnitzereien und Bilder anboten, prägten das Straßenbild der Kleinstadt in Zentral-Bali. Gemütliche Cafés reihten sich an Hostels, Backpacker-Unterkünfte, Garküchen und Bars, und an nahezu jeder Ecke tat sich ein kleiner Tempel auf, der mit Opfergaben geschmückt war.

Fasziniert hatte Sophie die einheimischen Frauen in ihren hübschen Seidensarongs beobachtet, die aus Palmblättern Körbe gebastelt und sie andächtig mit Blüten gefüllt hatten, um den

Göttern zu huldigen, während um sie herum lärmender Verkehr durch die Straßen drang. Sie hatte sich diesen Ort ruhiger und einsamer vorgestellt und war einen Moment lang überfordert von der Fülle an Touristen, die sich durch die engen Gassen drängten, dem Gemisch aus Abgasen, Bratfett und Gewürzen, dem allgegenwärtigen Trubel.

»Als wir damals hierhergezogen sind, war Ubud noch eine beschauliche kleine Hippiekolonie«, erinnerte sich Sara. »Inzwischen ist es leider ein kommerzielles Touristenstädtchen geworden. Die Leute kommen her, um Lösungen für ihre Probleme zu finden, aber die meisten nehmen sie wieder mit nach Hause.«

Ratlos zuckte sie mit den Schultern.

»Ich lebe trotzdem gerne hier. Unser Haus ist weit genug vom Trubel entfernt, und wenn man die richtigen Ecken kennt, entdeckt man auch heute noch den Charme früherer Tage.«

Mit zwei klapprigen Rädern waren sie am frühen Morgen Richtung Ubud aufgebrochen, durch üppig grüne Felder gefahren, vorbei an balinesischen Bauern, die mit dem Pflanzen und Ernten von Reis beschäftigt waren und ihnen freundlich zugewinkt hatten. Sophie hatte die Fahrt genossen und sich mehrmals dabei erwischt, verträumt die Augen zu schließen und die schwülwarme Tropenluft zu inhalieren.

»Warum Bali?«

Sara überlegte nicht lange.

»Nach dem Tod unserer Tochter haben wir einen Tapetenwechsel gebraucht. Einen Neuanfang. Also haben wir überlegt, wo wir in unserem Leben am glücklichsten waren.«

»Ihr wart vorher schon einmal hier?«

Sie nickte.

»Dan und ich, wir sind zwei alt gewordene Blumenkinder«,

gestand sie und lachte. »Es gab eine Zeit, da haben wir die Welt unser Zuhause genannt, waren dauernd high und auf der Suche nach dem Sinn des Lebens.«

Sophie lächelte amüsiert.

»Wir sind mit dem Rucksack durch Indien gereist, durch Pakistan und Bangladesch, Vietnam und ...«, sie überlegte, »Nepal, Thailand, Bali. Mal auf einem Laster, mal auf einem Esel. Heute wäre das alles unvorstellbar, aber damals ...«

Staunend lauschte Sophie Saras Erzählungen von ausschweifenden Partys in Goa, Opferfesten in Kathmandu, einem kurzen Gefängnisaufenthalt an der pakistanischen Grenze, von Gurus und Ashrams, Selbstfindung, Erleuchtung und freier Liebe und fühlte sich plötzlich alt neben einer wesentlich älteren Frau. Sie fragte sich, ob ihr Leben lang genug sein würde, um so viel von der Welt zu sehen wie Sara, um so viel zu erleben, so viel erzählen zu können. Ihr eigenes Leben war bislang linear und geradlinig verlaufen. Nach dem Abitur hatte sie Jura und Betriebswirtschaft studiert und nach dem ersten Staatsexamen ihr Rechtsreferendariat in der Kanzlei von Maximilians Vater begonnen. Sie und Maximilian hatten sich vor zwölf Jahren kennengelernt und waren nach drei Jahren zusammengezogen. Ihre Urlaube hatten sie zu zweit oder mit befreundeten Paaren am Mittelmeer verbracht, im Ferienhaus seiner Eltern in Frankreich oder in netten Hotels in Spanien oder Portugal – diesen Bunkern, in denen sie Gold fressen, wie Niklas jetzt gesagt hätte. Niklas. Ob er wohl schon wach war? Sie warf einen Blick auf ihre Armbanduhr und stellte überrascht fest, dass es bereits 11 Uhr war. Sie bummelten seit zwei Stunden herum, hatten einen frisch gemixten Mango-Smoothie in einem kleinen Café getrunken und auf dem Markt ein Kleid für Sophie gekauft. Die spontane Shoppingtour hatte Saras Augen so zum

Leuchten gebracht, dass sich Sophie nicht getraut hatte, angesichts ihrer angespannten Finanzlage Nein zu sagen. Sie hatte das Kleid sofort angezogen. Es war knöchellang, aus einem leichten Baumwollstoff und hatte ein hübsches Ethnomuster in Erdfarben.

»Warum seid ihr zurück in die USA?«, fragte Sophie, als sie gemeinsam zum Affenwald schlenderten, ein schattiger Urwaldstreifen am Ende der Monkey Forest Road, der nicht nur hübsche kleine Tempel, sondern auch zahlreiche Makaken beherbergte.

»Ich bin mit Haley schwanger geworden. Wir wollten ein normales Leben für unser Kind und sind sesshaft geworden. Ich habe als Lehrerin an der Highschool angefangen, und Dan hat seine Ausbildung als Buchhändler zu Ende gemacht.«

»Habt ihr es vermisst? Das freie Leben?«

»Ach, weißt du, wir waren Kinder unserer Zeit. Und diese Zeit ging irgendwann vorbei, und das war gut so. Ich habe es jedenfalls nie bereut. Haley war der schönste Grund, unsere Weltenbummelei zu beenden.«

Ein sanftes Lächeln spielte um Saras Lippen. Als sie das Ende der Straße erreicht hatten, fiel Sophies Blick auf eine große Figur aus Lavastein, die den Eingang eines Meditationszentrums bewachte. Sie stellte Ganesha, den elefantenköpfigen Gott, dar. Doch es war nicht die Figur, die ihre Aufmerksamkeit geweckt hatte, sondern das geschnitzte Schild, das über dem Eingang hing.

»Laufe nicht der Vergangenheit nach, und verliere dich nicht in der Zukunft. Die Vergangenheit ist nicht mehr. Die Zukunft ist noch nicht gekommen. Das Leben ist hier und jetzt«, übersetzte Sophie für sich selbst.

»Siehst du. Jetzt bekommst du doch noch deinen Buddha-Spruch«, scherzte Sara zwinkernd. Sophie lächelte und las die

Weisheit ein zweites Mal. Dann fasste sie in ihre Tasche und zog das Bündel Fotos heraus. Sie löste die Schleife und betrachtete die oberste Aufnahme, die im Herbst vor zwei Jahren auf Sylt entstanden war. Maximilian stand mit Steppjacke und hochgekrempelten Jeans im Nordseewasser und lachte gegen den eisigen Wind an, der sein blondes Haar in alle Richtungen abstehen ließ. Sophie liebte dieses Bild von ihm, seit sie damals auf den Auslöser ihrer Kamera gedrückt hatte, denn es zeigte Maximilian nicht, wie er war, sondern wie er sein konnte. Es zeigte nicht den glatten, strategischen Anwalt im blütenweißen Hemd, sondern den spontanen ausgelassenen Mann, der, einfach weil er Lust dazu hatte, ins neun Grad kalte Meer rannte. Mit einem bittersüßen Lächeln klemmte Sophie das Foto unter Ganeshas Rüssel.

»Das ist ein guter Platz«, sagte Sara und legte ihr liebevoll die Hand auf die Schulter.

Niklas

Niklas träumte von Thailand. Von einer gigantischen Welle, die ihn verschluckte, von Salzwasser, das seine Lungen blockierte. Von Menschen, die um Hilfe riefen und im reißenden Wasser trieben. Von weit aufgerissenen braunen Augen, aus denen alles Leben gewichen war. Es war ein Traum, der ihn seit Jahren verfolgte und sich nur in feinen Nuancen veränderte. Mit einem Ruck wachte er auf. Seine Stirn war schweißnass, und sein Shirt klebte unangenehm feucht am Oberkörper. Er tastete blind nach der

Armbanduhr auf dem Nachtkästchen, griff jedoch ins Leere. Er hatte kein Gefühl dafür, wie lange er geschlafen hatte, doch es kam ihm vor wie eine Ewigkeit. Mit einer flinken Bewegung sprang er aus dem Bett, tapste im Dunkeln zum Fenster und zog die Bambusjalousien nach oben. Die Helligkeit traf seine Augen wie ein Blitz, und sie brauchten einen Moment, sich von der Dunkelheit auf Tageslicht umzustellen.

Das Bild, das sich ihm bot, war immer wieder aufs Neue atemberaubend. In der Ferne ragten mächtige Berge in den Himmel, an denen flauschige Wolken wie Zuckerwatte klebten. Saftig grüne Reisfelder zogen sich, umsäumt von Palmen, Farnen und Bananenstauden, schier ins Unendliche, und es war, als wäre die Farbe Grün mit all ihren Nuancen auf diesem Fleckchen Erde erfunden worden. Niklas griff nach seiner Nikon, öffnete das Fenster und drückte dreimal auf den Auslöser.

Mit seinem Laptop auf dem Schoß machte er es sich auf dem Bett bequem und rief seinen Blog auf. Eine jüngere Version von Greta lachte ihm entgegen, als die Startseite sich in gemütlichem Tempo aufbaute. Auf dem Foto sprang sein Patenkind gerade freudestrahlend in die von Tarnkleidung verhüllten Arme ihres Vaters. Es war eines von Niklas' Lieblingsfotos, weil es voller Gefühle und Emotionen steckte. Er hatte es an jenem Tag gemacht, an dem Oliver, Gretas Vater, von seinem einjährigen Einsatz in Somalia zurückgekommen war. Sie alle hatten am Flughafen auf ihn gewartet und ihn mit Schildern und Herzluftballons begrüßt. Greta, damals erst drei Jahre alt, hatte sich ihrem Vater mit derartiger Wucht entgegengeschmissen, dass Niklas fast die Tränen gekommen waren, als er abgedrückt hatte. Wenige Monate später hatte er seinen Blog gestartet und das Titelfoto seitdem nicht mehr gewechselt. In Anlehnung an seinen Lieblingsfilm »Die Lichter der Großstadt«, in dem Charlie Chaplin einen Landstreicher namens »Tramp« spielte, hatte er ihn »Phototramp« getauft. Ein wenig erinnerte ihn dieser Name auch immer an seine Mutter, mit der er als Kind Unmengen von Filmen gesehen hatte. Nachdem sein Vater die Familie im Stich gelassen hatte, musste sie ihn und seine Schwester allein durchbringen. Als Krankenschwester hatte sie viele Extraschichten übernommen, was dazu geführt hatte, dass sie nach Feierabend zu erschöpft war, um mit ihnen auf den Spielplatz zu gehen oder zu basteln. Also hatten sie es sich mit Keksen und Limonade auf dem Sofa gemütlich gemacht und Filme angesehen. Vor allem Klassiker in Schwarz-Weiß und Hitchcock-Thriller mit Grace Kelly und Tippi Hedren. Seine Begeisterung für Filme hatte in diesen Jahren seinen Ursprung gefunden und nie wieder nachgelassen.

Niklas scrollte zu seinem aktuellsten Beitrag, den er in der Woche vor seinem Abflug veröffentlicht hatte. Das Foto zeigte einen afrikanischstämmigen Taxifahrer im Gespräch mit somalischen Flüchtlingen. Die Szene hatte sich direkt unter seinem Fenster abgespielt. Der Taxifahrer – optisch Afrikaner, verbal Urbayer – hatte den Flüchtlingen in breitestem Dialekt den Weg zum nächsten Busbahnhof erklärt. Sie jedoch hatten ihn nicht verstanden und immer nur hilflos mit den Schultern gezuckt. Niklas hatte die ungewollt komische Situation mit seiner Kamera festgehalten und als Fotostrecke auf dem Blog veröffentlicht.

Überrascht stellte er nun fest, dass jemand einen Kommentar unter dem Beitrag hinterlassen hatte, was das letzte Mal ... nein, was noch nie vorgekommen war.

Haben Sie Dringend Darlehen benötigen? Wir geben Darlehen an interessierte Einzelpersonen, die versuchen, Darlehen mit gutem Glauben und mit dem Zinssatz von 3%. Sind Sie ernsthaft in der Notwendigkeit einer dringende Darlehen? dann sind Sie an der richtigen Stelle. Wir geben Unternehmen Darlehen, persönliche Darlehen, Weihnachten Darlehen, und so weiter. Kontaktieren Sie uns für Ihre Darlehen per E-Mail harryloanfirm@gmail.com.

Niklas' Gesicht verfinsterte sich noch mehr, als er einen Blick auf seine Seitenaufrufe warf.

Erbärmliche 32 Mal war sein Blog am vergangenen Tag angeklickt worden, achtmal mehr als am Tag davor. Und diese acht gingen mit Sicherheit auf das Konto von Cleo und seiner Schwester, die sein ewiges Jammern nicht mehr ertrugen. Sein Blog lief nicht gerade gut, das war ihm bewusst. Genauso wie die Tatsache, dass er auf diese Weise weder mehr mediale Aufmerksamkeit noch bessere Karrierechancen bekam.

»Mehr Storytelling«, hatte ihm Jakob geraten. »Deine Fotos müssen Geschichten erzählen, Emotionen transportieren.«

Genau genommen hatte er tran*sch*portieren gesagt. Jakob, der schwäbische Nervzwerg. Niklas war schon immer der Meinung gewesen, dass man mit Dialekten am besten so umging wie mit Superkräften: Man verheimlichte sie.

Jakob und er hatten vor vielen Jahren gemeinsam die Ausbildung zum Fotografen gemacht und sich eine kleine schäbige Zweizimmerwohnung in München geteilt. Dann jedoch hatten sie sehr unterschiedliche Wege eingeschlagen. Während Jakob eine steile Karriere in einer Werbeagentur hingelegt hatte, weil er

Brokkoli so in Szene setzen konnte, dass man nichts anderes mehr essen wollte, hatte Niklas sich mit Jobs für Zeitungen und Magazinen durchgeschlagen und von eigenen Bildbänden und Ausstellungen geträumt. Das tat er bis heute – und dank Jakob, der über fantastische Kontakte in die Medienlandschaft verfügte, bekam er nebenher gerade so genügend Aufträge, um leben und seine Rechnungen bezahlen zu können. Jakob verdankte er auch die Fotojobs auf Bali. Er war also der beste – oder beschte – Nervzwerg von allen, wenn man es genau nahm.

Auf dem Nachttisch vibrierte Niklas' Handy. Eine WhatsApp-Nachricht von Greta. Niklas sah verwundert auf seine Armbanduhr. 13.15 Uhr. Dann war es in München gerade einmal Viertel nach sieben. Schlief dieses Kind denn nie? Er las die Nachricht, die aus einem Pizzastück und einem Fragezeichen bestand, und schüttelte den Kopf.

Nein, es gab keine Pizza im Flugzeug, tippte er und erhielt kurz darauf drei weinende Emojis.

Was ist mit Elsa?, schrieb Greta.

»Gute Frage«, murmelte Niklas. Ob sie schon wach war? Bestimmt. Er hatte schließlich den halben Tag verschlafen. Womöglich war sie schon abgereist und auf dem Weg in die Stadt. Wenn nicht, würde er sie höchstpersönlich dort hinfahren.

Das Klappern von Geschirr aus dem Untergeschoss riss Niklas aus seinen Gedanken. Er klappte den Laptop zu und lief in T-Shirt und Boxershorts die Holztreppe hinunter. In der Küche traf er auf Dan, der Teller und Tassen aus der Spülmaschine in die Schränke räumte und dabei Janis Joplin trällerte. *Freedom's just another word for nothin' left to lose, Nothin', it ain't nothin' honey, if it ain't free.* Dieser ewige Blumenkettenträger, dachte Niklas amüsiert.

»Guten Morgen.«

»Guten Morgen«, antwortete Dan vergnügt. »Wenn man das um diese Zeit noch sagen darf.«

Niklas goss sich ein Glas Orangensaft ein und trank es in einem Zug. Dann sah er sich um.

»Ist sie noch da?«

Dan hob eine Braue.

»Sophie? Nein.«

»Sie ist gegangen?«, kam es eine Spur zu überrascht aus Niklas' Mund.

»Sophie ist mit Sara in die Stadt gefahren. Sie sind schon heute Morgen mit den Rädern aufgebrochen.«

Wenn Dan von der »Stadt« sprach, meinte er Ubud, an dessen nördlichem Rand sie wohnten. Verglichen mit München war Ubud allerdings eher ein Dorf. Oder ein Viertel eines Dorfs.

»Sucht sie sich ein Hostel?«, fragte Niklas, während er sich ein zweites Glas einschenkte. Er spürte Dans beobachtenden Blick auf sich und hob mit einer Unschuldsmiene die Brauen.

»Was?«

»Was hast du gegen sie, Nick?«

»Gar nichts«, brummte er. »Aber ... na ja ... sie«, er deutete auf seine aufgeplatzte Lippe, auf der sich eine braunrote Kruste gebildet hatte, »bedeutet Ärger.«

Dan lachte auf.

»Das haben schöne Frauen so an sich. Aber ... sie sind den Ärger meistens wert.«

Niklas schüttelte energisch den Kopf.

»So ist das nicht bei uns. Ich habe sie nur ein Stück im Auto mitgenommen.«

Er bereute das »uns«, ehe er es ausgesprochen hatte, weil es eben nach »uns« klang.

»Außerdem ist sie überhaupt nicht mein Typ. Um ehrlich zu sein, ist sie die letzte Frau auf Erden, für die ich mich interessieren würde. Die …«, er machte eine dramaturgische Pause, »alleraller-allerletzte.«

Zu seiner Irritation hatte sich Dans Miene verändert, während er die letzten Worte sprach, und Niklas ahnte bereits, warum.

»Sie steht hinter mir, oder?«, knurrte er finster und erntete ein schadenfrohes Grinsen von Dan.

Gequält schloss Niklas die Augen. So was passierte doch nur in bescheuerten Seifenopern.

»Hello Ladys«, flötete Dan, während Niklas fieberhaft überlegte, ob es einen Weg gab, sich nicht umdrehen zu müssen. Fazit: Es gab ihn nicht.

»Guten Morgen, Niklas«, hörte er plötzlich Sophies Stimme, die einen herausfordernden Ton hatte.

»Morgen«, murmelte er, als sich ihre Augen trafen. Erst einen Moment später bemerkte er die Veränderung an ihr. Sie hatte Shorts und Top gegen ein bodenlanges Kleid mit undefinierbarem Muster getauscht, dessen schmale Träger hinter ihrem Nacken verschwanden. Seine Schwester hatte ein ähnliches Modell, und er fand jedes Mal, dass es aussah wie ein türkischer Vorhang.

»Wir waren shoppen«, sagte Sara euphorisch und hob ein paar prall gefüllte Einkaufstüten in die Höhe. Niklas wandte den Blick von Sophies Kleid ab und räusperte sich.

»Dachte, du hast kein Geld.«

Sophie setzte zu einer Antwort an, doch Sara kam ihr zuvor.

»Da du sie gestern nicht ins Hotel verfrachtet hast, hat sie Gott sei Dank noch welches.«

Er strafte Sara mit einem finsteren Blick, doch sie widmete sich lieber dem Inhalt der Einkaufstüten.

»Zahnbürste, Sonnencreme, Kamm«, murmelte sie und reichte Sophie die dazugehörigen Utensilien. »T-Shirt, Bikini und ... Slips.«

Als Sara »Slips« sagte, senkten Dan und Niklas betreten den Blick.

»Das ist keine Reizwäsche«, bemerkte Sophie und wedelte mit dem schwarzen Bündel aus Baumwolle vor Niklas' Gesicht herum. »Und da ich die ...«, sie dachte nach, »... allerallerallerletzte Frau bin, für die du dich jemals interessieren könntest, habe ich von dir ja ohnehin nichts zu befürchten, oder?«

Niklas hatte das Gefühl, sein Kiefer würde nach unten sacken, so sprachlos machte ihn diese Bemerkung. Dann schoss ihm die Röte in die Wangen. Das Lächeln auf ihrem Gesicht wurde unverschämt breit. Sie hatte geschossen, sie hatte getroffen, und diesen Triumph kostete sie nun aus.

»Ich geh dann mal duschen«, sagte Sophie, während Niklas seine Sprache suchte.

Sophie

Als Sophie die Tür des Ateliers hinter sich schloss, rutschte ihr die Maske der Gelassenheit vom Gesicht. Sie wusste nicht, ob sie lachen oder weinen sollte. Das Gefühl des Triumphes duellierte sich mit dem Gefühl der Demütigung. Während die trauernde Verlobte in ihr wütend war, fühlte sich das weibliche Wesen in ihr gekränkt.

Die alleralleralllerletzte Frau. Was bildete sich dieser Blödmann nur ein? Für wen hielt er sich, so über sie zu sprechen? Sie wie eine Option zu bewerten. Als hätte sie ihm Avancen gemacht. Als hätte sie auch nur eine Sekunde mit dem Gedanken gespielt. Sie hatte erst vor einem halben Jahr die Liebe ihres Lebens verloren, den Mann, mit dem sie alt werden und Kinder haben wollte. Als ob sie sich so schnell auf jemand anderen einlassen würde. Und dann noch auf ihn.

Wütend blies Sophie die Backen auf. Sie ärgerte sich, dass er es mit einem einzigen Satz geschafft hatte, ihre Laune in den Keller zu befördern. Wo sie sich bis gerade so unbeschwert und leicht gefühlt hatte.

Sophie schlüpfte aus ihrem neuen Kleid, wickelte sich das große Saunatuch um, das Sara ihr gegeben hatte, und machte sich auf den Weg ins Badezimmer, das jedoch besetzt war.

»Du kannst auch im Garten duschen. Wir haben eine Freiluftdusche«, bemerkte Sara, als sie Sophie im Handtuch vor der verschlossenen Tür entdeckte.

Einen Moment lang wollte sie ablehnen.

»Es ist ein herrliches Gefühl, unter dem Himmel zu duschen«, fügte Sara zwinkernd hinzu.

»Warum nicht«, sagte Sophie mehr zu sich selbst und schlich rasch die Treppe hinunter, in der Hoffnung niemandem zu begegnen.

Lautlos schlüpfte sie durch die Terrassentür und folgte barfuß einem kleinen Steinpfad, der sie zu einer Duschbrause aus Bambus führte, die, umringt von Palmenblättern, Farnen und mächtigen Stauden, das Zentrum eines kleinen Garten Edens bildete. Doch nicht die spektakuläre Dusche brachte Sophie zum Staunen – sondern der nackte Männerkörper, der darunter stand.

»Oh Gott«, kam es eine Spur zu laut aus ihrem Mund.

Hastig wendete sie den Blick von Niklas' Rückenansicht ab und spürte, wie ihr die Röte ins Gesicht schoss, während sein Kopf nach hinten schnellte und ein breites Grinsen preisgab.

»Nicht umdrehen«, schrie Sophie, während das kalte Wasser auf seinen nackten Körper prasselte, von dem sie immer noch viel zu viel sah. Sein Rücken war erstaunlich muskulös und gab den Ansatz eines tätowierten Spruchs preis, der sich unter dem Arm hindurch zu seinen Rippen zog. Beim Versuch, ihn zu entschlüsseln, kniff Sophie die Augen zusammen. *Memento mori?* Sie runzelte die Stirn. Stand da wirklich *Memento mori* auf seinem Rücken?

»Das letzte Mal *sollte* ich mich umdrehen, wenn ich mich recht erinnere«, zog er sie auf.

Verlegen wandte Sophie den Blick von seinem Tattoo ab, während er sich unbeirrt einseifte und ihr das Gefühl gab, in einem zweitklassigen Davidoff-Spot gelandet zu sein.

»Wenn ich gewusst hätte …«

Niklas zuckte gelassen mit den Schultern, und sie musste ihren Augen befehlen, nicht südlich zu wandern.

»Halb so wild. Immerhin hätte hier auch Dan stehen können.«

Sophies Augen weiteten sich vor Schreck, und Niklas lachte lauthals.

»Jetzt sind wir quitt, würde ich sagen.«

Er wusch sich das Shampoo aus dem dunklen Haar, während Sophie nicht mehr wusste, wo sie hinsehen sollte – und warum sie sich nicht einfach umdrehte und ging. Sie hatte seit zwölf Jahren keinen anderen nackten Mann als Maximilian gesehen. Sie hatte *noch nie* einen anderen nackten Mann als Maximilian gesehen, fiel ihr auf.

Niklas stellte das Wasser ab und drehte sich in einer schnellen Bewegung zu ihr um.

»Gibst du mir mal das Handtuch?«

Sophie

Mit feuchten Haaren und hochrotem Kopf saß Sophie auf der Hollywoodschaukel im Garten und scheiterte dran, drei Sätze in Folge zu lesen, ohne an Niklas' nackten Körper zu denken. Genervt klappte sie das Buch zu, das sie aus Dans Regal gezogen hatte.

»So schlecht?«

Sophie drehte sich um und erblickte Sara, die, einen großen Strohhut auf dem Kopf, Papayas vom Baum erntete.

»Nein. Mir ist nur gerade nicht nach Lesen«, log Sophie und legte das Buch zur Seite.

Sie lehnte sich leicht nach hinten und brachte die Schaukel zum Schwingen.

»Die hat Dan gebaut.«

Sara deutete auf die Hollywoodschaukel, die sich mit ihrer rustikalen Schlichtheit wunderbar in den balinesischen Garten einfügte.

»Nach Haleys Tod hat er seine handwerkliche Seite entdeckt. Es hat ihn abgelenkt. Auch wenn ich irgendwann nicht mehr wusste, wo ich all die Tische und Stühle unterbringen soll.«

Sara schmunzelte.

»Da hab ich es mit meinen Bildern etwas leichter.«

»Hast du damals mit dem Malen angefangen?«

Sie nickte und nahm neben Sophie Platz.

»Ich glaube, das hat mich am Leben gehalten. Die Malerei … Dan … das alles hier.«

Sophie fragte sich, was ihr dabei helfen sollte, über Maximilian hinwegzukommen. Was ihr dabei helfen sollte, dieses kratergroße Loch in ihrem Leben zu füllen. Die Zeit war es schon mal nicht. Die heilte vielleicht Wunden, legte in ihrem Fall aber ein Tempo an den Tag, das Sophie befürchten ließ, mit 85 noch seinen Bilderrahmen anzuschmachten. Ein zeitintensives Hobby hatte sie auch nicht, abgesehen davon, dass sie gerne las und ab und zu Yoga machte. Im Grunde bestand ihr Leben nach Maximilian nur noch aus der Arbeit in der Kanzlei, in der sie täglich neun oder zehn Stunden verbrachte, bevor sie müde ins Bett fiel und am Ende nicht einschlafen konnte, weil ihre Gedanken um ihn kreisten.

»Vielleicht muss ich auch nach Bali auswandern«, seufzte Sophie.

Sara lächelte.

»Bali kann überall sein. Nebenan. Um die Ecke.«

Sophie zog die Brauen nach oben.

»Damit meine ich, dass du selbst entscheidest, wie dein Leben weitergeht. Und wo. Es liegt in *deiner* Hand.«

Ein ermutigendes Lächeln huschte über ihr Gesicht. Sophie beneidete sie um dieses Lächeln. Sie saßen noch eine ganze Weile nebeneinander und beobachteten schweigend das grüne Farbenspiel vor ihren Augen.

»Was hältst du davon, wenn wir beide jetzt in die Küche gehen und etwas Leckeres zaubern?«, schlug Sara schließlich vor und zwinkerte Sophie aufbauend zu.

Liebend gerne hätte sie mit Sara zusammen gekocht – eine Erfahrung, die sie mit ihrer eigenen Mutter nie machen konnte, weil sie zu Hause immer eine Köchin hatten. Sie war privilegiert aufgewachsen, in einem hübschen Haus am Starnberger See, das durch den Beruf ihres Vaters regelmäßig einflussreiche Persönlichkeiten aus Politik und Wirtschaft angezogen hatte.

»Ich weiß nicht ...«

Der Gedanke an Niklas ließ sie zögern. Nicht weil er neuerdings wie Tarzan vor ihrem inneren Auge herumtanzte, sondern weil sie wusste, dass dies hier sein Ort war. Es waren seine Freunde, nicht ihre. Und auch wenn sie sich so viel wohler fühlte als in dieser charakterlosen Hotelanlage, musste sie sich dringend darüber klar werden, wo die Reise nun hingehen sollte.

»Das ist immer noch unser Haus.«

Sophie hob den Kopf.

»Ich entscheide, wer hierbleibt und wer nicht.«

Sie zwinkerte.

»Ja, aber ich ... es war anders ausgemacht.«

»Ausgemacht. Pfff, habt ihr einen Vertrag abgeschlossen, oder was? Nick kennt hier genügend Leute. Der kann auch woandershin, wenn es ihm nicht passt.«

Niklas

Es passte ihm nicht. Aber für seine Meinung schien sich in diesem Haus niemand mehr zu interessieren, seit Sophie ihren Fuß über die Türschwelle gesetzt und Sara und Dan mit ihren traurigen Kulleraugen für sich eingenommen hatte. Argwöhnisch beobachtete Niklas, wie die beiden Frauen in der Küche Gemüse schnippelten und über den ganzen Raum hinweg mit Dan über russische Literatur diskutierten. Obwohl sich die drei erst einen Tag kannten, gaben sie ein merkwürdig harmonisches Bild ab, und Niklas fragte sich, ob es vielleicht damit zusammenhing, dass sie alle einen schmerzhaften Verlust erlitten hatten.

»Was sagst du, Nick? Ist Annas Selbstmord Rache an Wronski oder Selbstbestrafung?«

Seine Augen wanderten zu Dan, der ausgestreckt auf dem Sofa lag und auf seiner Pfeife kaute.

»Häh?«

»Anna Karenina«, antwortete Dan und deutete auf den dicken Wälzer, der aufgeschlagen auf seinem Bauch lag und sich mit jedem Atemzug hob und senkte.

»Keine Ahnung, nie gelesen«, brummte Niklas.

»So wie ich dich kenne, hast du aber mindestens zwei Verfilmungen davon gesehen.«

Ein wissendes Lachen trat auf Dans Gesicht. Er irrte sich. Es waren drei. Die Version mit Greta Garbo aus den 30er-Jahren hatte Niklas als kleiner Junge zusammen mit seiner Mutter gesehen, als sie wegen einer Erkältung nicht zur Arbeit gehen konnte. Er war überglücklich, sie ganz für sich allein zu haben, deshalb war es ihm egal gewesen, dass er die Handlung nicht verstanden hatte. Zehn Jahre später hatte er sich mit seiner damaligen Freundin eine Neuverfilmung mit Sophie Marceau in einem kleinen Programmkino in Neuhausen angesehen und kürzlich wurde im Fernsehen die Fassung mit Keira Knightley gezeigt, die ihn am wenigstens überzeugt hatte.

»Kann sein, dass ich mal eine gesehen habe«, erwiderte er bemüht desinteressiert.

»Ich kenne niemanden, der so viele Filme gesehen hat wie der da«, sagte Dan in Sophies Richtung und deutete auf Niklas, der sich auch hier unbeeindruckt gab.

»Ich kenne keine einzige Verfilmung«, gestand Sophie, während sie nach einer Zwiebel griff.

Es wunderte ihn nicht im Geringsten. Mit Sicherheit hatte sie das Buch stattdessen in drei Sprachen gelesen und mit Textmarkern bearbeitet. Oder auswendig gelernt.

Niklas ging zum Kühlschrank, nahm eine eisgekühlte Flasche Bier heraus und verzog sich auf die Terrasse. Die Sonne warf ihre letzten Strahlen auf die grünen Weiten vor seinen Augen, als er durch die Tür trat. Er spürte, wie unentspannt er war, seit er erfahren hatte, dass sie eine weitere Nacht bleiben wollte.

Als Niklas sein Handy aus der Hosentasche zog, hatte er einen verpassten Anruf von Cleo auf dem Display. Er spielte mit dem Gedanken, sie zurückzurufen. Aber was sollte er ihr sagen? Dass er mit einer Frau, die er im Flugzeug kennengelernt hatte, bei Freunden untergekommen war? Keine gute Idee. Sie hatten zwar nicht definiert, welcher Art ihre Beziehung eigentlich war – und in seinen Augen konnte das auch vorerst so bleiben –, doch sie würde mit Sicherheit Fragen stellen. Fragen, die er nicht beantworten konnte. Denn im Grunde wusste er nicht einmal selbst, warum Sophie noch immer da war. Warum sich ihre Wege nicht längst getrennt hatten. Plötzlich musste er wieder daran denken, wie sie ihn angestarrt hatte, als er nackt unter der Dusche stand. Als wäre er der erste Mann, den sie so gesehen hatte. Ein Grinsen huschte über sein Gesicht.

Sophie

Nachdem sie eine große Portion gebratene Nudeln in Chilisoße gegessen und zwei Gläser Wein getrunken hatte, waren Sophies Wangen so rosig wie lange nicht mehr. Entspannt lehnte sie sich zurück und beobachtete das Flackern der Kerze, die einen zitronigen Duft verströmte und Schattenbilder in die Gesichter der drei Menschen um sie herum zeichnete. Sie mochte diese Terrasse, und sie mochte diesen Ort. Er gab ihr ein wohliges wärmendes Gefühl, eines, das ihr Herz, von dem sie manchmal glaubte, es sei erfroren, ein wenig auftaute.

»Hat jemand Lust auf ein Spiel?«, fragte Sara und hob erwartungsvoll die Brauen.

»Wir könnten Scrabble spielen«, schlug Dan vor, nachdem er an seinem Glas genippt hatte.

»Veto«, kam es sofort von Niklas, der die Hände vor der Brust verschränkte. »Ihr lasst meine Wörter nie gelten.«

»Na, weil wir kein Deutsch können. Du kannst uns alles erzählen«, konterte Dan und schlug stattdessen »Monopoly« vor.

Sara schüttelte vehement den Kopf.

»Das artet wieder in einen Schwanzvergleich aus.«

Sophie verfolgte die Szene mit Belustigung. Es kam ihr vor, als säße sie inmitten einer ganz normalen Familie. Einer von der Sorte, die sie nie gehabt hatte. Die zusammen zu Abend aß, Spiele spielte, miteinander lachte. Bei ihr zu Hause war für so etwas nur selten Zeit gewesen. Ihren Vater hatte Sophie in seiner Zeit als

Abgeordneter nur an den Wochenenden gesehen, und selbst dann spielte er lieber Golf als mit Charlie und ihr.

»Wir könnten ›Wer bin ich?‹ spielen«, schlug Niklas vor.

»O.k., aber mit einer kleinen Regeländerung«, sagte Sara. »Die Figur muss etwas mit der jeweiligen Person zu tun haben.«

»Was ist denn das für eine Regel?«, murrten die Männer.

»Die sorgt dafür, dass wir uns alle mehr Mühe geben und ein wenig darüber sinnieren, mit wem wir hier eigentlich am Tisch sitzen«, erwiderte Sara und zwinkerte.

Sophie musste nicht lange darüber nachdenken, welche Person sie Dan auf die Stirn kleben wollte, und notierte »Karl Marx« in Großbuchstaben auf einem kleinen Streifen Papier. Als sie diesen auf seiner Stirn befestigte, begann Sara zu lachen. Auf deren Stirn prangte inzwischen der Name »Frida Kahlo«. Sara benötigte am längsten Zeit, um eine Figur für Niklas auszuwählen, und entschied sich am Ende für Steven Spielberg. Als Niklas schließlich Sophie einen Zettel auf die Stirn klebte, grinsten Sara und Dan breit.

Bereits nach wenigen Minuten errieten Niklas, Sara und Dan ihre Figuren und lehnten sich entspannt zurück, während Sophie noch immer im Dunkeln tappte. Sie hatte herausgefunden, dass ihre Person eine Trickfigur war, weiblich, fiktiv und bei Kindern beliebt, außerdem weder aus Deutschland noch aus Amerika stammte.

»Bin ich eine europäische Erfindung?«, fragte sie und blickte in drei amüsierte Gesichter. Alle nickten.

»Aus England?«

»Nein.«

»Frankreich?«

Kopfschütteln.

»Italien?«

Wieder Kopfschütteln.

»Spanien? Österreich? Schweiz?«

Wieder Kopfschütteln.

»Schweden ... Norwegen ... äh ... Finnland?«

»Nö«, antwortete Sara und kicherte.

»O.k ... ähm ...«, dachte Sophie nach, »bin ich gerade im Kino zu sehen?«

Niklas verneinte.

»Nicht mehr.«

»Nicht mehr«, murmelte Sophie nachdenklich.

Sie wusste nicht, was sie noch fragen sollte, und verlor langsam die Lust. Dieses Spiel machte nur Spaß, solange alle mitspielten und rätselten. Als Einziger übrig zu bleiben war hingegen ziemlich frustrierend.

»Puh ... gibt es ... irgendetwas, das mich mit dieser Figur verbindet?«

Angesichts der Tatsache, dass bisher alle Figuren gewisse Parallelen zu den Spielern gehabt hatten, erhoffte Sophie sich den entscheidenden Hinweis.

»Oh ja«, bemerkte Niklas, und Sara und Dan lachten.

Jetzt fühlte sich Sophie erst recht aufgeschmissen. Eine Parallele zu einer Kindertrickfigur?

»Ist sie vielleicht ... Juristin?«, brachte sie wenig überzeugt hervor.

»Würdest du das Kindern antun?«

Niklas lachte. Sophie zuckte mit den Schultern.

»Ich geb's auf.«

Sara und Dan raunten.

»Aufgeben gibt's nicht.«

»Ich komm einfach nicht drauf.«

Seufzend zog sie sich den Zettel von der Stirn. EISKÖNIGIN (ICEQUEEN) prangte in Großbuchstaben auf dem Stück Papier.

Eiskönigin? War das ein Witz?

Sophie runzelte die Stirn.

»Hab ich was falsch übersetzt?«, fragte Niklas grinsend, während Sophie noch immer den Zettel beäugte und nicht verhindern konnte, dass sich ihr Gesicht verfinsterte.

»Nein«, antwortete sie knapp.

»Hey, das ist nur ein Spiel. Einer muss verlieren.«

Sein flapsiger Ton goss sich wie Öl auf ihr Feuer.

»Schon o. k.«

Sophie spürte drei Augenpaare auf sich.

»Scheinbar nicht.«

Niklas ließ seinen Blick Hilfe suchend zu Dan und Sara wandern.

»Das ist ein ... Spiel«, sagte er erneut. »Wir hatten doch alle ...«

»Ihr hattet alle Figuren, die zu euch passen. Dan sieht aus wie Karl Marx, Sara ist Künstlerin und du ... du interessierst dich eben für Filme. Und ich bin ... die Schneekönigin?«

»Eiskönigin.«

Sie warf ihm einen Blick zu, der Thermalquellen hätte gefrieren lassen können.

»Das ist die furchtbarste Märchenfigur aller Zeiten. Die lässt Kinder erblinden!«

Niklas kniff die Augen zusammen.

»Nein ... Die ... ähm ... hat einen sprechenden Schneemann.«

Sophie sah ihn ungläubig an. Nahm er sie da gerade auf den Arm?

»Meine Mutter hat uns dieses Märchen ungefähr tausend Mal vorgelesen. Damit wir wissen, was mit Kindern passiert, die von zu Hause weglaufen.«

»Sie erblinden?!«

»Nein, aber ... sie werden ... entführt!«

Sara und Dan tauschten Blicke aus.

»Du tust ja so, als hätte ich Josef Stalin auf deine Stirn geschrieben.«

»Ich finde es nur sehr nett, dass dir ausgerechnet diese Figur einfällt, wenn du an mich denkst.«

»Mein Gott, das ist eine blöde Disneyfigur.«

Sophie stutzte.

»Eine Disneyfigur?«, wiederholte sie irritiert.

»Ja, eine Disneyfigur«, knurrte Niklas genervt. »Du findest sie auf dem Schlafanzug meiner Nichte und wahrscheinlich in jedem zweiten Kinderzimmer. Und wenn du mal einen Blick in den Spiegel wirfst, wirst du sehen, dass du ihr ziemlich ähnlich siehst.«

»Oh ja«, stimmte Dan ein und lächelte sie gutmütig an. »Deine Haare vor allem.«

Reflexartig strich sich Sophie eine helle Strähne hinters Ohr. Sie verstand gar nichts mehr.

»Tja, also ... wollen wir vielleicht doch Monopoly spielen?«, unterbrach Dan das unerträgliche Schweigen und erntete einen warnenden Blick von seiner Frau.

Niklas

»Kannst du sie nicht fahren?«, fragte er Dan, der es sich mit einer abgegriffenen Ausgabe von Tolstois »Krieg und Frieden« in der Hängematte gemütlich gemacht hatte und an seiner Pfeife zog.

»Tut mir leid, Junge, aber ich fahre nicht gerne im Dunkeln.«

Seine Stimme hatte einen fast meditativen Klang, was womöglich mit dem Kraut in seiner Pfeife zusammenhing, wie Niklas vermutete.

»Seit wann?«

»Seit ich alt bin«, gab Dan zurück und blies entspannt einen Rauchring in die Luft, als sei er Gandalf und die Hängematte das Auenland.

Niklas rollte mit den Augen und hatte das dringende Bedürfnis, ihm das hölzerne Ding aus dem Mund zu ziehen.

»Dann eben Sara.«

Dan sah gemächlich von seinem Buch auf.

»Die ist auch alt.«

Ungläubig lachte Niklas auf.

»Außerdem muss sie das Abendessen vorbereiten.«

Niklas warf einen Blick auf die Uhr und stellte fest, dass es noch nicht einmal 16 Uhr war.

»Das Abend…«, setzte Niklas spöttisch an, beließ es jedoch dabei. »Na, schön«, brummte er und stapfte zurück in Richtung Haus.

Als er durch die Terrassentür trat, kam Sophie gerade die

Treppe hinunter. Sie trug wieder das Outfit, in dem er sie auf der Party aufgelesen hatte, und es war, als schließe sich ein Kreis. Als ihre Blicke sich trafen, wurden Sophies Schritte langsamer, ihre Augen schmaler. Seit ihrer Auseinandersetzung am Vorabend war die Stimmung zwischen ihnen frostig, was einer gewissen Ironie gleichkam angesichts der Tatsache, dass ihr Streit sich um die Eiskönigin gedreht hatte.

»Ich fahre zurück ins Hotel«, sagte sie knapp und schwang sich ihre Tasche um die Schulter, aus der ein Stück Stoff herausragte. Es war das Kleid mit dem psychedelischen Muster, das sie mit Sara in Ubud gekauft hatte, und er fragte sich, warum sie es nicht trug.

»Ja, ich weiß. Ich bin derjenige, der dich hinbringen darf.«

Er wusste, wie ausgespuckt das letzte Wort seines Satzes klang, und beobachtete, wie ihre Augen sich noch mehr verengten.

»Ich frage Sara. Oder Dan.«

Fast mit Erstaunen stellte er fest, dass sie unbeeindruckt schien.

»Die sind zu alt«, brummte er und erntete einen irritierten Blick. »Wollen im Dunkeln nicht mehr fahren«, fügte er hinzu und zuckte mit den Schultern.

»Dann ruf ich mir eben ein Taxi. Im Hotel habe ich ja genug Geld. Wenn du mir deine Kontodaten gibst, überweise ich dir die 100 Euro.«

»So einfach ist das nicht. Wir sind hier nicht in New York, wo an jeder Straßenecke ein Yellow Cab wartet. Außerdem sind es fast eineinhalb Stunden bis zu deinem Hotel.«

Er deutete ihr Schweigen als Einsicht.

»O.k., aber ich möchte dafür bezahlen.«

Ihre Stimme hatte etwas Reserviertes.

»Ich schreib's an. Wollen wir dann?«

Sie zögerte erst, nickte dann jedoch.

»Ich möchte mich noch kurz von den beiden verabschieden.«

Sophie

Die kurze Verabschiedung fiel nicht nur länger, sondern auch wehmütiger aus als geplant. Sophie hatte nicht damit gerechnet, dass es sich so falsch anfühlen würde, diesen Ort zu verlassen, so befremdlich, diese lieben Menschen hinter sich zu lassen in der Gewissheit ihnen womöglich nie wieder zu begegnen.

»Man sieht sich immer zweimal im Leben«, hatte ihr Sara ins Ohr geflüstert, bevor sie sich aus ihrer Umarmung gelöst und Niklas zum Auto gefolgt war.

Diesen Satz noch immer im Ohr, blickte Sophie aus dem Fenster. Sie waren deutlich später losgefahren als ursprünglich geplant, und die Nacht hatte bereits all die prächtigen Farben verschluckt und in ein einheitliches Schwarz getaucht. Im Gegensatz zur Hinfahrt gab es diesmal nichts zu bestaunen, nichts zu entdecken.

»Wie ist sie gestorben?«

Sie hatten seit einer halben Stunde kein Wort miteinander gewechselt.

»Wer?«

Sein Blick war starr nach vorne gerichtet, während seine Hände das Lenkrad fest umschlossen hielten.

»Haley.«

Falls Niklas überrascht war, diesen Namen aus ihrem Mund zu hören, ließ er es sich nicht anmerken. Unbeirrt stierte er auf die asphaltierte Straße, die sich schmal durch die Landschaft zog.

»Sie ist ertrunken.«

Es schien fast nüchtern aus seinem Mund zu kommen. Sophie schluckte. Sie war von einer Krankheit ausgegangen. Oder einem Verkehrsunfall.

»Der Tsunami in Thailand«, fügte er leise hinzu.

Sie konnte sich nicht mehr genau erinnern, in welchem Jahr sich diese Katastrophe zugetragen hatte. 2004 oder 2005 musste es gewesen sein. Sophie hatte die Bilder noch vor Augen, die durch die Medien gegangen waren, erinnerte sich vereinzelt an Zeitzeugenerzählungen. Eine gigantische Welle hatte binnen weniger Minuten Leben zerstört, Familien zerrüttet, Existenzen ausgelöscht. Es waren am Ende immer nur Minuten, dachte Sophie nachdenklich. Alles Unglück geschah in wenigen Minuten. Flugzeuge, die in Hochhäuser flogen, Züge, die entgleisten, Sprengsätze, die detonierten – und Autos, die sich überschlugen.

Dicke Regentropfen fielen plötzlich vom Himmel und brachten die Scheibenwischer zum Rotieren. Mit einem quietschenden Geräusch bewegten sie sich hin und her, hin und her, hin und her, und hatten eine regelrecht meditative Wirkung auf Sophie. Niklas hingegen blickte wach und konzentriert auf die Straße vor sich. Sophie beobachtete ihn von der Seite und ertappte sich dabei, wie sie ihn mit Maximilian verglich. Wahrscheinlich hätte sie in diesem Moment jeden Mann mit Maximilian verglichen. Wahrscheinlich würde sie es ihr Leben lang tun.

»Wie alt war sie?«, fragte sie, um die unangenehme Stille zu durchbrechen.

»18.«

In ihrem Kopf begann es zu rattern. Haley wäre heute 31 oder 32. Nur ein paar Jahre älter als sie selbst.

»Kanntest du sie?«

Er nickte kaum merklich. Sophie griff mit den Fingern nach ihrer Tasche und zog sie fester an sich. Der Regen war inzwischen stärker geworden und prasselte geräuschvoll gegen die Scheibe. Sie ahnte, wie anstrengend es sein musste, die Straße bei diesen Verhältnissen im Blick zu behalten. Sein vehementes Schweigen ging ihr trotzdem auf die Nerven.

»Gut, dann spielen wir eben Schweigen im Walde«, brummte sie und verschränkte die Arme vor der Brust.

»Schweigen im Walde?«

Er warf ihr einen kurzen Blick zu.

»Das ist ein Spiel.«

»Von Spielen sollten wir uns besser fernhalten, Elsa.«

»Wer ist denn jetzt wieder Elsa?«

»Elsa ist die Eiskönigin.«

Grimmig sah sie ihn an.

»Die mit dem sprechenden Schneemann. Nicht die ... äh ... andere.«

»Schweigen im Walde ist ein Spiel, bei dem man schweigt. Wer spricht, hat verloren.«

Er wandte ihr erneut den Blick zu.

»Das ist eine Strafe, kein Spiel.«

»Mein Vater hat das immer mit uns gespielt«, protestierte sie.

»Ist dein Vater Gefängniswärter?«

»Politiker.«

»Knapp daneben. Und Glückwunsch zu deinen Eltern.«

Schweigen breitete sich zwischen ihnen aus. Sophie musterte ihn aus dem Augenwinkel. Obwohl es bereits dunkel war, sah sie den Riss in seiner Lippe, der zu einer feinen, aber sichtbaren Linie geworden war.

»War ich das eigentlich?«, fragte sie zögerlich und deutete mit dem Finger auf seinen Mund.

Er nickte.

»Du und dein Schlagring.«

Sophie berührte den Ring, den Maximilian ihr zur Verlobung geschenkt hatte. Ein schmaler Platinring mit einem kleinen runden Brillanten.

»Ich mache so was eigentlich nicht. Mich betrinken ... und Leute ... in Schwierigkeiten bringen.«

»Nicht? Du siehst aus, als würdest du das jeden Tag machen. Außerdem hast du die Spielregeln von *Schweigender Wald* scheinbar nicht verstanden.«

»Schweigen im Walde«, korrigierte sie.

Er widmete seine Aufmerksamkeit wieder der Straße.

»Was war drin in deiner Tasche?«

Fragend sah sie ihn an.

»In meiner Tasche?«

»In dieser Nacht am Strand ... Du hattest mehr Angst um deine Tasche als um dich selbst.«

Sophie schwieg.

»Es kann dir nicht ums Geld gegangen sein. Du hattest ja gerade mal 50 Euro dabei.«

Sie schwieg noch immer.

»Oder ist diese Tasche so viel wert?«

Ein Hauch von Spott lag in seiner Stimme.

»Es ging nicht ... um die Tasche.«

Abwartend blickte Niklas in ihre Richtung.

»In der Tasche ... war ... Maximilian.«

Dann ging alles ganz schnell. Sie hörte Bremsen quietschen, Reifen schlittern, und als sie die Augen wieder öffnete, starrte sie ein paar Sekunden lang auf die Scheibenwischer, die sich quietschend hin- und herbewegten. Hin und her. Und hin und her. Dann drehte sie langsam den Kopf zu Niklas.

Niklas

»Könntest du dich in Zukunft bitte etwas konkreter ausdrücken, wenn du von toten Menschen sprichst?«, fluchte er. »Was soll ich denn denken, wenn du ›In der Tasche ist Maximilian‹ sagst?«

Stirnrunzelnd blickte Sophie in ihren Schoß.

»Da passt doch niemals eine ...«

»Was weiß ich, vielleicht bist du eine von diesen Verrückten, die Urnen mit sich herumschleppen«, unterbrach er sie.

»Das ist gesetzlich verboten.«

»Gesetzlich verboten«, wiederholte er und lachte ungläubig.

»Ja, laut deutschem Bestattungsgesetz ist es nicht erlaubt ...«

Sophie brach ab, als sie bemerkte, dass er sich über sie lustig machte, und stierte auf das Bündel Fotos.

»Ich fühle mich nicht so allein mit diesen Bildern«, flüsterte sie. »Ich weiß, das klingt albern, aber ... diese Fotos geben mir das Gefühl, diese Reise zusammen mit ihm zu machen. So wie es hätte sein sollen.«

Niedergeschlagen lehnte sie den Kopf an die Fensterscheibe. Sie sah plötzlich wieder so traurig aus, dass er den Blick von ihr abwenden wollte. Vielleicht hatte er eine Spur zu heftig reagiert, dachte er. Oder zu oft *The Sixth Sense* gesehen. Einen Moment lang hatte sie ihn tatsächlich an dieses verschreckte Kind aus dem Film erinnert. *Ich sehe tote Menschen. In dieser Tasche ist Maximilian.*

»Ich finde es nicht albern«, sagte Niklas schließlich.

Dann drehte er den Schlüssel im Zündschloss. Die Reifen drehten durch und gaben quietschende Geräusche von sich.

»Verdammt«, fluchte er und riss die Fahrertür auf. Sie tat es ihm nach, obwohl der Regen wie Hagel vom Himmel fiel. Ihre nackten Füße schwammen binnen weniger Sekunden in matschigem Schlamm, und ihr weißes Top sog sich mit Wasser voll.

»Was ist los?«, schrie sie gegen den Regen an.

»Die Reifen stecken im Schlamm fest«, antwortete er und trat mit dem Fuß wütend gegen die Stoßstange.

»Und jetzt?«

Sie blinzelte durch den Regenschleier.

»Jetzt müssen wir schieben.«

Sophie

Als Sophie die Tür zu ihrer Suite öffnete, drang dezenter Blütenduft an ihre Nase, was so gar nicht zu ihrer verdreckten Kleidung, den schlammbeschmierten Beinen und den triefend nassen Haaren passen wollte. Sie fühlte sich, als hätte man ihr eimerweise eiskaltes Wasser über den Kopf gekippt, und rieb sich fröstelnd die Arme, die von einer Gänsehaut überzogen waren. Mit zitternden Fingern tastete sie nach dem Lichtschalter und hörte Niklas' Schnauben hinter sich, als sich das Zimmer in seiner vollen Größe zu erkennen gab.

»Klar, also hier hätte ich es auch nicht ausgehalten«, zog er sie auf und machte ein entsetztes Gesicht.

»Das Badezimmer ist da drüben.«

Sophie deutete auf eine Tür aus dunklem Holz, während sie aus ihren durchnässten Sandalen schlüpfte, die bei jedem Schritt quietschten. Nachdem sie gemeinsam das Auto aus dem Schlamm geschoben hatten und völlig verdreckt und durchnässt an ihrem Hotel angekommen waren, hatte sie Niklas vorgeschlagen, vor dem Heimweg eine Dusche zu nehmen. Zu ihrer Überraschung hatte er das Angebot angenommen und stand nun etwas unschlüssig in ihrem Zimmer.

»Vielleicht ist das doch keine gute Idee«, bemerkte er und zog an seinem triefend nassen Shirt, das mit Dreckspritzern übersät war. »Ich habe ja nichts zum Wechseln dabei.«

Ein schlechtes Gewissen ergriff von Sophie Besitz. Es war größtenteils ihre Schuld, dass er wie ein Elefant nach dem Schlammbad aussah. Stirnrunzelnd ging sie die Optionen durch. Nichts in ihrem Koffer würde ihm auch nur annähernd passen, und die kleine Boutique in der Hotellobby hatte um diese Uhrzeit mit Sicherheit geschlossen.

»Hm«, grübelte sie laut und hatte schließlich eine Idee.

Im Kleiderschrank, der die ganze Wand einnahm, fand sie, wonach sie suchte.

»Deine Sachen können so lange auf dem Balkon trocknen«, sagte Sophie und reichte ihm einen plüschweißen Bademantel, den er mehr als skeptisch beäugte.

Bevor er etwas erwidern konnte, fügte sie »Handtücher sind im Bad« hinzu. Wenig begeistert nickte er.

Nachdem Niklas die Tür hinter sich geschlossen hatte, sah Sophie sich in ihrer Suite um, die so reinlich und aufgeräumt wirkte wie an dem Tag, an dem sie eingecheckt hatte. Sie erinnerte sich an den Sumpf aus Traurigkeit, durch den sie in diesen Stunden gewatet war, und es erschien ihr fast absurd, dass zwischen diesem Moment und jetzt nur drei Tage lagen.

Aus dem Badezimmer drangen leise Geräusche an ihr Ohr. Ein Reißverschluss, der sich öffnete, Kleidung, die zu Boden fiel, ein Wasserhahn, der aufgedreht wurde. *Er ist schon wieder nackt*, dachte Sophie und erschrak gleichzeitig über ihren Gedanken. War es falsch gewesen, ihm anzubieten, hier zu duschen? Sie hatte sich nur erkenntlich zeigen wollen für die Umstände, die sie ihm bereitet hatte, und das waren immerhin einige gewesen. Doch jetzt, wo er unter ihrer Dusche stand, kamen Sophie Zweifel. Was würde Maximilian sagen, könnte er sie in diesem Moment sehen? Ob er eifersüchtig wäre? *Maximilian ist tot*, flüsterte eine Stimme in ihrem Kopf. Aber was, wenn er sie in diesem Augenblick trotzdem beobachtete? Wenn er auf irgendeiner Wolke saß und sich dachte: Das ging ja schnell. Gequält biss sich Sophie auf die Unterlippe und lauschte dem Prasseln des Wassers, bis es verstummte.

Niklas

Niklas ließ seine Augen durch die Suite wandern, vorbei an geschmackvollen Möbelstücken, Wandgemälden und Holzskulpturen, blütenweißen Kissen und modernen Lampen, und stellte fest, dass er noch nie zuvor in seinem Leben ein derart exklusives Hotelzimmer von innen gesehen hatte. Auf seinen vielen Reisen hatte er meist in Hostels und schlichten Unterkünften übernachtet, im Zelt geschlafen oder unter freiem Himmel. Umso alberner fühlte er sich in seinem flauschigen Bademantel, der nach Lotusblüten und Jasmin duftete.

»Als ob ich auf dem Weg zum Spa-Bereich wäre«, murmelte er spöttisch, während er sich im Spiegel betrachtete.

Nebenan im Badezimmer drehte Sophie gerade die Dusche auf. Niklas hatte Mühe, die Bilder zu verdrängen, die sich vor seinem inneren Auge aufbauten. Das Bild ihres halb nackten Körpers hatte sich ihm ins Gedächtnis gebrannt – wie alle Bilder, die man möglichst schnell vergessen wollte. Er blies die Backen auf und beschloss, den gigantischen Fernseher einzuschalten, um auf andere Gedanken zu kommen. Warum benahm er sich wie ein pubertärer Teenager, weil nebenan eine Frau duschte? Eine Frau, die nicht einmal sein Typ war. Sie war hübsch, keine Frage. Vielleicht sogar außergewöhnlich hübsch. Aber diese Aura von Trauer und Kummer, die sie umgab, löste permanentes Unbehagen in ihm aus. Noch dazu warteten in München Cleo und diese Mal-sehen-was-draus-wird–Sache auf ihn.

Der große Plasmabildschirm erwachte zum Leben und zeigte die besten Szenen eines Footballspiels der Pittsburgh Steelers gegen die Seattle Seahawks. Niklas interessierte sich nicht für Football und zappte zu einem anderen Kanal, während er sich auf dem Bett ausstreckte, das genauso weich war, wie es aussah, und nach Blüten duftete (duftete hier eigentlich alles?). Die Fahrt war anstrengend gewesen, und die heiße Dusche hatte ihn zusätzlich müde gemacht. Mit einem Gähnen bettete er seinen Kopf auf das blütenweiße Kissen und schloss einen Moment lang entspannt die Augen. Die Autofahrt zurück nach Ubud würde eine Qual werden, die er ohne Koffein nicht überstehen würde. Er brauchte dringend eine Dose Cola und etwas gegen die Leere in seinem Magen. Und danach jede ... Menge ... Schlaf.

Als Niklas aufwachte, blickte er in Sophies große blaue Augen, die irritiert auf ihn hinabsahen und einen kleinen Herzstillstand bei ihm auslösten. Erschrocken fuhr er hoch und stieß hart gegen die Lehne. Blitzartig fuhr der Schmerz durch seinen Kopf.

»Ich wollte nur kurz ...«, stammelte er und kniff die Augen zusammen. Mit dem Finger deutete er auf den Plasmabildschirm, der nun nicht mehr Haie beim Angriff auf Seerobben zeigte, sondern die künstliche Besamung einer Stute. Ein gequältes Grinsen auf dem Gesicht, schloss er die Augen. Ohne Pferdegenitalien wäre die Situation nur unangenehm gewesen. Jetzt war sie unangenehm *und* peinlich.

»Schon ... in ... Ordnung«, antwortete Sophie, während sie erst stirnrunzelnd auf den Bildschirm, dann auf ihn blickte.

Niklas war gerade dabei, sich aus dem Bett zu schwingen, als ein Donnern beide erschrocken zusammenzucken ließ.

»Ist nicht wirklich ruhiger geworden da draußen«, bemerkte Sophie mit Blick aus dem Fenster.

Erst jetzt fiel ihm auf, dass auch sie einen Bademantel trug, den gleichen wie er. Natürlich gab es zwei davon. Es war schließlich ein Doppelzimmer. Männlein, Weiblein. Sie hätte hier mit ihrem Mann die Flitterwochen verbracht. Plötzlich fühlte sich Niklas noch unwohler in diesem Bett und sprang regelrecht auf. In diesem Moment gab sein Magen lautstarke Knurrgeräusche von sich, die an einen ausgehungerten Löwen erinnerten. Er errötete leicht.

»Du hast Hunger.«

Ein Lächeln spielte um ihre schmalen Lippen. Das lange Haar fiel ihr feucht über die Schultern und wirkte, weil es nass war, ungewohnt dunkel. Er konnte sich nicht helfen, aber sie sah irgendwie niedlich aus mit ihren geröteten Wangen und den zerzausten Strähnen. *Niedlich!? Nein, das hast du gerade nicht gedacht*, verfluchte er sich. Greta war niedlich. Und dieses Video mit den Pandabären auf der Rutsche.

»Ich halte auf dem Heimweg irgendwo.«

Sie schien über etwas nachzudenken.

»Wozu sind wir in einem dieser Luxustempel, in dem sie Gold fressen?«, fragte sie mit ernster Miene, bevor ein verschmitztes Lächeln über ihr Gesicht huschte.

Niklas hob die Brauen.

»Roomservice«, erklärte Sophie zwinkernd.

Beim Blick auf seine Armbanduhr bemerkte Niklas, dass es bereits nach Mitternacht und die Küche mit Sicherheit längst geschlossen war.

»Das ist ein 5-Sterne-Hotel. Hier schließen Küchen nicht.«

Erstaunt beobachtete er, wie sie zum Telefonhörer griff und

sich nach der Speisekarte erkundigte. Anschließend nannte sie drei Zahlen, außerdem Sprite, Cola, eine Flasche Wasser und ihre Zimmernummer.

»Zehn Minuten«, sagte Sophie mit einem triumphierenden Lächeln um die Lippen, als sie aufgelegt hatte.

Sophie

»Warum bist du Juristin geworden?«, fragte Niklas und schob sich mit dem Finger eine grüne Zuckerschote in den Mund. Sie saßen seit einer Viertelstunde in Bademänteln auf dem Bett und bedienten sich an den herrlich duftenden gebratenen Köstlichkeiten, die in hübschen weißen Porzellanschüsseln vor ihnen standen.

Sophie sah ihn fragend an.

»Na ja, es gibt noch etwa«, er dachte nach, »46.568 andere Berufe auf dieser Welt. Und zwei Drittel davon stelle ich mir fünfmal so spannend wie Jura vor.«

»Das sind ziemlich viele Zahlen«, bemerkte Sophie amüsiert. »Und ich glaube nicht, dass du auch nur eine davon belegen kannst.«

Er grinste.

»Ich weiß nicht, ob es auf diese Frage eine Antwort gibt. Du hattest sicherlich auch keine Prophezeiung, die dir vorausgesagt hat, dass du Fotograf wirst.«

»Das nicht, aber ich hatte James Stewart.«

Niklas schob sich genussvoll einen Löffel Reis in den Mund.

»James Stewart?«

Sophie hob die Brauen.

»Das Fenster zum Hof?«, half er ihr auf die Sprünge.

Sie schüttelte den Kopf.

»Das ist einer meiner Lieblingsfilme. Ein alter Hitchcock-Thriller. James Stewart spielt darin einen Reporter, der wegen eines Beinbruchs im Rollstuhl sitzt und den ganzen Tag gelangweilt aus dem Fenster schaut.«

»Spannend«, bemerkte Sophie trocken und grinste, als er ihr einen warnenden Blick zuwarf.

»Eines Nachts hört er einen Schrei und beobachtet durch seine Kamera, wie sein Nachbar einen großen Koffer aus der Wohnung trägt. Und am nächsten Morgen ist die Frau des Nachbarn spurlos verschwunden.«

Amüsiert beobachtete Sophie, wie sich Niklas in Ekstase redete.

»Na jedenfalls fand ich James Stewart einfach nur genial und wollte ab diesem Moment unbedingt Fotograf werden.«

»Wie alt warst du da?«

Er dachte nach.

»Sieben? Acht?«

»Da war Pumuckl natürlich schon zu langweilig«, bemerkte sie sarkastisch.

»Meine Mutter liebt alte Filme. Sie hatte früher nicht viel Zeit für uns, aber wenn sie zu Hause war, haben wir uns immer zusammen Filme angesehen.«

Sophie bemerkte, wie sich ein Anflug von Wehmut in seine grünen Augen schlich, und stellte fest, dass sie selbst nur wenig vergleichbare Erinnerungen an ihre Kindheit hatte. Ihr Vater war immerzu auf Konferenzen und Sitzungen gewesen, und wenn er doch einmal zu Hause war, hatte ihre Mutter es als ihre Aufgabe betrachtet, ihm den Rücken freizuhalten. Sie war schon immer die perfekte Politikergattin gewesen. Ein Musterbeispiel für stille Disziplin und Contenance.

»Was macht sie beruflich?«

»Sie ist Krankenschwester, aber seit ihrem Herzinfarkt arbeitet sie nicht mehr. Es war nicht leicht für sie. Mein Vater ist abgehauen, als ich noch klein war. Danach mussten wir in einen scheußlichen Plattenbau ziehen und zu dritt auf 60 Quadratmetern wohnen.« Er nahm einen Schluck Cola. »Meine Kindheit war also nicht ganz so ... behütet wie deine.«

Der bittere Ton in seiner Stimme entging ihr nicht.

»Woher willst du wissen, wie meine Kindheit war?«

Er zuckte mit den Schultern.

»Dein Vater ist Politiker, du hast in Cambridge studiert. Das sagt eigentlich schon recht viel, würde ich sagen.«

Sophie richtete sich auf wie ein Soldat.

»Das macht in deinen Augen eine behütete Kindheit aus? Mein Vater war nie da. Unter der Woche war er in Berlin, und wenn er am Freitag mal nach Hause kam, hat er sich lieber mit Golfspielen beschäftigt als mit ... Baumhausbauen oder Gutenachtgeschichtenerzählen.« Sie lachte bitter. »Als ich zehn war, hat er Charlie und mich auf ein Internat am Bodensee geschickt. Wir hatten schrecklich Heimweh.« Sophies Herz wurde bleischwer, als sich das herrschaftliche alte Gemäuer vor ihren Augen auftat, in dem sie ihre halbe Jugend verbracht hatte.

»Charlie ist dein Bruder?«

»Meine Schwester.«

»Deine Schwester heißt Charlie?«

»Charlotte. Charlotte Amalie, um genau zu sein. Wir wurden

nach bayerischen Prinzessinnen benannt. Mein Vater ist sehr … heimatverbunden.«

»Ach du Scheiße. Da hattest du ja mit Sophie noch Glück.«

»Sophie Therese«, ergänzte sie schmunzelnd. »Teodolinda und Notburga waren leider schon vergeben.«

Niklas schüttelte ungläubig den Kopf.

»Charlie ist ständig aus dem Internat abgehauen. Sie hat es dort gehasst.«

Sophie erinnerte sich an die hysterischen Auftritte ihrer Mutter, die Drohungen, das Internat zu verklagen.

»Und dann?«

»Willst du die offizielle Version oder die ehrliche?«

Sophie sah ihn herausfordernd an, und er schenkte ihr eine Reaktion, die keinen Spielraum ließ.

»Charlie hat die Schule abgebrochen und ist mit 17 nach Berlin gezogen. Da wohnt sie auch jetzt noch. Sie hat eine Kneipe in Kreuzberg. Mit Mia, ihrer … Freundin.«

Abwartend sah sie ihn an, doch er wirkte unbeeindruckt.

»Das passt natürlich nicht ganz so gut ins Bild eines Politikers. Außer dein Vater ist bei den Grünen, aber das glaube ich jetzt mal nicht.«

Sophie lachte.

»Na ja, mein Vater hat jedenfalls keinen Regenbogen-Aufkleber auf dem Auto.«

Sie trank einen Schluck Cola und lehnte ihren Kopf entspannt gegen die Wand.

»Und wie geht er damit um?«

»Mein Vater? Gar nicht«, seufzte Sophie. »Er und Charlie haben seit Jahren kaum Kontakt.«

»Und du?«

»Ich besuche sie so oft ich kann in Berlin, aber«, sie zögerte, »Charlie war nicht gerade ein Fan von Maximilian.«

»Warum?«

Sophie zuckte mit den Schultern.

»Sie war der Meinung, er wäre nur eine jüngere Version unseres Vaters.«

Sie lachte halbherzig.

»Und war er das?«

»Nein.«

Sophie machte eine wegwerfende Handbewegung.

»Für meine Schwester ist jeder Mann, der einen Anzug trägt, wie unser Vater.«

Nachdenklich spielte sie mit der Kordel ihres Bademantels. Wenn Charlie mich jetzt sehen könnte, würden ihr die Augen aus dem Kopf fallen, dachte Sophie. Sie würde mir nicht glauben, dass ich mit einem Mann im Bademantel auf meinem Bett sitze und Nasi Goreng esse. Sophie konnte es ja selbst kaum glauben. Und es irritierte sie ein wenig, dass es sich plötzlich so harmlos anfühlte. So angenehm.

»Oh mein Gott, ich liebe diesen Film«, sagte Niklas plötzlich und deutete mit leuchtenden Augen auf den Fernseher, der zwei Cowboys auf Pferden zeigte. Sie hatte ihn zwischenzeitlich stumm gestellt.

»Was ist das?«

»Zwei Banditen«, antwortete er und sah wie gebannt auf den Bildschirm.

»Kenn ich nicht.«

»Du kennst ›Zwei Banditen‹ nicht? Butch und Sundance? Robert Redford und Paul Newman?«

Sophie schüttelte angesichts seiner Begeisterung fast eingeschüchtert den Kopf.

»Den musst du dir ansehen«, sagte Niklas mit einer Ehrfurcht, die sie amüsierte. »Das ist ein absoluter Klassiker.«

Sophie zuckte mit den Schultern und griff nach der Fernbedienung.

»O.k.«

Überraschung blitzte in seinen Augen auf, die ihr ein Lächeln entlockte.

»Jetzt?«

»Warum nicht? Ich habe heute nichts mehr vor.«

Sie ließ ihren Kopf auf das weiße Kissen fallen und sah völlig gelöst aus.

Niklas

Als Niklas seine Augen öffnete, fiel sein Blick auf zwei abstrakte Holzfiguren an der Wand, die ihm aus fratzenartigen Gesichtern entgegenlachten. Verdutzt richtete er sich auf und brauchte einen Moment, bis er begriff, wo er war. Sein Blick wanderte nach links und blieb an einer nackten Schulter kleben, die aus einem Bademantel hervorspitzte. Er betrachtete ihr schlafendes Gesicht, das, eingerahmt von hellen Haarsträhnen, etwas unglaublich Friedliches ausstrahlte. Es war lange her, dass er neben einer Frau aufgewacht war. Jahre, um genau zu sein. Selbst zwischen ihm und Cleo gab es den unausgesprochenen Grundsatz, nie über Nacht zu bleiben.

Niklas wandte sich von ihr ab und entdeckte die weißen Porzellanschalen und leeren Dosen auf dem Schreibtisch. Da auch der Fernseher aus war, musste er vor ihr eingeschlafen sein. Warum hatte sie ihn nicht geweckt? Warum hatte sie ihn nicht gebeten zu gehen? Seine Armbanduhr zeigte 8.20 Uhr an. Das Lederband war noch feucht vom Regen und hatte die Haut darunter aufgeweicht.

Aus dem Augenwinkel sah er, wie sich die Bettdecke neben ihm bewegte. Ein ungutes Gefühl überkam ihn. Als sich ihre Blicke schließlich trafen, bemerkte er das Unbehagen, das sich schlagartig in ihren Augen breitmachte.

»Morgen«, sagte er unsicher und versuchte es mit einem Lächeln.

Sie schluckte, richtete sich auf und zog blitzschnell den Bademantel über die nackte Schulter.

»Tut mir leid, ich muss eingeschlafen sein.«

Augenblicklich schwang Niklas die Beine aus dem Bett und stand unbeholfen vor ihr.

»Ja ... etwa bei Minute 65«, murmelte sie.

Seine Brauen schoben sich nach oben.

»Du hast den Film zu Ende gesehen?«

Scheu verschränkte sie die Arme vor der Brust und rieb sich die Augen. Niklas konnte regelrecht spüren, wie unwohl sie sich fühlte. Wenn er doch nur nicht eingeschlafen wäre. Wenn er sich doch nur auf Knopfdruck aus diesem Zimmer beamen könnte.

»Klar. Ich frage mich allerdings, ob sie am Ende wirklich gestorben sind.«

»Darüber diskutiert die Filmwelt seit 50 Jahren.«

»Dann kann ich ja jetzt mitdiskutieren«, murmelte sie und mied seinen Blick.

»Hör zu, es tut mir echt leid, dass ich ... eingepennt bin.«

Mit schuldbewusster Miene hielt er sich die Hände vor die Brust. Sophie sah zu ihm auf.

»Ist schon gut. Ich hätte dich ja auch wecken können.«

Er hörte heraus, dass sie mit dem Gedanken gespielt hatte. Warum sie sich dagegen entschieden hatte, konnte er nur vermuten. Verlegenheit? Ein schlechtes Gewissen?

»Tja, ähm, ich ... geh dann mal langsam«, sagte er mit einem schiefen Lächeln und deutete in Richtung Tür.

»So?«

Sophie beäugte ihn skeptisch. Erst da fiel Niklas wieder ein, dass er noch immer einen Bademantel trug.

»Nein«, murmelte er mehr zu sich selbst und tapste zur Balkontür. Warum fühlte er sich gerade wie ein absoluter Vollidiot? Ein Schwall feuchtwarmer Luft begrüßte ihn, als er die Tür öffnete und wie geblendet war vom Ausblick, der sich ihm bot. Die Sonne strahlte vom wolkenlosen Himmel auf azurblaues Wasser, dessen Gischt sich in anmutigen Bewegungen dem menschenleeren Sandstrand näherte. Liebend gerne hätte er in diesem Moment seine Kamera gezückt und all die Schönheit festgehalten.

Er fand sein hellgraues T-Shirt und die kurze Hose ausgebreitet über einem dunkelblauen Rattan-Liegestuhl. Geschützt vom Regen waren sie über Nacht getrocknet. Noch immer zogen sich Schlammflecken über beide Kleidungsstücke. Niklas kam sich vor wie eine Sepia-Version der Milka-Kuh, nachdem er sich unter dem Schutz des Bademantels angezogen hatte.

Als er wieder ins Zimmer trat, stand Sophie bei offener Tür vor dem Badezimmerspiegel und bürstete ihr langes blondes Haar.

Sie hatte ein kakifarbenes Trägerkleid angezogen, das ihr bis zu den Knien reichte.

»Oh«, bemerkte sie, als ihre Augen sein verdrecktes Shirt musterten.

Niklas zuckte mit den Schultern.

»Hauptsache trocken.«

Sein Blick fiel auf ihren Koffer, der ausgebreitet auf dem Bett lag. Ihre Kleidung war sorgfältig sortiert, als hätte sie sie erst wenige Minuten zuvor aus dem Schrank geholt. Er selbst hatte es längst aufgegeben, Ordnung in seinen Backpacker-Rucksack zu bringen, was dazu führte, dass seine T-Shirts so zerknittert waren wie die Haut einer 90-Jährigen, die ihr halbes Leben lang in Solarien verbracht hatte.

»Fährst du nach Hause?«

Sie steckte ihren Kopf durch die Tür.

»Nein, ich fahre *weiter*.«

»Wohin?«

Sophie trat aus dem Badezimmer und zuckte mit den Schultern.

»Irgendwohin. Ich will nicht hier im Hotel bleiben.«

Niklas runzelte die Stirn und fragte sich, ob er etwas damit zu tun hatte, dass sie fluchtartig diesen Ort verlassen wollte.

»Es hat nichts mit dir zu tun«, sagte Sophie, als hätte sie seine Gedanken gelesen. »Ich will nur einfach mehr von der Insel sehen und nicht«, sie sah ihn grinsend an, »... im Hotel sitzen und Gold fressen.«

Niklas rollte mit den Augen und fühlte gleichzeitig etwas wie Erleichterung.

»Das werde ich nicht mehr los, oder?«

Sie lachte. Einen Moment lang haftete sein Blick auf ihr. Verlegenes Schweigen breitete sich zwischen ihnen aus.

»Tja dann«, begann Niklas schließlich und trat von einem Bein aufs andere. »Reisende soll man ja nicht aufhalten.«

Ein scheues Lächeln trat auf ihr Gesicht, als er grinsend die Hand hob.

»Mach's gut, Elsa.«

Sie schmunzelte.

»Mach's gut, Niklas. Und … danke. Für alles.«

Er nickte. Er nickte auch noch, als er mit langsamen Schritten aus dem Zimmer ging und die Tür hinter sich schloss. Als wollte er sich einreden, dass er das Richtige tat.

Niklas

Niklas telefonierte gerade mit Sara, als er im Rückspiegel sah, wie Sophie die Lobby verließ und einen großen Koffer hinter sich herzog.

»Nein, ich komme erst in ein paar Tagen wieder«, sagte er.

Saras Stimme drang munter aus der Freisprechanlage, doch Niklas war zu sehr damit beschäftigt, Sophie zu beobachten, die nun mit einem Hotelpagen sprach. Er fragte sich, wohin sie fahren wollte und vor allem wie. Schließlich wusste Niklas, dass sie keinen Führerschein besaß, und auf Bali gab es kaum öffentliche Verkehrsmittel. Wer sich nicht selbst ein Auto mieten wollte, organisierte sich für wenig Geld einen einheimischen Fahrer.

»Meine Kamera hab ich dabei, und den Rest besorge ich mir unterwegs«, sagte er in Richtung Telefon, nachdem ihn Sara darauf hingewiesen hatte, dass er seinen Rucksack mit all seinen Sachen nicht bei sich hatte.

»Ja, ich melde mich.«

Er klang, als würde er mit seiner Mutter sprechen. Im Rückspiegel sah er Sophie in der Sonne stehen, als würde sie auf etwas warten. Mit ihrem weißen Hut und dem hellen Haar erinnerte sie ihn an diese Frau aus der Raffaelo-Werbung.

»Ja, ja, die hab ich ins Hotel gebracht«, plapperte er abwesend ins Telefon, ohne zu erwähnen, dass er sich selbst gleich mit in dieses Hotel gebracht hatte.

»Grüße zurück. Bis dann«, verabschiedete er sich von Sara.

Niklas warf einen weiteren Blick in den Spiegel. Sie stand noch immer dort. Unruhig trommelten seine Finger auf das Lenkrad. Er wusste nicht, warum er plötzlich so aufgedreht war. *Fahr los*, flüsterte eine Stimme in seinem Kopf. Aber wie sie da stand, allein und irgendwie verloren, brachte er es nicht fertig, den Schlüssel ins Zündschloss zu stecken. Warum fühlte er sich plötzlich verantwortlich für sie? Niklas seufzte. Dann startete er den Wagen.

»Einsteigen, Sundance«, sagte er, als er die Scheibe heruntergelassen hatte und Sophie überrascht unter ihrem Hut hervorspitzte.

»Was ...?«, sie räusperte sich, »Woher willst du wissen, dass ich nicht Butch bin?«

Prüfend sah sie ihn an.

»So ein Gefühl.«

Er grinste.

»Auf was wartest du?«

»Auf meinen Fahrer. Das Hotel hat mir einen organisiert.«

»Ich hätte da auch noch einen Platz frei«, sagte Niklas und deutete auf den Beifahrersitz, auf dem seine Kameratasche stand.

Sophie runzelte die Stirn.

»Außer ... du möchtest lieber von einem wildfremden Balinesen durch sämtliche Souvenirmärkte dieser Insel geschleust werden.«

Herausfordernd sah Niklas sie an.

»Es soll da sehr schöne Sonnenbrillen geben, habe ich gehört«, fügte er hinzu.

Ihre Mundwinkel hoben sich leicht.

»Ich glaube, du bist mir zu teuer.«

Er klopfte mit der Hand auf die Kameratasche.

»Ich kann die Fahrtkosten absetzen.«

Das Zögern in ihren Augen entging ihm nicht. Als wäre sie sich unsicher, ob er es ernst meinte.

»Warum ...?

»Na ja, es kann nie schaden, einen Rechtsschutz an Bord zu haben, oder?«

Grinsend zog Sophie die Beifahrertür auf.

Sophie

»Für deine Haut wäre die Antarktis die bessere Wahl gewesen«, bemerkte Niklas, als sie sich die Arme mit einer dicken Schicht Sonnencreme einrieb. Sophies Haut war von Natur aus so hell, dass sie Lichtschutzfaktor 100 benutzen musste, wenn sie nicht wie ein Brandopfer aussehen wollte.

»Ich wäre auch nie auf die Idee gekommen, nach Bali zu fliegen. Maximilian hat diesen … Urlaub geplant.« Sie wollte das Wort »Flitterwochen« nicht in den Mund nehmen. »Es sollte eine Überraschung werden.«

»Wo wärst du hin, wenn du die Wahl gehabt hättest?«, fragte Niklas, während der gigantische Hotelkomplex im Rückspiegel immer kleiner wurde und schließlich verschwand.

»Kanada.«

»Kanada«, wiederholte er sichtlich überrascht.

»Ja, ich mag die Natur, die Berge, die rauschenden Flüsse, die klare Luft.«

Sie hatte all das in diesem Moment vor Augen.

»Warst du schon mal dort?«, wollte er wissen.

»Nur in Gedanken.«

Er warf ihr einen kurzen Seitenblick zu.

»Wo würdest du gerne mal hin?«

»Kanada.«

Sie verfielen in nachdenkliches Schweigen.

»Wo fahren wir jetzt eigentlich hin?«, fragte Sophie, als der Ozean nicht mehr zu sehen war. Sie konnte immer noch nicht glauben, dass sie schon wieder in diesem Auto saß. Mit ihm. Als er mit dem Jeep vors Hotel gefahren war, hatte sie es für einen seiner Scherze gehalten.

»Weit weg von den Luxustempeln, in denen sie Gold fressen«, tönte er wie ein Märchenonkel und brachte sie zum Lachen. »Zum Tanah-Lot-Tempel. Das ist einer der sieben Meerestempel auf Bali. Deine Bibel hat ihm sicher eine ganze Seite gewidmet.«

Grinsend deutete er auf den Reiseführer in ihrem Schoß.

Sophie lehnte ihren Kopf gegen die Scheibe und ließ die Landschaft an sich vorbeiziehen. Entlang der Straße präsentierten Obstverkäufer eindrucksvoll drapierte Früchte. Mangos, Papayas, Melonen und Bananen türmten sich auf zweirädrigen Karren. In kleinen Warungs, den balinesischen Imbissständen, brutzelten Einheimische Fleischspieße, Nudeln und Reis. Mit knurrendem Magen dachte sie an das üppige Frühstücksbüffet in ihrem Hotel. Als hätte er ihre Gedanken gelesen, fuhr Niklas an den Straßenrand und brachte den Wagen zum Stehen.

»Und jetzt?«

»Frühstück«, antwortete er und deutete auf einen blau gestrichenen Warung auf Rädern, der aussah, als würde er jeden Moment zusammenbrechen.

Ohne ihre Reaktion abzuwarten, öffnete er die Tür und stieg aus dem Jeep. Sophie tat es ihm nach. Hinter einer kleinen Feuerstelle entdeckte sie einen grauhaarigen Balinesen, der ihnen ein wohlwollendes zahnloses Lächeln schenkte. Um den Kopf trug er eine Art Bandana, das seitlich zu einer Schleife gebunden war und seine spärlichen Haare bedeckte. Niklas grüßte ihn mit einer angedeuteten Verbeugung, bestellte Melonensaft und zwei kleine braune Päckchen und reichte dem alten Mann ein paar Scheine.

»Du in Bali erste Mal?«, fragte er in bestem Yoda-Englisch.

Niklas schüttelte den Kopf.

»Ich war schon dreimal hier. Aber sie ist zum ersten Mal auf Bali.«

Die Augen des Balinesen wanderten von Niklas zu Sophie, die unter seinem Blick errötete.

»Du zu dünn. Mehr kaufen bei mir«, sagte er lachend und deutete auf sein bescheidenes Angebot in der Vitrine. »Schnapp dir.«

Sein Lachen hatte etwas Ansteckendes.

»Du aus England?«

Sophie schüttelte den Kopf.

»Amerika?«

»Aus Deutschland.«

»Deutschland«, wiederholte er nachdenklich. »Ich nie dort.«

Er zuckte mit den schmalen Schultern, die in einem verwaschenen Shirt steckten, und grinste wieder. Dann zeigte er auf Niklas.

»Du verheiratet?«

Sophie schüttelte den Kopf und warf einen kurzen Blick in Niklas' Richtung.

»Du Mann in Deutschland?«

Sie schüttelte erneut den Kopf.

»Du gar nicht Mann?«

»Tot«, sagte sie und war gleichzeitig erstaunt, wie ruhig ihr dieses Wort über die Lippen kam. Und warum sie es überhaupt in den Mund nahm. Schließlich kannte sie den alten Mann kaum, der nun ein trauriges Gesicht machte.

»Du machen Meditation. Reinigen Körper von Schmerz.«

Ein schwaches Lächeln trat auf ihr Gesicht.

»Vielleicht mache ich das.«

»Ich Nyoman. Viele Nyoman hier auf Bali. Guter Name.«

Stolz streckte er den Rücken durch.

»Ich bin Sophie. Und das ist Niklas.«

Nyoman reichte ihnen zwei Becher Saft und die beiden braunen Päckchen, die Niklas bestellt hatte. Sie setzten sich damit auf zwei leere Obstkisten, die an einem kleinen Holztisch vor dem blauen Warung standen.

»Frühstück«, sagte Niklas und warf ihr ein Päckchen zu, das

sich warm in ihrer Hand anfühlte. Der Plastikbecher, den er ihr reichte, war hingegen angenehm kalt.

»Was ist das?«

Sie beäugte das Päckchen skeptisch.

»Du nicht fragen. Du selbst herausfinden«, imitierte Niklas das chaotische Englisch von Nyoman und lachte.

Sophie löste das Papier, das ein grünes Bananenblatt enthielt. Als sie auch dieses auseinanderfaltete, brachte es Reis, Hühnchen, Erdnüsse und ein hart gekochtes Ei zum Vorschein.

»Frühstück, ja?«, murmelte sie ungläubig.

»Du kannst Nyoman gerne fragen, ob er Vollkornbrötchen hat«, zog Niklas sie auf und trank einen Schluck Melonensaft.

Sophie warf einen Blick auf ihre Uhr und stellte fest, dass sie noch nie in ihrem Leben vor zehn Uhr morgens Reis gegessen hatte – noch dazu in Kombination mit Chili und Knoblauch.

Sie zog an ihrem Strohhalm, während Niklas mit den Händen kleine Reisbällchen formte, die er sich anschließend in den Mund schob. Was soll's, dachte Sophie und tat es ihm nach. Die Belohnung kam in Form einer Geschmacksexplosion. Sie wusste zwar nicht, was sie da gerade aß, aber es schmeckte köstlich. Die cremige Erdnusssoße, die leichte Schärfe, das gebratene Huhn.

»Mmmh«, schmatzte sie und streckte den Daumen nach oben, sodass auch Nyoman es sehen konnte.

»Du magst?«, rief er ihr zu und klatschte begeistert in die Hände.

Sophie hatte von der Freundlichkeit der Balinesen gehört und war dennoch entzückt von Nyomans warmherziger Art. Sie hätte den kleinen alten Mann am liebsten auf Band aufgenommen und immer dann abgespielt, wenn sie zu Hause einen schlechten Tag hatte. Seit Maximilians Tod hatte es davon genug gegeben. Als sein Gesicht vor ihrem inneren Auge aufploppte, kam ihr eine Idee. Sie griff in ihre Handtasche, zog eines der Fotos von Maximilian hervor und ging damit zu Nyoman.

»Das war mein Mann«, sagte sie und reichte ihm das Bild.

Der kleine Mann musterte gründlich das Foto in seinen Händen.

»Er nett?«

Sophie lächelte und legte ihre rechte Hand auf ihr Herz.

»Sehr nett.«

»Dann er kommt wieder. Als Kind wiedergeboren, wenn du Glück. Wenn Pech, als Stein.«

Nyoman zuckte mit den Schultern, und Sophie musste lachen.

»Als Stein?«

»Du machst Opfer für Dämonen, dann kein Stein«, sagte er.

»Was für ein Opfer?«

»Gemüsen. Oder Blume. Und Reis. Du auch Geld geben.«

Sophie verstand und ging schnurstracks zum benachbarten Obststand, der von Nyoman in Schnellfeuer-Balinesisch informiert wurde, was sie brauchte.

Für umgerechnet zwei Euro kaufte sie Bananen, eine Papaya und eine stachelige Frucht, deren Namen sie nicht kannte. Zusammen mit ein paar Scheinen reichte sie Nyoman das Obst, der es wiederum in einem kleinen geflochtenen Korb platzierte.

»Opferkorb«, erklärte er. »Jetzt Dämonen mögen deinen Mann.«

Sophie lächelte und blickte auf das Foto in ihrer Hand. Es war noch keine zwei Jahre alt und zeigte Maximilian bei einem Grillfest ihrer Eltern am Starnberger See. Er lachte breit in die Kamera. Sie legte das Foto in den Opferkorb aus geflochtenen Palmblättern.

»Passt du für mich auf ihn auf?«

»Er hier bleiben kann. Bei Nyoman. Ich aufpassen, dass Schutz vor Dämonen.«

»Ja«, rief Sophie freudig aus und nickte.

Der alte Mann pinnte das Foto mit einem Reißnagel an die Innenwand seines Warungs.

»Danke, Nyoman«, sagte Sophie und reichte ihm zum Abschied die Hand.

Als sie sich mit einem Lächeln auf dem Gesicht umdrehte, musterten sie Niklas' grüne Augen.

»Du weißt schon, dass er sich das Geld in die Tasche stecken wird, sobald du weg bist.«

»Warum sollte er?«

»Weil du eine kleine naive Touristin bist.«

Niklas lachte amüsiert und ging zum Jeep.

Sophie

Als sie kurz darauf Balis Hauptstadt Denpasar erreichten, lag noch immer ein Lächeln auf Sophies Gesicht. Es war ihr egal, ob Niklas sie für naiv hielt. Es war ihr auch egal, ob Nyoman das Geld einsteckte, das sie in den Opferkorb gelegt hatte. Diese Begegnung hatte sie im Herzen berührt, und nur das zählte in diesem Moment.

Das schrille Heulen einer Polizeisirene riss sie aus ihren Gedanken. Die Hektik asiatischer Großstädte war plötzlich allgegenwärtig. Roller schlängelten sich an ihnen vorbei durch den Stau, Motoren dröhnten, und Hupgeräusche drangen von allen Seiten an ihr Ohr. Sie kamen nur im Schritttempo voran, und Sophie bewunderte Niklas für die Gelassenheit, mit der er den Jeep durch das Verkehrschaos manövrierte, einen Meter fuhr, abbremste, einen Meter fuhr und wieder abbremste.

Neugierig beäugte sie die Tempel und Märkte, die sie passierten, die kleinen Stände mit Kunsthandwerk und Trödel am Straßenrand, die etwas verloren wirkten zwischen Fastfood-Restaurants mit Leuchtreklamen und gigantischen Einkaufszentren.

Als der Wagen vollständig zum Stehen kam, griff Niklas auf die Rückbank und zog seine Kamera aus der Tasche. Er kurbelte das Fenster herunter und gewährte Hitze und Lärm einen Weg in den Jeep. Die Luft war erfüllt von Motorenöl und Abgasen, Gewürzen und Brataromen. Sophie sah ihm dabei zu, wie er mit abwägendem Blick die Rädchen an seiner Kamera drehte, bevor er seinen Oberkörper weit aus dem Fenster lehnte und die schier endlosen Schlangen hupender Autos fotografierte. Sein Shirt, das ihm leicht nach oben gerutscht war, gab den Blick auf die feine Haarlinie auf seinem Bauch frei, und Sophie ertappte sich dabei zu erröten. Verlegen wendete sie sich ab und ärgerte sich gleichzeitig, bei der Schamgrenze einer 12-Jährigen angelangt zu sein.

Niklas schob seinen Oberkörper zurück ins Auto und begutachtete seine Fotos im kleinen Display der Kamera. Seine Nase kräuselte sich kritisch, als er von Bild zu Bild sprang.

»Entscheidest du selbst, welche Fotos in den Reiseführer kommen?«

Ohne den Blick von der Kamera zu wenden, schüttelte Niklas den Kopf.

»Ich liefere ihnen den bunten Strauß, aus dem sie sich die schönsten Blumen picken können.«

Er schloss das Fenster und startete den Motor. Der Stau löste sich langsam auf.

»Wie lange hast du dafür Zeit?«

Niklas sah kurz zu ihr herüber.

»Für die Fotos?«

Er zuckte mit den Schultern.

»Eine Woche ungefähr. Noch genug Zeit. Ich schick sie per Mail, weil ich noch ein bisschen herumreisen möchte.«

»Das muss schön sein«, sagte Sophie, als sie die Stadt gen Norden verließen.

»Was?«

»Einen Beruf zu haben, der einem so viele Freiheiten ermöglicht. So viel Spaß.«

Sophie dachte daran, wie ihr Arbeitsalltag in der Kanzlei aussah. Im Grunde lief jeder Tag gleich ab. Um acht Uhr verließ sie ihre Wohnung, fuhr mit der S-Bahn zur Kanzlei, trank dort um 8.30 Uhr ihre erste Tasse Kaffee, machte eine Mittagspause von 30 Minuten – und wenn alles klappte, vor 20 Uhr Feierabend.

»Das klingt ja fast, als wäre das Leben als ...«, er grinste, »... Wirtschaftsjuristin kein Spaß. Du erschütterst mein Weltbild.«

Sophie schmunzelte.

»Bringt uns wieder an den Punkt, wo ich dich frage, warum du Jura studiert hast«, zog er sie auf.

»Es hat mich eben interessiert.«

»Vergangenheitsform!«

Sophie drehte den Kopf in seine Richtung.

»Es interessiert mich immer noch.«

Einen Moment lang überlegte sie, ob das wirklich die Wahrheit war. In den vergangenen Wochen hatte Sophie sich eher überwinden müssen, morgens zur Arbeit zu gehen, doch sie war sich nicht sicher, ob es am Job oder an der Kanzlei lag, die so viele Erinnerungen an Maximilian in ihr weckte. Erinnerungen an ihr verlorenes Leben.

»Nur manchmal …«

Sophie blickte aus dem Fenster und brach ab.

»Hättest du lieber was anderes gemacht?«, fragte Niklas, nachdem sie in Schweigen verfiel.

»Vielleicht. Ich weiß nicht. Als Teenager wollte ich immer Dolmetscherin werden. Italienisch, Französisch und Spanisch. Ich mag romanische Sprachen. Den Klang. Die Leidenschaft, die in jeder Silbe mitklingt. Mir fallen Sprachen leicht. Schon immer.«

»Warum hast du es nicht gemacht?«

Sophie hatte sich diese Frage lange nicht mehr gestellt. Dass sie sich für ein Jurastudium entschieden hatte, hatte hauptsächlich mit Maximilian zu tun gehabt. Als sie sich auf der Geburtstagsfeier ihres Vaters kennengelernt hatten – ein Fest mit 200 geladenen Gästen aus Kultur, Politik und Wirtschaft, unter ihnen auch Maximilians Familie –, war er gerade im zweiten Semester gewesen. Er hatte ihr von seinem Kurs in Strafrecht erzählt, und Sophie hatte es faszinierend gefunden, dass es Menschen gab, die von Paragrafen schwärmten und gleichzeitig so unglaublich attraktiv waren.

»Du könntest immer noch Dolmetscherin werden, wenn du das möchtest.«

Er zuckte lässig mit den Schultern. Es klang so einfach aus seinem Mund. Als könnte man sein Leben einfach noch einmal neu starten. Auf »Reset« drücken. Es mochte Menschen geben, die das konnten, die das auch umsetzten, aber sie gehörte nicht zu ihnen. Sie ging einen Weg immer ganz, sie ging ihn zu Ende. Sie bog nicht ab, sie drehte nicht um.

»Ich glaube, der Zug ist abgefahren.«

Er sah sie an.

»Du kannst ihn immer noch in den Bahnhof zurückordern.«

Nachdenklich wandte Sophie den Blick ab, lehnte ihren Kopf gegen die Scheibe und blickte hinaus. Zuckerwattige Wolken zogen an ihr vorbei und spiegelten sich auf der glitzernden Oberfläche der Reisfelder. Immer wieder winkten ihnen Bauern mit großen Strohhüten auf dem Kopf zu, und Sophie verspürte das Bedürfnis, die Scheibe herunterzukurbeln und die Luft zu inhalieren.

Niklas bog nach links in eine kleine Seitenstraße ab, die zur Küste hinunterführte, und parkte den Wagen neben einem Reisebus.

»Wollen wir uns in einer Stunde wieder hier treffen?«, fragte er und drehte an seiner Kamera. »Dann kann ich meine Fotos machen, und du hast genug Zeit, um dir den Tempel anzusehen.«

Sie nickte zustimmend. Ihr fiel auf, dass er noch immer das Shirt mit den Schlammflecken trug – und im Gegensatz zu ihr keinen Koffer mit Wechselkleidung dabeihatte.

»Hat was, oder?«, fing er ihren Blick auf und grinste schief.

Röte kitzelte ihre Wangen, während Niklas sich die Tasche über die Schulter schwang und kurz darauf in einer japanischen Touristengruppe verschwunden war, die sich wie eine Elefantenherde vorwärtsbewegte.

Sophie machte sich ebenfalls auf den Weg zum Tempel, der sich vor dem gleißenden Licht der Sonne auf einer kleinen Koralleninsel im Meer, umringt von saftgrünen Bäumen, erstreckte. Im

Reiseführer hatte sie gelesen, dass er bei Flut komplett von Wasser umspült und nur schwer zu erreichen war, doch um diese Uhrzeit konnte man problemlos hinüberwaten.

Sie folgte einer Reisegruppe mit Jugendlichen in Richtung Wasser und kam sich zwischen den vielen Kameras und Selfiesticks merkwürdig fremd vor. Auf einem Felsen am Strand ließ sie sich nieder und betrachtete den hinduistischen Meerestempel vor sich, der fast verloren wirkte zwischen den Massen an Touristen, die sich um ihn herumdrängten. Sie zog das Bündel mit dem Samtband aus ihrer Handtasche und starrte eine Weile auf das oberste Bild. Ob sie mit Maximilian hierhergekommen wäre? Ob er diesen Ort hätte sehen wollen? In ihren bisherigen Urlauben hatte er Strandliegen und Cocktails jeder Form von Sightseeing vorgezogen. Er war mit Sicherheit kein Kulturbanause gewesen, hatte in München sogar häufiger als sie Galerien und Ausstellungen besucht, doch Urlaube hatten für ihn immer Stillstand und Entschleunigung bedeutet.

Sophie schlüpfte aus ihren Sandalen und lief barfuß über den Sand, der unter ihren Füßen nachgab. Es war lange her, dass sie am Meer gewesen war. Das letzte Mal mit Maximilian vor etwa einem Jahr. Sie liebte es, wenn die Luft nach Salz und Algen roch, die Möwen am Himmel kreisten und die Wellen vor sich hin wisperten. Als die Gischt um ihre Füße tanzte, war sie überrascht, wie warm das Wasser war. Sie blickte hinaus aufs Meer und genoss die Friedlichkeit dieses Augenblicks.

Wenn du jetzt nur hier wärst.

Ein Gefühl von Sehnsucht erfasste Sophie. Sie griff in ihre Tasche und zog ein Foto von Maximilian heraus. Es musste mindestens fünf Jahre alt sein. Damals hatte er die Haare noch länger getragen. Wehmütig betrachtete sie sein lachendes Gesicht und strich mit dem Finger darüber. Sie ging in die Hocke und lies es vorsichtig ins Wasser gleiten, übergab es den Wellen, die es mit einem Satz wegspülten und es – so hoffte sie – an einen Ort brachten, an dem die Sonne niemals unterging.

Niklas

Sie lehnte gedankenverloren am Jeep, als er zurückkam und ihr eine Pappschale mit gebratenen Hähnchenspießen entgegenstreckte.

»Zweites Frühstück. Du bist ja zu dünn, wie wir von Meister Nyoman erfahren haben.«

Zu seiner Überraschung griff Sophie nach einem der Spieße und tunkte ihn in eine rote Soße, die, wie er ihr vielleicht hätte verraten sollen, sehr scharf war. Als wäre ein Feuer in ihrem Rachen ausgebrochen, schnappte sie hechelnd nach Luft und riss die Augen auf, was ihn zum Lachen brachte.

»Scharf«, krächzte sie und griff dankbar nach einer Dose Cola, die er ihr sogleich hinhielt.

»Danke.«

Ein lang gezogenes »Aaaah« drang aus ihrem Mund. »Aber das nächste Mal möchte ich das Essen zahlen.«

»Ich schreibe es an, du schuldest mir ja ohnehin noch jede Menge Fahrtkosten.«

Er grinste, doch Sophie griff nach ihrem Portemonnaie.

»Du kannst deine Schulden anders abarbeiten«, wehrte Niklas ab.

Mit den Händen auf ihren Schultern schob er sie zur Seite und öffnete die Beifahrertür, um etwas aus dem Handschuhfach zu ziehen. Es war eine Straßenkarte, die an allen Seiten eingerissen und von der Sonne ausgeblichen war.

»Wir müssen jetzt zum«, er deutete auf einen kleinen Punkt, »Pura Luhur Batukaru. Das ist ein wunderschöner Tempel im Regenwald.«

Niklas reichte ihr demonstrativ die Karte und bemerkte drei tiefe Falten, die sich auf ihrer Stirn bildeten.

»Ich hab keinen Führerschein.«

»Aber zwei Studienabschlüsse. Da wirst du schon einer schwarzen Linie folgen können.«

Die Falten wurden tiefer.

»Niemand hat gesagt, dass das hier eine Kutschfahrt wird.«

Pfeifend ging er ums Auto herum, während er aus dem Augenwinkel beobachtete, wie sie resigniert in den Wagen stieg und die Karte auf ihren Oberschenkeln ausbreitete.

Sophie

»Kann es sein, dass wir in die falsche Richtung fahren?«

Sophie spürte Niklas' zweifelnden Blick und stierte auf die zerfledderte Karte in ihrem Schoß.

»Ähm, nein. Wir sind richtig.«

»Sicher? Vom Gefühl her fahren wir schon eine ganze Weile nach Westen.«

»Ich glaube, wir sind richtig«, antwortete sie und klang, als müsste sie sich selbst noch davon überzeugen. »Wir sind hier ... abgebogen«, murmelte Sophie, während ihr Finger über die Karte fuhr, »und dann ... da weitergefahren.«

Nervös zupfte sie das Stück Papier auf ihren Oberschenkeln zurecht.

»Hier und da sind sicher reizende kleine Orte«, bemerkte Niklas. »Aber wir sind noch nicht mal durch Tabanan gekommen. Da hätten wir längst durchfahren müssen.«

Hitze kroch ihren Hals hinauf.

»Ich hab doch gesagt, ich kann nicht Karten lesen.«

»Nein, du hast gesagt, du kannst nicht Auto fahren.«

»Das ist dasselbe.«

»Gott sei Dank haben sie dir nicht den Ring anvertraut. Du hättest nie nach Mordor gefunden.«

»Ich hätte eben eine andere Rolle gehabt«, erwiderte Sophie trotzig und verschränkte die Arme vor der Brust.

»Verträge mit den Orks aushandeln?«

Ihre Augen verengten sich. Niklas hielt den Wagen an und schaltete den Motor aus.

»Lass mich mal sehen.«

Er zog die Karte von ihrem Schoß und fuhr sich abgespannt mit der Hand über die Stirn.

»Wir sind total falsch. Gerade eben sind wir durch diesen Ort hier gekommen.« Er deutete auf einen kleinen schwarzen Punkt. »Da wollen wir aber nicht hin.«

Sophie zuckte mit den schmalen Schultern.

»Ich kann's nicht, hab ich doch gesagt.«

Niklas schüttelte den Kopf.

»Warum hast du eigentlich keinen Führerschein?«

Glassplitter, Blech und ein aufgeplatzter Airbag tauchten vor ihrem inneren Auge auf und ließen ihren Körper frösteln, obwohl es im Wagen über 25 Grad hatte, weil die Klimaanlage alle zehn Kilometer aussetzte.

»Ich hatte mal einen Unfall.«

»Als Beifahrer?«

»Nein.«

Er blinzelte verwirrt.

»Dann hast du deinen Führerschein verloren?«

»Nein«, murmelte sie. »Ich will nur nicht mehr fahren seitdem.«

Niklas rümpfte die Nase.

»Also hast du einen Führerschein?«, hakte er nach.

Sie spürte das Gewicht seiner Aufmerksamkeit.

»Ja ... schon ... aber ich bin seit über zehn Jahren nicht mehr gefahren. Und ich will auch nie wieder fahren.«

»Damit ich das richtig verstehe. Du hättest die ganze Zeit selbst fahren können, als ich dich hier durch die Gegend kutschiert habe? Von Kuta nach Ubud, von Ubud zu deinem Hotel und ...«

»Nein«, unterbrach sie ihn. »Ich will nicht mehr fahren.«

Er zog eine Grimasse.

»Ach so, Madame *will* nicht mehr fahren.«

»Ich hab fast jemanden umgebracht«, sagte sie schließlich mit gequälter Stimme.

Sein Kopf schnellte nach rechts.

»Ich bin in einer Kurve von der Straße abgekommen und

gegen einen Baum gefahren. Meine Schwester saß auf dem Beifahrersitz. Sie lag danach drei Wochen im Krankenhaus.«

Sophie musste an Charlie denken, wie sie im Bett lag, der Kopf in Bandagen, das Jochbein gebrochen.

»Was war mit dir?«

»Nur ein paar Prellungen. Ich durfte nach einer Nacht wieder nach Hause. Aber bei meiner Schwester war es langwierig.«

»Und seitdem fährst du nicht mehr?«

Sie nickte.

»O.k.«, murmelte Niklas. »Dann haben wir jetzt genau eine Möglichkeit.«

Unsicher sah sie ihn an.

»Da du keine Karten lesen kannst und ich heute noch ankommen möchte, tauschen wir Plätze. Ich lese, du fährst.«

»Ich hab dir doch gerade ...«, setzte Sophie an.

»Ja, ich weiß. Aber nur weil du vor zehn Jahren Bäume ausreißen wolltest, kannst du doch nicht dein Leben lang mit einem Trauma durch die Gegend laufen.«

»Ich ...«

»Stell dir vor, Harry wäre nie wieder auf einen Besen gestiegen, nachdem er im ersten Quidditch-Match heruntergefallen ist. Ich meine ... dann wäre Schluss gewesen. Nach einem Band!«

Sophie verdrehte die Augen.

»Du hattest doch sicher auch mal einen Fahrradunfall und bist wieder gefahren. Oder einen Reitunfall, was auch immer man in deinen Kreisen so treibt.«

Es klang spöttisch, und sie ging nicht darauf ein. Womöglich, weil sie als Kind tatsächlich häufiger auf dem Pferd als auf dem Rad gesessen hatte.

Niklas öffnete die Tür und stieg aus dem Jeep.

»Nein«, protestierte sie flehend. »Ich will nicht ... ich ... nein.«

»Doch.«

Er kam ums Auto herum und blickte sie herausfordernd durch die Scheibe an.

»Raus jetzt.«

»Niklas, ich kann nicht.«

Sein Blick wurde strenger, doch sie hielt ihm stand.

»Ich bin über zehn Jahre nicht gefahren. Ich kann das nicht mehr.«

»Das ist wie Fahrradfahren. Man verlernt es nicht.«

Energisch schüttelte sie den Kopf.

»Ich weiß nicht mal mehr, wie man schaltet.«

»Kein Problem, ist Automatik.«

»Da hast du's, das habe ich nicht mal bemerkt.«

»Jetzt weißt du's.«

Er öffnete die Beifahrertür und zog an ihrem Arm, und Sophie zuckte zusammen, als hätte sie einen Stromschlag bekommen.

»Das sind die perfekten Bedingungen, um ein Trauma zu überwinden. Die Straßen hier sind leer, Ampeln werden frühestens in drei Jahren erfunden, und es gibt keine Verkehrsschilder. Was soll schon passieren?«

»Ich könnte den Wagen zu Schrott fahren!«

»Quatsch. Außerdem bist du Anwältin. Du kannst dich da bestimmt rausklagen.«

Er reichte ihr die Autoschlüssel.

Sophie

Wer behauptete, Autofahren verlerne man so wenig wie Fahrradfahren, der war ein gottverdammter Lügner, dachte Sophie, als der Jeep langsam vor sich hin zuckelte und sie versuchte, das Zittern ihrer Hände in den Griff zu kriegen. Dass Niklas ihren jämmerlichen Fahrversuch mit Argusaugen kontrollierte, machte es nur demütigender. Aber in einem hatte er recht gehabt. Die Straße war weitgehend unbefahren und ein passabler Übungsplatz für eine 28-jährige Fahranfängerin ohne Orientierungssinn.

»Also schön wäre es ja, wenn du Osten und Westen nicht nur auf Spanisch, Italienisch und Französisch aussprechen könntest, sondern auch wüsstest, was diese beiden Wörter bedeuten«, murmelte er neben ihr, während die Karte unter seinen Händen raschelte. »Wir sind von Anfang an falsch gefahren.«

Sophie schwieg und konzentrierte sich auf die Straße. Inzwischen fuhr sie immerhin 50 km/h, auch wenn die sich eher nach Formel-1-Tempo anfühlten.

Ich fahre tatsächlich Auto, dachte sie ungläubig. *Ich – fahre – Auto*. Das würde ihr niemand glauben. Weder ihre Eltern noch Charlie, noch … Maximilian. Ihm wären die Augen aus dem Kopf gefallen, hätte er sie in diesem Moment gesehen. Und mit Sicherheit wäre er stolz auf sie gewesen. Sophies Mundwinkel hoben sich leicht.

»Wir müssen jetzt rechts abbiegen«, dirigierte Niklas. »Osten«, fügte er hinzu und betonte das Wort, als spreche er mit einer koreanischen Austauschschülerin.

Sophie lachte. Es machte ihr nichts mehr aus, dass er sie aufzog. Von Minute zu Minute fühlte sie sich sicherer. Ihr Herzschlag wurde ruhiger, der feste Griff ihrer Hände ließ nach, und die Anspannung wich aus ihrem Gesicht. Etwas in ihr hatte sich gelöst wie ein Knoten. Sie war zufrieden, befreit, gelassen. Das Fahren begann ihr wieder Spaß zu machen.

Niklas

Auch wenn sie die dreifache Zeit benötigten, erreichten sie am Nachmittag den Batukaru-Tempel. Es war sein Lieblingstempel auf dieser Insel, womöglich sogar sein Lieblingsort.

Niklas liebte die mystische Atmosphäre, die dieser Urwald-Tempel am Hang des Batukaru-Vulkans mit seinen moosüberwucherten Wasserspeiern, den Nebelschwaden und dem Vogelgezwitscher ausstrahlte. Er liebte die meditative Ruhe, die wie ein Schleier über allem lag.

»Wow«, hörte er Sophie neben sich flüstern, als sie aus dem Jeep stieg und ihre blassblauen Augen gebannt auf die Tempelanlage richtete. Es war das erste Mal, dass er jemanden mit an diesen Ort brachte, und er spürte einen Anflug von Erleichterung, als er die Begeisterung in ihrer Stimme vernahm.

»Es ist so still.«

Gemeinsam gingen sie zum Eingang des Tempels.

»Wir müssen uns einen Sarong holen«, sagte Niklas und deutete auf eine kleine, grauhaarige Frau, die hinter einem kleinen

Stand mit bunten Batiktüchern hervorspitzte und ihnen ein Lächeln schenkte. Ihr Gesicht strahlte eine freundliche Neugier aus. Niklas drückte ihr ein paar Scheine in die Hand und wählte zwei Stofftücher aus, ein blaues für sich und ein rotes mit Blütenmuster für Sophie. Er hatte sich diese Tücher bereits so oft umgebunden, dass es ihm keine Mühe bereitete. Sophie hingegen wirkte ratlos, als sie es ihm nachmachen wollte. Hilfe suchend ging ihr Blick in seine Richtung.

»Ähm«, sagte Niklas etwas unbeholfen, als er ihr den Stoff um die Hüften legte, um ihn vorne auf Bauchhöhe zu verknoten. »So müsste es passen.«

Über steinerne Stufen, vorbei an imposanten bemoosten Dämonenköpfen, gelangten sie in einen grünen Innenhof. Er war bereits zweimal hier gewesen, besaß massenweise Fotos von diesem Ort, und trotzdem war der Drang überwältigend, die Kamera zu zücken und diesen verwunschenen Fleck abzulichten. Zumal er die Ruhe genoss, in der er hier arbeiten konnte. Der Batukaru-Tempel zählte zwar zu den Nationalheiligtümern Balis, zog jedoch verhältnismäßig wenige Touristen an. Neben ihm und Sophie waren nur fünf weitere Besucher in der weitläufigen Tempelanlage unterwegs.

Während sich Sophie den Teich ansehen wollte, der sich abseits des Innenhofs befand, fotografierte Niklas bemooste Wasserspeier, Steinreliefs und die gigantischen Banyan-Bäume, die in Indonesien als heilig galten. Er war kein religiöser Mensch, doch die Achtung und Bewunderung, die die Balinesen ihren Göttern entgegenbrachten, faszinierten ihn immer wieder aufs Neue.

Er setzte sich auf die unterste Stufe einer Steintreppe, die zum oberen Tempel führte, und klickte sich durch seine Aufnahmen. Mit seinen Fotografien war er nur selten zufrieden, auch wenn er im Leben nicht zu den strebsamsten Menschen zählte. Doch wenn es um seine Bilder ging, hatte er einen Anspruch, dem er nie gerecht werden konnte. Es war, als würde er einem ewigen Schmetterling hinterherjagen, der immer, wenn er abdrücken wollte, wieder davonflog. Vielleicht gab es das perfekte Foto einfach ebenso wenig wie den perfekten Moment. Mit der Kamera um den Hals näherte er sich dem kleinen Teich am Rande des Tempels und entdeckte Sophie, die tief in Gedanken versunken den Schrein betrachtete, der auf einer Insel in der Mitte des Teichs thronte. Sie schien ihn nicht zu bemerken, und Niklas fragte sich, ob sie an *ihn* dachte, Maximilian. Ob sie ihn in diesem Moment ganz besonders vermisste. Etwas an ihrer Körperhaltung ließ ihn vermuten, dass es so war, und ihr Gesichtsausdruck verleitete ihn dazu, die Kamera zur Hand zu nehmen und abzudrücken. Vielleicht war es die Melancholie in ihren Augen, vielleicht waren es die Tränen, die aus ihnen flossen und ihren ganz eigenen Weg nahmen. Alles, was er wusste, war, dass er diesen Augenblick festhalten musste.

Sophie

Als sie den Tempel am späten Nachmittag verließen, zogen dunkle Regenwolken am Himmel auf. Erschöpft ließ Sophie sich in den Beifahrersitz fallen. Die vielen Eindrücke, die schwüle Luft und das Autofahren hatten sie müde gemacht, und ihre Kleidung klebte ihr unangenehm feucht auf der Haut. Zum ersten Mal an diesem Tag dachte sie mit Wehmut an die großzügige Poolanlage ihres Hotels und die klimatisierte Suite mit der übergroßen Badewanne.

»Bei diesem Wetter brauchen wir nicht zum See zu fahren«, bemerkte Niklas unzufrieden, während sie den Tempel hinter sich ließen. »Außerdem wird es in zwei Stunden dunkel.«

Als wolle er sich einmischen, gab Sophies Magen plötzlich knurrende Geräusche von sich, die an ein drohendes Gewitter erinnerten.

»Nicht weit von hier gibt es ein kleines Guesthouse in den Reisfeldern. Das ist ganz nett, da könnten wir hinfahren und was essen … und überlegen, wie es weitergeht.«

Sophie nickte zustimmend, auch wenn sie sich fragte, was es mit »überlegen, wie es weitergeht« auf sich hatte. Als sie durch einen kleinen Ort fuhren, der ansatzweise den Charakter einer Stadt besaß, bat sie Niklas anzuhalten.

»Toilette?«

Sie schüttelte den Kopf und deutete auf einen kleinen Laden, vor dessen Eingang zahlreiche T-Shirts und Kleider in sämtlichen Farben und Größen auf einer Stange baumelten.

»Du willst shoppen gehen?«, fragte er skeptisch.

»*Ich* sehe nicht aus, als hätte ich einen Batikkurs belegt.«

Wenige Minuten später suchte Sophie gemeinsam mit einer jungen Verkäuferin, die gut Englisch sprach, zwei einfarbige T-Shirts in Niklas' Größe aus. Eines davon – es war olivgrün und gaukelte vor, von O'Neill zu sein – zog er sofort an. Sophie musste zugeben, dass ihm der Grünton gut stand. Er passte zur Farbe seiner Augen.

»Möchtest du dir vielleicht auch noch was kaufen? Ein Arsenal-Trikot vielleicht?«, zog er sie auf und deutete auf ein rot-weißes Shirt mit dem Logo des englischen Fußballklubs. »Kostet umgerechnet nur«, er warf einen Blick auf das Preisschild, »vier Euro.«

Sophie lachte und folgte ihm zum Wagen. Als sie ein paar Minuten später das Restaurant erreichten, von dem Niklas erzählt hatte, ein schlichtes gelbes Haus inmitten grüner Felder, stand bereits das Wasser auf der schlecht asphaltierten Straße. Sophies Füße landeten im Matsch, als sie aus dem Jeep sprang. Sie flüchteten sich auf eine überdachte Terrasse, die ein paar in die Jahre gekommene Plastiktische und -stühle beherbergte sowie eine Katze, die gerade ihre Jungen versorgte. Ein Mädchen im Teenageralter begrüßte sie mit eifrigem Nicken, sichtlich erfreut über Gäste. Sie trug ein rosafarbenes Shirt, auf dem in Glitzerbuchstaben »Ready for it?« prangte und rief etwas auf Balinesisch ins Haus. Sophie und Niklas nahmen an einem der Tische Platz und bestellten zwei Bintang-Bier.

»Sie aus Amerika?«, fragte das Mädchen mit kindlicher Neugier.

Niklas schüttelte den Kopf.

»Aus Deutschland.«

»Ich liebe«, sie überlegte, »Musik von Amerika. Taylor Swift.«

Sophie nickte lächelnd.

»Wie heißt du?«, fragte sie.

»Miley.«

»Ist das ein balinesischer Name?«

»Nein. Meine richtige Name Luh«, sie lächelte verlegen, »aber ich große Fan von Miley Cyrus.«

»Luh ist ein hübscher Name«, sagt Niklas. »Viel hübscher als Miley.«

Die Wangen des Mädchens verfärben sich rosa. Hastig eilte sie ins Haus.

»Jetzt hat sie sich in dich verliebt.«

Sophie zwinkerte ihm zu und richtete ihren Blick auf die grünen Felder, auf die der Regen unbarmherzig niederprasselte.

»Schön.«

Zu Hause in München hätte sie über die Nässe geflucht, doch hier hatte der Regen einen ganz besonderen Charme, weil er wärmer und weicher war und die Landschaft noch besser zur Geltung brachte.

»Schön?«

Sie hörte Verwunderung aus seiner Stimme heraus.

»Hätte jetzt nicht gedacht, dass das hier dein Ding ist.«

Einen Moment lang schwiegen sie beide. Sophie schloss die Augen und lauschte dem Regen, der auf das Dach der Terrasse trommelte und sich in Sturzbächen von allen Seiten auf den Boden ergoss. Obwohl die Luft feucht und nass war, überkam sie eine mollige Wärme.

Luh brachte ihnen zwei eiskalte Flaschen Bintang-Bier und zwei Exemplare einer Menükarte aus Plastik.

»Was wollen?«, fragte sie höflich.

»Zweimal Bami Goreng«, antwortete Sophie und drückte Luh die beiden Karten in die Hand.

»Hast du hier schon mal übernachtet?«, fragte sie mit Blick auf das leicht baufällig wirkende Guesthouse.

»Ja, vor ein paar Jahren. Ich bin eher zufällig hier gelandet und eine Nacht geblieben.«

»Wie sind die Zimmer so?«, fragte sie, ohne ihn dabei anzusehen.

»Die Zimmer?« Er schien verwundert. »Äh, schlicht. Bett, Dusche, WC. Warum?«

Sophie machte ein zufriedenes Gesicht, als hätte sie just in diesem Moment die beste Entscheidung seit Langem getroffen.

»Ich würde hier gerne eine Nacht bleiben.«

Verwundert sah er sie an.

»Du? Hier?«

Seine Irritation belustigte sie.

»Ja, ich.«

»Hier gibt es aber keinen Zimmerservice. Und auch keine Spa-Behandlungen.«

Sophie seufzte.

»Du sagst das immer so, als würdest du genau wissen, was mir wichtig ist.«

»Na ja, ich hab immerhin dein Hotel gesehen.«

»Das habe nicht ich gebucht.«

»Du siehst mir trotzdem nicht aus, als würdest du in Secondhandläden einkaufen.«

Sophie setzte die Flasche an und spülte ihren Ärger hinunter. Sie konnte doch auch nichts dafür, dass sie in einer wohlhabenden Familie aufgewachsen war, Maximilian gut verdient hatte und sie sich einen gehobenen Lebensstandard leisten konnte. Luh brachte zwei Teller mit köstlich duftenden Nudeln und stellte sie vor Niklas und Sophie, die nach freien Zimmern fragte.

»Zwei Zimmer«, brachte Luh in solidem Englisch hervor und deutete auf Sophie und Niklas.

»Äh«, stotterte sie und schielte fragend in seine Richtung.

Sie hatten noch nicht darüber gesprochen, wie es nun weitergehen würde.

»Ah, Doppelzimmer«, sagte das Mädchen nickend und deutete wieder auf Sophie und Niklas.

Röte schoss in ihre Wangen.

»Nein. Nur für mich. Allein.«

Wieder warf sie Niklas einen unsicheren Blick zu, doch er reagierte nicht. Luh rief etwas auf Balinesisch ins Haus und verschwand mit einem Lächeln auf dem Gesicht. Verlegen widmete sich Sophie ihrem Essen, das herrlich nach Knoblauch und Sojasoße duftete.

»Wie lange wart ihr zusammen?«, fragte Niklas. »Du und Maximilian.«

Sie hob den Kopf.

»12 Jahre.«

Er verschluckte sich fast.

»12 Jahre?«

Es klang wie eine Krankheit aus seinem Mund.

»Da stand ja noch die Mauer.«

»Nicht ganz«, bemerkte sie und zog eine Grimasse. »Ich war damals 16, und er war ...«, sie dachte nach, »20.«

Niklas reagierte mit Kopfschütteln.

»Er war meine erste große Liebe ... und meine einzige.«

Ihr wurde zu spät bewusst, was sie soeben gesagt hatte, und sie errötete leicht.

»Deine ... du hattest nie jemand anderen? Nie?«

Sie schüttelte den Kopf.

»Nicht mal ... jemand anderen geküsst?«, fragte er vorsichtig.

»Das geht dich gar nichts an«, bemerkte sie knapp.

Natürlich hatte sie andere Männer geküsst. Das heißt zwei, um genau zu sein. Einen davon im Schullandheim in der achten Klasse, den anderen auf einer Party, kurz bevor sie Maximilian kennengelernt hatte. Es war ihr plötzlich unglaublich peinlich, und sie ärgerte sich über sich selbst.

»Ach du Scheiße.«

Er legte den Löffel zur Seite, als sei er nicht mehr imstande weiterzuessen.

»Ich war glücklich mit ihm«, protestierte Sophie.

»Klar, aber ein Mann in 12 Jahren?«

Niklas schüttelte den Kopf.

»Wenn es der Richtige ist.«

»Das weißt du doch nicht, wenn du keinen Vergleich hast.«

»Du siehst mich an, als hätte ich dir gerade gesagt, dass ich noch Jungfrau bin.«

Demonstrativ schob sich Sophie eine Portion Nudeln in den Mund.

»Gewissermaßen bist du das.«

»Pfff«, seufzte sie und rollte mit den Augen.

Niklas schien seine Fassung wiedererlangt zu haben und griff erneut zum Löffel.

»Gegenfrage: Wie viele Frauen gab es in deinem Leben?«

»Leben oder Bett?«

»Bei manchen soll das ja das Gleiche sein.«

»Ich bin nicht so der Beziehungstyp.«

»Hattest du je eine?«

Er nickte.

»Wie lange hat sie gehalten?«

»Vier Jahre. Ist aber ewig her. Quasi auch vor dem Mauerfall.«

Sophie schob ein Stück Hühnchen auf ihren Löffel.

»Und im Moment?«

»Es gibt jemanden ... aber ... keine Ahnung, was daraus wird. Wie gesagt, ich bin nicht so der Beziehungstyp.«

»Das ist eine Ausrede.«

Seine linke Braue hob sich.

»Damit macht ihr es euch leicht, weil ihr euch vorgaukelt, dass ihr nichts dafür könnt. Böse Natur, böse Gene.«

Jetzt hob er auch die andere Braue.

»Ihr?«

»Beziehungstypen werden nicht geboren«, fuhr Sophie fort. »Jeder kann eine Beziehung führen, wenn er bereit ist, sich auf jemanden einzulassen.«

Niklas runzelte die Stirn und griff nach der Dose.

»O.k., Frau Anwältin. Wir lassen das dann mal so stehen.«

Einen Moment lang schwiegen sie sich an.

»Hast du dich nie gefragt, wie es mit jemand anderem wäre?«, griff er das Thema wieder auf.

Sophie zuckte mit den Schultern.

»Gefragt schon. Aber was spielt das für eine Rolle, wenn man glücklich ist?«

Wenn man glücklich ist. Wenn man glücklich war.

Schweigend aßen sie ihre Teller leer, während Luh leicht gelangweilt in der Ecke stand und sie dabei beobachtete. Als sie abräumte, fragte Niklas nach Arak, und sie nickte freudig. Mit einer Flasche in der Hand und zwei Gläsern kam das Mädchen zurück.

»Magen tut gut, wenn Arak kommt«, sagte Luh und schenkte ihnen zwei kleine Schnapsgläser voll.

Als die klare Flüssigkeit ihre Kehle hinunterrann, hustete Sophie. Der Geschmack erinnerte sie an Ouzo und an den einzigen Griechenlandurlaub, den sie je gemacht hatte. Damals mit Maximilian, in ihrem dritten gemeinsamen Jahr. Sie hatten eine Woche in einem Spa-Hotel auf Kreta verbracht. Ein schöner komfortabler Urlaub mit Sonne, Strand, Cocktails und Massagen, an den sie gerne zurückdachte.

Luh stellte die Flasche Arak in die Mitte des Tischs, und Niklas und Sophie schmunzelten.

Sophie

Als es bereits dunkel war und die Nacht sich über die Reisplantagen gelegt hatte, saßen sie noch immer auf der Terrasse und tranken Arak. Die Tische um sie herum hatten sich inzwischen mit Hausgästen gefüllt, darunter ein paar Backpacker aus Australien, zwei Japanerinnen und ein älteres Ehepaar, das sich auf Italienisch verständigte. Ab und an ließ sich Sophie dazu verleiten, ihrem Gespräch zu lauschen. Sie liebte den Klang dieser Sprache, das Temperament, das in jedem Wort lag. Und sie sehnte sich danach, selbst wieder häufiger Italienisch zu sprechen. Abgesehen von einem wöchentlichen Besuch bei ihrem Lieblingsitaliener in Schwabing kam ihr Italienisch nur selten zum Einsatz.

»Warum bist du allein nach Bali geflogen?«, holte Niklas sie aus ihren Gedanken. Seine Augen waren glasig vom Alkohol und ließen das Grün noch leuchtender erscheinen. Er trug noch immer sein T-Shirt, während sich Sophie einen dünnen Pullover übergezogen hatte. Im Norden Balis war es vor allem abends deutlich kühler, als sie erwartet hatte.

Sie erzählte ihm von den Tickets, die sie am Tag seiner Beerdigung im Briefkasten gefunden hatte, von den vielen Gesprächen mit ihrer Schwester, der Idee, Bilder von ihm auf der Insel zu verteilen, und er lauschte aufmerksam ihren Worten. Mit dem Finger fuhr er nachdenklich den Rand seines Glases ab.

»Wir sprechen immer nur über mich.«

Niklas zuckte mit den Schultern.

»Über mein Leben gibt es nicht viel zu sagen.«

Die beiden Italiener am Tisch nebenan unterhielten sich darüber, wie einseitig die asiatische Küche war.

»Hast du einen Lieblingsitaliener?«, fragte Sophie.

Niklas lachte, und in seinen Augenwinkeln bildeten sich kleine Falten.

»Ausgerechnet das holst du aus der Small-Talk-Schublade?«

»Ja«, antwortete Sophie unbekümmert. »Ich liebe italienisches Essen. Und ich bin immer auf der Suche nach guten Restaurants.«

»Hm, ich glaube, wir beide haben da eher unterschiedliche Ansprüche.«

Wieder diese herablassende Art, ärgerte sich Sophie.

»Weil auf meiner Pizza Blattgold ist?«, spottete sie.

»Das hast du gesagt.«

Sie rollte die Augen und zupfte am Etikett der Schnapsflasche.

»›La Fattoria‹«, sagte Niklas. »Die haben tolle Steinofenpizza. Keinen Schnickschnack, gute Preise. Mir gefällt's.«

»Dann werde ich da auf jeden Fall mal hingehen.«

»Was kannst du empfehlen?«

»Das ›Destino‹. Tolle Steinofenpizza, kein Schnickschnack, gute Preise.«

Sie grinste, und seine Lippen verzogen sich zu einem ungläubigen Lächeln.

»Ich geh jede Woche mindestens einmal hin, kannst du nachprüfen.«

»O.k., o.k.« Er hob kapitulierend die Hände und schenkte sich ein weiteres Glas Arak ein.

»Wie wird man Fotograf?«

»Ist das eine Fangfrage?«

Sie kniff die Augen zusammen.

»Die Fragestunde geht also weiter.«

»Wir sind erst am Anfang«, gab sie schelmisch zurück und deutete auf die Schnapsflasche, die noch halb voll war, wenn man es optimistisch sah.

Sophie

Zwei Stunden später erschien Sophie die Schnapsflasche bedenklich leer und ihr Kopf umso schwerer. Sie konnte nicht mehr sagen, wie oft die Gläser geklirrt, ob sie sieben-, acht- oder neunmal angestoßen hatten. Und sie wusste auch nicht mehr, wann und aus welchem Grund die Italiener und Australier an ihrem Tisch gelandet waren und warum plötzlich eine Karaoke-Anlage auf der Terrasse leuchtete. Eine ganze Weile lang hatte sie sich mit Niklas über Gott und die Welt unterhalten. Er hatte sie mit kuriosen Backpacker-Anekdoten zum Lachen gebracht und seine schrägsten Erlebnisse als Hochzeitsfotograf zum Besten gegeben, und Sophie hatte, entgegen ihrer sonstigen Zurückhaltung, aus dem Nähkästchen einer Politiker-Tochter geplaudert, die bereits den halben bayerischen Landtag und so manchen Bundesminister im Vollrausch erlebt hatte. Die Flasche war indessen leerer und leerer geworden und hatte schließlich auch das Interesse ihrer Tischnachbarn aus aller Welt geweckt.

Hicksend beobachtete sie Niklas, der mit Händen und Füßen Pizza-Italienisch sprach und viel zu oft mit seinen neuen australischen Freunden auf das Leben anstieß. Auch Luhs Vater Dewa, der Besitzer des Guesthouses, saß inzwischen mit ihnen auf der Terrasse und freute sich unverhohlen über die klingelnde Kasse. Als eine der beiden Japanerinnen schließlich die Karaoke-Anlage anschmiss und eine sehr grenzwertige Version von »Stayin' Alive« von den Bee Gees zum Besten gab, wusste sie nicht mehr, ob sie lachen oder weinen sollte. Wenig später übernahm ein australischer Student namens Dave das Mikrofon und versuchte sich an »Rivers of Babylon«, einen Song, den er nicht mal zu kennen schien.

»Ich glaube, diese Maschine ist in den 70ern stehengeblieben«, flüsterte Sophie in Niklas' Richtung und kicherte.

»Na, dann hoffe ich mal, du stehst auf Oldies«, sagte er, griff entschlossen nach ihrer Hand und zog sie vom Stuhl hoch.

»Oh nein«, weigerte sie sich und lief knallrot an. »Ich werde nicht singen.«

»Oh doch, das wirst du.«

Sophie schüttelte energisch den Kopf.

»Ich kann nicht singen, wirklich nicht.«

»Du bist betrunken genug, um diese Ausrede nicht mehr verwenden zu dürfen.«

Als sie sich wieder hinsetzen wollte, begann die Truppe auf der Terrasse, in sämtlichen Sprachen zu grölen und zu klatschen.

»Sophie, Sophie, Sophie«, sangen die beschwipsten Australier. »Singen, singen, singen.«

»Nein«, jammerte sie. »Ich habe das echt noch nie gemacht, Niklas.«

»Als ob du damit jemals eine Chance bei mir hättest …«

»Aber …«

Ihr Flehen half nichts. Glucksend zog er sie mit sich zum Mikro und drückte auf den Zufallsmodus, während Sophies Gesicht die Farbe von Tomaten annahm. Überreifen Tomaten. Sie würde sich bis auf die Knochen blamieren, das stand fest. Mit ein bisschen Glück drückte jemand schnellstmöglich auf einen Buzzer und drehte ihr den Saft ab, wie in diesen Talentshows im Fernsehen. Als ihr Blick auf den Titel fiel, wollte sie Niklas mit dem Mikrofon erschlagen, doch der stimmte bereits den Song an.

»Don't go breaking my heart«, sang er grinsend und sah sie herausfordernd an.

Statt einzustimmen, schloss sie gequält die Augen, was ihn nicht davon abhielt, weiter Elton John zu imitieren.

»Right from the start, I gave you my heart, I gave you my heart.«

Er schwang die Hüften hin und her und wieder zurück, was die beiden Japanerinnen affektiert grölen ließ.

»Don't go breaking my heart«, sang er weiter und reichte ihr mit einem aufmunternden Blick das Mikro.

Sophie zuckte mit den Schultern und stimmte ein.

»I won't go breaking your heart.«

Wildes Gejohle drang vom Terrassen-Publikum zu ihr.

»Woo ooh nobody knows it …«, grölten sie schief, aber synchron ins Mikro und warfen sich übertrieben schmalzige Blicke zu. »Right from the start, I gave you my heart, I gave you my heart.«

Als die Boxen verstummten, krümmte sich Sophie vor Lachen, während ihre Zuhörer klatschten und alberne Verbeugungen machten. Sie hatte sich selten so zum Affen gemacht und konnte trotzdem nicht aufhören zu kichern. Wie lange war es her, dass sie so gelacht hatte, so viel Spaß gehabt hatte? Dass ihr Gesicht vor Vergnügen glühte?

»Spitze, Kiki«, zog Niklas sie auf. »Du kannst wirklich nicht singen.«

Sophie machte ein übertrieben entrüstetes Gesicht.

»Ich habe mich deinem Niveau angepasst.«

Eine Spur zu schwungvoll gaben sie sich High Five und lachten.

Kurz nach Mitternacht mussten sie die Anlage abschalten. Dewa und seine Tochter hatten sich längst ins Bett verabschiedet, und die Köpfe der Australier lagen auf Tellern mit Reisresten. Die Hände hinter dem Nacken verschränkt, lümmelte Niklas in seinem Stuhl und blickte mit alkoholgeschwängerten Augen in den Nachthimmel.

»Ich glaube, wir sollten ... ins Bett«, flüsterte Sophie mit schwerer Zunge und stieß Niklas mit dem Ellbogen an.

»Lassuns noch ein trinken«, nuschelte er.

Träge griff Sophie nach der leeren Schnapsflasche und drehte sie um.

»Leeeeer.«

Er schielte erst auf die Flasche, dann zu ihr.

»Dann mach sie wieder ... vo ...ho ... ll.«

Niklas grinste, und sie musste sich eingestehen, dass er in diesem Moment ziemlich attraktiv war. Oje, ich hab wirklich zu viel erwischt, dachte Sophie und schüttelte den Kopf.

»Weißt du, worauf ich jetzt unglaublich Lust hätte?«

Seine Augen funkelten, als er sie ansah, und Sophie lief ein Schauer über den Rücken. Er beugte sich zu ihr und flüsterte ihr ins Ohr: »Schokolade.«

Sophie riss die Augen auf.

»Was!?«

»Schokolade«, wiederholte er langsam, fast genüsslich.

Hitze schoss ihr ins Gesicht, während sie ruckartig vom Stuhl aufsprang und ihr Kreislauf Achterbahn fuhr.

»Ich muss ins Bett«, kam es heiser aus ihrem Mund. »Es ist schon nach Mitternacht und ...«

»... du verwandelsdich ... wieder in einen Kürbis?«

Niklas lachte, und Sophie war nur noch verwirrt.

»Ich schlafe heute hier«, murmelte er zufrieden, verschränkte die Arme vor der Brust und schloss die Augen.

»Hier draußen? Das ist doch viel zu kalt!«

Als er nicht reagierte, zog sie an seinem T-Shirt.

»Hey! Komm jetzt ... Wir gehen nach oben.«

Er öffnete ein Auge und musterte sie amüsiert.

»Willst du mich ... abschleppen?«

Sie verpasste ihm einen Klaps auf die Schulter und unterdrückte den Anflug eines Schmunzelns.

»Komm mit«, versuchte sie es erneut und streckte ihm die Hand entgegen. »Mit Schokolade kann ich nicht dienen, aber ich hab noch Kekse in meinem Zimmer.«

Sie hatte im Laufe des Abends ihr Zimmer bezogen, das spartanisch, aber sauber war und weniger kostete als eine Pizza bei ihrem Lieblingsitaliener.

»Schoko … kekse?«

»Äh … fast.«

Sie erwähnte besser nicht, dass es zuckerreduzierte Dinkelkekse aus dem Bioladen waren, aber den Unterschied würde er an diesem Abend sowieso nicht mehr schmecken.

»Hm«, murmelte er. »Wenn du mir welche abgibst, dann«, er dachte nach und grinste, »… nehm ich dich morgen wieder mit.«

»Deal.«

Niklas

Niklas vertrug viel Alkohol. Zumindest behauptete er das. Mit Arak verhielt es sich scheinbar anders. Sein Gang war eher ein Torkeln, und er hatte Mühe, nicht gegen das Geländer zu krachen, als er gemeinsam mit Sophie die Treppe zu ihren Zimmern hinaufging.

»Schokokekse gegen Jeep«, murmelte er zufrieden und lachte eine Spur zu laut.

»Pssst.«

Ihre Zimmer lagen nebeneinander. Zwei weiße Türen mit abgesplittertem Holz und grünen Farbspritzern. Sophie bekam den alten Messingschlüssel erst beim zweiten Anlauf ins Schloss und schlüpfte durch die Tür. Ohne zu zögern, folgte er ihr. Sie kramte in ihrer Tasche und sah überrascht auf, als sie ihn bemerkte. Niklas fragte sich, ob es sie störte, dass er einfach so ihr Zimmer betreten hatte, schob den Gedanken jedoch beiseite und ließ sich in den alten Sessel fallen, der neben ihrem Bett stand. Ihr Zimmer war genauso geschnitten wie seines und bestand aus einem schmalen Bett mit durchgelegener Matratze, einem wackeligen Nachttisch aus Bambus und einer Tür, die in ein Badezimmer mit vergilbten Kacheln führte. Er war an solche Unterkünfte gewohnt und legte nicht viel wert auf Komfort. Dass sie es hier aushielt, überraschte ihn allerdings.

»Hier.«

Sophie streckte ihm die Kekse entgegen, die er skeptisch beäugte.

»Da … steht aber nichts von Schokolade. Das war Vorspiegelung falscher … Tatsachen«, kam es schleppend aus seinem Mund, während er die Packung öffnete.

»Vortäuschung«, korrigierte sie schmunzelnd, legte sich bäuchlings auf ihr Bett und stopfte sich das Kopfkissen unters Kinn. Niklas beobachtete sie dabei und fand, dass sie mit ihren geröteten Wangen und den glasigen Augen unglaublich jung aussah.

»Sch …treber.«

»Das ist schon das zweite Mal, dass ich in einem Bett liege und du mich von einem Sessel aus beobachtest«, stellte sie fest.

Erinnerungen blitzten in seinem Kopf auf: ihr leichter Körper in seinen Armen, ihr blasses Gesicht auf seinem Kissen, ihre unregelmäßigen Atemzüge.

»Stimmt nicht. Das ist kein Sessel. Sondern ein … Folter …gerät.«

Ächzend erhob er sich und musterte die rostige Feder, die aus dem Polster ragte.

»Autsch.«

Niklas setzte sich auf die Bettkante. Für eine Weile verfielen sie in ein müdes Schweigen.

»Du bist echt mutig«, sagte er irgendwann.

Ihr Kopf schnellte in seine Richtung, und eine Sekunde lang brachten ihn ihre blassblauen Augen aus dem Konzept. »Dass du ... allein hierhergeflogen bist und das hier ...«, er deutete mit dem Finger in die Zimmermitte, »... mitmachst. Das ist ... mutig.«

Ihre Mundwinkel zuckten kaum wahrnehmbar.

»Du bist eine Abenteurerin, Sophie Silber. Eine ... richtige ... Abenteurerin.«

Er zwinkerte ihr zu und bemerkte das Lächeln auf ihrem Gesicht.

»Woher weißt du, wie ich heiße?«

»Ich habe deinen Pass gefunden. Vergessen?«

Sophie

Abenteurerin. Er hatte sie Abenteurerin genannt. Sophie lächelte stumm in sich hinein.

»Silber und Goldmann«, tönte Niklas grinsend. »Wir könnten eine ... Kanzlei ...gründen oder eine In ...vest ...mentbank.«

»Du heißt Goldmann?«, fragte sie und setzte sich im Schneidersitz neben ihn, weil ihr die Augen im Liegen fast zugefallen waren.

»Nein, Niklas.«

Er runzelte die Stirn und lachte, während Sophie erschrocken feststellte, dass sie seit Tagen mit einem Mann unterwegs war, dessen Namen sie nicht einmal kannte. Was hätte sie der Polizei erzählt, wenn irgendetwas passiert wäre? *Seinen Nachnamen kenne ich nicht, aber ich weiß, dass er Hitchcock-Filme mag?*

»Ich glaube, ich … muss ins Bett«, nuschelte er gähnend, erhob sich vom Bett und taumelte.

»Wooohooo. Wenn ich gewusst hätte, dass hier zwei Sessel stehen, hätte ich mich auf den anderen gesetzt.«

Sophie lachte vergnügt und spürte plötzlich den Blick seiner tiefgrünen Augen.

»Weißt du …«, er machte eine Pause, »dass du aussiehst wie … das letzte Ein …horn, wenn es kein Einhorn mehr ist?«

Sie hob die Brauen.

»Muss ich das verstehen?«

»Na, der Film. Der Einhorn-Film«, kam es schleppend aus seinem Mund.

Sophie lächelte verwirrt.

»Schmendrick muss das … Einhorn in einen Menschen verwandeln, damit der rote Stier es nicht ins Meer treibt«, erklärte Niklas geduldig und setzte sich wieder neben sie aufs Bett. »Und so siehst du aus. Wie die Frau, die früher das … Einhorn war.«

»Und … wie sieht die aus?«, fragte Sophie, um nicht laut lachen zu müssen.

Ein, zwei Sekunden lang sagte er nichts und musterte sie mit großen wachsamen Augen. Ihr Körper spannte sich an, als ihr bewusst war, wie nah sie sich plötzlich waren. Wie nah sein Gesicht an ihrem war.

»Wunderschön«, hauchte er.

Bevor sie auch nur eine Sekunde über seine Worte nachdenken konnte, spürte sie seine Lippen auf ihren. Sie waren sanft und weich und schmeckten süß und herb zugleich, nach einer Mischung aus Alkohol und Keksen. Für einen Augenblick setzte ihr Herzschlag aus. Für einen Augenblick konnte sie nicht mehr klar denken und schloss die Lider. Sie spürte nur den schwachen Druck seiner Lippen auf ihren und gab sich der Wärme hin, die sie durchströmte.

Und dann, ganz plötzlich und ohne Vorankündigung, brach eine Welle aus Panik und Scham über sie hinweg. Maximilians Gesicht tauchte vor ihren Augen auf, vervielfältigte sich zu einem Kaleidoskop und brachte ihr Herz zum Rasen, versteifte ihre Glieder. Erschrocken wich sie zurück und starrte ihn an.

»Oh ... fuck«, stöhnte Niklas und schloss die Augen. »Fuck!« Er fuhr sich durchs Haar und betrachtete sie mit einer Mischung aus Bedauern und Mitleid. »Das ... hätte ich nicht tun sollen.«

Sophie wusste nicht, was sie sagen sollte. Reglos und beschämt saß sie vor ihm, unfähig, ihre Lippen zu bewegen. Das Blut rauschte in ihren Ohren, und ihr Kopf war voller wirrer Bilder und Gedanken.

»Ich muss ... ins Bett«, stammelte Niklas vor sich hin, sprang förmlich vom Bett und eilte in schnellen Schritten aus ihrem Zimmer.

Stumm sah sie ihm nach, beobachtete, wie die Tür krachend ins Schloss fiel, und brach in Tränen aus.

Sophie

Als Sophie aufwachte, glaubte sie einen Moment lang, ihre Augen seien über Nacht zusammengeklebt. Ihre Lider waren schwer und geschwollen, und ihre Netzhaut brannte wie Feuer, als sie auf grelles Tageslicht traf. Stöhnend zog sie sich die Decke über den Kopf und rollte sich wie ein Embryo zusammen. Die plötzliche Bewegung brachte ihren Magen derart zum Rumoren, dass sie eine bittere Flüssigkeit im Mund schmeckte. So hatte sie sich das letzte Mal gefühlt, als ... *oh nein.* Schlagartig riss Sophie die Augen auf und kroch unter der Decke hervor. Ein pochender Schmerz schoss wie ein Blitz durch ihren Kopf und raubte ihr einen Moment lang den Atem, als sie sich auf ihre Ellbogen stützte.

In kurzen Flashbacks kam die Erinnerung an die letzte Nacht zu ihr zurück. Der Alkohol, die Karaokemaschine, der Kuss. *Der Kuss.* Sophie japste nach Luft. Ihr Blick fiel auf die angebrochene Packung Dinkelkekse auf ihrem Nachttisch und wanderte zu dem alten Sessel, aus dem noch immer die rostige Sprungfeder ragte. Sein Gewicht hatte eine Kuhle im Polster hinterlassen, die sich hartnäckig gehalten hatte. Wie ein Mahnmal. Ein Mahnmal an diesen Kuss. Seine Lippen auf ihren. Die vierten Lippen, die sie je geküsst hatte. Die ersten Lippen nach Maximilian. *Maximilian.* Sophie schluckte und fuhr sich mit zitternden Fingern über den Mund. Wieder lag ein bitterer Geschmack auf ihrer Zunge, doch diesmal wusste sie, dass er nicht vom Alkohol rührte. Vielmehr war es das Gefühl von Schuld, das sie in diesem Moment zu erdrücken drohte. Schuld und Scham. Maximilian war noch kein Jahr tot, und sie ließ sich von einem anderen Mann küssen. Einfach so.

Natürlich hatte sie sich manchmal mit dem Gedanken auseinandergesetzt, irgendwann wieder jemanden in ihr Leben zu lassen. Und natürlich hatten weder ihre Freunde noch ihre Familie die Gelegenheit ausgelassen, ihr vor Augen zu führen, wie jung sie noch war. Dennoch hatte sich Sophie darauf eingestellt, dass es Jahre dauern würde, bis sie wieder fähig sein würde, jemanden an sich heranzulassen. Und sie hatte nicht erwartet, dass es in einem schäbigen Hotelzimmer im Nirgendwo passieren würde. Im Rausch. Mit einem Mann, den sie kaum kannte. Blitzartig schwang ihr Schamgefühl in Wut um. Warum hatte er das getan? Warum hatte er sie einfach geküsst? War er so betrunken gewesen? Hatte sie falsche Signale gegeben? Und wie sollte sie sich ihm gegenüber verhalten? Schließlich konnten sie nicht so tun, als sei nichts passiert. Seufzend ließ Sophie sich ins Kissen fallen und bereute es sogleich. Sie hatte das Gefühl, ihr Gehirn schwappte lose wie ein Satellit in ihrem Kopf herum und krachte in regelmäßigen Abständen gegen ihre Schädeldecke. Geplagt schloss sie die Augen.

Als die Zeiger der Uhr auf zehn standen, quälte sich Sophie unter dem Quietschen des Lattenrosts aus dem Bett. Sie konnte sich nicht den ganzen Vormittag in diesem Zimmer verstecken. Nur wie sollte sie sich Niklas gegenüber verhalten? Sicherlich schämte er sich in Grund und Boden. Sollte sie wütend sein? Nachtragend? Gleichgültig? Nachdenklich biss sie sich auf die Unterlippe. Warum war sie nur so verwirrt?

Schlurfend schaffte sie es ins Badezimmer und duschte eiskalt. Danach schlüpfte sie in ein korallfarbenes Top und eine cremefarbene kurze Hose. Ihr noch feuchtes Haar flocht sie zu einem Zopf, der ihr über die rechte Schulter fiel. Als Sophie sich im Spiegel betrachtete, stellte sie fest, dass sie zwar immer noch wie eine Leiche aussah, jetzt aber wenigstens wie eine gut gekleidete.

Sie traf Niklas auf der Terrasse, wo er, das Kinn auf die linke Hand gestützt, in einer Schüssel stocherte. Die dunklen Gläser seiner Sonnenbrille verbargen seine Augen, doch sein hängender Kopf und die leicht schiefe Körperhaltung ließen sie vermuten, dass es ihm mindestens genauso schlecht ging wie ihr.

»Guten Morgen«, brachte sie in bemüht neutralem Tonfall hervor und setzte sich zu ihm an den Tisch. Sie waren weit und breit die einzigen Frühstücksgäste, was womöglich an der fortgeschrittenen Uhrzeit lag. Sophie warf einen Blick auf den gebratenen Reis in seiner Schüssel und verzog das Gesicht, während sich ihr Magen rührte.

»Morgen«, brummte Niklas, ohne aufzusehen.

Sophie furchte die Stirn und musterte ihn abwartend. Nichts passierte.

»Wo gibt es den?«, fragte sie und deutete auf seine Kaffeetasse.

Wortlos deutete Niklas mit dem Daumen hinter sich. Ihre Augen verengten sich. Für eine Sekunde wollte sie ihm die Sonnenbrille vom Gesicht reißen.

»Danke«, murmelte sie stattdessen, ohne sich einen Unterton verkneifen zu können.

Das Frühstücksbuffet gab nicht viel her und war weitgehend abgeräumt. Neben einem Topf mit gebratenem Reis, ein paar Scheiben Toast und einer Schale mit Marmelade entdeckte Sophie eine Platte mit ein paar Ananasscheiben, die sich bereits bräunlich verfärbt hatten. Mit einer Tasse Kaffee und zwei Toastscheiben kam sie zurück zum Tisch. Niklas sah nicht auf und stocherte noch immer in seinem Reis. In Sophie begann es zu brodeln. Sie hatte ja nicht erwartet, dass er mit Blumen ankommen würde, aber irgendeine Form von Entschuldigung für diesen völlig inakzeptablen Kuss wäre das Mindeste gewesen. Ein Gefühlscocktail aus Wut, Unglauben und Enttäuschung erfasste sie.

»Hast du noch gut geschlafen?«

Sie hoffte, dass er den Hohn aus ihrer Stimme heraushörte.

»Hmmm.«

Als er wie ein Nilpferd gähnte, schüttelte sie ungläubig den Kopf und biss in den Toast, der nach Pappe schmeckte.

»Wie ... ähm ... wie bin ich gestern eigentlich in mein Zimmer gekommen?«

Die Worte kamen schleppend aus seinem Mund, fast gequält. Skeptisch musterte sie ihn. Die gekrümmte Haltung, den geneigten Kopf, die fahle Haut. Den Kater-Kampf hatte er eindeutig für sich entschieden.

»Was meinst du?«

»Gestern. Wie bin ich da in mein Zimmer gekommen?«

Er griff nach seiner Kaffeetasse und trank einen Schluck.

»Mit mir ...?«, antwortete Sophie frostig.

Es war nur der Ansatz eines Nickens.

»Ah, o.k., danke. Ich kann mich echt an nichts mehr erinnern.«

Sophies Augen weiteten sich.

»Du kannst dich an nichts erinnern?«

Ihre Stimme klang so forsch, dass er leicht zusammenzuckte.

»Null. Totaler Filmriss. Hab sogar in meinen Klamotten gepennt. Das ist mir echt schon lange nicht mehr passiert.«

Wieder öffnete sich sein Mund zu einem ausgiebigen Gähnen. Er ließ den Löffel fallen, als hätte er endgültig genug gestochert.

»Filmriss«, wiederholte Sophie ungläubig und zog die Brauen nach oben. Nicht nur, dass sie ihm kein Wort glaubte. Sie wollte ihm auch einen eiskalten Eimer Wasser überkippen für diese unerträgliche Leidensmiene. In dem Moment, in dem sie den Mund öffnete, um auszuholen, erhob sich Niklas schwerfällig vom Tisch. Er trug noch immer dieselben Klamotten wie am Vorabend, stellte Sophie fest. Also hatte er nicht mal geduscht. Sie zog die Nase kraus.

»Hey«, begann er schleppend. »Ich muss mich dringend noch eine Runde aufs Ohr hauen, bevor wir weiterfahren.«

Ohne ihre Reaktion abzuwarten, entfernte er sich vom Tisch. Sophies Puls schnellte nach oben.

»Hey«, protestierte sie wütend.

Sein Kopf fuhr herum, und in seinen Augen spiegelte sich Widerwillen.

»Was heißt ›eine Runde‹?«, fuhr sie ihn grimmig an.

Und was heißt hier weiterfahren? Du hast mich einfach geküsst, du Idiot.

Unbeeindruckt zuckte er mit den Schultern.

»Bis mein Magen aufhört, Achterbahn zu fahren.«

Die Andeutung eines Grinsens zeichnete sich auf seinem Gesicht ab, und Sophie kochte innerlich.

»Und was soll ich bitte so lange machen?«

Wieder zuckte er mit den Schultern.

»Froh sein, dass deiner nicht eingestiegen ist?«

Niklas

Niklas hatte noch nie in seinem Leben einen Filmriss gehabt. Daran konnten auch plus/minus acht Gläser Arak nichts ändern. Leider. Sophie musste das nicht wissen. Es war der einfachste Weg, den Kopf aus der Schlinge zu ziehen. Die halbe Nacht hatte er darüber nachgedacht, wie er aus dieser Nummer wieder herauskam, und es hätte ihn nicht gewundert, wenn sie ohne ihn aufgebrochen oder Hals über Kopf das Guesthouse verlassen hätte. Schließlich hatte er eine Grenze überschritten. Eine Grenze in der Größenordnung »Chinesische Mauer«.

Warum hatte er sich auch derart volllaufen lassen müssen? Und warum hatte er sich dazu hinreißen lassen, sie zu küssen? Sie war tabu, verboten, feindliches Gebiet, *damaged goods*, wie Sara jetzt sagen würde. Und er wollte nicht mal was von ihr. Genervt blies Niklas die Backen auf und hievte sich aus dem Bett. Im Bad spritzte er sich kaltes Wasser ins Gesicht und streckte seinem Spiegelbild den Mittelfinger entgegen. Sein Kopf fühlte sich wie ein Trampolin an, auf dem zehn schwergewichtige Kinder auf und ab sprangen. Müde war er nicht, aber Sophies anklagenden Gesichtsausdruck hätte er keine zwei Minuten mehr ertragen. Was erwartete sie von ihm? Dass er mit Blumen ankam und ihr ein Sorry-Sonett schrieb? Wegen eines bescheuerten Kusses im Vollrausch?

Er setzte sich auf die Bettkante und zog sein Notebook aus dem Rucksack. Als er seine E-Mails checkte, stellte er überrascht fest, dass eine Nachricht von Cornelius Holtkamp in seinem Postfach aufblinkte, einem Redakteur des Fachmagazins *Globe*. Sie hatten sich auf einer Geburtstagsfeier von Jakob kennengelernt und nach sechs, sieben oder acht Flaschen Bier über eine eventuelle Zusammenarbeit gesprochen. Niklas hatte sich jedoch keine großen Hoffnungen gemacht, denn mit gefühlt zwei Promille im Blut verkaufte man schließlich auch seine eigene Mutter. Umso überraschter war Niklas nun, als er den Inhalt der Mail überflog, in der Cornelius von einer Sonderserie über Südostasien berichtete, für die er eine Reihe von Beiträgen zusammenstellte. Er habe von Jakob erfahren, dass Niklas gerade durch Bali reise. »Wenn du eine kreative Idee hast, die mich überzeugt, hätte ich vielleicht ein Plätzchen auf Seite acht für dich«, las Niklas laut vor sich hin, während seine Augen immer größer wurden. War das ein Witz? Bot Cornelius ihm da gerade ernsthaft einen Platz im *Globe Magazin* an? Niklas' Puls beschleunigte. Das Magazin erschien in einem Verlag in Hamburg und richtete sich hauptsächlich an Fotografie-Liebhaber und Weltenbummler – also genau jene, die er auf sich aufmerksam machen wollte. Es als Plattform für sich und seine Fotos nutzen zu können, wäre wie ein Sechser im Lotto. Aufgedreht las Niklas die Mail ein zweites Mal.

»Kreative Idee«, murmelte er und spürte jenes Kribbeln in sich, das einen überkam, wenn man wusste, dass eine Chance zum Greifen nah war.

Er brauchte schleunigst eine Idee. Eine Idee, die so gut war, dass Cornelius Holtkamp keine Sekunde zögern würde. Die so gut war, dass er ihm nicht nur eine Seite, sondern gleich drei anbieten wollte. Niklas dachte nach und hatte wieder Jakobs Stimme in seinem Kopf. *Storytelling. Emotionen.* Und plötzlich war sie da, die Idee. Ein zufriedenes Grinsen schlich sich auf sein Gesicht.

Sophie

Über schmale gewundene Straßen mit tiefen Spurrillen gelangten sie zu den Reisplantagen von Jatiluwih, vorbei an Hunderten von Büffeln, die sich auf den Feldern in Wasserlöchern suhlten und ihre Köpfe in die Sonne reckten. Sophies Reiseführer hatte nicht übertrieben. Wie ein endlos grüner Teppich breiteten sich die kaskadenartigen Reisfelder vor ihren Augen aus – ein einzigartiger Anblick, den Maximilian sicherlich sofort mit seinem iPhone festgehalten und auf Instagram gepostet hätte: *#ichmussschönedingemitallenteilenumglücklichzusein.* Sophie spürte den vertrauten Stich im Herzen. Sie hatte diesen Teil von ihm nie ganz verstanden. Diese Sucht nach Likes und Herzchen, nach einer Bestätigung, die sich in Kommentaren und Retweets äußerte.

»Wir sind da«, riss Niklas sie aus ihren Gedanken und stellte den Motor ab.

Fast hätte Sophie gespottet, dass sie ganz vergessen hatte, wie seine Stimme klang, doch im letzten Moment verbot sie sich diese Bemerkung. Schließlich hatte ihr grimmiger Gesichtsausdruck während der Fahrt auch nicht gerade dazu beigetragen, die Stimmung zwischen ihnen aufzuhellen. Sie konnte einfach kein Verständnis für sein Verhalten aufbringen. Aus dem Augenwinkel beobachtete sie, wie er sich die Sonnenbrille ins Haar schob. Die zusätzliche Stunde Schlaf, die er sich nach dem Frühstück gegönnt hatte, schien wahre Wunder bewirkt zu haben. Im

Gegensatz zu ihr zeigte er weder Augenringe noch Spuren von Übernächtigung im Gesicht, was sie noch wütender machte.

Sie stieg aus dem Jeep und betrachtete das atemberaubende Panorama. Sattgrüne Reisfelder, manche davon mit Wasser geflutet, andere voll zartgrüner Setzlinge, erstreckten sich nebelverhangen ins Unendliche. Ein sanfter Windstoß wehte den Geruch feuchter Erde an ihre Nase. Sophie atmete tief ein und gab sich der absoluten Stille hin. Erst das Klicken einer Kamera ließ sie zusammenzucken. Ihr Kopf schnellte zur Seite, doch Niklas war zu beschäftigt, um ihr verdrießliches Gesicht zu bemerken. In der Hocke drehte er an seinem Objektiv und betrachtete abwägend das Display. Sein zitronengelbes T-Shirt ließ ihn noch brauner erscheinen, stellte Sophie fest und betrachtete skeptisch die blasse Haut ihres Unterarms, über die sich ein weißer Film aus Sonnencreme zog.

Niklas war zu vertieft in seine Welt, um zu registrieren, dass sie sich von ihm entfernte und einem kleinen Trampelpfad in die Felder hinein folgte. Vorbei an Kakaobäumen, Zitronengras und Chilisträuchern ließ Sophie den Blick in die Ferne schweifen und entdeckte ein paar Bauern in den Feldern, die mühselig Pflanzen versetzten und Bewässerungskanäle befestigten. Sie hatte gelesen, dass der Reisanbau eng mit religiösen Riten und Zeremonien verknüpft war und man selbst auf den Feldern kleine Schreine entdecken konnte, die der Schutzgöttin des Reises, Dewi Sri, zu Ehren dort angebracht waren. Und so war sie nicht sonderlich überrascht, als ihr Fuß auf eine kleine unscheinbare Opferschale am Wegrand stieß. Sophie ging in die Knie und entdeckte Münzen, rosafarbene Blüten und Reiskörner in dem aus Palmblättern geflochtenen Schüsselchen. Sogleich musste sie an Nyoman denken, den zahnlosen Balinesen im blauen Warung, der ihr versprochen hatte, Maximilian vor den Dämonen zu schützen. Ob das Foto noch immer an seiner Wand hing? Etwas in ihr wollte es glauben – und nicht wissen, wenn es anders war.

Aus ihrer Handtasche zog sie das Bündel mit dem blauen Samtband. Maximilians Gesicht lachte ihr vom obersten Foto aus zu. Es war vor zwei oder drei Jahren auf dem Oktoberfest entstanden und zeigte ihn auf einer Bierzeltbank im rot-weiß karierten Hemd. Sophie erinnerte sich noch gut an den Tag. Sie hatte sich die Bluse ihres moosgrünen Dirndls mit Senf ruiniert und sich tierisch über ein Brandloch im Stoff geärgert. Wie banal ihr das heute vorkam. Versonnen strich sie mit dem Finger über das Foto und lehnte es gegen die Opferschale. Es direkt zu den anderen Gaben zu legen, erschien ihr falsch, schließlich hatte nicht sie das Opfer erbracht. Aber mit etwas Glück würden die Dämonen Maximilian vielleicht trotzdem verschonen, dachte sie schmunzelnd. Und einen tollen Ausblick hatte er von hier aus auch. *Klick.* Sophie fuhr herum und blickte in Niklas' Gesicht, das von seiner großen Kamera verdeckt war. Hatte er eben sie oder das Feld fotografiert? Sie wollte ihn gerade fragen, als ihr Magen ein Knurren von sich gab. Falls er sich über das spärliche Frühstück beschwerte, konnte sie es ihm nicht verübeln. Sophie zog die angerissene Packung Kekse aus ihrer Tasche – und mit ihr die Erinnerung an den Kuss mit Niklas. Sogleich verkrampfte sich ihr Magen.

»Da sind ja meine Schokokekse.«

Grinsend machte er einen Schritt auf sie zu und bediente sich, bevor sie etwas dagegen unternehmen konnte.

»Eigentlich sind es meine«, entgegnete sie kühl.

Niklas biss genüsslich in den Keks.

»Schokokekse gegen Jeep«, erinnerte er sie zwinkernd.

»Ich sehe hier nur Dinkelkekse.« Sie schob sich einen Keks in den Mund. »Außerdem dachte ich, du hättest einen Filmriss …?«

Sophie schenkte ihm einen prüfenden Blick.

»Hab mich schon gefragt, warum der so nach Vogelfutter schmeckt.«

»Sag bloß, dir schmeckt kein Vogelfutter?«, spottete sie und gab sich erschüttert.

Sie musterten einander einen Augenblick lang.

»Ich hatte mal einen Vogel«, fuhr er unbekümmert fort und setzte sich auf einen Stein am Wegrand, als würde er eine Picknickpause einlegen. »Maverick. Ein blauer Wellensittich.«

Ihre Brauen schossen nach oben.

»Maverick?«

»Ja, so wie in …«

»Top Gun«, vollendete sie seinen Satz. »Ich kenne diesen Film.«

Seine Augen weiteten sich. Sophie kannte nicht viele Filme, aber Top Gun hatte sie sich mit ihrer Schwester ungefähr zehnmal ansehen müssen, weil er zu Charlies absoluten Lieblingsfilmen zählte. Stellenweise konnte sie ganze Dialoge mitsprechen, und das XXL-Filmplakat mit Tom Cruise hatte ein paar Jahre an ihrer Zimmertür gehangen.

»Das erklärt trotzdem nicht, warum du deinen Wellensittich nicht wie jeder andere auch … Hansi genannt hast.«

Er setzte eine gespielt verdutzte Miene auf.

»In Top Gun spielt kein Hansi mit.«

Sophie wollte nicht lachen, aber es fiel ihr schwer.

»Nachdem ich den Film zum ersten Mal gesehen hatte, wollte ich unbedingt Pilot werden«, sagte Niklas. »Da war ich neun oder so.«

»Warum bist du's nicht geworden?«

Er deutete mit dem Zeigefinger auf seine Augen.

»Zu schlecht. Und die Ausbildung wäre extrem teuer gewesen. Meine Mutter hätte sich das nie leisten können. Also habe ich meinen Wellensittich Maverick genannt und bin ein begnadeter Fotograf geworden.«

»Maverick«, seufzte Sophie, »dein Ego stellt Schecks aus, die dein Körper nicht einlösen kann.«

Verblüfft sah er sie an und begann zu lachen.

Sophie

»Ich sterbe vor Hunger«, brummte Sophie, als sie zurück zum Wagen kamen.

»Es gibt ein paar kleine Restaurants hier, da können wir halten.«

Sie schüttelte den Kopf.

»Nicht schon wieder Reis.«

»Sondern?«

Sophie dachte nach.

»Oreo-Kekse wären toll. Und eine eiskalte Cola light.«

»Oreo-Kekse und eine eiskalte Cola light«, wiederholte er kopfschüttelnd, während er den Schlüssel ins Zündschloss steckte. »Alles klar.«

Sie fuhren etwa zehn Kilometer auf einer holprigen Straße, bis sie an einem kleinen Warung aus Wellblech hielten, wo Niklas

Chili-Chips, Cola und Schokokekse kaufte, die bereits abgelaufen und leicht geschmolzen waren.

»Das sind aber keine Oreos.«

»Und das ist kein Aldi«, konterte Niklas und deutete auf den Warung.

»Gott sei Dank.«

Fragend sah er sie an.

»Na, bei Aldi gäb's auch keine Oreos.«

»Kekse sind Kekse.«

»Dann hast du noch nie Oreos gegessen«, erwiderte Sophie mit ernster Miene, fuhr ihren Sitz nach hinten und legte die gestreckten Beine auf das Armaturenbrett.

»Kann ich dir sonst noch was bringen?«, flachste Niklas, während sie die Chips öffnete.

Sophie schüttelte den Kopf und reichte ihm die Tüte.

»Das erinnert mich an was.«

Fragend hob sie die Brauen.

»Diese Frau im Flugzeug, die meine Chips nicht haben wollte.«

Sie grinste mit vollem Mund.

»Das war ja auch absolut eklig.«

»Hast du mich kein bisschen spüren lassen«, bemerkte Niklas und trank einen Schluck eiskalte Cola, während seine rechte Hand in der Tüte raschelte.

»Was machen wir jetzt?«, fragte Sophie und sah auf die Uhr.

»Es gibt einen kleinen See in den Bergen, nicht weit von hier. Da wollte ich hinfahren und ein paar Fotos machen.«

Sophie nickte.

»Dann fahren wir da hin. Aber vorher muss ich dringend diese …«, sie warf einen Blick auf die Packung, »äh … abgelaufenen Kekse testen.«

Es war lange her, dass sie sich so wenig Gedanken darüber gemacht hatte, was sie aß – und was nicht, lange her, dass sie mit Genuss und ohne Zwang gegessen hatte. In den ersten Wochen und Monaten nach Maximilians Tod hatte sie keinen Appetit verspürt und stark abgenommen. Ihr ohnehin schlanker Körper war regelrecht knochig geworden und hatte Hosen und Blusen nicht mehr ausgefüllt. Die letzten Tage hatten ihr gutgetan. Ihr Gesicht war etwas voller geworden, und ihre Schlüsselbeine stachen nicht mehr so hervor.

»Tja, keine Oreos«, seufzte sie und strich sich Krümel aus den Mundwinkeln.

»Besser als das Vogelfutter, das du mit dir herumträgst.«

»Heute Nacht hättest du den Unterschied nicht gemerkt.«

»Heute Nacht«, stöhnte er und verzog das Gesicht. »Da hättest du alles von mir haben können.«

Sophie versteifte sich sogleich, und er schien es zu bemerken.

»Also ... ich meine, ich war ja so voll, dass ich dir meine Kamera geschenkt hätte«, fügte er hastig hinzu und räusperte sich.

Sophie rutschte auf ihrem Sitz herum, der ihr plötzlich schrecklich unbequem erschien. Seine harmlose Bemerkung hatte sie schlagartig wieder daran erinnert, warum die Stimmung zwischen ihnen bis vor wenigen Minuten so merkwürdig gewesen war.

»Heute Abend wird jedenfalls nichts getrunken, was mit ›A‹ anfängt oder auf -rak endet«, überging er das unangenehme Schweigen zwischen ihnen und zog eine Grimasse.

»Vielleicht lässt du dann morgen früh nicht so den Gorilla raushängen. Oder verrätst mir wenigstens, wo sich dein Gute-Laune-Buzzer befindet.«

»Ich war eben … verkatert.«

Es klang nicht aufrichtig in ihren Ohren.

»Ich war auch verkatert.«

Er zuckte mit den Schultern.

»Ich habe morgens eben keine Lust auf Small Talk.«

»Und mit mir kann man ja nur smalltalken«, schnaubte Sophie.

Niklas schwieg.

»Sorry. Wirklich. Ich gelobe Besserung.«

»Darauf einen Keks«, sagte Sophie und biss hinein.

Sophie

Unermüdlich schlängelte sich die Straße nach oben. Die Luft wurde spürbar kühler, und Sophie stellte die Klimaanlage aus. Nachdem sie Chips und Kekse vertilgt hatten, hatte sie sich als Fahrerin angeboten. Jetzt, wo sie sich endlich wieder ans Steuer eines Autos wagte, wollte sie mehr Routine bekommen, doch die kurvige Strecke und ihr Kater machten es ihr nicht leicht.

Als sie den Bratan See schließlich erreichten, war Sophie einen Moment lang enttäuscht. Die »grandiose Bergkulisse«, die ihr Reiseführer prophezeit hatte, war nebelverhangen und das Wasser des Vulkansees von einem trüben Graublau. Noch dazu war es unangenehm kühl. Sophie rieb sich die nackten Arme und bereute es, ihre Jacke in den Koffer gepackt zu haben.

»Willst du das wirklich fotografieren?«

Skeptisch beäugte sie die regenschweren Wolken.

»Warum nicht?«

»Weil dann kein Mensch mehr hierher will.«

Missmutig verschränkte sie die Arme vor der Brust.

»Auch wenn es dein Weltbild erschüttert, aber man darf nicht alles glauben, was man im Reiseführer sieht.«

Spitzbübisch zwinkerte er ihr zu und griff nach seiner Kameratasche.

»Ich bleibe im Auto«, entschied Sophie und unterdrückte ein Gähnen.

Niklas schüttelte den Kopf.

»Ich bleibe ... nicht im Auto?«, fragte sie und sah ihn abwartend an.

»Du«, begann er und zeigte mit dem Finger auf Sophie, »machst heute die Fotos.«

Er reichte ihr seine Kamera, von der sie wusste, dass sie nicht nur teuer aussah, sondern es auch tatsächlich war.

»Ich?«

Ihr geschockter Gesichtsausdruck schien ihn zu amüsieren.

»Mir wird heute ständig schlecht, wenn ich da durchsehe.«

»Ich kann aber nicht ... fotografieren. Schon gar nicht mit so einer Kamera«, brummte Sophie und schob die Nikon mit dem Zeigefinger zurück in seine Richtung, als hätte sie Stacheln oder eine ansteckende Krankheit.

»Umso besser. Man sollte jeden Tag mindestens eine Sache machen, die man noch nie zuvor gemacht hat.«

»Und ... was wäre das bei dir?«

»Ich hab noch ein paar Stunden«, antwortete Niklas mit einem Blick auf seine Uhr.

Sophie beäugte die Kamera, als wäre sie ein Laserschwert.

»Du kannst nichts falsch machen, musst nur abdrücken. Hier.«

Er zeigte ihr den Auslöser.

»Aber du brauchst doch *gute* Fotos.«

»Kann ich immer noch machen. Außerdem hast du schon recht. Viel gibt das da draußen heute echt nicht her.«

Sophie kaute skeptisch auf ihrer Unterlippe und nahm die Kamera vorsichtig an sich. Sie war schwerer als vermutet. Sicherheitshalber hängte sie sich den Trageriemen um den Hals und betrachtete die verwirrend vielen Knöpfe und Tasten.

»Die Einstellungen müssten passen. Du drückst einfach auf den Auslöser«, sagte Niklas, als hätte er ihre Gedanken gelesen.

Sie antwortete mit einem schwachen Nicken.

»Und was genau soll ich fotografieren?«

Ihre Augen wanderten unschlüssig über die glatte Seeoberfläche.

»Was in deinen Augen ein Foto wert ist.«

»Haha«, spöttelte Sophie und blickte sich um.

»Jeder hat sein eigenes Bild von Schönheit und Ästhetik. Der eine fände«, er zeigte auf einen kleinen blauen Vogel, »diesen Kolibri toll. Der andere«, sein Blick blieb an einer rothaarigen Touristin in Hotpants kleben, »die da.«

Er grinste, und Sophie schenkte ihm einen warnenden Blick. Nebeneinander liefen sie ein Stück am Ufer entlang.

»Warum hast du behauptet, du hättest einen Filmriss?«, schoss es plötzlich aus ihrem Mund.

Sein Blick schnellte zu ihr, und sie bemerkte die kleinen Veränderungen in seinen Augen.

»Ich *habe* einen Filmriss.«

»Das glaube ich dir nicht.«

»Ist aber so«, brummte Niklas, als wäre das Thema für ihn beendet.

»Du wusstest noch alles von den Keksen.«

»Die Kekse waren eben so außergewöhnlich gut, dass ich sie nicht vergessen konnte«, erwiderte er grinsend.

»Und der Kuss war es nicht?«

Sophie biss sich auf die Lippe.

»Doch, aber …« Ertappt blickte Niklas zu ihr. »Mein Gott, ich dachte eben, es wäre so einfacher für dich.«

Er zuckte mit den Schultern.

»Für mich?«, spottete sie. »Ich glaube nicht, dass es da wirklich um mich ging.«

»Ach nein? Dann warst du nicht diejenige, die mich erst geküsst und dann wie Voldemort angesehen hat?«

Ihr Puls schnellte nach oben.

»Ich habe dich nicht geküsst! *Du* hast damit angefangen.«

Er stieß einen Seufzer aus.

»Du hast ihn erwidert. Für … eine Sekunde.«

Seine Mundwinkel zuckten verdächtig. Fand er das etwa lustig?

»Ich war vollkommen überrumpelt!«

»Und ich vollkommen betrunken!«

Er verschränkte die Arme vor der Brust. Gespanntes Schweigen breitete sich zwischen ihnen aus.

»Hör zu«, begann er schließlich. »Es tut mir wirklich leid. Ich hätte das nie gemacht, wenn ich nicht so unglaublich voll gewesen wäre.«

Obwohl endlich die ersehnte Entschuldigung aus seinem Mund gekommen war, ärgerte sich Sophie einen Moment lang darüber, jemand zu sein, den man nur küsste, weil man sternhagelvoll war. Gleichzeitig schämte sie sich für ihre Eitelkeit.

»Und ich wollte einfach nicht, dass es komisch zwischen uns ist und du glaubst, ich … würde dir an die Wäsche wollen oder so.«

Sophie schwieg.

»Denn das will ich wirklich, wirklich *nicht*. Wir sind … Freunde … oder so was.«

Sein eindringlicher und leicht verlegener Blick bohrte sich in ihr Gesicht, und Sophie fragte sich, warum sie nicht erleichtert war. Warum ein nicht unwesentlicher Teil von ihr noch immer gekränkt war.

»Alles klar zwischen uns?«

Abwägend sah er sie an.

»Alles klar«, murmelte Sophie und setzte ein falsches Lächeln auf.

Ihr erstes Foto machte sie wenige Minuten später am Westufer des Sees, wo sich zwei pagodenförmige Schreine auf einer kleinen Insel aus dem Wasser erhoben. Sie waren aus schwarzem Lavagestein und strahlten eine schlichte Schönheit aus. Skeptisch beäugte sie ihr Foto auf dem Display der Kamera.

»Nicht zufrieden?«

Sophie hatte nicht bemerkt, dass er direkt hinter ihr stand, und versteifte sich leicht, als sie seinen Atem in ihrem Nacken spürte.

»Irgendwie sieht es auf dem Foto so viel unspektakulärer aus«, brummte sie unzufrieden.

»Dann verändere mal die Perspektive. Manchmal hilft es, die Dinge aus einem anderen Blickwinkel zu betrachten.«

Sophie runzelte die Stirn, als Niklas ihr von hinten die Hände auf die Schultern legte und sie sachte nach unten drückte. Seine Berührung ließ sie zusammenzucken und beschwor den Kuss herauf, den sie vergessen wollte.

»Probier's einfach«, schlug er ihr vor und ging neben ihr in die Knie.

Sophie nickte und drückte ein paarmal auf den Auslöser. Das Ergebnis war besser, aber nicht gut. Wenn sie ehrlich war, würde es das Foto nicht mal zum Bildschirmschoner auf ihrem Notebook schaffen. Sie versuchte es mit einer Blume am Wegrand, deren kräftiges Pink ihre Aufmerksamkeit erregt hatte, und zoomte das Motiv heran. Als sie abgedrückt hatte und das Display betrachtete, rümpfte sie die Nase. Missmutig zog sie den Kopf aus dem Trageriemen.

»Ich glaube, sie hört nur auf ihren Meister«, seufzte Sophie.

Sie gingen ein paar Schritte schweigend nebeneinanderher, während sich über ihren Köpfen immer größere Regenwolken heranschoben.

»Was ist aus deinen Fotos geworden?«

Fragend sah sie ihn an.

»Von deinem ... Verlobten. Ich dachte, du wolltest ...«

»Ja«, antwortete Sophie, als hätte er sie an etwas erinnert, und griff automatisch in ihre Handtasche.

»Du könntest *ihn* fotografieren.«

Ihre Brauen hoben sich.

»Wie den Gartenzwerg in ›Die fabelhafte Welt der Amelie‹.«

Sophie rümpfte die Nase.

»Hey, ich hab nicht gesagt, dass er einer ist.«

Abwehrend hielt er seine Hände vor die Brust. Sophie kannte den Film und die Geschichte des Gartenzwergs, der auf Reisen ging, und je länger sie darüber nachdachte, umso besser gefiel ihr die Idee.

»O.k.«

Kurzerhand zog sie ein Foto aus ihrer Tasche. Als sie Niklas' Blick auf sich spürte, drehte sie es um und ging ein paar Schritte aufs Ufer zu, wo sie es so ins Schilfgras steckte, dass im Hintergrund Berge und die Tempelanlage zu sehen waren.

»Geh in die Knie«, hörte sie seine Stimme hinter sich und folgte seinem Rat.

Dann drückte sie auf den Auslöser und staunte beim Anblick des Ergebnisses. Es gefiel ihr. Auf eine ganz verrückte Weise gefiel es ihr.

»Kann ich das Foto irgendwann haben?«, fragte sie Niklas, ohne die Augen vom Display zu nehmen.

»Klar. Es ist deins.«

Sophie

Als sie zum Jeep rannten, war Sophie bereits nass bis auf die Knochen. Heftige Tropenschauer prasselten vom Himmel auf sie herab und bildeten schlammige Pfützen unter ihren Füßen. Nachdem sie die Autotür hinter sich zugezogen hatte, schlüpfte sie aus ihren völlig durchweichten Sandalen und rieb sich über die Oberarme, auf denen sich eine Gänsehaut gebildet hatte. Einen Moment lang wünschte sie sich in ihr Lieblingscafé in München, vor sich ein großer Cappuccino mit extra viel Schaum und ein ofenfrisches buttriges Croissant mit Kirschkonfitüre.

»Kalt?«, fragte Niklas grinsend, während seine Augen eine Sekunde zu lang auf ihrem nassen Top ruhten, das eindeutig zu viel von dem preisgab, was sie darunter trug. Sie spürte, wie ihre Wangen die Farbe ihres Oberteils annahmen, warf ihm einen warnenden Blick zu und verschränkte die Arme vor der Brust.

Niklas schien es nicht weiter zu stören, dass ihm der Regen aus den Haaren tropfte und sein Shirt wie eine zweite Haut an seinem Körper klebte. Seelenruhig prüfte er, ob seine Kamera unversehrt war, und nickte zufrieden. Dann startete er den Wagen. Sie hatten beschlossen, eine weitere Nacht im Guesthouse in den Reisfeldern zu verbringen und am frühen Morgen zu einem Vulkan aufzubrechen. Mit klappernden Zähnen freute sich Sophie auf eine heiße Dusche, bequeme, warme Kleidung und ihr Bett. Es war ein langer Tag gewesen, und der Fluch des Arak suchte sie nach wie vor heim. Noch dazu machte es ihr das monotone Prasseln des Regens schwer, die Augen offen zu halten. Immer wieder übermannte sie der Schlaf. Ein gewaltiges Holpern und Niklas' Fluchen ließen sie hochschrecken.

»Was' los?«, murmelte sie schläfrig und kniff die Augen zusammen.

»Da war irgendwas auf der Straße«, brummte Niklas. »Ein Schlagloch vielleicht.«

Er lenkte das Auto zum Straßenrand und sprang, obwohl der Regen immer noch gnadenlos vom Himmel peitschte, mit einem Satz aus dem Auto. Durch die regenverschleierte Scheibe beobachtete Sophie, wie er den linken Vorderreifen beäugte und den Kopf schüttelte.

»Wir brauchen einen Pannendienst«, sagte Niklas, als er in

den Wagen stieg und sich den Regen aus dem Gesicht strich. »Der Reifen ist hinüber.«

»Haben wir keinen Ersatzreifen?«

Er legte die Stirn in Falten.

»Doch, haben wir. Du kannst ihn gerne montieren.«

Verdutzt sah sie ihn an.

»Aus irgendeinem Grund geht ihr Frauen scheinbar immer noch davon aus, dass jeder Mann mal eben einen Reifen wechseln kann. So viel zu überholten Rollenbildern.«

Sophie biss sich auf die Unterlippe.

»O.k., dann rufen wir eben bei der Mietwagenfirma an. Du hast doch bestimmt eine Nummer oder …«, sie öffnete das Handschuhfach, »irgendeine Notfall-Broschüre.«

»Es ist schon nach 20 Uhr. Da würden wir wahrscheinlich nicht mal in Deutschland jemanden erreichen. Ich versuch's mal bei Dan. Vielleicht kennt der wieder jemanden, der irgendeinen Schwager hat, der mit der Schwester der Großcousine irgendeines Automechanikers verheiratet ist.«

Er zog eine Grimasse und griff nach seinem Handy, um Dan wenige Sekunden später in kurzen, eindringlichen Worten zu verklickern, dass sie einen platten Reifen hatten und im strömenden Regen in der Pampa festsaßen. Beschämt stellte Sophie fest, dass sie keinen blassen Schimmer hatte, wo diese Pampa eigentlich war, denn sie hatte die letzte halbe Stunde mit einem ausgiebigen Nickerchen verbracht.

»Und?«, fragte sie, als er aufgelegt hatte.

»Dan kennt jemanden, der eine Autowerkstatt in der Nähe hat. Er schickt ihn zu uns. Zwei Stunden dauert es aber mindestens. Und zwei Stunden bedeuten hier generell drei Stunden und bei diesem Regen wahrscheinlich sogar vier.«

»Vier Stunden!?«

Niklas seufzte und verzog das Gesicht.

»Fuck« fluchte er und legte den Kopf aufs Lenkrad.

Vier weitere Stunden in diesen Klamotten, dachte Sophie und rutschte auf ihrem Sitz hin und her. Sie war bis auf die Unterwäsche durchnässt, und Oberteil und Hose klebten regelrecht auf ihrer Haut. Im Kofferraum hatte sie zwar trockene Kleidung, doch wo sollte sie sich umziehen? Missmutig blickte sie in den Regen hinaus und rieb sich fröstelnd die Arme.

»Wir Männer können vielleicht nicht alle Reifen wechseln, aber durchaus unseren Pullover an frierende Frauen verleihen.«

Niklas griff hinter sich auf die Rückbank und reichte ihr ein graues Sweatshirt, das sich weich und herrlich trocken in ihren Händen anfühlte.

»Ist dir nicht kalt?«, fragte Sophie zögerlich, obwohl sie ihren Kopf bereits hineingesteckt hatte.

»Schon o.k.«

Verfroren kuschelte sie sich in den Pullover, der angenehm nach Mann roch. Sie mochte die Mischung aus Aftershave und Waschmittel, hatte es auch immer geliebt, an Maximilians Hemden zu schnuppern, die am Kragen so wunderbar nach Aqua di Gio geduftet hatten.

»Danke.«

Knurrend meldete sich im selben Moment ihr Magen zu Wort.

»Ich hab Hunger«, murmelte sie entschuldigend.

»Sorry, aber diese Rückbank ist nicht ›Wünsch dir was‹.«

»Die Rückbank nicht, aber meine Handtasche.«

Sophie griff nach unten und zog eine Packung Dinkelkekse hervor.

»Wie viele von denen hast du denn?«, fragte Niklas ungläubig und schüttelte den Kopf.

»Genug, um über den Winter zu kommen.«

»Oder 5 000 Vögel durch den Winter zu bringen«, spöttelte er.

Sophie lachte, biss in einen Keks und reichte ihm die Packung. Mit einer flinken Bewegung verstellte Niklas den Fahrersitz und ließ sich mit ihm nach hinten fallen.

»Was machst du da?«

»Mein Bett.«

Er verschränkte die Arme hinter dem Kopf. Fragend sah sie ihn an.

»Ich kenne Indonesien zu gut, um darauf zu vertrauen, dass heute noch jemand vorbeikommt.«

»Heute noch? Was soll das heißen?«

»Das soll heißen, dass die Möglichkeit besteht, dass wir im Auto schlafen müssen.«

»Im Auto?«, wiederholte sie entsetzt. »Die ganze Nacht?«

Niklas lachte, schlüpfte liegend aus seinen Sneakers und legte die Füße aufs Lenkrad. Seine Knöchel waren voller Schlammspritzer. Er fing ihren kritischen Blick auf und zuckte mit den Schultern.

»Klar, das hast du natürlich auch noch nie gemacht.«

»Hat mir auch nicht geschadet«, konterte Sophie.

»Jeder sollte mal so eine Nacht im Auto verbracht haben.«

Sophie rollte mit den Augen.

»Ich wette, da gibt dir kein Orthopäde dieser Welt recht.«

»Ich habe mal einen ganzen Urlaub in meinem Auto gepennt«, sagte Niklas. »Und das war kein Jeep, sondern ein Fiat Panda.«

»Ein Fiat Panda?«, wiederholte sie ungläubig.

»Ja, der gehörte meiner Schwester. War ihr erster Wagen. Ich hab ihn mir ausgeliehen und bin mit einem Kumpel zwei Wochen durch Italien gefahren.«

»Ihr habt zu zweit in einem Panda geschlafen? Zwei Wochen lang?«

Sophie schüttelte den Kopf, ehe er antworten konnte.

»Pizza, Pasta, Panda. Das war der coolste Trip aller Zeiten.«

»Klingt eher wie ein schlechter Film.«

»Tsss, das klingt wie ein Film, den man zweimal im Kino sieht *und* ihn sich auf DVD holt.«

Sie schmunzelte kopfschüttelnd und dachte ein weiteres Mal darüber nach, wie unterschiedlich ihre Leben doch waren.

»Du glaubst gar nicht, wie schön das sein kann. Jede Nacht unter dem Sternenhimmel einschlafen. Das ist echte Freiheit.«

Sophie blickte durch die Windschutzscheibe. Es hatte fast aufgehört zu regnen, und ein sternenklarer Himmel erstrahlte über ihnen. Sie musste an van Goghs »Sternennacht« denken. Sie hatte sich das Gemälde zusammen mit Maximilian im Museum of Modern Art in New York angesehen und sich so verliebt, dass sie sich einen Kunstdruck davon gekauft und in ihr Schlafzimmer gehängt hatte, um jede Nacht die Sterne sehen zu können.

Sophie

Aufgeschreckt fuhr Sophie hoch und stieß sich das Knie am Handschuhfach. Der Schmerz, der wie ein Blitz durchs Bein schoss, belebte ihren müden Körper wie ein Energydrink.

In Sekundenschnelle hatten sich ihre Augen an die Dunkelheit gewöhnt, und sie wusste wieder, wo sie war und warum – und wer diese gequälten Schreie von sich gab.

»Hey«, flüsterte sie und tastete nach Niklas' Körper, der sich unruhig von links nach rechts wälzte.

Seine Atmung war hektisch, und als Sophie seine erhitzte Haut berührte, spürten ihre Fingerkuppen den Schweißfilm. *Oh nein*. Er hatte Fieber. Panisch dachte sie an all die Tropenkrankheiten, von denen sie im Reiseführer gelesen hatte, und stellte irritiert fest, dass ihr ausgerechnet *Japanische Enzephalitis* zuerst einfiel. Was war das überhaupt? Ohne zu zögern, legte sie ihm die Hand auf die Stirn. Warm. Ihre Panik steigerte sich ins Unermessliche, als ihr bewusst wurde, dass sie keine Ahnung hatte, wo sich das nächste Krankenhaus befand. Dass sie keine Ahnung hatte, wo *sie* sich überhaupt befand. Dass sie kein Handy hatte. Und seins mit Sicherheit durch irgendeine Tastensperre gesichert war.

»Nein ... nein ...«, drang ein Krächzen durch den Wagen.

Seine Stimme war so angsterfüllt, dass Sophie eine Gänsehaut bekam. Hektisch tastete sie nach der Leseleuchte.

»Wo bist du? Ich ... ich ...«

Sophie runzelte die Stirn, als das grelle weiße Licht spärlich das Innere des Wagens ausleuchtete und ihr Blick auf sein angespanntes Gesicht fiel. Er träumt, dachte sie. Er hat nur einen Albtraum. Ein Anflug von Erleichterung überkam sie, und für eine Sekunde biss sie sich beschämt auf die Unterlippe.

»Niklas«, flüsterte sie und berührte seinen Arm. »Niklas, wach auf!«

Sein Körper wand sich, zuckte, und sie spürte, dass sie nicht zu ihm durchdrang.

»Sie ist ... weg ... Haley ... ... Hilfe!«

Sophie erstarrte.

Haley? Hatte er gerade Haley gesagt?

»Hey, aufwachen!«

Sie rüttelte energischer an seinem Arm, bis er plötzlich mit weit aufgerissenen Augen hochschreckte.

»Wwwas …«, drang ein unverständliches Raunen aus seinem Mund.

Sein Brustkorb hob und senkte sich im Stakkato.

»Du hattest einen Albtraum.«

Sein Kopf fuhr zur Seite, und ihre Blicke trafen sich, auch wenn Sophie den Eindruck hatte, dass er mehr durch sie hindurchsah. Mit der Hand fuhr er sich durchs Haar. Aus ihrer Handtasche zog Sophie eine kleine Flasche Wasser und reichte sie ihm.

»Danke«, murmelte Niklas und setzte die Flasche an die Lippen. Als er sie ausgetrunken hatte, starrte er einen Moment lang schweigend auf das leere Plastik in seiner Hand. Sophie kam es vor, als sei ein Teil von ihm noch immer in der Traumwelt.

»Du hast um Hilfe gerufen.« Abwartend suchte sie nach einer Reaktion in seinem Gesicht, doch wenn es sie gab, verbarg er sie gekonnt vor ihr. »Und von … Haley gesprochen.«

»Wie spät ist es?«, fragte er und fuhr sich durchs Haar.

»Kurz nach 12.«

»Kurz nach 12!? Wo bleibt der Typ von der Werkstatt?«

Angespannt ließ er sich zurück in den Sitz fallen und starrte durch die Scheibe hinaus in die Nacht. Einen Moment lang beobachtete sie ihn stumm.

»Manchmal träume ich von Maximilian.«

Es kam leise, fast flüsternd aus ihrem Mund.

»Es sind zwei Träume, und sie laufen immer gleich ab.«

Sie hörte seinen ruhigen, regelmäßigen Atem neben sich und fuhr fort.

»In dem einen Traum sind wir beide glücklich und lachen die ganze Zeit. Wir haben zwei Kinder, ein Mädchen und einen Jungen, und einen kleinen Hund. Einen Collie. Sein Name ist Jim.«

Ein schwaches Lächeln trat auf ihr Gesicht. Aus dem Augenwinkel konnte sie sehen, wie sich Niklas' Gesicht in ihre Richtung bewegte.

»Wir haben ein großes weißes Haus mit einer roten Tür und Apfelbäumen im Garten. Und ... einen Sandkasten, in dem die Kinder spielen.«

Eine angenehme Wärme überkam Sophie, auch wenn sie wusste, dass sich die Idylle in nur wenigen Sekunden auflösen und zu einem bittersüßen Schmerz werden würde.

»In dem anderen Traum«, begann sie nach einer kurzen Pause, »sehe ich ihn sterben. Ich höre ihn schreien, sehe das Auto, wie es von der Fahrbahn abkommt und gegen den Baum prallt. Ich sehe sein totes Gesicht, leblos und kalt. Seinen Sarg. Ich sehe mich allein davorstehen.«

Sophie schluckte.

»Das Seltsame daran ist«, sagte sie mit brüchiger Stimme, »dass ich nicht weiß, welchen Traum ich schlimmer finde.« Die letzten beiden Worte kamen nur noch als Flüstern über ihre Lippen. »Weil ich immer aufwache und weine. Weil ich immer das Gefühl habe, vor Kummer zu zerspringen. Egal, welcher Traum es ist.«

Ihre Augen starrten an die Decke, doch sie wusste, dass Niklas sie ansah.

»Ich war auch dort. In Thailand.«

Es kam leise, fast tonlos aus seinem Mund.

»Als ... der Tsunami kam?«

Er nickte.

»Nach dem Abi bin ich vier Wochen lang mit dem Rucksack durch Thailand gereist. Irgendwann bin ich auf Kho Phangan gelandet, weil ich unbedingt auf eine dieser Full-Moon-Partys wollte. Da hab ich dann auch ... Haley kennengelernt. Und ihre Eltern. Sara und Dan.«

Niklas drehte sich auf die Seite und stützte den Kopf auf seinem Arm ab, und sie ebenfalls. Einen Moment lang lagen sie sich wortlos gegenüber.

»Eigentlich war sie mit ihren Eltern im Urlaub, aber ... sie hat jede Nacht bei mir im Hostel verbracht.« Er atmete tief ein. »Es war ein Urlaubsflirt. Unverbindlich, aber intensiv. Wir ... hatten Spaß zusammen.« Seine Stimme war leiser geworden. »An dem Tag, als der Tsunami kam, lagen wir zusammen in meinem Zimmer. Wir waren bis spät in die Nacht hinein feiern und ... ziemlich verkatert. Haley wollte schwimmen gehen, ich wollte lieber im Bett bleiben. Also ist sie allein gegangen. Und ... nie mehr zurückgekommen.«

Sophie spürte einen unangenehmen Druck auf der Brust.

»Die Leute haben gerufen, geschrien und auf das Meer gezeigt. Ich bin gerannt, so schnell ich konnte. Hoch zur Hauptstraße. Hinter mir ... krachte die Welle gegen die Häuser. Es war so unglaublich laut. Wie ... Bomben. Ich wollte zu ihr, wollte sie holen, aber ... es war zu spät. Das Wasser war überall. Überall. Wir sind immer unter Wasser gedrückt worden. Es war überall. Überall ...«

Seine Stimme wurde brüchig, und in seinen Augen sah Sophie, dass er in diesem Moment wieder dort war. Mit all seiner Erinnerung, all seinen Gedanken. Der Schmerz war so greifbar, so tief, dass sie ihn fühlen konnte, und etwas in ihr wollte die Hand nach ihm ausstrecken.

»Wir haben sie gesucht«, flüsterte er apathisch. »Sara, Dan und ich. Tagelang. Wir haben überall nach ihr gesucht, die Listen der Opfer durchgesehen, Bilder von ihr herumgezeigt. Aber es war … ein einziges Chaos. Alles war zerstört. Überall verletzte Menschen, Leichen am Straßenstrand, Kadaver …«

Seine Stimme war leiser geworden. In einem anderen Leben hätte Sophie betroffen die Hand vor den Mund gehalten und »Wie schrecklich« geflüstert, doch nach dem Verlust von Maximilian war sie solche Floskeln selbst leid.

»Ein paar Tage später haben sie ihre Leiche gefunden. Sie ist ertrunken. Qualvoll ertrunken. Sara und Dan sind durch die Hölle gegangen.«

Hölle. Sophie kannte sie nur zu gut. Die Tränen, den Schmerz, die Schlaflosigkeit. Die Träume, das Erwachen, das Einschlafen. Die Erinnerung, die Gegenwart, die Zukunft. Sie fragte sich, an welchem Punkt dieser Hölle sie inzwischen angelangt war. Am Eingang? Am Schlund? Am Ausgang? Wie lange ging man durch diese Hölle?

»Manchmal frage ich mich, was passiert wäre, wenn …«

Seine Stimme brach.

»… wenn du mit ihr gegangen wärst?«

Er nickte mit starrem Blick.

»Dann wärt ihr beide ertrunken«, sagte Sophie und berührte ihn saft am Unterarm. »Und Sara und Dan … wären ganz allein mit ihrem Kummer gewesen.«

Niklas' Augen wanderten zu ihrer Hand, doch sie zog sie nicht weg.

»Ich habe mir oft gewünscht, ich wäre mit ihm gestorben,

hätte neben ihm in diesem Auto gesessen«, flüsterte sie. »Und es gab Tage, an denen ich die Augen nicht von der Packung Schlaftabletten auf meinem Nachttisch lösen konnte. An denen ich darüber nachgedacht habe, wie viele davon ich nehmen müsste, um …«, sie brach ab, »Aber dann habe ich mich gefragt, was das mit all den Menschen machen würde, die ich zurücklasse, wie sehr es ihre Leben zerstören würde.«

»Du erträgst den Schmerz nur für die anderen?«, seufzte er bitter.

Sophie sah ihm in die Augen.

»Du doch auch.«

Niklas

Es war kurz nach halb eins, als ein alter Mann mit ergrautem Haar an ihre Fensterscheibe klopfte und grinsend einen rostigen Kreuzschlüssel in die Luft streckte. Er musste mindestens 70 Jahre alt sein, hatte nur noch vereinzelt Zähne und ein tief gebräuntes faltiges Gesicht, aus dem wache Augen hervorblitzten.

»Wayan.«

Er deutete auf sich selbst und zwinkerte. Dann hielt er sich ein imaginäres Telefon ans Ohr und sagte »Dan«. Zu mehr reichten seine Englischkenntnisse nicht, wie sie schnell feststellten. Obwohl es an Licht fehlte, Wayans Arme und Beine so dünn wie Äste waren und er bei jeder Bewegung ächzte, hatte er den Reifen in einer Geschwindigkeit gewechselt, die Niklas' Kiefer nach unten sacken ließ. Er fragte den Balinesen, wie viel Geld sie ihm schuldig seien, doch der zuckte nur ratlos mit den Schultern.

»Money«, versuchte es Niklas erneut und rieb Daumen und Zeigefinger aneinander.

Wayan schien diese Geste zu amüsieren. Er lachte.

»How – much – money?«, fragte Niklas und dehnte die Frage wie Kaugummi.

Wieder lachte Wayan und zuckte mit den Schultern. Niklas seufzte. Wo hatte Dan diesen kleinen Kerl nur wieder aufgetrieben? Das Wort »money« auf einer Insel voller Touristen nicht zu kennen, war in seinen Augen die Vorstufe zur Privatinsolvenz.

»Minta … bon?«, hörte er plötzlich Sophies Stimme hinter sich und drehte sich irritiert um. Ihr Blick war erwartungsvoll auf den kleinen Balinesen gerichtet, der zu seiner Überraschung plötzlich eifrig nickte und etwas brabbelte, das er nicht verstand.

»Häh?«

»Er möchte 70.000 Rupiah«, sagte Sophie und lächelte Wayan an.

»Er … was?«

Niklas ließ seinen verwirrten Blick zwischen Sophie und Wayan hin- und herwandern.

»70.000 Rupiah«, wiederholte sie, als spräche sie mit einem Kindergartenkind.

»Was …«, stammelte er, »70.000? Das sind nur fünf Euro. Und woher …«

Sophie verdrehte die Augen, holte ihre Geldbörse aus dem Auto und zog ein paar Scheine aus ihrem Portemonnaie.

»Wir geben ihm 100.000«, entschied sie und reichte Wayan das Geld. »Ambil … kemba …lian«, fügte sie hinzu und rümpfte selbstkritisch die Nase.

Wayan antwortete mit einem Grinsen, verbeugte sich mehrfach und murmelte etwas in Dauerschleife, das Niklas als »danke« deutete. Dann stieg er auf seinen klapprigen Roller und war so schnell verschwunden, wie er aufgetaucht war. Sprachlos blickte Niklas den Scheinwerfern nach, die zu kleinen Punkten wurden und schließlich hinter einer Kurve verschwanden.

»Was war das denn bitte?«

»Was?«

»Seit wann sprichst du ... Balinesisch? Und was hast du da überhaupt zu ihm gesagt?«

»Indonesisch«, korrigierte Sophie selbstzufrieden. »Und ich habe ihn erst um die Rechnung gebeten und dann ›Behalten Sie den Rest‹ gesagt.«

Niklas runzelte die Stirn, und sie presste die Lippen aufeinander, als müsse sie sich ein Grinsen verkneifen.

»Bringt mich zu der Frage zurück, seit wann du Balinesisch sprichst.«

»Indonesisch.«

Er warf ihr einen warnenden Blick zu.

»Gar nicht. Ich habe als Urlaubsvorbereitung nur ein bisschen im Reiseführer gelesen und die wichtigsten Sätze und Wörter gelernt.«

Mit dem Finger tippte er sich an die Stirn.

»Die wichtigsten Sätze und Wörter? Seit wann gehört ›Behalten Sie den Rest‹ dazu?«

Unschuldig zuckte Sophie mit den Schultern.

»Das musst du den fragen, der den Reiseführer geschrieben hat. Dann kannst du ihm auch gleich sagen, dass dir seine Bilder nicht gefallen.«

Ungläubig schüttelte Niklas den Kopf.

»Wer kommt auf die Schwachsinnsidee, solche Sätze auswendig zu lernen? ›Behalten Sie den Rest‹…?«

»Diese Schwachsinnsidee«, bemerkte sie spitz, »hat gerade für Völkerverständigung gesorgt.«

»Völkerver … Du bist echt … unglaublich«, brachte er kopfschüttelnd hervor.

»Ich weiß, ich habe eine Tasse, die dasselbe sagt.«

Perplex sah er sie an. Und lachte los.

Sophie

»Und, was machen wir jetzt mit diesem angebrochenen Abend?«, flachste Niklas, während er lässig am Jeep lehnte, die Arme vor der Brust verschränkt. Sein gelbes T-Shirt leuchtete wie ein Textmarker im Dunkeln.

Sophie antwortete mit einem ausgedehnten Gähnen. Sie hatte das Gefühl, den ganzen Tag in ihren Knochen zu spüren und sehnte sich nach einer heißen Dusche, einem Bett und mindestens zehn Stunden Schlaf.

»Steig in den Wagen, Braveheart«, bemerkte Niklas grinsend, als er ihren Blick auffing, und ging in Richtung Fahrertür. Sie brachten ihre Autositze wieder in die aufrechte Position und fuhren kurz darauf weiter.

Sophie wusste, dass sie nicht lange wach bleiben würde, wenn Niklas nicht gerade Rammstein auflegen oder ihr einen doppelten Espresso reichen würde. Beides passierte nicht, sodass ihre

Augen im Minutentakt zuklappten. Irgendwann musste sie den Kampf gegen die Müdigkeit aufgeben und sank in einen tiefen Schlaf. Einen *kurzen*, tiefen Schlaf, den ein Ruckeln abrupt beendete. Alarmiert riss Sophie die Augen auf und wappnete sich innerlich für die nächste Hiobsbotschaft.

»Sorry«, murmelte Niklas, während er konzentriert auf die Straße vor sich blickte. »Hier gibt es immer wieder Schlaglöcher.«

Müde rieb Sophie sich die Augen. Wie lange hatte sie geschlafen? Zehn Minuten? Eine Stunde? Draußen war es noch immer dunkel. Es konnte also nicht allzu viel Zeit vergangen sein.

»Sind wir bald da?«, fragte sie und unterdrückte ein Gähnen.

»Kommt darauf an, wo du hinwillst.«

»Na, ins Guesthouse.«

»In diesem Fall lautet die Antwort … nein.«

Niklas grinste amüsiert, während Sophie sich alarmiert aufrichtete.

»Aber … wo fahren wir denn dann hin?«

»Zum schönsten Sonnenaufgang, den du je gesehen hast«, kam es gut gelaunt zurück. Zu Sophies Irritation wirkte Niklas wach und munter, als hätte er den doppelten Espresso selbst getrunken.

»Sonnenaufgang ist in«, sie suchte das Ziffernblatt ihrer Uhr, »frühestens drei Stunden.«

»Vier.«

»Willst du dir den Sonnenaufgang von Singapur aus ansehen?«, spottete Sophie.

Niklas lachte.

»Du hast heute dein Humor-Coming-out, oder?«

»Ich möchte einfach nur ins Bett«, nörgelte sie.

»Schlafen kannst du den Rest deines Lebens. Auf Vulkane steigen … nicht.«

»Vulkane?«

Ihr Blick schnellte zur Seite.

»Ja, das sind diese hohen Berge, die man hier ab und zu …«

»Ich weiß, was Vulkane sind«, zischte Sophie und warf ihm einen finsteren Blick zu.

»Ich vergaß, dein Reiseführer hat sicher auch dazu ein Kapitel. Und wahrscheinlich steht da auch, wie man auf Balinesisch sagt, dass man auf dem Weg hinauf über seinen Schnürsenkel gestolpert ist.«

»Indonesisch«, zog sie ihn auf und musste zugeben, dass er nicht ganz falschlag. Ihr Reiseführer enthielt tatsächlich ein Kapitel über Vulkane, und sie hatte es sehr interessiert von der ersten bis zur letzten Zeile gelesen.

»Wenn wir uns beeilen, sind wir bald da. Und … pünktlich zum Sonnenaufgang auf dem Gipfel.«

»Auf dem Gipfel?«

Ihre Stimme klang eine Spur zu schrill.

»Es ist mitten in der Nacht! Und … dunkel.«

»Das ist meistens so vor dem Sonnenaufgang.«

Niklas grinste. Es war schwer zu übersehen, dass ihm dieses Spiel großes Vergnügen bereitete.

»Das ist doch sicher … gefährlich.«

Sophie furchte die Stirn.

»Hörst du nicht, Gefahr, ich lach dir ins Gesicht. Hahahaha.«

Sie hatte keine Ahnung, wen er jetzt wieder zitiert hatte, und es fiel ihr schwer, darüber nachzudenken, weil Panik in ihr ausbrach.

»Ich mach das nicht.« Bockig verschränkte sie die Arme vor der Brust. »Vergiss es.«

»Warum nicht?«

»Na weil … es gefährlich ist. Und ich … auch gar keine passende Kleidung habe. Und ich nicht sonderlich sportlich bin, abgesehen von ein bisschen Yoga.«

»Dann kannst du ja deine Angst wegmeditieren.«

Er lachte.

»Warum müssen wir das *jetzt* machen? Können wir nicht wenigstens warten, bis es hell ist?«, versuchte sie es, doch Niklas schüttelte den Kopf.

»Dann würdest du ja den besten Sonnenaufgang der Welt verpassen.«

Am liebsten hätte sie ihm gesagt, dass sie ohnehin kein großer Fan von Sonnenaufgängen war, doch das wäre eine glatte Lüge gewesen.

»Jetzt sei kein Angsthase. Ich war schon zweimal oben, und der letzte Ausbruch ist fast 20 Jahre her.«

»20 Jahre?«, rief sie erschrocken und hatte sogleich Bilder verkohlter Leichen vor Augen.

In der siebten Klasse hatte sie »Die letzten Tage von Pompeji« von Edward Bulwer-Lytton gelesen und beschlossen, nie in ihrem Leben freiwillig in die Nähe eines Vulkans zu gehen.

»Eigentlich … 17 Jahre.«

»17!?«

»Keine Sorge. Niemand ist gestorben.«

»Sehr beruhigend«, bemerkte sie spitz und schüttelte den Kopf.

Niklas lachte.

»Vertrau mir, Sophie. Das wird ein Abenteuer.«

»Kann es sein, dass ich das jeden Tag aus deinem Mund höre?«

»Das kann man gar nicht oft genug hören.«

Niklas

Es war noch dunkel, als sie den kleinen Parkplatz am Fuße des Vulkans erreichten, den die Balinesen »Gunung Batur« nannten. Auch wenn sich die Tour auf den Gipfel langsam zu einer Touristenattraktion mauserte, zog es Niklas immer wieder auf den 1.717 Meter hohen Koloss im Nordosten Balis. Er liebte die Kraft und Energie, die von diesem Vulkan ausgingen, die mystische Atmosphäre, die ihn umgab. Und er genoss das Gefühl der Freiheit, das er verspürte, wenn er den Gipfel erreichte und sich einbildete, den Himmel berühren zu können.

Der Gunung Batur thronte wie ein finsterer Koloss vor ihnen, als er aus dem Auto stieg, doch eine Schlange aus winzigen leuchtenden Punkten zog sich bereits den Hang hinauf.

»Da waren wohl einige früher dran«, murmelte Niklas mit Blick auf die Lichter, die ihn an die Milchstraße erinnerten. »Du kannst dich hier im Auto umziehen oder in dem kleinen Toilettenhaus dort vorne«, sagte er zu Sophie, die sichtlich eingeschüchtert auf den dunklen Riesen vor sich starrte. »Ich werde uns mal anmelden und einen Guide organisieren. Wir treffen uns einfach in zehn Minuten da vorne, o.k.?«

»Einen Guide?«

Amüsiert legte Niklas die Stirn in Falten.

»Hast du gedacht, wir steigen allein auf einen Vulkan?«

Irritation spiegelte sich in Sophies Augen.

»Sophie«, begann er lehrerhaft. »Das wäre doch viel zu gefährlich.«

Ein schiefes Grinsen trat auf sein Gesicht, während sie ihre Sprache zu suchen schien. Er war gerade dabei, die Tür hinter sich zu schließen, als sie »Stopp« rief.

»Ich weiß gar nicht, was ich anziehen soll.«

Einen Augenblick lang sah sie wie ein eingeschüchtertes kleines Mädchen aus.

»Dort oben ist es relativ kühl, also zieh dir am besten eine bequeme lange Hose und Turnschuhe an.«

Niklas wusste, dass sie beides im Gepäck hatte, auch wenn es sich bei ihren Turnschuhen eher um legere Sneakers aus Wildleder handelte, von denen er jetzt schon sagen konnte, dass sie sie danach nie wieder tragen würde. Missmutig sah Sophie ihn an, als könne sie nicht glauben, worauf sie sich gerade einließ.

»Abenteuer«, flüsterte er ihr zwinkernd zu, bevor die Tür ins Schloss fiel.

Er hatte noch immer ein Grinsen auf dem Gesicht, als er die Gebühr für die Tour und den Guide bezahlte und erfuhr, dass sich ihnen noch zwei weitere Touristen aus Europa anschlossen. An der Tatsache, zu viert auf den Vulkan zu steigen, störte er sich weniger als an der Bezeichnung »Tourist«. Für Niklas schrie dieses Wort förmlich nach Pauschalreise, All inclusive und Büffetessen, nach Sightseeing, Sonnenbrand und Strandmatte. Nach allem, was er nicht sein wollte.

Während er auf den Guide und die beiden anderen Teilnehmer wartete, warf er einen Blick zum Jeep, in dem ein schwaches Licht leuchtete und die Umrisse eines Körpers zu erkennen waren. Sie hatte sich tatsächlich dazu breitschlagen lassen, auf diesen Vulkan zu steigen, dachte er überrascht.

»Quelle surprise«, vernahm er eine Frauenstimme direkt hinter sich und wusste binnen Sekunden, zu wem sie gehörte. Das Bild eines braun gebrannten Körpers in kurzen Shorts und einem neongelben Bikinioberteil baute sich vor seinen Augen auf.

»On se rencontre toujours deux fois dans la vie«, flüsterte Marie ihm ins Ohr, als sie ihn zur Begrüßung umarmte und zwei Küsse auf seine Wangen hauchte.

Ein Hauch von Vanille drang an seine Nase. Niklas sprach kein Wort Französisch und war dankbar, als sie es auf Englisch wiederholte. Ja, dachte er grinsend, man sah sich wohl wirklich immer zweimal im Leben – und das galt auch für Bali.

Ihr knappes Bikinioberteil hatte Marie gegen ein ebenso figurbetontes langärmeliges Funktionsshirt getauscht. Statt in kurzen Shorts steckten ihre Beine in dunklen Lauftights. Sie war selbst in diesem Aufzug noch attraktiver als die meisten Frauen, die er kannte. Für einen Augenblick dachte er darüber nach, was gewesen wäre, wenn er Sophie auf der Strandparty nicht zur Hilfe gekommen wäre, wenn er stattdessen den Abend und die Nacht mit Marie verbracht hätte.

»Das ist meine Freundin Aurélie«, sagte Marie schließlich, als eine Frau mit Pony und Pferdeschwanz neben ihr auftauchte. Ihr kupferfarbenes Haar und die Sommersprossen auf ihrer Nase erinnerten ihn für einen Augenblick an Pippi Langstrumpf.

»Aurélie, das ist Niklas.«

Er las in Pippis Gesicht, dass sie mit seinem Namen durchaus etwas anfangen konnte, was seinem Selbstbewusstsein einen beachtlichen Schub gab. Sie hatte also ihrer Freundin von ihm erzählt. Zu gerne hätte er gewusst, was. Doch er kam nicht dazu, weiter darüber nachzudenken, weil er ein dezentes Räuspern hinter sich vernahm und, als er sich umdrehte, in ein skeptisches Paar blauer Augen blickte.

Sophie

»Sophie«, sagte Niklas, als wäre er überrascht, sie zu sehen. »Äh, das ist ... Marie.«

Ein merkwürdig unbeholfenes Lächeln trat auf sein Gesicht.

»Und ... das ist ihre Freundin.«

»Chérie?«, warf Sophie ein und lächelte knapp.

In einem Frauenmagazin hatte sie einmal gelesen, dass es mehr als zehn Faktoren gab, die ausschlaggebend waren, ob man einen Menschen bei der ersten Begegnung sympathisch oder unsympathisch fand. In Maries Fall reichte einer, um zu wissen, dass sie diese Frau nicht mochte: der Blick, den sie Niklas zuwarf.

»Äh ... fast. Aurélie«, antwortete Niklas mit einem verlegenen Lächeln in Maries Richtung.

Korrigiere, zwei Faktoren: der Blick, den Niklas Marie zuwarf.

»Wir haben uns in Kuta kennengelernt«, sagte Marie, ohne die Augen von Niklas zu lösen. Selbst im Halbdunkel erkannte Sophie, dass in ihnen etwas Herausforderndes lag. »Aber dann hat er mich einfach auf einer Party sitzen lassen.«

Marie machte ein trauriges Gesicht.

Drei Faktoren: ihr französisch gefärbtes Englisch.

»Aber wie ich gerade schon sagte: Man sieht sich immer zweimal im Leben«, säuselte Marie und grinste in Niklas' Richtung. Sophie war dankbar, dass die Nacht ihren Gesichtsausdruck weitgehend verbarg.

»Und ihr beide seid zu zweit unterwegs?«, fragte Aurélie, doch bevor ihr jemand antworten konnte, kam ein Mann, umgeben von Lichtkegeln, auf sie zu. Für balinesische Verhältnisse war er groß und kräftig gebaut. Er stellte sich als Putu vor und erklärte in passablem Englisch, dass er Bergführer sei und aus einem kleinen Dorf am Hang des Vulkans stamme. Dann gab er eine kurze Einführung in die Tour, wies auf Gefahrenstellen und Hindernisse hin und verteilte Stirnlampen an alle vier. Das war der Moment, in dem Sophie klar wurde, dass sie diese Tour *gemeinsam* mit Marie und Aurélie machen würden – als Gruppe. Sie warf Niklas einen finsteren Blick zu, doch der schien sich intensiv mit Maries Beinen zu befassen, was Sophie ein spöttisches Schnauben abrang.

Vier Faktoren: ihre Beine.

»Los geht's«, sagte Putu gut gelaunt und deutete in Richtung Hang.

Sophies Stirnlampe warf ein schwaches Licht auf den Weg, der im ersten Abschnitt breit und verhältnismäßig flach war. Konzentriert setzte sie einen Fuß vor den anderen, während Maries und Aurélies Lachen im Wechsel durch die Nacht hallten. Putu gab den Leitwolf, dem erst Marie, dann Aurélie und Niklas und schließlich sie folgten. Als sich der Weg zunehmend verengte und zu einem holprigen Pfad aus Geröll und Vulkangestein wurde, zweifelte Sophie erstmals an ihren Sneakers, die noch nie etwas anderes als Münchner Asphalt berührt hatten. Sie waren ungeeignet für diese Tour, aber noch das Sportlichste, was sich in ihrem Koffer befunden hatte. Schließlich hatte sie nicht damit gerechnet, auf einen Vulkan zu steigen. Sie, die, obwohl sie in München lebte, noch nie freiwillig wandern war. Die Fahrradfahren und Schwimmen jeder Laufsportart vorzog. Beißender Schwefelgeruch stieg Sophie in die Nase, als sie nach Luft schnappte.

»Brauchst du eine Pause?«, fragte Niklas, als er sich umdrehte und sie mit seiner Stirnlampe blendete.

»Nein«, erwiderte sie eine Spur zu gereizt, woraufhin er abwehrend die Hände hob und »sorry« murmelte.

Sophie war überfordert von ihren Emotionen. Sie konnte sich nicht erklären, warum sie so angespannt war, warum sie die Anwesenheit dieser Französin so aggressiv machte, warum sie lieber mit Niklas allein sein wollte. Hatte sie sich so daran gewöhnt, seine volle Aufmerksamkeit zu haben, dass sie ihn nicht mit anderen teilen wollte? Unschlüssig blies sie die Backen auf.

Als sie ein Plateau erreichten, legten sie eine kurze Verschnaufpause ein, die Putu nutzte, um eine Einführung in die Geschichte des Vulkans zu geben. Sophie merkte, wie sie bereits nach zwei Sätzen abschaltete und stattdessen die Schlange aus leuchtenden Punkten beobachtete, die sich sowohl vor als auch hinter ihnen den Berg hinaufschlängelte. Sie wusste, dass auch sie für jemand anderen einer dieser Punkte war, einer von Hunderten, und dieses Gefühl hatte etwas Befremdliches.

»Bist du die Irre von der Strandparty eigentlich wieder losgeworden?«, hörte sie Maries Stimme hinter sich.

Sophie schluckte, drehte sich um und starrte auf Maries Lippen, die nur wenige Zentimeter von Niklas' Ohr entfernt waren. Sie wollte ihren Blick abwenden, doch er wurde fast magnetisch von den beiden angezogen. Niklas wischte sich mit der Hand den Schweiß von der Stirn und nickte. Es war ein eigenartiges Nicken. Kurz und unverbindlich. *Die Irre von der Strandparty.* Damit war dann wohl sie gemeint. Woher wusste Marie davon? Sophie hatte das Gefühl, innerlich Feuer zu fangen.

»Und was läuft da zwischen dir und ... Schneeweißchen?«

Schneeweißchen? Sophies Augen verengten sich zu Schlitzen. Diese Frau war Öl auf ihr ganz persönliches Feuer.

»Nichts. Sie ist mir quasi ... über den Weg gelaufen«, hörte sie Niklas mit gleichgültiger Stimme antworten.

Ärger stieg in Sophie auf. Sie öffnete den Mund, klappte ihn jedoch im selben Moment wieder zu, als sei sie einer dieser albernen Nussknacker, die zu Weihnachten im Wohnzimmer ihrer Eltern standen. Bevor sie einen zweiten Anlauf nehmen konnte, klatschte Putu in die Hände und rief dazu auf weiterzumarschieren.

Der Weg wurde schmaler und steiler, je näher sie dem Gipfel kamen, und Sophie hatte Mühe, auf dem rutschigen Untergrund aus Asche und Geröll nicht wegzuschlittern. Immerhin wich die rabenschwarze Nacht allmählich der Dämmerung, sodass Sophie nicht nur ihren Weg, sondern auch die umliegende Landschaft besser erkennen konnte. Vor ihren Augen zeichneten sich nun Berggipfel, Bäume und Wolken ab – und Niklas und Marie, die scheinbar noch genug Luft in den Lungen hatten, um zu flirten. Als Niklas lauthals über etwas lachte, das Marie soeben gesagt hatte, achtete Sophie eine Sekunde lang nicht auf ihren Weg, blieb mit dem Fuß an einem Stein hängen und stürzte. Sie spürte, wie ihre dünne Hose am Knie riss und rauer Stein auf Haut traf.

»Ah«, stöhnte sie auf und hielt sich das Knie.

Vier Augenpaare schossen in ihre Richtung.

»Alles o.k.?«, fragte Niklas und ging sogleich in die Hocke, um sich ihr Knie anzusehen.

Als seine Hand ihr Bein berührte, zuckte Sophie zusammen.

»So schlimm?«, fragte er besorgt, während seine Augen von ihrem Knie zu ihrem Gesicht wanderten und auf eine Reaktion warteten.

Stumm sah sie ihn an, verlor sich für ein paar Sekunden im tiefen Grün seiner Augen und hoffte inständig, dass er nicht erriet, was sie wirklich hatte zusammenzucken lassen. Großer Gott, was war nur los mit ihr?

»Sophie? Ist alles in Ordnung?«

Sie räusperte sich und nickte. Ihr Knie blutete leicht, doch sie konnte mit seiner Hilfe aufstehen und zu einem Felsvorsprung humpeln, um sich zu setzen. Niklas, Putu, Marie und Aurélie gruppierten sich um sie herum und musterten sie teils mit Besorgnis, teils mit Neugier.

»Brauch du ein Doktor?«, fragte Putu, während er seinen Rucksack öffnete und ein Pflaster aus einem ramponierten Erste-Hilfe-Kästchen zog.

Sophie schüttelte den Kopf und fragte sich, wie oft dieses Pflaster bereits den Vulkan bestiegen hatte – und wie steril es noch war.

»Es geht schon.«

»Wunde geht nicht tief«, urteilte Putu. »Aber wird«, er suchte das Wort, »Blutungsguss geben.«

Das Loch in ihrer Hose war groß genug für das Pflaster, mit dem er die Schürfwunde versorgte. Gut, dass sie gegen Tetanus geimpft war. Und Tollwut. Und Hepatitis. Und …

»Kannst du weiter?«

Sophie trat auf ihr rechtes Bein und spürte einen leichten Schmerz.

»Noch ein halbes Stunde bis zum Gipfel«, bemerkte der Balinese.

Sophie schüttelte den Kopf.

»Ich glaube, das ist keine gute Idee. Geht ohne mich weiter. Ich mache einfach Pause, bis ihr wiederkommt.«

»Mindestens zwei Stunden«, sagte Putu mit Sorgenfalten im Gesicht.

»Ich warte so lange«, erwiderte sie schulterzuckend und bemühte sich, nicht so erschöpft zu klingen, wie sie sich fühlte. Die Wanderung hatte sie angestrengt, doch die größere Belastung war das ständige Gewitter in ihrem Bauch, wenn sie Marie und Niklas beobachtete.

»Dann bleib ich mit ihr hier«, bot Niklas an.

Bestimmt schüttelte Sophie den Kopf.

»Du brauchst Fotos vom Sonnenaufgang, hast du gesagt.«

Und ich will dich jetzt nicht um mich haben.

Gelassen zuckte Niklas mit den Schultern.

»Die kann ich von hier aus auch machen.«

Müde schüttelte sie den Kopf. Für Diskussionen war sie nicht in der Stimmung.

»Geht ihr weiter, und ich warte hier.«

»Aber«, begann Niklas, wurde jedoch von Marie unterbrochen.

»Du hast sie doch gehört. Es macht ihr nichts aus.«

Sie legte ihren rechten Fuß auf den Stein, auf dem Sophie saß, und dehnte sich. Argwöhnisch betrachtete Sophie den knöchelhohen Wanderschuh.

»Ich bleibe mit ihr hier«, schaltete sich da Aurélie ein. »Ich habe eine Blase an der Ferse und keine Lust mehr.«

Die Französin deutete auf ihre Füße, die in neuen Trekkingschuhen steckten. Niklas, Putu und Marie tauschten Blicke und nickten schließlich zustimmend.

»Dann bis in zwei Stunden«, tönte Marie unbekümmert und gab den beiden Männern neben sich ein Aufbruchszeichen.

Sophie zwang sich zu einem Lächeln und sah den drei Rücken nach, die sich im Halbdunkel in schnellen Schritten von ihnen entfernten und zu immer kleineren Punkten wurden. Einmal, bildete sie sich ein, Niklas hätte sich umgedreht, doch sie war sich nicht sicher. Aurélie ließ sich indessen ächzend auf dem Stein nieder und zog einen leicht zerdrückten Müsliriegel aus ihrer Hosentasche.

»Ich hab gar keine Blasen«, sagte sie in gebrochenem Englisch und bot Sophie eine Hälfte an, die dankend annahm, weil sie seit Ewigkeiten nichts mehr gegessen hatte. »Aber Marie steht so dermaßen auf deinen Kumpel. Den Spaß wollte ich ihr einfach nicht nehmen.«

Sophie runzelte die Stirn.

»Die hatten ja schon in Kuta was am Laufen, aber dann kam irgend so eine Irre, um die er sich kümmern musste.«

»Eine Irre?«, wiederholte Sophie eine Spur zu laut.

»Ja, irgendeine Verrückte, die sich umbringen wollte, oder so. Total zugedröhnt. Er hat Marie am nächsten Tag angerufen und ihr alles erklärt. Aber sie war ziemlich sauer.«

Wut kochte in Sophie hoch.

»Er ist doch nur ein Kumpel, oder?«, fragte Aurélie plötzlich und warf ihr einen besorgten Blick zu, als hätte sie den Ärger in Sophies Gesicht bemerkt.

»Ja, wir sind nur Freunde.«

»Kein Hindernis«, bemerkte die Französin grinsend.

Sophie bemerkte zum ersten Mal die vielen Sommersprossen auf ihrer Haut und dachte, dass sie ein wenig aussah wie Pippi Langstrumpf.

»Ich bin … verlobt.«

Sophie wusste nicht, warum sie es sagte. Aurélie schien verblüfft.

»Und dein Verlobter? Zu Hause geblieben?«

Sie nickte knapp.

»Das ist ja mal ein cooler Verlobter, der dich mit so einem in den Urlaub fahren lässt.«

Cool. Und tot.

»So einem?«

»Na ja, Niklas ist«, sie überlegte, »scharf.«

Sophie zuckte nachdenklich mit den Schultern. *Scharf.* Von allen Adjektiven, die ihr zu Niklas einfielen, schien ihr *scharf* am unpassendsten. Er sah gut aus, wenn man auf diese Sorte Mann stand, war vielleicht sogar attraktiv. Und er war witzig, brachte einen zum Lachen. Er war voller Tatendrang. Und auf eine gewisse Art fürsorglich. Er hatte ihr immer wieder aus der Klemme geholfen. Aber scharf?

»Wo pennt ihr heute Nacht?«, riss Aurélie sie aus ihren Gedanken.

»Vielleicht bei Freunden«, murmelte Sophie abwesend.

Niklas hatte gestern mit Sara telefoniert, die ihn fast angefleht hatte, mit Sophie zum Abendessen zu kommen und eine weitere Nacht bei ihnen zu bleiben. Nach Ubud waren es nur etwa eineinhalb Stunden, und Sophie gefiel die Aussicht auf ein komfortables Zimmer und nette Gesellschaft.

»Wir haben eine Ferienwohnung gemietet, nur 20 Minuten von hier. Da ist genug Platz, falls ihr eine Nacht umsonst unterkommen wollt. Wir haben auch was zu rauchen da.«

Sophie lächelte höflich. Sie hatte noch nie in ihrem Leben geraucht. Nicht einmal Zigaretten. Und garantiert würde sie jetzt nicht damit anfangen. Nachdenklich beobachtete sie die vielen kleinen Punkte, die sich der Vulkanspitze näherten und in der Morgendämmerung nun nicht mehr an Glühwürmchen erinnerten. Die umliegende Vulkanlandschaft präsentierte sich kurz vor Sonnenaufgang in graublauen Tönen. Ein zauberhafter Anblick, wie Sophie fand. Auch wenn sie müde war und ihr Knie schmerzte, hätte sie stundenlang hier sitzen und die Natur beobachten können.

»Oh Mann, hoffentlich kommen die bald wieder. Das ist so öde hier«, nörgelte Aurélie und zog einen zweiten Müsliriegel aus ihrer Hosentasche. »Ich bin einfach nicht so der Naturmensch«, fügte sie kauend hinzu. »Ist mir irgendwie zu langweilig.«

Darauf fiel Sophie nichts ein.

»Machst du so was öfter? Wandern und Berge und so?«, nahm Aurélie das Gespräch wieder auf.

»Ist das erste Mal«, flüsterte Sophie, und erst in diesem Moment wurde ihr bewusst, wie oft sie diesen Satz in den letzten Tagen gedacht oder gesagt hatte.

»Und dann hast du gleich so ein Pech.«

Aurélie machte ein bedauerndes Gesicht.

»Halb so wild«, murmelte Sophie und meinte es ernst.

Weil sie wusste, dass ein Riss im Knie so viel weniger schmerzte als ein Riss im Herzen.

Sophie

Auch wenn Sophie nicht zu Superlativen neigte, war der Sonnenaufgang am Gunung Batur das Spektakulärste, was sie je gesehen hatte. Nahezu andächtig beobachtete sie, wie das erste Morgenlicht über den Horizont kroch, die aufgehende Sonne das Land in leuchtende Rot-, Orange- und Gelbtöne tauchte und einen gigantischen Blick auf die umliegenden Gipfel und kargen Berghänge bot. Ihre Augen wanderten fasziniert von den schwarzen Mustern, die die Lava in die Natur gebrannt hatte, hin zu einem von Nebel überzogenen Stausee im Tal, und ehe sie sich versah, kitzelte die Sonne ihre kalte Nase und zog ihre Mundwinkel nach oben. Sie war glücklich. Ein halbes Jahr nach dem schrecklichsten Moment ihres Lebens war sie wieder glücklich. Und auch wenn ihr Glück nur ein paar Minuten andauern würde, konnte es ihr doch niemand nehmen.

Während Aurélie damit beschäftigt war, das Spektakel mit ihrem Smartphone einzufangen, öffnete Sophie ihren Rucksack und zog ein Foto von Maximilian heraus, auf dem er strahlend lächelte, als wüsste er genau, wie sie sich in diesem Moment fühlte. Sie lachte zurück, fuhr mit dem Finger über die glatte Oberfläche des Fotos, drückte einen Kuss darauf und legte es neben sich auf den Stein.

Ich wünschte, du könntest das hier sehen, dachte sie mit einem bittersüßen Lächeln auf dem Gesicht. *Ich wünschte, wir könnten hier zusammen sitzen.* Eine seltsame Mischung aus Freude und Sehnsucht überkam Sophie.

Als Putu, Niklas und Marie schließlich verschwitzt und mit geröteten Wagen zurück zum Treffpunkt kamen, saß Sophie noch immer auf dem Felsen, den Blick aufs Tal gerichtet. Aurélie hatte zwischenzeitlich in der Sonne gedöst und rieb sich schlaftrunken die Augen.

»Alles o.k.?«, fragte Putu und streckte den Daumen nach oben.

Sophie und Aurélie nickten zustimmend. Während Marie ihrer Freundin den Ausblick vom Gipfel in französischen Superlativen schilderte, erkundigte sich Niklas nach Sophies Knie. Eine bläuliche Färbung zeichnete sich um das Pflaster herum ab, doch sie konnte ohne größere Schmerzen auftreten.

»Und, lief da oben was zwischen euch?«, hörte sie Aurélie auf Französisch wispern. Die beiden Frauen wussten scheinbar nicht, dass Sophie fließend ihre Sprache sprach, und sie erwähnte es auch nicht.

»Was glaubst du denn?«, gluckste Marie und zog eine Grimasse.

Die Französinnen lachten, und Sophies Augen wanderten zu Niklas, der nichts von der Unterhaltung verstand und unbekümmert einen Schluck Wasser trank.

»Soll ich dich stützen?«, fragte er und deutete auf ihr Knie.

»Danke, geht schon«, erwiderte sie knapp und schwang sich ihren Rucksack auf den Rücken.

»Alles bereit?«, fragte Putu indessen und erntete allgemeines Nicken.

Den Abstieg hatte Sophie sich leichter vorgestellt. Obwohl sie nun sehen konnte, wo sie hintrat, fühlte sie sich wie die Puppe eines Puppenspielers. Sie konnte ihre Füße nur schwer kontrollieren und rutschte immer wieder auf Geröll aus. Mehrfach musste sie sich an Putus Arm festhalten, um nicht zu stürzen. Wie Niklas es hinbekam, unter diesen Bedingungen Fotos zu schießen, war ihr ein Rätsel, doch es klickte regelmäßig hinter ihr.

»Wie oft machst du diese Tour?«, fragte sie Putu, der ein paar Schritte vor ihr ging.

»365 Tage in Jahr.«

Sophie lachte, weil sie es für einen Witz hielt.

»Kein Spaß«, sagte Putu ernst. »Ist für Auto kaufen. Roller ist zu klein für Kinder.«

»Wie viele Kinder hast du?«

»Drei Mädchen.«

Putu grinste.

»Mädchen sehr anstrengend für Vater.«

Sophie schmunzelte und dachte an ihren eigenen Vater, der wohl dasselbe gesagt hätte. Obwohl sie sich noch immer in luftigen Höhen bewegten, war es angenehm warm geworden, und sie genoss die Sonnenstrahlen auf ihrem Gesicht. Hinter sich hörte sie Marie Stimme, auf die Niklas' Lachen folgte. Sie schnaubte. Ein Gefühl von Unruhe überkam sie. Genervt blies sie die Backen auf, als sich eine Hand von hinten auf ihre Schulter legte und sie zusammenzucken ließ.

»Hey«, begann Niklas, und Sophie drehte den Kopf nach hinten.

»Die beiden Mädels haben ein Haus in der Nähe gemietet. Sie haben uns eingeladen, eine Nacht dort zu schlafen.«

»Uns oder dich?«

Er runzelte die Stirn.

»Uns natürlich.«

Natürlich.

»Was sollen wir da?«

Irritiert sah er sie an.

»Uns ausruhen? Duschen? Schlafen? Die haben auch einen Pool.«

Ein breites Grinsen trat auf sein Gesicht, doch Sophie erwiderte es nicht.

»Was ist los?«

»Nichts«, brummte sie.

»Nichts?«

»Nichts!«

»Nichts heißt aber fast nie *nichts*.«

Sie seufzte.

»Ich würde einfach gerne ... weiterfahren.«

»Können wir doch morgen auch noch.«

Sophie überlegte fieberhaft nach den richtigen Worten. Sie wusste, dass es sie nicht gab. Sie hatte keine Argumente und wurde von einem Gefühl in ihrem Bauch beherrscht, das große Ähnlichkeit mit Eifersucht hatte.

»Ich möchte einfach nicht mit zu ihnen. O.k.?«

»Häh?«

Ratlosigkeit machte sich in seinem Gesicht breit.

»Lass uns einfach weiterfahren.«

Ein Seufzen kam über seine Lippen.

»Das ist doch Quatsch. Wir sind beide müde, du hast ein verletztes Knie. Wir bleiben eine Nacht hier, ruhen uns aus und fahren morgen weiter.«

Klar, damit du weiter deine Französin vögeln kannst.

»Schön, bleib du hier. Ich ... suche mir einen Fahrer.«

»Was!?«

Er sah sich um und lachte spöttisch.

»Wir sind hier auf einem Vulkan, nicht auf dem Münchner Hauptbahnhof.«

»Wir sind hier auch nicht bei American Pie.«

»Bitte?«

»Mach, was du willst«, murrte Sophie und stapfte davon.

Wenige Sekunden später spürte sie erneut seine Hand auf ihrer Schulter.

»Du benimmst dich gerade wie eine Dreijährige, und ich weiß nicht, warum.«

»Und du dich wie ein räudiger Hund.«

Niklas' Augen weiteten sich.

»Ein was?«

»Wenn es hier nur darum geht, dass du irgendwelche Weiber flachlegst, dann fahr ruhig mit in dieses Haus. Aber ich ...«

Er zeigte ihr den Vogel.

»Du spinnst ja! Ich will hier gar niemanden flachlegen. Ich dachte lediglich, es freut dich, nach dieser kurzen Nacht nicht mehr ewig durch die Gegend fahren zu müssen.«

»Das«, sagte sie, »stört mich nicht im Geringsten.«

Mit finsterem Gesicht stapfte sie davon.

Niklas

Als sie am Parkplatz angekommen waren, musste Niklas noch immer an Maries Worte denken.

»Sie ist total eifersüchtig«, hatte sie gesagt, nachdem Sophie wie ein bockiges Kind davongestapft war.

Aus dem Augenwinkel beobachtete er Sophies verkniffene Miene und fragte sich, ob Marie womöglich recht haben konnte. War Sophie eifersüchtig? Und wenn ja, worauf? Oder auf wen? Marie? Aurélie? Worum ging es hier? Er konnte sich keinen Reim darauf machen. Aus irgendeinem Grund wollte sie jedenfalls nicht mit zu den beiden Französinnen. Dabei fand er die Aussicht auf einen Pool und ein bequemes Bett gerade äußerst verlockend. Auf den letzten Kilometern hatte ihn eine bleierne Müdigkeit erfasst, und er sehnte sich nach Schlaf und Ruhe. Noch dazu mochte er die beiden.

»Mein Angebot steht«, flötete Marie in seine Richtung und lächelte herausfordernd.

Sie war ziemlich sexy, wenn sie das tat, dachte Niklas und fragte sich für eine Sekunde, was passieren würde, wenn er tatsächlich mit ihr gehen würde. *Wenn es hier nur darum geht, dass du irgendwelche Weiber flachlegst, dann fahr ruhig mit*, hallte Sophies wütende Stimme plötzlich in seinem Kopf. Hatte sie vielleicht doch recht gehabt? Ging es ihm am Ende nur um Marie und eine schnelle Nummer? Er schüttelte den Kopf, als könnte er den Gedanken auf diese Weise verdrängen. Sein Blick wanderte von Marie zu Sophie, die am Jeep lehnte und grimmig aus einer Flasche Wasser trank. An *meinem* Jeep, rief er sich in Erinnerung. Er war derjenige, der angeboten hatte, sie mitzunehmen. Er sollte hier entscheiden dürfen, wo die Reise hinging. Ob sie sich weigern würde, wenn er sie vor vollendete Tatsachen stellte? Niklas konnte es nicht mehr einschätzen. Seit er sie kennengelernt hatte, hatte sie eine 180-Grad-Drehung hingelegt, war von einer schweigsamen, introvertierten Person zu einer abenteuerlustigen, aufgeschlossenen Frau geworden. Ob sie tatsächlich allein weiterziehen würde? Und *wollte* er, dass sie allein weiterzog? Etwas in ihm rebellierte. Und er hoffte inständig, dass es nicht sein Herz war.

Sophie

Sie verabscheute sich für ihre Gefühle. Diese abstruse Mischung aus Wut und Kränkung, die ihre Gedanken beherrschte. Diese Eifersucht, die sich wie eine Schlange durch ihren Körper schlängelte. Ja, sie war eifersüchtig. Auf Marie. Auf Marie und Niklas. Der Anblick der beiden zusammen fühlte sich wie Nadelstiche auf ihrer Haut an. Warum nur?

Sophie schämte sich. Maximilian war noch kein Jahr tot. Sie verteilte Bildchen von ihm auf dieser Insel. Und gleichzeitig konnte sie es nicht verkraften, dass Niklas mit einer anderen Frau flirtete und wer weiß was tat? Wie passte das denn zusammen?

Und wie war sie nur auf die bescheuerte Idee gekommen, ihn vor die Wahl zu stellen? Natürlich würde er sich für Marie entscheiden. Es war sein Auto. Er konnte bestimmen, wohin es fuhr. Ihr blöder Stolz hatte sie in eine absolut missliche Lage gebracht. Was sollte sie jetzt tun? Sich entschuldigen? Es war vollkommen ausgeschlossen, hier einen Fahrer aufzutreiben. Mitten im Nirgendwo. Da half ihr das ganze schöne Geld nichts. Sie hatte außerdem nicht einmal ein Handy bei sich.

»Mein Angebot steht«, hörte sie Marie sagen.

Ihr Herz drückte gegen ihre Rippen. Weil sie nicht wusste, wo sie hinsehen sollte, zog sie eine Flasche aus ihrem Rucksack und trank, trank bis sie leer war und ihr Magen gluckerte.

Entschuldige dich, flüsterte eine Stimme in ihrem Kopf. Sag, du hast es dir anders überlegt. Sophie setzte die Flasche ab und spürte Niklas' eindringlichen Blick auf sich. Irgendwann hielt sie es nicht mehr aus. Ihre Augen begegneten sich.

»Sophie«, begann Niklas, machte dann jedoch eine Pause.

Entschuldige dich, flüsterte die Stimme erneut. Jetzt. Sofort. Doch Sophies Lippen waren wie zugeklebt.

»Ich denke ... wir fahren weiter.«

Sophie zuckte innerlich zusammen. Hatte er da gerade *weiterfahren* gesagt? Ihre Augen suchten seinen Blick, doch Niklas war bereits damit beschäftigt, sich von den beiden Französinnen zu verabschieden. Marie machte ein unzufriedenes Gesicht, als er sie umarmte, und flüsterte ihm etwas ins Ohr.

Als sie schließlich im Auto saßen und der Parkplatz im Rückspiegel verschwunden war, ergriff Niklas das Wort.

»Ich fahre dich jetzt zu Sara und Dan.«

Sophies Kopf schnellte zur Seite.

»Mich?«

»Da hat es dir doch gefallen, oder? Sara freut sich, wenn du noch ein paar Tage bleibst.«

»Und ... du?«

»Ich fahre weiter«, kam es knapp aus seinem Mund, der nur noch ein Strich war.

»Zu Marie«, bemerkte sie spöttisch.

Er seufzte angestrengt.

»Nein, nicht zu Marie.«

»Wohin dann?«

Er kniff die Augen zusammen.

»Ich bin zum Arbeiten hier. Wird Zeit, dass ich das auch mal mache.«

»Du bist wütend.«

Niklas holte Luft.

»Nein.«

»Sondern?«

Niklas schwieg und setzte den Blinker. »Ubud« las Sophie auf dem Straßenschild. Die restliche Fahrt über sagte er nichts mehr.

Sophie

Niklas hatte Sara vom Auto aus angerufen und vorgewarnt, daher überraschte es Sophie nicht, dass sie mit einem hübsch gedeckten Tisch und einem köstlichen Curry empfangen wurden. Das ganze Haus duftete nach Zitronengras und Kokos, und Sophie fühlte sich auf eine merkwürdige Weise zu Hause, auch wenn sie nur wenige Tage an diesem Ort verbracht hatte.

»Ich freu mich so, dass wir uns so schnell wiedersehen«, flötete Sara und drückte Sophie an sich. Ein Hauch von Patschuli drang an ihre Nase.

»Sophie konnte es gar nicht schnell genug gehen«, murmelte Niklas laut genug, dass sie es hören konnte.

Als sie auf die Terrasse hinaustrat, fühlte sie sich erneut von der geballten Schönheit der Natur überrannt. Es duftete nach Gras und Jasmin, und sie lauschte den Vögeln, die munter um den kleinen Teich herumhüpften und dabei aufgeweckte Laute von sich gaben. Sie war zurück in dieser kleinen Welt aus Harmonie und Einklang und hätte sie am liebsten nie mehr verlassen.

»Und ihr wart die letzten Tagen gemeinsam unterwegs?«, fragte Dan mit einer Spur von Erstaunen in der Stimme, als sie auf den Stühlen Platz nahmen.

Als niemand antwortete, warfen sich Sara und Dan einen kurzen Blick zu.

»Ich wollte nicht im Hotel versauern«, sagte Sophie schließlich. »Da hat Niklas angeboten, mich auf seine Fototour mitzunehmen.«

Sara wandte sich an Niklas.

»Du musst mir unbedingt deine Aufnahmen zeigen. Ich brauche dringend Inspiration.«

Niklas nickte und stocherte in seinem Teller.

»Wo wart ihr überall?«, fragte Dan.

Niklas gab eine uninspirierte Kurzzusammenfassung der vergangenen Tage und benötigte dafür gerade einmal vier Sätze.

»Und wann musst du wieder nach Hause, Sweetheart?«, wandte sich Sara Sophie zu.

»In vier Tagen geht mein Flieger.«

»Oh Nick, dann wird dir jetzt sicher langweilig, wo du es gewohnt bist, in Gesellschaft zu reisen«, scherzte Dan.

»Er hat noch andere Optionen«, rutschte es eine Spur zu bissig aus Sophie heraus.

Wieder sahen sich Sara und Dan an.

»Option ist ein französisches Wort«, sagte Niklas in ihre Richtung.

»Nein. Es ist Latein. Optio. Der freie Wille«, korrigierte sie.

Niklas entschuldigte sich mit einer übertriebenen Geste.

»Ein Fleißbienchen ins Heft für Sophie.«

»I see, you became real friends«, murmelte Dan in seinen weißen Bart hinein und räusperte sich.

»Was hat dir denn am besten gefallen?«, lenkte Sara bemüht unbekümmert ein.

»Der Vulkan war's nicht.«

Sophie überging Niklas' zynische Bemerkung und dachte nach.

»Die Reisterrassen waren toll. Und der Sonnenaufgang am Vulkan. Ich wünschte, Maximilian hätte den gesehen.«

»Natürlich«, tönte Niklas und rollte mit den Augen.

Sophie ließ ihren Löffel fallen, der scheppernd auf dem Tellerrand landete. Ihre Augen fixierten ihn.

»Warum sagst du so etwas?«

»Was?«

»Nick«, wies Sara ihn zurecht und legte eine Hand auf seinen Unterarm, doch er schüttelte sie ab.

»Weil du auf der ganzen Insel bescheuerte Bildchen von ihm verteilst, aber zur eifersüchtigen Furie wirst, wenn ich mit Marie flirte.«

»Eifersüchtig? Ich bin nicht eifersüchtig! Und flirten ist maßlos untertrieben. Du hast mit ihr geschlafen. Auf dem Gipfel eines Vulkans! Das ist ja wohl einfach nur widerlich.«

»Was?«, ging Sara entsetzt dazwischen. »Auf dem Gunung Batur? Der ist heilig.«

»Ich habe nicht mit ihr geschlafen«, polterte Niklas. Schon gar nicht auf einem Vulkan.«

Sophie runzelte ungläubig die Stirn.

»Das sieht Marie aber anders.«

»Wer ist Marie?«, fragte Sara und sah fragend Dan an, der mit den Schultern zuckte.

»Marie ist dumm wie drei Meter Feldweg.«

»Ach ja, aber für eine schnelle Nummer reicht's scheinbar«, zischte Sophie.

»Ich war nicht mit ihr im Bett, verdammt noch mal. Und verrate mir mal bitte, was dich das interessiert?«

Seine Stimme war laut geworden.

»Es interessiert mich nicht«, zischte sie und spürte, wie ihre Lippen bebten.

»Gut, dann kann ich ja schlafen mit wem ich will.«

»Also hast du doch mit ihr geschlafen!«

Sie zog verächtlich die Luft ein.

»Nein«, knurrte er. »Ich habe *nicht* mit ihr geschlafen. Aber vielleicht hätte ich das tun sollen, statt meine Zeit damit zu verschwenden, deinen Seelenfrieden wiederherzustellen.«

»Meinen Seelenfrieden?«, schnaubte Sophie und tippte sich an die Stirn. »Ich hab dich nicht gezwungen ...«

»Gezwungen«, wiederholte er verächtlich. »Du bist wie ein Welpe, den man am Straßenrand findet. Man kann ihn nun mal nicht zurücklassen, ohne sich schlecht dabei zu fühlen.«

»Ohne sich schlecht dabei zu fühlen? Darum geht es hier?«

Sophie verengte die Augen.

»Du hast *angeboten*, mich mitzunehmen, Niklas. Ich hätte dich nicht gebraucht.«

Drückendes Schweigen breitete sich im Raum aus. Sara und Dan blickten betreten auf ihre leeren Teller, und Sophie erhob sich von ihrem Stuhl und ging ins Haus.

Niklas

»Ich hab's befürchtet«, seufzte Sara und rümpfte die Nase.

»Was?«, brummte Niklas, während er seine Kamera im Kofferraum des Jeeps verstaute.

»Dass du dich in sie verlieben würdest.«

»Ich bin nicht ...«

»Natürlich nicht«, unterbrach ihn Dan und zwinkerte Sara zu. »Denn sie ist ja die letzte Frau auf Erden, für die er sich jemals interessieren würde.«

Niklas warf beiden einen finsteren Blick zu.

»Trotzdem rennt er mal wieder davon.«

Die Arme vor der Brust verschränkt, lehnte Sara an der Fahrertür. Wie sie da stand, mit trotzigen Augen und einem eisernen Gesichtsausdruck, der nicht weniger sagte als »Vorher musst du an mir vorbei«, gab sie ein ungewollt komisches Bild ab, und Niklas war kurz davor aufzulachen.

»Könnt ihr bitte aufhören, in der dritten Person von mir zu sprechen?«

»Hör du auf wegzurennen«, erwiderte Sara und machte sich noch etwas breiter.

»Ich renne nicht weg.«

»Doch.«

Saras Augen musterten ihn eindringlich. Niklas seufzte und zuckte mit den Schultern.

»Na schön, dann renn ich eben weg. Das letzte Mal hat es mir übrigens das Leben gerettet.«

Die Worte, die er ihr so lapidar entgegengeschleudert hatte, ließen einen Anflug von Bestürzung auf ihr Gesicht treten, und Niklas biss sich auf die Unterlippe.

»Tut mir leid«, flüsterte er beschämt. »Das war ...«

Entschuldigend legte er ihr die Hand auf die Schulter. Alle drei verfielen sie in Schweigen.

»Rede doch noch mal mit ihr«, sagte Dan schließlich.

»Ich habe nicht mit Marie geschlafen.«

»Das musst du nicht *uns* sagen, Nick«, bemerkte Sara.

»Das muss ich gar niemandem sagen, weil es niemanden interessiert.«

»Hat sich gerade anders angehört«, murmelte Dan.

»Ich weiß nicht, was mit ihr los ist. Wir haben uns eigentlich so gut verstanden. Es war sogar richtig ... witzig mit ihr. Aber dann ...«

»... hast du dich verliebt.«

»Nein«, wetterte er. »Ich habe mich nicht in sie verliebt.«

Sachte schob er Sara von der Tür weg.

»Und mit einem Toten kann ich eh nicht konkurrieren«, fügte er brummend hinzu.

»Wie lange willst du denn wegbleiben?«, fragte Sara, als Niklas in den Jeep stieg.

»Keine Ahnung. Ein paar Stunden? Ein paar Tage? Ich muss den Kopf freikriegen. Und meine Arbeit machen. Deswegen bin ich ja überhaupt hier.«

Eine Sekunde lang blitzte die E-Mail von Cornelius Holtkamp in seinem Gedächtnis auf.

»Dann verabschiede dich wenigstens von ihr!«

Wie automatisch wanderten seine Augen zum Fenster des Ateliers.

»Das habe ich bereits am Flughafen gemacht«, murmelte er und schloss die Fahrertür.

»Aber du kommst doch wieder, bevor sie nach Hause fliegt?«, fragte Sara durch das offene Fenster und legte ihm die Hand auf den Unterarm.

Niklas schwieg und steckte den Schlüssel ins Zündschloss.

»Niklas Goldmann, ich hätte mehr von dir erwartet«, schimpfte sie und schenkte ihm einen enttäuschten Blick.

»Den Fehler machen die meisten.«

Sophie

Sophie lag auf dem Sofa im Atelier und starrte an die Decke, als es leise klopfte. Die Tür öffnete sich einen Spalt, und Saras lächelndes Gesicht schob sich hindurch. Zum ersten Mal bemerkte Sophie, wie lang ihre Haare waren, wenn sie sie nicht zu einem Zopf trug. Wie Spinnweben fielen sie ihr über die Schultern.

»Ich glaube, du hast hier drin genug Zeit verbracht.«

Sophie richtete sich auf.

»Was hältst du davon, eine Runde schwimmen zu gehen?«

Sie hob die Brauen.

»Schwimmen?«

Ihr fiel auf, dass sie ihren Bikini noch kein einziges Mal getragen hatte, seit sie auf Bali gelandet war, und das, obwohl sie die

Insel ursprünglich für ein reines Badeparadies gehalten hatte. Bilder von weißen Sandstränden, türkisblauem Meer und Muscheln waren vor ihren Augen entstanden, als sie die Flugtickets in ihrem Briefkasten gefunden hatte. Von Surfbrettern, Strandliegen und Sonnenschirmen. Aber Niklas hatte ihr eine andere Seite von Bali gezeigt. *Niklas.*

»Wir könnten einen Ausflug ans Meer machen. Ein bisschen schwimmen, ein bisschen relaxen.«

Sara zwinkerte ihr zu.

»Ans Meer?«, wiederholte Sophie fast nachdenklich, als hätte sie vergessen, dass Bali eine Insel war.

»Es ist nicht allzu weit von hier. Wenn wir gleich losfahren, sind wir zum Abendessen wieder zurück.«

Ein Nachmittag am Meer klang wundervoll in Sophies Ohren. Sie wollte gerade verzückt nicken, als ihr ein Gedanke kam.

»Kommt Niklas auch mit?«

Nach ihrer Auseinandersetzung beim Mittagessen wollte sie ihm lieber aus dem Weg gehen. Außerdem war sie noch immer wütend über seine spöttischen Bemerkungen.

»Nick ist … äh … weg.«

Sophie hob den Kopf.

»Weg?«

Sara wirkte verlegen. Und unschlüssig. Oder beides.

»Er ist vorhin aufgebrochen.«

»Aufgebrochen«, wiederholte Sophie ungläubig. »Wohin?«

Sara zuckte mit den Schultern.

»Es hat wohl mit dem Job zu tun. Den Fotos.«

Sophie furchte die Stirn. Er war allein weitergefahren. Ohne sie. So wie er es auf der Fahrt nach Ubud angekündigt hatte.

»Wann kommt er wieder?«

»Ich weiß es nicht, Liebes. Vielleicht heute, vielleicht morgen, vielleicht in ein paar Tagen.«

Vielleicht in ein paar Tagen. Da würde sie längst weg sein. Und er hatte sich nicht einmal von ihr verabschiedet. Enttäuschung machte sich breit. Enttäuschung, die zu Wut wurde. Hatte sie sich so in ihm getäuscht? Sophie wollte es nicht glauben. Sie hatten ein bisschen gestritten, ja. Aber deswegen zog man doch nicht weiter, ohne sich zu verabschieden?

»Ich würde gerne mit dir ans Meer fahren«, sagte sie schließlich und zwang sich zu einem Lächeln.

»Schön. Dann pack in Ruhe deine Sachen zusammen.«

Sara sah aus, als würde sie ihr das Lächeln nicht abnehmen, doch sie sagte nichts weiter und verschwand aus dem Türrahmen.

»Und zieh dir was Bequemes an. Wir fahren Roller«, hallte es aus dem Flur.

Sophie

Sophie hatte das Meer schon von Weitem riechen können, und dennoch war sie überwältigt, als es sich plötzlich tiefblau vor ihr auftat. Sie parkten den Roller und folgten einem kleinen Trampelpfad hinunter zum Strand, der fast menschenleer war. Das Geräusch der Wellen in den Ohren, inhalierte Sophie den salzigen Duft, der die Luft erfüllte, und spürte, wie sich ihr Herz regelrecht ausdehnte. Sie kickte die Flipflops von sich und genoss das Gefühl des heißen Sandes unter ihren Füßen. Er war fast weiß und angenehm feinkörnig, und einen Moment lang wollte Sophie sich mit dem ganzen Körper hineinfallen und auffangen lassen.

»Lass uns dorthin gehen«, schlug Sara vor und deutete auf ein schattiges Plätzchen unter Palmen.

Sophie nickte und erinnerte sich daran, dass sie sich dringend eincremen musste. Die Sonne brannte schon jetzt heiß auf ihre Schultern. Nachdem sie ihr Strandtuch ausgebreitet und mit ein paar Steinen beschwert hatte, schlüpfte sie aus ihrer Kleidung und ließ die Augen über das azurblaue Meer gleiten, das beinahe zahm in der Bucht lag. Ein paar balinesische Kinder planschten mit Taucherbrillen im seichten Wasser und warfen sich einen Ball zu, und eine knallpinke Luftmatratze glitt sanft über die leichten Wellen. Auf einmal verspürte Sophie das dringende Bedürfnis, die Füße ins Meer zu tauchen. Ohne lange darüber nachzudenken, lief sie an den Kindern vorbei und ließ sich das Wasser gegen die Waden plätschern. Es war warm, viel wärmer, als sie vermutet hatte, und sie lachte verzückt. Ein wohliges Gefühl überkam sie. Lachend winkte sie Sara zu, die es sich mit einem Buch gemütlich gemacht hatte, und schmiss sich anschließend wie ein kleines Mädchen in eine Welle. Sie tauchte den Kopf unter Wasser und genoss das kühle Nass auf ihrer Haut.

»Du würdest es lieben«, flüsterte sie den Wolken zu, als sie ihren Kopf lachend in den Himmel streckte. Und zum ersten Mal brachte der Gedanke an Maximilian nicht Schmerz und Sehnsucht mit sich, sondern pure Dankbarkeit. Ihm hatte sie diesen Moment zu verdanken. Ihm hatte sie all die Momente zu verdanken, die sich in den letzten Tagen in ihr Gedächtnis gebrannt hatten. Sie streckte die Arme zur Seite, ließ sich nach hinten in die Wellen fallen, lachte und jauchzte vergnügt und genoss das Gefühl, die Ketten um ihr Herz gesprengt zu haben.

»Ist noch Platz für eine mehr?«

Sara war an den Rand des Wassers gekommen und beobachtete Sophie mit sichtlichem Vergnügen. Als sie sich mit ihrem leuchtend orangefarbenen Badeanzug ins Wasser gleiten ließ, war es, als würde die Sonne im Meer versinken.

»Ich weiß gar nicht, warum wir das nicht schon früher gemacht haben. Vor lauter Reisplantagen und Vulkanen habe ich ganz vergessen, dass ich auf einer Insel bin.«

Sara zuckte seufzend mit den Schultern.

»Nick hasst das Meer.«

Sophies Brauen schoben sich nach oben. Sie wollte gerade ungläubig fragen, wie in Gottes Namen man das Meer nicht mögen konnte, als sie begriff.

»Thailand«, murmelte sie.

»Ich glaube, er ist danach nie wieder ins Meer gegangen.«

Sara machte ein sorgenvolles Gesicht, und Sophie schluckte. Seit fast einer Woche war sie mit ihm unterwegs und hatte nie bemerkt, dass er wasserscheu war. Sicher, sie hatten sich überwiegend im Inland aufgehalten und keine Gelegenheit zum Baden gehabt, aber es hätte ihr doch auffallen müssen.

»Er hat mir von ... Haley erzählt.«

»Oh ja ... Nick und Haley. Die beiden konnten die Finger nicht voneinander lassen.« Sara lächelte voller Wehmut. »Ich habe meine Tochter selten so ausgelassen erlebt wie in Thailand. Es war damals nicht leicht für sie. Sie war gerade erst von zu Hause ausgezogen und neu auf dem College. Das Studium hat ihr unglaublich zugesetzt, und sie hatte so viele Selbstzweifel. Dann ... kam Nick.«

Dann kam Nick. Sophies Herz wurde schwer.

»Dan und ich, wir waren so glücklich, unser kleines Mädchen wieder lachen zu sehen.«

Für einen Moment schloss Sara die Augen.

»Ich glaube, er hat es sich nie verziehen. Dass er sie an jenem Tag ... nicht begleitet hat.«

Nachdenklich ließ Sophie ihre Hand ins Wasser gleiten und bewegte sie unter der Oberfläche hin und her. Sie dachte an die Nacht im Auto, an seinen Albtraum, die Furcht in seinem Gesicht, als sie ihn geweckt hatte. Sie bekam ein schlechtes Gewissen, als ihr klar wurde, dass sie immer nur über Sophies Sorgen gesprochen hatten. Über ihren Kummer, ihre Zweifel. Nie hatten sie über das Päckchen geredet, das er mit sich herumtrug. Plötzlich überkam sie eine unglaubliche Wehmut. Er war einfach gegangen, hatte sie einfach zurückgelassen.

»Ich glaube, dass es ihm deswegen so schwerfällt, sich auf andere einzulassen. Andere an sich heranzulassen«, fuhr Sara fort, tauchte bis zum Hals ins Wasser ein und ließ den Blick zum Horizont gleiten. »Er weiß, wie schnell es vorbei sein kann. Wie schnell man ... jemanden verlieren kann.«

»Da ist er nicht der Einzige«, flüsterte Sophie bitter.

Sie verfielen in Schweigen und beobachteten eine ganze Weile lang stumm die Kinder beim Spielen. Sophie dachte zurück an jenen Abend im April, als ihr Vater mit zwei uniformierten Beamten vor ihrer Tür stand. In sein Gesicht hatte sie zuerst geblickt, als sie im nachtblauen Seidenschlafanzug die Tür geöffnet und sich eine Sekunde lang für ihren Aufzug geschämt hatte, bevor ihr der Ausdruck in seinen Augen aufgefallen war. Bestürzung, Betroffenheit, Hilflosigkeit. Sein Anblick hatte ihr die Brust zugeschnürt. Nie in ihrem ganzen Leben hatte sie ihren Vater so gesehen. Ihren Vater, den Politiker. Den Mann mit der eisernen Miene.

»Schatz, lass uns bitte hineingehen«, hatte er mit seiner tiefen, unverkennbar bayerisch gefärbten Stimme gesagt und dabei den uniformierten Beamten einen bestimmten Blick zugeworfen.

Sophies Gedanken hatten sich in diesem Moment überschlagen. Ein unkontrolliertes Zittern hatte von ihr Besitz ergriffen. Ohne eine Reaktion von Sophie abzuwarten, hatte sich ihr Vater sachte an ihr vorbeigeschoben und den Polizisten mit einem eindeutigen Blick zu verstehen gegeben, dass sie mitkommen sollten. Wie eine Fremde in ihrer eigenen Wohnung war Sophie ihnen wortlos nachgetapst.

»Setz dich, mein Schatz«, hatte ihr Vater schließlich zu ihr gesagt und mit einer Handbewegung auf das Sofa im Wohnzimmer gedeutet, während die Beamten mit starrem Blick hinter ihm gestanden hatten. Übelkeitserregende Stille hatte sie eingehüllt.

»Sophie, es ... ist etwas Furchtbares passiert.«

Sie erinnerte sich an ihr Schweigen, dicht gefolgt von energischem Kopfschütteln und Zittern, dem Beben ihrer Lippen, über die irgendwann nur noch Schreie kamen. Sie hallten noch jetzt durch ihren Kopf. Monate später, an einem Strand im Nirgendwo.

Als sie gemeinsam aus dem Wasser wateten und durch den heißen Sand zu ihren Badetüchern liefen, spürte Sophie ein unangenehmes Ziehen auf ihrem Rücken. An Saras entsetztem Gesichtsausdruck konnte Sophie ablesen, dass sie sich die Schmerzen nicht einbildete.

»Du meine Güte. Dein Rücken ist ja feuerrot.«

Bestürzt kniff sie die Augen zusammen und hob vorsichtig den Träger von Sophies Bikinioberteil an, die bei der Berührung ein gequältes Gesicht machte.

»Oh«, entfuhr ihr ein tiefer Seufzer. »Wann hast du dich denn das letzte Mal eingecremt?«

Sophie musste nicht lange nachdenken.

»Gar nicht«, murmelte sie kleinlaut. »Ich hab's vorhin total vergessen, weil ich gleich ins Wasser gelaufen bin.«

Sie benötigte keinen Spiegel, um zu wissen, wie ihre Haut aussah, wenn sie ohne Schutz der Tropensonne ausgesetzt war, und erschauerte innerlich. Wenigstens hatte sie sich heute Morgen das Gesicht und die Arme eingecremt. Als kleines Mädchen hatte sie regelmäßig wie Rudolph das Rentier ausgesehen und ihre große Schwester um deren dunklen Teint beneidet. Im Gegensatz zu Charlie, die nach ihrem Vater kam, hatte Sophie den hellen Hauttyp ihrer Mutter geerbt, die nicht müde wurde, diesen als »vornehme Blässe« zu rühmen.

»Ich fürchte«, begann Sara mit gefurchter Stirn, »nach heute vergisst du das nie wieder.«

Besorgt reichte sie Sophie Shorts und Top.

»Wir sollten dich schleunigst aus der Sonne bringen, Liebes.«

Niklas

Lustlos klickte sich Niklas durch seine Fotos und spielte mal wieder Aschenputtel mit ihnen – die guten ins Töpfchen (Ordner), die schlechten ins Kröpfchen (Papierkorb). Seiner miesen Laune geschuldet, füllte sich der Papierkorb deutlich schneller als der Ordner, dem er in einem Anflug höchster Kreativität den Namen »Bali« verpasst hatte. Es war mit Sicherheit nicht der beste Tag, um die 465 Fotos, die er bereits geschossen hatte, zu sortieren, doch er musste sich irgendwann entscheiden, welche Aufnahmen er dem Verlag anbieten wollte. Noch dazu hatte er in dem kleinen Eckcafé, das zu einem Hostel gehörte, die beste WLAN-Verbindung seit Langem. Umringt von Backpackern, die auf Smartphones und Tablets tippten oder mit den Köpfen in ihren Lonely Planets steckten, hatte er sein Notebook vor sich auf dem Tisch ausgebreitet. Ein hölzerner Ventilator drehte sich über ihm an der Decke und übertönte die Reggae-Klänge, die gedämpft aus den Boxen drangen. Ein großer Kerl mit blonden Dreadlocks und Lippenpiercing brachte Niklas einen Cheeseburger und eine Dose Cola an den Tisch. Er hatte einen unglaublichen Heißhunger auf Fettiges verspürt, als er das Café betreten hatte, in dem es nach Fast Food und Fritteuse roch. Nach dem ersten Bissen musste er feststellen, dass er keinen richtigen Appetit hatte, was entweder daran lag, dass er erst vor drei Stunden auf Saras Terrasse ein Curry verschlungen hatte, oder an allem, was danach passiert war. Als hätten sich Zufall und Schicksal gegen ihn verbrüdert, tauchte plötzlich Sophies Gesicht auf dem Bildschirm vor ihm auf. Es war eines der ersten Fotos, das er von ihr gemacht hatte. Heimlich und ohne ihr Wissen hatte er sie vom Fenster des Gästezimmers aus dabei fotografiert, wie sie mit einem Buch in der Hollywoodschaukel lag und die Beine über den Rand baumeln ließ. Ihr Haar war noch feucht vom Duschen und sah dunkler aus, als es eigentlich war. Kurz zuvor hatte sie ihn in der Dusche überrascht. Die Erinnerung an diesen Moment ließ seine Mundwinkel zucken. Als er das Foto länger betrachtete, begriff er, warum es ihm so gefiel. Es war die Unbeschwertheit, die der Aufnahme etwas Leichtes und Frisches verlieh. Etwas Echtes. Mit einem Klick verschob er das Foto von der SD-Karte in den Ordner. Niklas klickte sich durch etwa 20 weitere Bilder, doch Sophies Foto hatte ihn seiner

Konzentration beraubt. Er dachte wieder an ihren Streit auf der Terrasse, die Verletztheit in ihren Augen, so wie schon die vergangenen drei Stunden. Eine Weile war er ziellos im Auto umhergefahren, durch unbekannte Dörfer, auf Straßen ohne Gegenverkehr. Dann hatte er einen Wasserfall angesteuert, den er für den Reiseführer ablichten sollte. Mit einer ganzen Schar australischer Touristen war er mitten im Regenwald mühsam einen stufigen Pfad hinabgestiegen und an einem kleinen See herausgekommen, in den sich ein mächtiger Wasserfall aus über 50 Metern Höhe stürzte. Die Fotos waren gut geworden, wenngleich er Mühe gehabt hatte, seine Kamera trocken zu halten. Ihm selbst hatte das Naturschauspiel aber nichts gegeben. Zum einen hatte es daran gelegen, dass er große Wassermassen seit Thailand mied, zum anderen daran, dass er aus irgendwelchen Gründen den blonden Haarschopf vermisste, an den er sich so gewöhnt hatte. Ohne Sophie war er plötzlich nur noch ein Fotograf gewesen, der seinem Auftrag nachging. Das laute Lachen zweier junger Frauen am Nebentisch holte ihn zurück ins Jetzt. Er nippte an der Coladose und klickte sich noch eine Weile durch die Bilder, bis er eine erste Auswahl getroffen hatte und sie in die Dropbox legte. Den entsprechenden Link sendete er an seinen Ansprechpartner beim Verlag. Als er ein zweites Mal seinen E-Mail-Posteingang checkte, stellte er fest, dass er noch immer keine Nachricht von Cornelius Holtkamp erhalten hatte. Es war bereits zwei Tage her, dass er ihm eine Mail mit Bildmaterial und der dazugehörigen Idee geschickt hatte. Ob das ein schlechtes Zeichen war? Abwägend rümpfte Niklas die Nase und öffnete die einzige Mail, die er bekommen hatte. Der Absender war seine Schwester Pia, die es für gewöhnlich bevorzugte, ihn anzurufen. Stirnrunzelnd öffnete er die Nachricht, um kurz darauf festzustellen, dass Greta inzwischen nicht nur Handys klauen, sondern auch Passwörter knacken konnte – und Weihnachtswunschzettel im September verschickte. Amüsiert ging er ihre Wunschliste durch, die unter anderem ein »Mauntenbeig« enthielt – ein Hinweis, dass dieses Kind doch erst sieben war –, außerdem Elsas magischen Eispalast von Lego und ein Elsa-Tattoo-Set mit Glitzer. Niklas befürchtete, dass er noch einige Fotoaufträge annehmen musste, um Greta an Weihnachten zufrieden stimmen zu können. Momentan war jedenfalls höchstens der Fahrradsattel ihres »Mauntenbeigs« drin.

Als er sich kurz nach 19 Uhr die Rechnung bringen ließ, überlegte Niklas, wo er die Nacht verbringen würde. Es gab im Grunde nur zwei Optionen, die ihn beide nicht zufrieden stimmten: im Auto pennen oder im Schlafsaal des Hostels. Mit einem Anflug von Wehmut dachte er an das gemütliche Gästezimmer in Saras und Dans Haus. Er hätte in diesem Moment mit einem kühlen Bier auf der Terrasse sitzen und den Sonnenuntergang beobachten können, dachte er missmutig. Wieder fragte er sich, was Sophie wohl gerade machte. Das, wonach er sich sehnte? Als der Kerl mit den Dreadlocks an seinen Tisch kam, um abzukassieren, schob er den Gedanken beiseite. Sein Notebook unter dem Arm, verließ er das Café und lief die Straße hinunter zu seinem Jeep. Auf dem Weg dorthin passierte er einen kleinen ramponierten Kiosk, der mit Oreo-Keksen warb. »3 für 2« offerierte ein handgeschriebenes Schild. Eine Erinnerung blitzte in seinem Kopf auf. Sophie, die sich mit ausgestreckten Beinen und Krümeln in den Mundwinkeln im Autositz lümmelte und von Oreos schwärmte. Er lächelte und schüttelte den Kopf über sich. Musste er jetzt schon beim Anblick von Keksen an sie denken? Niklas seufzte. Und griff nach seinem Portemonnaie.

Sophie

Nach Sophies Empfinden hätte man Steaks auf ihrem Rücken braten können. Ihre Haut stand regelrecht in Flammen und sendete pausenlos Hitzewellen durch ihren Körper, als sie mit dem Roller in die Einfahrt fuhren. Während der Fahrt hatte sie Schultern und Rücken notdürftig unter einem Badetuch versteckt, doch der Frotteestoff hatte wie Schleifpapier auf ihrer empfindlichen Haut gerieben. Unter Schmerzen quälte sie sich vom Roller und tapste Sara hinterher. Der Boden unter ihr wankte. Es war nicht der erste Sonnenbrand ihres Lebens, aber mit Sicherheit der heftigste. Als sie durch die Tür ins Haus trat, genoss sie die klimatisierte Luft, die sich angenehm kühl auf ihre Haut legte.

Leicht belämmert lauschte sie Sara und Dan, die besorgte Blicke austauschten und sich schließlich darauf einigten, keinen Arzt zu kontaktieren. Warum Dan dennoch zum Telefon griff, konnte sie nicht mehr fragen, da Sara sie bereits an die Hand genommen und mit sich gezogen hatte.

»Leg dich am besten mit dem Bauch nach unten, und zieh dein Oberteil aus«, sagte Sara sanft, als sie die Tür zum Atelier öffnete. »Ich hole ein paar nasse Handtücher. Bin gleich zurück.«

Sophie nickte und öffnete unter Schmerzen den Verschluss ihres Bikinis. Ihre Haut spannte, doch der Luftzug tat gut. Vorsichtig legte sie sich auf das Ausziehsofa, das ihr bereits einige Nächte als Bett gedient hatte. Einen Moment lang fühlte es sich merkwürdig an, so nackt und ausgeliefert in diesem Zimmer zu liegen, doch Eitelkeiten hatten gerade keinen Platz.

»Du glühst ja förmlich«, sagte Sara, als sie in die Hocke ging und Sophie die Hand auf die Stirn presste. »Vielleicht sollten wir doch zum Arzt.«

Es drang als besorgtes Murmeln aus ihrem Mund, doch Sophie hatte es deutlich gehört. Wenn Sara ernsthaft darüber nachdachte, einen Arzt zu konsultieren, musste ihr Rücken weitaus schlimmer aussehen, als sie vermutet hatte. Ein Anflug von Panik breitete sich in ihr aus. Ihre Atmung wurde hektisch, doch Sara schien es nicht zu bemerken. Sorgsam bedeckte sie Sophie mit nassen Tüchern, die bei der Berührung nach Luft schnappte.

»Armes Ding. Ich leide mit dir.«

Sophie schloss die Augen und genoss die angenehme Kühle auf ihrer heißen Haut. Sie würde nicht lange andauern, aber für den Moment brachte sie Linderung.

»Du musst dringend etwas trinken. Ich bring dir Wasser.«

Ehe Sophie etwas sagen konnte, war Sara schon auf dem Weg in die Küche. Es dauerte eine Weile, bis sie zurückkam, und sie brachte nicht nur einen Krug mit, in dem Eiswürfel klimperten.

»Das ist Aloe vera aus unserem Garten«, erklärte sie und deutete auf eine kleine Glasschüssel, in der eine grünliche Flüssigkeit schwamm. »Es beruhigt und kühlt die Haut.«

Sophie nickte. Was es war, war ihr vollkommen egal, solange es irgendwie das Feuer auf ihrem Rücken löschte. Als Sara die inzwischen warmen Tücher entfernte, stöhnte sie erneut auf, und der Schmerz wurde noch stärker, als ihre Hände eine Art Gel auf Sophies Schultern und Rücken auftrugen.

»Das sollte helfen.«

Danach schenkte sie etwas Wasser in ein Glas und drückte es

in Sophies Hand, die noch immer auf dem Bauch lag und Mühe hatte zu trinken. Die Flüssigkeit floss ihr eiskalt die Kehle hinab und schickte einen Schauer durch ihren Körper. Wie war es möglich, dass man gleichzeitig brannte und fror, fluchte Sophie innerlich und machte ein frustriertes Gesicht. Warum hatte sich der Tag zu einem derartigen Albtraum entwickelt? Heute Morgen hatte sie noch stolz auf einem Vulkan gestanden und den Sonnenaufgang bewundert, und nun lag sie wie ein Häufchen Elend auf dem Sofa und bemitleidete sich selbst. Einen Moment lang dachte sie an Niklas und fragte sich, wo er wohl gerade war. Draußen ging gerade die Sonne unter. Womöglich suchte er sich ein Hostel. Vielleicht schlief er auch im Auto. Oder er hatte eine andere Schlafoption gefunden. Ein Hauch von Eifersucht überkam sie. Was, wenn er doch zu Marie gefahren war? Wenn er in diesem Moment mit ihr ... nein. Sie wollte nicht darüber nachdenken. Ihr Körper schmerzte bereits genug.

»Ruh dich ein bisschen aus«, flüsterte Sara. »Wenn dir schlecht wird oder du merkst, dass es schlimmer wird, rufst du mich, ja? Ich komme später wieder und trage noch mal Salbe auf.«

Sophie nickte und flüsterte ein schwaches »Danke«. Mütterlich strich Sara ihr eine Haarsträhne aus dem Gesicht, bevor sie aus dem Raum ging. Sophie schloss die Augen und kämpfte gegen die Emotionen, die sie zu überwältigen drohten. Die Dankbarkeit, die sie für Saras Fürsorge empfand, die Wut über Niklas' Verschwinden, ihr eigenes Selbstmitleid, die Sehnsucht nach Maximilian. Ihre Augen füllten sich mit Tränen, die ihr über die heißen Wangen liefen. Leise schluchzte sie vor sich hin, bis sie eine bleierne Müdigkeit überkam.

Als Sophie aufwachte, war es fast dunkel im Zimmer. Schwaches Licht drang durch einen Lampenschirm aus Krepp und tauchte den Raum in ein schummriges, aber gemütliches Licht. Als sie ihren Arm leicht drehen wollte, um einen Blick auf ihre Armbanduhr zu werfen, spürte sie einen brennenden Schmerz und ächzte. Es war, als wollte ihr der Sonnenbrand mahnend ins Gedächtnis rufen, dass er sich von ein paar Stunden Schlaf nicht beeindrucken ließ. Sophie drehte den Kopf zur Wand und betrachtete die Bilder und Zeichnungen, die im schwachen Licht beinahe abstrakte Züge annahmen. Überrascht entdeckte sie die Kohlezeichnung von Haley, die Sara damals auf der Terrasse angefertigt hatte. *Damals*. Seitdem waren nur wenige Tage vergangen, und doch hatte Sophie das Gefühl, als sei es eine Ewigkeit her, dass sie in diesem Haus aufgewacht war. Nachdenklich betrachtete sie das Mädchen mit den Locken, das so grausam ertrunken war, und wieder schweiften ihre Gedanken zu Niklas ab. Saras Worte über seine Angst vor dem Meer gingen ihr nicht mehr aus dem Kopf. Wie konnte es sein, dass jemand andere Menschen dazu brachte, ihre inneren Dämonen zu bezwingen, und gleichzeitig eine ganze Armee davon mit sich selbst herumtrug? Ein Geräusch auf dem Flur holte sie aus ihren Gedanken. Wahrscheinlich brachte Sara eine neue Ladung Garten-Medizin für ihren Sonnenbrand. Sophie musste schmunzeln. Wenn Maximilian jetzt hier gewesen wäre, hätte er wohl seinen üblichen Sermon über Pseudoheilkunde und Scharlatanerie vom Stapel gelassen, über die »Globulisierung« und ihre »Kügelchendreher« gespottet und ihr am Ende eine Packung Ibuprofen zugeworfen.

»Ich hoffe, du hast einen Feuerlöscher dabei«, scherzte sie, als sich die Tür leise öffnete.

Nachdem der erste Versuch in die Hose gegangen war, versuchte sie erst gar nicht, den Kopf zu drehen.

»Wird gerade in der Küche angerührt«, hörte sie Saras

Stimme, in der ein Anflug Erleichterung mitschwang. »Wie fühlst du dich?«

»Heiß wie ein Vulkan …«, sang Sophie spöttisch, bevor ihr einfiel, dass Sara diesen Schlager mit Sicherheit nicht kannte.

Trotzdem lachte sie.

»Auf meinem Rücken kann man grillen«, seufzte Sophie gequält. »Und mein Kopf tut höllisch weh. Aber ich werd's überleben.«

»Soll ich dir eine Schmerztablette bringen?«

Maximilians Stimme schrie laut »ja« in ihrem Kopf, doch Sophie schüttelte den Kopf.

»Erst mal vertraue ich auf deine Wundersalbe.«

Sie hörte Saras Lachen hinter sich, das schließlich nur noch schwach durch den Flur drang. Sophie war wieder allein im Zimmer und ließ ihren Blick erneut zur Wand wandern. Aus Langeweile begann sie, die Bilder zu zählen (19) und schließlich nach der Größe zu sortieren, krönte das in ihren Augen schönste (Bleistiftzeichnung von Haley) und wählte den hübschesten Rahmen (braun, gebeizt) aus. Sie überlegte, ob es irgendwie möglich war, in dieser Position ein Buch zu lesen (nur unter Schmerzen), und fragte sich, ob sie sich zum Schlafen ein T-Shirt überziehen konnte (nur unter Schmerzen).

Als sie schließlich wieder Schritte auf dem Flur vernahm, freute sie sich auf die kühlende Wirkung von Saras selbst gemachter Aloe-vera-Pampe, die ihre Schmerzen immerhin ein wenig gelindert hatte. Die Tür zum Atelier öffnete sich leise, und Sophie genoss den feinen Luftzug über ihren nackten Rücken.

»Oje, ich nehme alles zurück. Du hast wirklich gar nichts mit der Eiskönigin gemeinsam.«

Als seine Stimme den Raum durchdrang, zuckte Sophie

zusammen. Fast war sie versucht, sich aufzurichten, als ihr gerade noch einfiel, dass sie oben herum nackt war.

»Liegen bleiben«, wehrte Niklas ab und klang dabei amüsiert und besorgt zugleich.

Zu überrumpelt von seinem plötzlichen Auftauchen, war Sophie regelrecht sprachlos, doch da er ihr Gesicht nicht sehen konnte, hoffte sie, er würde es für Erschöpfung halten.

»Wenn ich gewusst hätte, dass du hier einen auf Daenerys Targaryen machst, sobald ich weg bin, hätte ich dich nicht allein gelassen«, scherzte er.

Sophie hatte keine Ahnung, wer dieser Targaryen war. Wahrscheinlich wieder irgendjemand aus einem Film, den sie nicht kannte. Leicht angespannt vernahm sie seine Schritte auf dem Holzboden. Wo kam er plötzlich her? Hatte Dan ihn angerufen? Und warum? Wegen eines Sonnenbrandes? Nein, das konnte nicht sein. Auch wenn sich dieser Sonnenbrand wie eine Brandverletzung dritten Grades anfühlte, hätte er seine Tour sicher nicht deswegen abgebrochen.

»Ähm … ich soll dir … das hier bringen.«

Seine Stimme hatte etwas an Selbstsicherheit verloren. Niklas drückte ihr ein Glas Wasser mit Eiswürfeln in die Hand und stellte das Schälchen mit Aloe vera neben sie, sodass sie es sehen konnte. *Witzig*. Sollte sie sich nun selbst eincremen? Mit ihrer dritten Hand?

»Danke«, murmelte sie tonlos und setzte das Glas vorsichtig an die Lippen.

Weil sie sich ihrer Nacktheit sehr wohl bewusst war, gestaltete es sich noch schwerer zu trinken, ohne sich dabei aufzurichten.

»Tut es sehr weh?«

Sie schüttelte den Kopf, doch er durchschaute ihre Lüge.

»Deine Nase wird gleich die Matratze durchbohren.«

Ohne es zu wollen, musste Sophie lachen.

»Sieht es so schlimm aus?«, fragte sie kleinlaut.

Sie hörte, wie er die Backen aufblies.

»Sagen wir mal so. Du siehst aus wie ... ein verbranntes Hähnchen, bei dem der Koch sagt: Wir schmeißen es besser weg und machen ein neues.«

Obwohl es mit Schmerzen verbunden war, schlug sie mit dem Arm nach Niklas, was ihn laut lachen ließ.

»Du wirst schon wieder, kleine Sonnenanbeterin.«

Seine Stimme hatte plötzlich etwas Sanftes und jagte ihr eine Gänsehaut über den Rücken.

»Frierst du etwa?«

Sophie errötete und war froh, ihm nicht ins Gesicht sehen zu müssen. Sie verneinte, und Niklas schien ihr zu glauben.

»Warum bist du hier?«

»Na ja, ich habe von der menschlichen Fackel gehört und wollte sie unbedingt sehen.«

Diesmal lachte sie nicht.

»Warum?«, fragte sie mit einer Stimme so klar wie Glas.

Seine Antwort kam mit Verzögerung.

»Ich habe mich nicht verabschiedet.«

Schweigen breitete sich zwischen ihnen aus.

Niklas

Etwas in ihm wollte die Sonne vom Himmel holen und im Meer ertränken, als er ihren feuerroten Rücken betrachtete. Eine feine weiße Linie – womöglich von ihrem Bikini – zog sich quer über die Haut, die sich stellenweise bereits gelöst hatte. Einen derart schlimmen Sonnenbrand hatte er lange nicht – nein, eigentlich noch nie – gesehen. Sie hatte allerdings auch mit Abstand die hellste Haut, die er je gesehen hatte, und so war es kein Wunder, dass sich die Sonne heftig auf ihr verewigt hatte.

Unschlüssig wanderten seine Augen von ihrem Rücken zu der kleinen Schüssel mit der grünen Pampe. Als Sara ihn nach oben geschickt hatte, war ihm nicht bewusst gewesen, dass Sophie sich kaum bewegen und somit nicht selbst eincremen konnte – und dass sie hier halb nackt lag. Ohne es beeinflussen zu können, fuhr sein Blick über ihre langen Beine, die in viel zu kurzen Shorts steckten, und den nackten Oberkörper. Scharf zog Niklas die Luft ein, als sich etwas in seiner Leistengegend regte. *Schluss damit! Sofort!*

»Ähm«, begann Sophie vorsichtig, »könntest du mir ... vielleicht ... den Rücken ...?«

Sie brach ab und klärte ihre Stimme. »Oder du holst einfach schnell Sara«, faselte sie. »Es ist nur ... die Salbe ... sie hilft gegen ...«

Wieder brach sie ab. Normalerweise hätte er sie jetzt aufgezogen oder einen zweideutigen Spruch gebracht, aber diese völlige

Unsicherheit in ihrer Stimme weckte ein Gefühl von Fürsorglichkeit in ihm.

»Ich mach das schon.«

Ohne ihre Reaktion abzuwarten, setzte er sich auf die Kante des Sofas und tauchte seine Finger in die grünliche Pampe. Einen Moment lang starrte er unsicher auf ihren nackten Rücken und verfluchte sich für sein albernes Zögern. *Stell dich nicht so an! Das ist nichts anderes, als Sonnencreme aufzutragen.* Wobei er auch das noch nie gemacht hatte, fiel ihm ein. Genervt über sich selbst, rollte er mit den Augen. Als er beide Hände vorsichtig auf ihren Rücken legte, zuckte sie zusammen.

»Tut mir leid«, flüsterte Niklas verlegen und fragte sich, ob es an ihrer empfindlichen Haut oder seinen zu groben Händen lag.

Behutsam verteilte er die gelartige Creme über ihre Schultern und fuhr sachte über die gerötete Haut, die sich unglaublich warm unter seinen Fingern anfühlte. Erleichtert spürte Niklas, wie sich ihr steifer Körper zu entspannen begann.

»Geht das so?«, fragte er leise, um die unangenehme Stille zwischen ihnen zu durchbrechen.

Sophie antwortete mit einem kurzen Nicken. Seine Hände wanderten von ihren Schulterblättern zur Wirbelsäule und dem feinen Abdruck ihres Bikinis. Er konnte ihren schwachen Atem hören, der nicht mehr so gleichmäßig ging wie noch ein paar Minuten zuvor.

»Ich war nicht bei Marie.«

Es war, als würde sie kurz die Luft anhalten.

»Ich hab dich nicht danach gefragt.«

Er sah sie an, während seine Hände über ihre Haut glitten.

»Du hast *sehr laut* nicht danach gefragt.«

Sophie schmunzelte stumm in ihr Kissen.

»Soll ich aufhören?«

Sie schüttelte den Kopf, und sein Mund verzog sich zu einem kaum wahrnehmbaren Lächeln.

Sophie

Ihr Körper stand in Flammen, und das hatte rein gar nichts mit dem Sonnenbrand auf ihrem Rücken zu tun. Vielmehr waren es diese großen rauen Hände, die in einer Art über ihre Haut fuhren, die Sophie den Atem raubte. Sie wusste nicht mehr, was mit ihr geschah, warum jede seiner Berührungen kleine Stromschläge durch ihren Körper jagte, warum sie sich plötzlich wünschte, dass er nie damit aufhören würde. *Reiß dich zusammen! Sofort!* Doch sie konnte sich nicht zusammenreißen. Alles in ihr zuckte und pochte, raste und glühte. Seine Finger hinterließen eine Spur auf ihrer Rückseite, die sich immer tiefer nach unten zog und nun knapp über ihrem Hosenbund angekommen war, wo die Sonne am wenigsten zugeschlagen hatte. Erneut lief ihr ein Schauer über den Rücken, und diesmal musste er ihn auch gespürt haben. Schlagartig nahm er seine Hände von ihr.

»Ähm … ich glaube, ich hab es halbwegs gut … verteilt.«

Seine Stimme war nicht so sicher wie sonst, und Sophie fragte sich, ob es ihm unangenehm war, dass sie eine Gänsehaut bekommen hatte. Womöglich deutete er es als … nun ja, als das, was es war. Hitze schoss ihr in die Wangen.

»Danke«, murmelte sie und spürte bereits die kühlende Wirkung der Aloe-vera-Paste.

Sophie ließ ihren Kopf kurz kreisen und bewegte ihre Schultern, soweit es möglich war. Seit Stunden lag sie nun auf dem Bauch, und seit Niklas hier war, hatte sie nicht einmal ihr Gesicht bewegt.

»Willst du dich vielleicht mal hinsetzen oder so?«

»Sehr witzig.«

»So war das nicht gemeint«, brummte Niklas leicht beleidigt. »Außerdem könnte ich die Augen zumachen. Oder du ziehst dir was über.«

»Ich glaube, Stoff bringt mich heute um.«

»Hm.«

Sie verfielen in Schweigen.

»Soll ich … besser gehen?«

Sophie fragte sich, was die diplomatischste Antwort war. Ja (Lüge), nein (zu offensichtlich) oder mir egal (zu offensichtliche Lüge)?

»O.k., dann lass ich dich mal in Ruhe«, sagte Niklas und erhob sich vom Sofa.

»Nein«, kam es eine Spur zu schnell aus ihrem Mund, woraufhin er die Brauen hob. »Ich meine, du musst nicht … gehen. Noch … nicht.«

Peinlich berührt kniff sie die Augen zusammen und war ein weiteres Mal froh, dass er ihren Gesichtsausdruck nicht sehen konnte. »Aber«, überbrückte sie die unerträgliche Pause, »ich … hab schrecklichen Hunger.«

»Hunger«, wiederholte Niklas nachdenklich und ließ es wie eine Frage klingen.

Sie nickte.

»Ich habe seit heute Mittag nichts mehr gegessen.«

Bevor sie den Satz zu Ende gesagt hatte, biss sie sich auf die Lippe. *Heute Mittag*. Da hatten sie sich gegenseitig beschimpft und angeschrien, bis er einfach mit dem Auto weggefahren war und sie zurückgelassen hatte. Bruchstücke ihre Streits sickerten in ihr Bewusstsein. Ob er in diesem Moment das Gleiche dachte wie sie? Was, wenn sie sich jetzt umdrehen und in seine Augen blicken würde? Wäre da Wut? Ärger? Reue? Wäre da irgendetwas?

»Es tut mir leid, was ich gesagt habe. Über ... Maximilian.«

Sophie hielt den Atem am. Gleichzeitig begann ihr Herz zu rasen.

»Na ja, du ... hattest auch nicht ganz unrecht.«

Für einen Moment schloss sie die Augen.

»Womit?«

Sie spürte das Gewicht seiner Aufmerksamkeit.

»Womit hatte ich nicht ganz unrecht?«

Sein Blick bohrte sich regelrecht in ihren Rücken. Sie holte Luft, als müsse sie Mut inhalieren.

»Mit dem, was du über mich gesagt hast. Dass ich eifersüchtig war.«

Es war so still im Zimmer, dass man eine Nadel hätte fallen hören.

»Ich geb's zu. Ich war ein ... bisschen ... eifersüchtig. Keine Ahnung, warum.«

Ihr Plan, es belanglos klingen zu lassen, war nicht aufgegangen, das wusste Sophie spätestens ab dem Moment, in dem er sich wieder auf die Kante des Sofas setzte und den Abstand zwischen ihnen auf etwa fünf Zentimeter minimierte. Hitze stieg ihr in den Kopf, und sie wusste nicht, ob es seine Nähe oder ihr Schamgefühl war. Oder beides zusammen.

»Ich habe nicht mit ihr geschlafen.«

Ihr Herz hämmerte wild gegen ihre Rippen.

»Wenn Marie das behauptet hat, lügt sie. Da war nichts. In Kuta wäre vielleicht was zwischen uns gelaufen, aber dann ...«

»... hab ich dir reingefunkt.«

Er schwieg.

»Ich hatte den Eindruck, dass du auf sie stehst.«

»Warum?«

Aus einer natürlichen Reaktion heraus zuckte sie mit den Schultern, was sich als schmerzhaft erwies.

»Du findest sie attraktiv, hast mit ihr geflirtet, über ihre Witze gelacht.«

»Das trifft alles auch auf dich zu.«

Sophie runzelte die Stirn.

»Ich habe nie einen Witz gemacht, über den du gelacht hast.«

Sein helles Lachen irritierte sie.

»Was ist?«

»Ausgerechnet das greifst du dir aus meinem Satz heraus? Ich dachte, du bist Juristin.«

Fragend hob sie den Kopf.

»Na ja, da solltest du schon einschätzen können, was in einem Satz wichtig ist und was nicht.«

Sophie wollte etwas sagen, fand ihre Sprache aber nicht. Ihr Mund war plötzlich ganz trocken. Als sie seinen Satz in ihrem Kopf noch einmal wiederholte, wurde es nicht besser. Sie schluckte.

»Essen«, sagte er plötzlich. »Du wolltest etwas zu essen.«

Niklas räusperte sich, erhob sich vom Sofa und ging aus dem Zimmer, während Sophie mit ihrem rasenden Puls kämpfte.

Niklas

Unschlüssig knallte er den Kühlschrank zu. Wenn Sara und Dan bereits schliefen, war das der Moment, in dem sie garantiert aufgewacht waren. Für einen Augenblick stand Niklas in der fast dunklen Küche und starrte Löcher ins Nichts. Dann fiel ihm etwas ein. Schnurstracks lief er ins Gästezimmer, öffnete seinen Rucksack und zog die drei Packungen Oreos heraus, die er am Kiosk gekauft hatte. Als er das Atelier betrat, lag sie noch immer auf dem Bauch, mit dem Gesicht zur Wand. Die feuchte Aloe-vera-Schicht auf ihrer Haut war inzwischen verschwunden.

Ohne sie zu fragen, stieg er über ihren ausgestreckten Körper und legte sich neben sie auf die Couch. Ihre großen blauen Augen blickten ihn voller Überraschung an, als er sich auf die Seite legte und den Arm unter den Kopf schob.

»Ich dachte die ganze Zeit, du siehst mich nicht an, weil dein Gesicht auch verbrannt ist.«

Sophie schluckte.

»Aber es ist genauso …«, er wartete ab und grinste, »… wie immer.«

Niklas suchte nach einer Regung in ihrem Gesicht, doch die dramaturgische Pause hatte ihre Wirkung verfehlt. Ihre Augen lagen wie ein ruhiger See in ihrem Gesicht. Er war so dicht neben ihr, dass er ihren Duft wahrnahm. Eine Mischung aus Blumen und Gewürzen. Angenehm, nicht aufdringlich. Er ertappte sich dabei, ihn einzuatmen.

»Du wolltest mir was zu essen holen.«

Herausfordernd sah sie ihn an. Niklas streckte ihr die Kekse entgegen, und ihre Mundwinkel schossen nach oben.

»Als ich die gesehen habe, musste ich an dich denken.«

»Na, dann hab ich ja Glück, dass Dan dich zurückbeordert hat.«

Er furchte die Stirn.

»Zurückbeordert?«

»Na … er hat dich doch angerufen, oder?«

»Warum hätte er das tun sollen?«

Sophie biss sich auf die Lippe.

»Ich dache, er … Vorhin hat er telefoniert und …«

Sie brach ab und senkte den Blick, soweit es ihr möglich war.

»Mich hat niemand angerufen.«

Sophies Augen schnellten in seine Richtung. Dann bemerkte er, wie sich ihre Wangen leicht rosa färbten. *Sie ist verlegen.*

»Du dachtest, ich bin nur zurückgekommen, weil sie mich darum gebeten haben.« Einer seiner Mundwinkel schob sich leicht nach oben. »Ich bin zurückgekommen, weil ich nie hätte gehen dürfen.«

Der Blick ihrer Augen traf ihn mitten ins Herz. Groß, blau und sehnsüchtig sahen sie ihn an. Seine Selbstsicherheit fiel wie ein Kartenhaus in sich zusammen, und Niklas konnte nichts dagegen tun. Sein Puls schnellte nach oben, sein Atem kam stoßweise. Er war sich bewusst, dass er gleich etwas tun würde, von dem er nicht einschätzen konnte, wie sie darauf reagieren würde. Von dem er nicht wusste, ob sie es überhaupt wollte. Und diesmal hatte er keinen Filmriss, den er vorschieben konnte, keinen Arak, der ihm den Verstand vernebelt hatte. Diesmal war er mehr als nüchtern. Aber jede Faser seines Körpers sehnte sich danach.

Vorsichtig beugte er sich zu ihr herunter, ohne sie dabei aus den Augen zu lassen. Sachte fuhren seine Finger über ihre erhitzten Wangen, strich sein Daumen über ihren Mundwinkel. Er spürte, wie sie neben ihm erstarrte, und war kurz davor, sich zurückzuziehen, als er den Hunger in ihren Augen bemerkte. Die Sehnsucht, die sich in all dem Blau spiegelte. Ihr heißer Atem strich über seine Wangen, als er ihr näher und näher kam. Ein gedämpfter Laut drang aus ihrem Mund. Als seine Lippen ihre fanden, war es um seine Selbstbeherrschung geschehen.

Sophie

Der Kuss war sanft und innig und drang in jeden Winkel ihres Körpers. Seine Lippen fuhren so quälend langsam über ihre, dass ihr einen Augenblick die Luft wegblieb. Sie waren angenehm kühl und schmeckten wie ein eiskalter Mojito im Sommer. Sophie schloss die Augen und atmete seinen Geruch ein, eine Mischung aus Duschgel, Parfüm und frischer Wäsche. Seine Hand ruhte sanft auf ihrer hitzigen Wange, als er begann, sich vorsichtig von ihr zu lösen. Alles in ihr protestierte dagegen. Warum war er plötzlich so zurückhaltend? Ohne zu zögern und obwohl es ihr Schmerzen bereitete, drehte sie sich leicht zur Seite und schlang die Arme um seinen Hals. Ein überraschter Laut drang aus seinem Mund, als wäre es das Letzte gewesen, womit er gerechnet hätte. Sophie zog ihn näher an sich heran und presste ihre Lippen fester auf seine. Der Kuss wurde inniger. Tiefer. Sehnsüchtiger. Sie blickte auf und sah ihm direkt in seine grünen Augen. Ihr Herz klopfte heftig in ihrer Brust. Als sie sich aufrichten und an ihn ziehen wollte, löste er sich sachte von ihr und drückte ihr einen letzten langen Kuss auf den Mund, der so unschuldig war, dass er Bände sprach. Keuchend legte er seine Stirn an ihre, bevor er sich abwendete und auf den Rücken drehte. Er verschränkte die Arme hinter dem Kopf und sah zu ihr. Ein undurchschaubares Lächeln spielte um seine Lippen. Sophie war zu benommen, um sein Verhalten deuten zu können. Erst küsste er sie mit einer Leidenschaft, die sie regelrecht um den Verstand brachte, und dann hörte er plötzlich auf. Es war, als hätte er sie von einem Fehler bewahren wollen. Wäre es einer geworden? Sie wusste es nicht. Gerade, als sie den Mund öffnen wollte, strich ihr seine Hand eine Haarsträhne aus dem Gesicht. Sophie erstarrte. Die Worte wollten noch immer aus ihrem Mund, doch plötzlich war da nur noch diese Berührung.

»So hell«, flüsterte Niklas und wickelte die Strähne um seinen Finger. »Seit ich dich zum ersten Mal gesehen habe, wollte ich es anfassen.«

Sophie richtete sich leicht auf und lächelte.

»Und wie fühlt es sich an?«

»Gut«, flüsterte er, ohne von der Haarsträhne abzulassen.

Sophie betrachtete sein Gesicht im schwachen Schein des Lichts. Er war unverschämt attraktiv, wie er da neben ihr lag, das musste sie zugeben. Das weiße Shirt lag eng an seinem Oberkörper an und unterstrich seine bronzefarbene Haut. *Wenigstens einem von uns tut diese Sonne hier gut.*

»Soll ich gehen?«

»Das hast du mich vorhin schon gefragt.«

Ein Grinsen huschte über sein Gesicht.

»Da lagen die Dinge noch etwas anders.«

Ihr Mundwinkel schob sich nach oben.

Niklas griff neben sich und hielt ihr die Packung Oreos vor die Augen.

»Kekse?«

Sie musste lachen und nickte. Innerhalb von fünf Minuten hatten sie alle vernichtet, und Sophie hatte das Gefühl, nur noch Krümel auf und unter sich zu spüren.

»Willst du wirklich so liegen bleiben?«, fragte er und beäugte sie skeptisch.

»Auch das hast du mich vorhin schon gefragt.«

»Auch da lagen die Dinge noch anders«, erwiderte Niklas grinsend und unterdrückte ein Gähnen.

»Du bist müde.«

Er nickte.

»Nicht jeder lag heute faul am Strand.«

»Nicht jeder *will* faul am Strand liegen«, konterte Sophie und biss sich sogleich auf die Lippe.

Seine Brauen schoben sich nach oben, und ein misstrauischer Blick schlich sich auf sein Gesicht.

»Du hast mit Sara gesprochen.«

Es klang nicht feindselig, aber kühl, und Sophie wusste, dass sie eine Tür aufgestoßen hatte, die an diesem Abend besser zu geblieben wäre.

»Tut mir leid«, murmelte sie schuldbewusst. »Sie hat nur … ich meine …«

»Schon o.k.«, flüsterte er.

Die wenigen Zentimeter zwischen ihnen fühlten sich plötzlich wie ein Abgrund an. Sie verfielen in eisernes Schweigen, und als

Sophie den Mund öffnen wollte, bemerkte sie, dass er seine Augen geschlossen hatte und gleichmäßig atmete.

Sophie

Seine Hand ruhte auf ihrer Hüfte, als der Hahn unter ihrem Fenster sein morgendliches Konzert gab und sie abrupt aus dem Schlaf riss. Sie lag noch immer auf dem Bauch, doch Niklas hatte sich in der Nacht zur Seite gedreht, sodass sein Gesicht das Erste war, was sie sah, als sie die Augen aufschlug. Er schlummerte friedlich vor sich hin und hatte seinen Arm schützend um sie gelegt. Sophie hoffte, es war nicht allein ihrem Hormonchaos geschuldet, dass ihr seine Berührung in keiner Weise unangenehm war. Stumm lächelte sie in ihr Kissen. Just in diesem Moment schlug er seine Augen auf und betrachtete sie mit einer Mischung aus Neugier und Belustigung. Ihre Wangen fingen Feuer, und sie wollte unter der Decke verschwinden, die nicht da war.

»Morgen«, murmelte er verschlafen.

Sein Gesichtsausdruck veränderte sich, als ihm klar wurde, dass seine Hand auf ihrer Hüfte lag. Als hätte er sich verbrannt, zog Niklas sie weg und nuschelte ein halbherziges »Sorry«. Dann richtete er sich ächzend auf und streckte die Hände nach oben, wobei sein weißes T-Shirt nach oben rutschte und den Blick auf ein Stück Bauch freigab. Sophie zwang sich wegzusehen.

»Was macht der Rücken?«, fragte Niklas in ihre Richtung.

»Sag du's mir.«

»Na ja«, begann er abwägend, »ich würde sagen, du siehst inzwischen aus wie ein Hähnchen, das man essen würde, wenn man Röstaromen mag.«

Ihre Hand boxte ihn in die Seite, und er lachte amüsiert.

»Tut es noch sehr weh?«

Dazu müsste ich aufstehen, du Held.

Mit den Schultern machte sie kreisende Bewegungen. Der brennende Schmerz, den sie am Abend zuvor verspürt hatte, blieb aus.

»Kein Vergleich zu gestern.«

Er nickte zuversichtlich.

»Wie spät ist es?«

»Kurz nach halb sieben«, brummte er mit Blick auf seine Uhr. »Als ich das letzte Mal freiwillig so früh aufgestanden bin, war ich noch in der Schule.«

»Na ja, du musst doch nicht aufstehen.«

Sie räusperte sich.

»Es sei denn, du ... musst ... woandershin.«

Sophie biss sich auf die Lippe, und er legte den Kopf leicht schief und suchte ihren Blick.

»Vielleicht hast du ja was ... vor«, murmelte sie und zuckte mit den Schultern.

»Was anderes, als neben dir auf einem neunzig Zentimeter breiten Ausziehsofa zu liegen?«

Ein verschmitztes Lächeln trat auf sein Gesicht, und Sophie fragte sich innerlich grummelnd, warum er plötzlich wieder so gute Laune hatte, nachdem er gestern Abend bockig wie ein Kind eingeschlafen war. *Nachdem* er sie geküsst hatte, als gäbe es keinen Morgen mehr. In ihrer Welt waren solche Küsse nicht belanglos. In ihrer Welt redete man über solche Küsse. Plötzlich spürte sie eine seltsame Leere in ihrem Bauch. Was, wenn in seiner Welt andere Maßstäbe galten? Oder wenn es ihm am Ende unangenehm war? Schließlich hatte er den Kuss beendet und das kleine Feuer, das für Sekunden zwischen ihnen gelodert hatte, ausgetreten. Ihr Körper versteifte sich, und auf einmal wollte sie nicht mehr neben ihm auf diesem Sofa liegen.

»Ich würde mich gerne … umziehen«, sagte sie, ohne ihn anzusehen. »Könntest du bitte …?«

»Also doch aufstehen?«

In seiner Stimme schwang Irritation mit.

»Na ja, wir sind doch eh wach«, antwortete Sophie bemüht gleichgültig.

»O.k. Dann … lass ich dich mal allein.«

Vorsichtig kletterte er über Sophies Körper und hopste vom Sofa auf den Holzboden, der ein dumpfes Geräusch von sich gab. Obwohl sie ihn nicht sehen konnte, spürte sie, dass er einen Augenblick lang verharrte, bevor er das Zimmer verließ. In dem Moment, in dem die Tür ins Schloss fiel, wusste Sophie nicht, ob sie weinen oder vor Erleichterung aufatmen sollte. Sie richtete sich auf und spürte die Verspannung in ihren Muskeln und die Spuren des Sonnenbrandes auf ihrer Haut. Nachdem sie sich vom Sofa geschwungen hatte, streckte sie sich ausgiebig und fühlte mit der Hand nach ihrem Rücken, der sich noch immer warm anfühlte. Eine kalte Dusche würde ihr jetzt sicher guttun. Noch dazu hatte sie das dringende Bedürfnis, ihre Zähne zu putzen. Am Abend zuvor hatte sie es vor lauter Sonnenbrand und Keksen vergessen. Rasch zog sie sich das weite T-Shirt über, das Sara ihr geliehen hatte, und griff nach dem sorgfältig zusammengelegten Handtuch auf dem kleinen Ecktisch und ihrem Kosmetikbeutel. Weil es noch nicht einmal sieben Uhr war, öffnete sie möglichst leise die Tür und tapste zum Badezimmer, aus dem das Geräusch von prasselndem Wasser drang. *Na toll.* Da Dan überzeugter Langschläfer war, standen entweder Sara oder Niklas unter der Dusche, beiden wollte sie nicht unbedingt begegnen. Aber es gab ja noch die Freiluftdusche im Garten. Dort würde sie in aller Ruhe duschen und Zähne putzen können, dachte Sophie und schlich die Treppe hinunter. Abgesehen vom Badezimmer war es im Haus noch mucksmäuschenstill. Leise öffnete sie die Terrassentür und inhalierte das Gemisch aus Blumen und Gras, das sogleich an ihre Nase drang. Ein paar Vögel huschten über den Teich, und irgendwo plätscherte Wasser. Auf nackten Füßen folgte sie dem steinernen Pfad, bis sie zur Dusche gelangte. Unter dem Schutz von Palmenblättern und Farnen schlüpfte sie aus ihrer Kleidung und begann seelenruhig, sich die Zähne zu putzen, während es in den Bäumen um sie herum zwitscherte und trällerte. Als sie die Brause voll aufdrehte, raubte ihr das eiskalte Wasser einen Moment lang den Atem. Sie japste nach Luft und schloss die Augen, genoss die Kälte auf ihren Schultern, ihrem Kopf. Dann, ganz plötzlich und ohne Vorwarnung, spürte sie Hände auf ihrem Rücken, gefolgt von einem sanften Druck auf ihren Lippen. Erschrocken riss sie die Augen auf und blinzelte gegen das prasselnde Wasser, das ihre Sicht einschränkte. Benommen tastete Sophie hinter sich nach dem Regler und stellte sofort den Wasserstrahl ab, während ihr Herz wie wild gegen ihre Rippen hämmerte. Vor ihr stand ein triefend nasser Niklas, dem das weiße Shirt wie eine zweite Haut auf dem Körper klebte. Das Wasser lief ihm aus den dunklen Haaren, über das Gesicht, den Hals hinab. Seine leuchtend grünen Augen bohrten sich regelrecht in ihre, bevor sie langsam südlich wanderten und Sophie ins Gedächtnis riefen, dass sie splitternackt war. Normalerweise hätte sie sich die

Hände vor den Körper gehalten, ihm Flüche an den Kopf geworfen und sich weggedreht, doch in diesem Moment brannten sämtliche Sicherungen in ihr durch. Unfähig, Wörter zu bilden, suchte sie in seinem Gesicht nach Erklärungen.

»Das hätte ich heute Morgen schon machen sollen«, flüsterte er schließlich, während ein unergründliches Lächeln um seine Lippen spielte.

Dann drehte er sich um und ging.

Niklas

Als er die Tür des Gästezimmers hinter sich zuzog, schlug sein Herz so heftig, als hätte es nicht genug Platz in seinem Körper. Adrenalin schoss durch seine Adern und ließ seinen Puls hochschnellen. Als stünde er unter Strom, zog Niklas sich das nasse T-Shirt über den Kopf. Fiebrig fuhr er sich mit den Fingern durchs Haar, als die Tür plötzlich aufging und Sophies wütendes Gesicht im Rahmen auftauchte. Sie trug nur ein Handtuch um den Körper, und ihr Haar fiel ihr in nassen Strähnen auf die schmalen Schultern. Ihre weit aufgerissenen Augen blitzten vor Zorn, als sie einen Schritt ins Zimmer machte und die Tür hinter sich schloss.

»Was sollte das?«, fuhr sie ihn an.

Als er sie geküsst hatte, waren ihre Lippen weich und sanft gewesen. Nun bebten sie förmlich.

»Du kannst mich nicht einfach küssen, wie es dir passt«, stieß sie wütend hervor, während er nur mit Mühe den Blick von ihr lösen konnte. Das Bild ihres nackten Körpers unter der Dusche blitzte immer wieder vor seinen Augen auf.

»Hör auf, daran zu denken«, fauchte sie, machte einen Schritt auf ihn zu und schubste ihn leicht von sich.

»Wowowo«, haspelte er und hielt sich abwehrend die Hände vor die Brust. »Woher willst du wissen, woran ich gerade denke?!«

»Du denkst so laut, dass es ein Tauber hören würde«, schnaubte sie und verengte die Augen.

Das nasse Shirt in seiner Hand wog plötzlich gefühlte drei Kilo.

»Willst du dir vielleicht erst mal was ...«

Weiter kam er nicht.

»Warum? Du hast doch schon alles gesehen.«

Eigentor.

Niklas öffnete den Mund, doch es kam nichts heraus. Herausfordernd starrte sie ihn an.

»Ich ... kann mich nicht konzentrieren ... wenn du ... so«, er zeichnete mit dem Finger in der Luft ihren Körper nach, »wenn du so vor mir stehst.«

Sie schüttelte ungläubig den Kopf.

»Du sollst dich auch nicht konzentrieren, sondern ...«

»Dann denke ich aber nur weiter daran, dich zu küssen«, unterbrach er sie.

Niklas konnte sehen, wie ihr die Maske vom Gesicht rutschte, wie sie erstarrte, schluckte, einen Schritt zurückwich und mit dem Rücken gegen die Tür stieß. Und er nutzte diesen Moment aus, um einen Satz nach vorn zu machen und seine Hände um ihre Taille zu legen, sie an sich zu ziehen. Ihre Hüften stießen aneinander, ihr Becken presste sich gegen seines. Als sie protestieren wollte, drängte er sie gegen die Tür, senkte den Kopf und küsste sie erneut. Forscher und gieriger als beim letzten Mal. Als Sophie ihren stummen Protest einstellte, breitete sich in seinem Körper eine Hitze aus, die ihm den Atem raubte. Er ließ seine Lippen über ihren Hals wandern, spürte das Zittern, das ihren Körper ergriff, und stöhnte auf, als sie die Hände um seinen Hals schlang und ihm die Antwort gab, auf die er gewartet hatte. Mit einer ungeduldigen Bewegung löste er das Handtuch von ihrem Körper, das geräuschlos zu Boden fiel. Er zog scharf die Luft ein und wanderte mit seinen Augen über ihre nackte Haut.

»Du bist so schön«, flüsterte er ihr ins Ohr und hinterließ eine heiße Spur Küsse auf ihrem Hals, ihrem Schlüsselbein, ihrem Dekolleté.

Als ihre Finger über seine Brust glitten und seine Wirbelsäule entlangfuhren, hatte er das Gefühl, zu verglühen. Heftig atmend ließ er zu, dass sie mit leicht zittrigen Fingern den Knopf seiner Hose öffnete. Als er schließlich nackt vor ihr stand, bemerkte er das Flattern in ihren Augen. Eine Sekunde lang rechnete er damit, dass sie die Notbremse ziehen und ihn ohrfeigen oder wegstoßen würde, doch sie presste sich nur fester an ihn und küsste ihn mit einer Leidenschaft, die ihn aufstöhnen ließ. Ineinander verschlungen taumelten sie zum Bett, wo er sie mit sich zog, bis sie auf ihm lag und ihn aus funkelnden Augen anstarrte.

»Sophie«, keuchte er und spürte ihren wilden Herzschlag.

Sie lächelte an seinen Lippen, bevor er erneut ihren Mund eroberte und sie mit aller Kraft herumwirbelte. Er wollte sie mit jeder Faser seines Körpers.

Sophie

Nach Maximilians Tod war Sophie eine Weile der festen Überzeugung gewesen, nie wieder in ihrem Leben mit einem anderen Mann schlafen zu können. Sie hatte sich der romantischen Idee hingegeben, für alle Zeiten Maximilian zu gehören, war sich sicher gewesen, dass niemand sie auf diese Weise berühren würde. Dass sie nur sechs Monate später unter einem anderen Mann liegen und ihn anflehen würde, nicht aufzuhören, hätte sie nicht für möglich gehalten.

Sie genoss das Gefühl seines heißen Atems an der Vertiefung ihres Schlüsselbeins, seines kräftigen Körpers, der sich über ihr und in ihr bewegte, als wäre er nur dafür geschaffen worden. Und sie genoss die Wellen der ungefilterten Empfindungen, die in regelmäßigen Abständen über sie hinwegschwappten. Wenn seine Zunge ihre Haut berührte, seine Finger über ihre empfindlichsten Stellen strichen. Wenn er ihr Bein anwinkelte, um sie noch mehr zu spüren.

Mit ihren Fingern fuhr sie ihm durch das dichte braune Haar, bis es wild von seinem Kopf abstand, ließ die Hände langsam über seine Haut gleiten und jagte auf diese Weise einen Schauer über seinen Rücken, der ihn zum Keuchen brachte.

Als sie schließlich atemlos nebeneinanderlagen, der Puls auf Rekordjagd, die Haut erhitzt, stellte Sophie erstaunt fest, dass sie keine Spur von Reue empfand. Sie hatte immer damit gerechnet, dass der erste Sex nach Maximilian Schuldgefühle in ihr auslösen würde, doch es war eher wie ein Knoten, der sich in ihr löste.

»Du denkst an … *ihn*«, flüsterte er, den Blick zur Decke gerichtet. Ihr Kopf schnellte in seine Richtung. »Du denkst so laut, dass es ein Tauber hören würde.«

Sie sah ihn an.

»Das ist es nicht«, sagte sie leise, während sie mit dem Finger die Muskelstränge auf seinem Bauch abfuhr. »Ich hätte einfach nie erwartet, dass …«, sie zögerte, »dass es … so … sein würde.«

Niklas rollte sich auf die Seite und musterte sie abwartend. Sophies Augen wanderten über seinen nackten Oberkörper, der genau an den richtigen Stellen Konturen hatte. Sie folgte der feinen Haarlinie unter seinem Bauchnabel.

»Konzentrieren«, neckte er sie und hob mit dem Finger ihr Kinn an, was sie verlegen lächeln ließ.

»Dass es so *gut* sein würde«, antwortete Sophie.

Ein breites Grinsen trat auf sein Gesicht, doch es verflüchtigte sich, als er ihren nachdenklichen Blick registrierte.

»Tut mir leid. Ich habe vergessen, dass es vor ihm … niemanden gegeben hat.«

»Mit Maximilian war es auch gut«, rechtfertigte sie sich sogleich, weil sie das Gefühl hatte, ihn in einem schlechten Licht dastehen zu lassen. Noch dazu gönnte sie Niklas den Triumph nicht, sich Maximilian gegenüber erhaben zu fühlen.

»Schon o.k.«, flüsterte er und hob abwehrend die Hand. »So war das nicht gemeint.«

Sophie seufzte.

»Sorry, ich mach gerade die Stimmung zunichte. Irgendwie komme ich mir vor wie eine Anfängerin.«

Sie fuhr sich mit den Händen durch das feuchte Haar, doch er schüttelte den Kopf.

»Glaub mir, hier«, er ließ seinen Finger zwischen sich und Sophie wandern, »war kein Anfänger im Spiel.«

»Klar«, murmelte sie spöttisch.

»Sophie, ich habe in meinem Leben mit ziemlich vielen«, er brach ab und grinste, »nein, das kommt jetzt irgendwie falsch rüber. Aber ich glaube, ich kann ganz gut beurteilen, ob das hier Durchschnitt war oder …«

Ihre Brauen schoben sich nach oben.

»… oder einfach nur unglaublich«, brachte er seinen Satz zu Ende.

Sophie spürte, wie ihr die Röte in die Wangen schoss, als das Wort »unglaublich« in ihrem Kopf hallte. Hatte er das gerade wirklich gesagt? Hatte er das, was zwischen ihnen geschehen war, tatsächlich »unglaublich« genannt? In ihren Augen war es das absolut gewesen, doch sie hätte niemals erwartet, es aus seinem Mund zu hören. Schließlich hatte er in den letzten Jahren keine Beziehung gehabt. Bei den meisten Männern kam das einher mit Bettgeschichten und One-Night-Stands. Vielen Bettgeschichten und One-Night-Stands. Sie hingegen hatte zwölf Jahre lang dieselben Lippen geküsst, denselben Körper gespürt, vertraute Berührungen genossen. Plötzlich durchdrang eine erschreckende Erkenntnis den Nebel in ihrem Hirn: Sie hatte keinen Schimmer, wie man sich in einer solchen Situation verhielt. Was man machen musste – danach.

»Äh, zurück zum Anfänger«, begann sie zögerlich. »Ist das jetzt der Moment, in dem ich mich mit meinen Klamotten aus dem Zimmer schleiche, und du sagst, dass du mich anrufst?«

Seine Mundwinkel zuckten verräterisch.

»Na ja, da ich das hier«, er zeichnete in der Luft Sophies Körper nach, »auf gar keinen Fall mit Dan teilen möchte, würde ich vorschlagen, dass *ich* mich mit meinen Klamotten aus dem Zimmer schleiche, und *du* sagst, dass du mich anrufst.«

Als Sophie stumm nickte, lachte er laut auf.

»Das war ein Witz.«

»Ein Witz«, wiederholte sie mit einem gezwungenen Lächeln, während er sich aufrichtete und die Beine aus dem Bett schwang.

Erneut fiel ihr Blick auf den feinen Schriftzug, der sich von seinem Rücken bis vor zu seinen Rippen zog. Sophie legte den Kopf schräg und musterte die Tinte auf seiner Haut. Sie hatte sich nicht getäuscht. Dort stand wirklich *Memento mori* – dezent, in einer schön geschwungenen Schreibschrift. Aus einem Impuls heraus streckte sie die Hand danach aus und fuhr mit den Fingerkuppen die Worte nach. Unter ihrer Berührung zuckte er zusammen. Sein Kopf schnellte nach hinten, und ein kritischer Ausdruck lag auf seinem Gesicht.

»Muss ich mir um deine Lebenslust Sorgen machen?«, zog sie ihn auf in der Hoffnung, seine Anspannung zu vertreiben.

Ohne ein Wort zu sagen, stand er auf, ging zu seinem Rucksack und zog frische Boxershorts und ein graues T-Shirt heraus. Sie beobachtete ihn dabei, wie er in das knittrige Oberteil schlüpfte und seinen Hintern in der Baumwolle verschwinden ließ. War es am Ende doch kein Scherz gewesen, dass einer aus diesem Zimmer ging und einer zurückblieb? Sophie kaute auf ihrer Lippe und zog sich die dünne Leinendecke bis zum Kinn, als wäre sie sich erst in dieser Sekunde ihrer Nacktheit bewusst geworden. Perplex sah sie ihm nach, als er zur Tür ging.

Niklas

Als er die Tür zu seinem Zimmer mit der Hüfte aufstieß, wäre er fast mit ihr zusammengestoßen. Kaffee schwappte aus den beiden Tassen auf den Holzboden, direkt vor ihre nackten Füße. Er konnte nicht sagen, wer von ihnen beiden ein verdutzteres Gesicht machte.

»Wo willst du hin?«, fragte er Sophie und zog die Brauen zusammen.

Sichtlich verwirrt wanderten ihre Augen zu den beiden Tassen in seinen Händen. Sie hatte sich ein weites weinrotes T-Shirt übergezogen, das ihr bis knapp über die Knie reichte und das ihm sehr bekannt vorkam.

»Du ... bist ... gegangen.«

»Ja, Kaffee holen«, erwiderte er und furchte die Stirn.

Unbeholfen standen sie sich im Türrahmen gegenüber.

»Hey, dasselbe hab ich auch«, flachste er und deutete auf das rote *Abercrombie*-Shirt, dessen weißer Schriftzug längst verblichen war.

»Ich hatte nichts zum Anziehen. Meine Sachen sind noch in der Dusche. Du kriegst es gleich wieder.«

Ihre Stimme hatte etwas Verlegenes. Aber da war auch noch etwas anderes. Trotz? Kränkung?

»Du hast ernsthaft geglaubt, ich lass dich hier einfach in meinem Bett zurück«, stellte er ungläubig fest und schüttelte den Kopf.

Was hielt sie eigentlich von ihm? Und für wen hielt sie ihn?

»Du hättest auch einfach sagen können, dass du Kaffee holst. Aber du ziehst es ja vor dichtzumachen, wenn es um Thailand geht.«

Die Worte kamen schnippisch aus ihrem Mund.

»Thailand«, wiederholte er skeptisch.

»Ja, Thailand. Darum geht es doch hierbei.«

Mit der Hand fuhr sie über die Tätowierung unter seinem Arm, die nun von Stoff verdeckt war. Er wich ein paar Zentimeter zurück.

»Memento mori? Gedenke des Todes?«

Seine Augen verengten sich. Dann drückte er ihr die Tasse entgegen und schob sie mit der freien Hand zurück ins Zimmer. Er bemerkte den Anflug von Protest, der sich in ihren Augen regte, doch sie ließ es zu.

»Ich spreche nicht gerne über Thailand«, sagte Niklas und setzte sich auf die Bettkante.

»Vielleicht ist das ja das Problem«, bemerkte sie kühl, ohne sich von der Tür wegzubewegen.

»Diese Tätowierung«, begann er nachdenklich. »Sie soll mich daran erinnern, wie wertvoll das Leben ist. Dass es jeden Moment vorbei sein kann. Dass es«, er holte Luft, »fast schon mal vorbei *war*.«

Er starrte in seine Tasse, aus der kleine Dampfwolken strömten, und fühlte einen unangenehmen Druck auf der Brust – wie immer, wenn er an diesen Tag dachte, der sein Leben verändert hatte. Erinnerungen blitzen auf und rasten durch seinen Kopf. Die Welle, die Schreie, die Angst, das salzige Wasser in seinem Mund, die brennenden Augen. Er sah sich rennen, nach Luft schnappen. Er sah die Toten, die vom braunen Sog verschluckt wurden, die einstürzenden Häuser, die toten Augen von Haley und japste nach Luft. Es war, als hätte sich eine eiskalte Hand um seine Lunge geschlossen. Dann spürte er eine sanfte Berührung auf seiner Schulter. Er sah auf und blickte in ihre großen blauen Augen. Ruhig ruhten sie auf ihm. Fast geräuschlos setzte sie sich neben ihn aufs Bett und bettete ihre Hand auf seinen Oberschenkel.

»Lass uns schwimmen gehen«, flüsterte sie. »Zusammen.«

Energisch schüttelte Niklas den Kopf. Auf gar keinen Fall würde er schwimmen gehen. Allein der Gedanke an Salzwasser schnürte ihm die Luft ab. Seine inneren Mauern fuhren hoch.

»Ich kann nicht.«

»Doch, du kannst.«

»Ich kann nicht. Und ich will auch nicht.«

Lächelnd legte sie den Kopf zur Seite und musterte ihn.

»Weißt du noch, jeden Tag eine Sache, die du noch nie gemacht hast.«

Ein bitteres Lachen kam aus seinem Mund.

»Oh, ich war schon mal im Meer schwimmen, keine Sorge.«

»Aber ... noch nie mit«, sie machte eine dramaturgische Pause, »mir.«

Seine Mundwinkel zuckten, als sie ihm zuzwinkerte.

»Tut mir leid, aber ich kann wirklich nicht.«

»Ja, das hab ich auch gesagt«, tönte Sophie. »Und dann kam der Typ mit dem Autoschlüssel.«

Obwohl ihm nicht danach zumute war, schmunzelte Niklas. War es möglich, dass sie ihn hier mit seinen eigenen Waffen schlug?

»Wenn ich mir deinen Rücken so ansehe, solltest du besser nicht in einem Bikini in der Sonne herumspringen«, brummte er.

»Um mich mach dir mal keine Sorgen. Ich kann auch so ins Meer.«

Grinsend zupfte sie an ihrem Shirt.

»Salzwasser zerstört die Farbe.«

»Gut, dass die kaum noch vorhanden ist.«

Niklas seufzte.

»Na schön, ich komme mit. Aber ob ich ins Wasser gehe, entscheide ich vor Ort.«

Charlie

»Habt ihr es schon gesehen?«

»Guten Morgen, Charlotte«, drang die Stimme ihrer Mutter aus dem Apparat. Ihre klare, akzentuierte Sprechweise ging Charlie bereits nach einer Silbe so auf die Nerven, dass sie es bereute, die Nummer ihrer Eltern nicht einfach vergessen zu haben. Es war Jahre her, dass sie freiwillig mit ihrer Mutter telefoniert hatte, und diese wenigen Worte riefen ihr sofort ins Gedächtnis, warum.

»Habt ihr es gesehen?«, fragte sie erneut.

»Ja, wir haben es gesehen«, antwortete ihre Mutter unaufgeregt.

Charlie presste die Lippen aufeinander, als könnte sie sich auf diese Weise daran hindern, etwas zu sagen, das sie später bereuen würde. Die krampfhafte Contenance dieser Frau brachte Charlie auf die Palme.

»Und? Habt ihr euren Winkeladvokaten darauf angesetzt?«

»Lass das, Charlotte.«

Lass das, Charlotte. Sie hätte ihre Mutter am liebsten lautstark nachgeäfft, damit sie sich einmal in ihrem Leben selbst zuhören musste. Auch wenn sie 600 Kilometer entfernt war, sah Charlie sie genau vor sich. Die faltenfreie Bluse, das sorgfältig toupierte Haar, die Perlenkette, die manikürten Finger, die den blütenweißen Porzellanhenkel einer Teetasse mit Pastellrosen umschlossen.

»Habt ihr oder habt ihr nicht?«

Charlie spürte kleine Gewitterwolken in ihrem Magen, die von Sekunde zu Sekunde größer wurden.

»Dr. Winkel ist bereits im Bilde und kümmert sich um die Angelegenheit. Wir brauchen allerdings Sophies Einverständnis, um dagegen vorzugehen.«

Die Angelegenheit. Charlie rollte mit den Augen. Ihre Mutter sprach ihre ganz eigene Sprache. Das war schon immer so gewesen.

»Ja, und habt ihr sie erreicht?«

»Nein, bisher nicht. Deine Schwester musste ja unbedingt ihr Handy zu Hause lassen. Tausendmal habe ich ihr gesagt, sie soll es wenigstens für den Notfall einpacken, aber auf mich hört ja niemand mehr.«

Charlie blies die Backen auf.

»Dann ruft doch einfach in ihrem Hotel an. Oder schreibt eine E-Mail. Ihr habt ja sicher den Namen.«

»Sie ist nicht mehr in diesem Hotel.«

»Häh?«

»Deine Schwester hat es vorgezogen, dort auszuchecken.«

Charlie kniff die Augen zusammen.

»Warum das denn?«

»Das wissen wir nicht. Dein Vater hat mit dem Hoteldirektor gesprochen, und wie es scheint, hat Sophie das Hotel vor etwa einer Woche verlassen und sich einen ...« Ihre Mutter machte eine Pause und räusperte sich. »Fahrer genommen.«

Sie ließ es wie eine ansteckende Krankheit klingen.

»Einen Fahrer? Allein?« Das ergab doch alles keinen Sinn. Ihre Schwester war überhaupt nicht der Typ dafür. »Schöne Scheiße!«

»Charlotte!«

Ein Lächeln spielte um ihre Lippen. Sie wusste, wie sehr ihre Mutter Fluchen verabscheute, dass sie regelrecht zusammenzuckte, wenn jemand »Arschloch« oder »beschissen« sagte. Und Charlie war jemand, der ohne »Arschloch« und »beschissen« keine Gespräche führen konnte. Sie fluchte am laufenden Band.

»Sollten wir uns Sorgen machen?«

Charlie wusste nicht, warum sie den Gedanken laut aussprach.

»Sophie ist nicht der Typ für Kurzschlussreaktionen.«

»Stimmt. Sie ist ja Gott sei Dank nicht so wie ihre abgefuckte Schwester.«

»Charlotte«, kam es wieder mahnend aus dem Mund ihrer Mutter. Als wäre Charlies Ausdrucksweise ihr einziges Problem.

Sophie

Sara und Dan frühstückten gerade auf der Terrasse, als Sophie ihnen mit gepackter Badetasche von ihren Plänen berichtete. Sie tauschten mehrmals Blicke aus, wobei Sophie nicht einschätzen konnte, ob der Grund hierfür ihr Vorhaben war oder das, was zwischen ihr und Niklas passiert war. Denn obwohl sie ihnen nichts davon erzählt hatte, las sie in ihren Gesichtern, dass sie sehr wohl wussten, dass sich etwas verändert hatte.

»Bist du dir sicher, dass dein Rücken das mitmacht?«

Sophie nickte, auch wenn ihre Haut noch immer leicht schmerzte. Sie hatte sich von Niklas gründlich mit Sonnencreme einreiben lassen und sich fest vorgenommen, sein rotes Shirt den ganzen Tag über anzubehalten.

Als Niklas auf der Terrasse erschien, gab er sich keine Mühe, seinen Missmut zu verbergen. Seine Kameratasche um die Schulter geschwungen, griff er wortkarg nach einem Stück Melone und schob es sich in den Mund. Sophie bemerkte den misstrauischen Blick, den Sara ihm zuwarf, und zweifelte kurz an ihrem Vorhaben. Vielleicht mutete sie ihm zu viel zu? Vielleicht war es idiotisch zu glauben, dass man seine Ängste einfach so über Bord werfen konnte, wenn man sich mit ihnen konfrontierte.

»In der Küche sind noch Kekse, wenn ihr welche mitnehmen wollt.«

Niklas verzog das Gesicht.

»Von Keksen hab ich erst mal genug«, brummte er.

Sophie fragte sich, ob die Kekse eine Metapher darstellen sollten, schob den Gedanken aber beiseite.

»Dann nehmt euch wenigstens ein paar Bananen mit«, sagte Sara und deutete mit dem Daumen hinter sich ins Haus. »Außer, du hast auch davon genug.«

Ihr Blick ging in Niklas' Richtung, doch er schwieg.

Als sie gemeinsam zum Jeep gingen – um Sophies Haut nicht unnötig der Sonne auszusetzen, hatten sie sich gegen den Roller entschieden –, gab Niklas sich wortkarg. Die ersten Fahrtminuten schwiegen sie sich an, obwohl Sophies Blick immer wieder kurz zu ihm huschte. Zum ersten Mal hatte sie keine Ahnung, worüber sie mit ihm reden sollte. Angesichts ihres Ziels war Thailand ein schlechtes Thema. Über das, was morgens zwischen ihnen passiert war, wollte er – typisch Mann – womöglich erst recht nicht reden. Dann waren da noch seine Fotos und der Job, wegen dem er hier war, aber darüber hatten sie bereits mehrfach gesprochen.

»Bist du auf Facebook?«, fragte sie schließlich und wollte es am liebsten gleich wieder zurücknehmen, als er zu lachen begann.

»Das weite Feld der Small-Talk-Fragen liegt vor dir, und du entscheidest dich dafür.«

Röte schoss ihr in die Wangen.

»Nein«, antwortete er langsam und deutlich, ohne sie anzusehen. »Bist du denn auf Facebook?«

Der Spott in seiner Stimme entging ihr nicht.

»Nein«, murmelte sie.

Im Gegensatz zu Maximilian hatte Sophie sich in sozialen Netzwerken nie zu Hause gefühlt. Eine Weile hatte sie es ausprobiert und sich ein Profil bei Facebook angelegt, doch nach ein paar Monaten hatte sie digitalen Selbstmord begangen und ihr virtuelles Ich wieder gekillt. Ihr soziales Netzwerk beschränkte sich nun auf ihre Schwester, ein paar Studienfreunde, mit denen sie regelmäßig telefonierte oder ausging, und ihre Eltern.

»Wie stehst du zur globalen Erwärmung?«, zog er sie auf. »Glaubst du an den Urknall? Ist Tupac noch am Leben? Gibt es außerirdisches Leben? Und was tust du gegen das Walsterben?«

Sophie rollte mit den Augen und verschränkte die Arme vor der Brust.«

»Wenn du nicht gesprächig wie ein Sack Kartoffeln wärst, müsste ich nicht zum Small Talk greifen.«

Theatralisch fasste er sich ans Herz.

»Das tat weh.«

Genervt blies sie die Backen auf und sah aus dem Fenster.

Eine ganze Weile sagte niemand etwas. Den Kopf gegen die Scheibe gelehnt, ließ sie die Landschaft an sich vorbeiziehen, die zuckerwattigen Wolken am Himmel, die grünen Weiten.

»Hast du die Fotos dabei?«, fragte er irgendwann und riss sie aus ihrem Dämmerzustand.

Seine Frage war aus dem Nichts gekommen, und einen Moment lang war sie zu verdattert, um zu antworten.

»Die Fotos?«

»Von ihm.«

Ihm. Warum klang dieses Wort aus seinem Mund nach drei Großbuchstaben? Angestrengt blickte er auf die Straße vor sich, obwohl diese leer und fast unbefahren war. Sophie erstarrte innerlich, als sie an die Fotos dachte, die sie in ihrer Handtasche aufbewahrte – und die sie seit Tagen nicht mehr angerührt hatte. Das letzte Mal auf dem Vulkan, erinnerte sie sich. Ein seltsames Gefühl machte sie sich in ihr breit, und die Erkenntnis traf sie hart. Sie hatte die Fotos vergessen. Sie hatte Maximilian vergessen. Vor lauter Sonnenbrand. Vor lauter Niklas. Vor lauter Meer und Strand. Schuldbewusst senkte sie den Blick.

»Du hast ein schlechtes Gewissen wegen heute Morgen«, deutete er ihr Schweigen.

Die Worte kamen hölzern aus seinem Mund.

»Also reden wir *doch* über heute Morgen?«

Kurz schielte er zu ihr rüber.

»Bevor du mich am Ende noch fragst, ob ich bei Instagram bin ...«

Sein Grinsen wirkte sich beruhigend auf sie aus.

»Ich wusste nicht, ob man das macht«, flachste sie, doch er nahm es ernst und blies angestrengt die Backen auf.

»Meine Güte«, seufzte er entnervt. »Glaubst du wirklich, dass das ein bescheuerter One-Night-Stand für mich war?«

Sie schluckte.

»Dass ich dich einfach nur flachlegen wollte?«

Seine Augen funkelten finster.

»Und ... was ist es?«, fragte sie und zuckte mit den Schultern.

Auf einmal merkte Sophie, dass sie sich diese Frage auch selbst stellen musste. Was war das zwischen ihnen? Ein Urlaubsflirt? Trost-Sex? Und was würde passieren, wenn sie diese Insel in zwei Tagen verließ? Würde sie ihn wiedersehen wollen? Würde er sie wiedersehen wollen? Ihre Leben waren so unterschiedlich. Und ihr eigenes war ein einziger Trümmerhaufen. Wie würden ihre Freunde reagieren? Ihre Eltern? Maximilians Eltern? Sein Tod lag nur etwas mehr als sechs Monate zurück. Ein Trauerjahr hatte zwölf. Gab es das überhaupt noch? Ihre Schläfen begannen zu pochen.

»Keine Ahnung, aber ich für meinen Teil würde es gerne herausfinden«, antwortete er mit Verzögerung und blickte sie hoffnungsvoll an.

»Ich auch«, flüsterte sie nach ein paar Sekunden der Stille und legte ihre Hand vorsichtig auf seine.

Sophie

»Was ist das Erste, was du machst, wenn du nach Hause kommst?«, fragte er, als sie im Schatten einer Palme lagen und die Einsamkeit genossen, die dieser Ort ausstrahlte. Sophie hatte den Kopf auf seine Brust gelegt und lauschte seinem Herzschlag. Außer ihnen lag niemand sonst am Strand, der nur über eine steile Steintreppe zu erreichen und auf keinem Straßenschild zu finden war.

Sophie musste eine ganze Weile über seine Frage nachdenken, und am Ende kamen nur banale Antworten wie »Blumen gießen« und »einkaufen« dabei heraus. Die erschreckende Wahrheit war, dass es nichts gab, worauf sie sich freute. Der Gedanke an ihre leere Wohnung jagte ihr ebenso Angst ein wie die Vorstellung, zurück in die Kanzlei zu müssen.

»So viele Ideen?«, flachste er.

»Was machst du?«

Vielleicht würde er nicht merken, dass sie der Frage aus dem Weg ging.

»Kino mit Greta.«

Der Name ließ sie aufhorchen.

»Meiner kleinen Nichte«, fügte er hastig hinzu, weil er wohl bemerkt hatte, wie sie sich versteift hatte. »Ich habe versprochen, mit ihr in diesen neuen Animationsfilm zu gehen. Irgendwas mit … äh … einer Ballerina.«

Sophie schmunzelte, als sie sich Niklas mit einem kleinen Mädchen an der Hand vorstellte.

»Wartet sonst noch jemand ... auf dich?«, fragte sie bedacht.

Sie glaubte, sich zu erinnern, dass er irgendetwas angedeutet hatte, aber es hatte sich nicht fest genug in ihr Gedächtnis gebrannt, wie sie nun feststellen musste. Aber sein Schweigen verriet ihr, dass sie es sich nicht eingebildet hatte, und Sophie versuchte, sich innerlich zu wappnen.

»Nein, eigentlich nicht.«

»Eigentlich?«

»Nein«, wiederholte er nun bestimmt. »Es wartet niemand auf mich.«

Erleichterung überflutete sie. Mit seinem Daumen strich Niklas ihr zärtlich den Hals entlang. Eine Gänsehaut breitete sich auf ihrem Körper aus. Bevor seine Hand die Gelegenheit bekam, tiefer zu wandern, richtete sie sich auf und sah ihn herausfordernd an.

»Ich will schwimmen gehen.«

Sein Gesichtsausdruck veränderte sich sogleich.

»Mit dir.«

Grimmig wanderten seine Augen zum Meer, das ruhig und sanft vor ihnen lag.

»Es kann nichts passieren«, flüsterte Sophie und berührte seine stoppelige Wange. »Wir können jederzeit wieder raus.«

»Geh ohne mich.«

Es klang wie ein Flehen, doch sie schüttelte den Kopf.

»Wir gehen zusammen oder gar nicht.«

»Dann gar nicht«, schoss es aus seinem Mund.

Er lächelte schwach.

Sophie stütze sich vom Boden ab und stand auf. Als sie ihm die Hand reichte, zögerte Niklas.

»Ich fahre wieder Auto nach diesem Urlaub. Und du«, sie deutete auf ihn, »wirst wieder ins Meer gehen.«

In seinem Kopf ratterte es in diesem Moment, das wusste sie. Trotzdem ließ sie nicht locker.

»Vertrau mir.«

Ein kehliger Laut drang aus seinem Mund. Sophie streckte ihm ein zweites Mal ihre Hand entgegen. Und Niklas ergriff sie.

Hand in Hand liefen sie durch den heißen Sand. Kurz bevor ihre Füße von Wasser umspielt wurden, blieb Niklas abrupt stehen. Sein Kiefer verriet die Anspannung in seinem Körper. Unschlüssig ruhte sein Blick auf der klaren blauen Oberfläche, die sich schier ins Unendliche erstreckte.

»Wenn du jetzt nicht reingehst«, wisperte sie an sein Ohr, »erfährst du nie, ob ich es zu Eis gefrieren lassen kann.«

Seine Mundwinkel schoben sich leicht nach oben.

»Auf drei?«

Er nickte.

»Eins«, flüsterte Sophie, »zwei ...«, sie griff nach seiner Hand, »und ... drei.«

Niklas

Er hatte vergessen, wie schön das Meer war – wenn es sich nicht zu monsterartigen Wellen aufbäumte und ganze Landstriche verwüstete. Wie sanft es sein konnte, wenn es still in der Bucht lag und in der Sonne glitzerte, während in seinem Kopf das halb akustische Surfergedudel von Jack Johnson in der Dauerschleife lief.

Sophie hatte ihn nur ein paar Meter hineingezogen, und nun saßen sie nebeneinander im seichten Wasser und vergruben ihre Füße im Sand. Das rote T-Shirt klebte nass an ihrem Körper und beulte sich immer wieder aus, wenn eine Welle anrückte. Sehnsüchtig wanderten seine Augen über ihre langen Beine, die von einer dicken Schicht Sonnencreme überzogen waren und schneeweiß unter der Wasseroberfläche schimmerten. Selbst in diesem Aufzug war sie noch atemberaubend. In diesem Moment wurde ihm bewusst, dass es ihm nicht reichte, diesen Tag am Strand mit ihr zu verbringen, diese wenigen Tage auf Bali, die ihnen noch blieben. Er wollte mehr. Alles. Aber wollte sie das auch? Aus dem Augenwinkel beobachtete er sie. Noch vor ein paar Monaten hatte sie heiraten wollen, sich für immer an einen Mann binden, der nun tot war. Seine Bilder waren in ihrem Zimmer. Diese Reise hier hatte *er* ihr geschenkt. Missmutig blickte Niklas dem Horizont entgegen. Es würde schwer werden. Verdammt schwer. Entweder würde diese Frau ihn zum glücklichsten Glückspilz machen – oder sein Herz in Stücke reißen. Etwas dazwischen konnte es unmöglich geben.

Ihr sanfter Kuss löste seine Zweifel in Luft auf. Es war das erste Mal seit heute Morgen, dass ihre Lippen seine berührten, und das Kribbeln in seinem Unterleib war sofort zur Stelle. Wie Magnete hefteten sich ihre Augen auf seine und ließen das Kribbeln zu einem einzigen Pochen werden. Willenlos ließ er zu, dass sie sich rittlings auf ihn schob und seinen Rücken in den Sand drückte. Wasser umspielte seine Schultern, seinen Nacken, seinen Bauch, als sie sich zu ihm herunterbeugte und ihn voller Verlangen küsste. Sämtliche Alarmanlagen in seinem Kopf schrillten mit gefühlt 100 Dezibel auf. Seine Hände fuhren unter ihr nasses Shirt, berührten die glatte Haut um ihre Hüften, bis sie nach Luft schnappte.

»Du weißt, dass das ein öffentlicher Strand ist«, murmelte er in ihr nasses Haar hinein.

»Und du weißt«, erwiderte sie grinsend, »dass ich uns da rausklagen kann.«

»Auf den Prozess«, er zog sie ganz zu sich herunter, »bin ich jetzt schon gespannt.«

Er hörte sie noch kichern, bevor sie von einer Welle überrascht wurden, die über ihre verschlungenen Körper hinwegschwappte. Wasser drang in seine Nase und in seinen Mund, und für eine Sekunde bekam er keine Luft mehr. Panisch schoss er hoch und warf ihren leichten Körper regelrecht ab. Aus dem Augenwinkel sah er, wie sie unsanft neben ihm landete und hustete.

»Heyheyhey«, flüsterte sie und legte ihm beruhigend die Hand an die Wange. »Alles gut, war nur Wasser.«

Das gleiche Herz, das vor wenigen Sekunden noch Loopings geflogen war, hämmerte nun schmerzhaft in seiner Brust. Seine inneren Mauern zogen sich wieder hoch. Er wollte weg hier. Er musste weg. Sofort. Da spürte er ihre Hand, die nach seiner griff und sie sanft drückte.

»Es ist nichts passiert«, murmelte sie und sah ihn aus großen blauen Augen an.

Sein Puls verlangsamte sich. Seine Atmung wurde gleichmäßiger, bis das Rauschen der Wellen wieder etwas Entspannendes hatte.

»Ich glaube, wir hätten das besser im Sitzen machen sollen«, flachste Sophie und brachte ihn zum Lachen. »Raus mit dir, Arielle.«

Sie stemmte sich mit beiden Händen hoch und reichte ihm die Hand, die er sofort ergriff.

»Hast du mich da gerade wirklich Arielle genannt?«

Seine Augen funkelten verdächtig. Als sie diebisch grinste, hob er sie ruckartig hoch und warf sie über seine Schulter. Sophie kreischte auf und zappelte mit den Beinen.

»Ich. Bin. Triton«, brummte er mit tiefer Stimme und gab ihr einen Klaps auf den Hintern, bevor er sie zum Badetuch trug und absetzte.

Sophie

Als sie gegen Abend zurück nach Ubud fuhren, erfasste Sophie eine bleierne Müdigkeit. Die Mischung aus Sonne, Wind und Wasser hatte ihr regelrecht die Energie aus dem Körper gesogen, und es kostete sie einige Mühe, wenigstens ein paar Kilometer die Augen offen zu halten, bevor sie in einen tiefen Schlaf sank. Sie erwachte erst wieder, als der Jeep zum Stehen kam und ihr ein klickendes Geräusch verriet, dass jemand ihren Gurt geöffnet hatte.

»Aufwachen, Schlafmütze«, drang eine gedämpfte Stimme an ihr Ohr.

Widerwillig öffnete sie die Augen und erblickte Saras und Dans Haus im Dämmerlicht. Niklas' Kopf schob sich in ihr Blickfeld. Zärtlich drückte er ihr einen Kuss auf die Stirn, und ein wohliges Gefühl überkam sie.

»Können wir das erst mal noch für uns behalten?«, fragte sie ihn mit Blick zur Tür.

»Das was?«, zog er sie auf.

»Das.«

Sie ließ ihren Finger zwischen ihm und sich hin- und herwandern, weil sie selbst nicht wusste, was es war oder werden würde.

»Ich meine, wir wissen ja noch nicht …«

Er nickte verständnisvoll, und ein Gefühl von Erleichterung überkam sie.

»Sehe ich auch so. Steig aus, Miss Daisy.«

Sophie sah ihn fragend an.

»Ich muss dir dringend Nachhilfe in Filmklassikern geben«, seufzte Niklas kopfschüttelnd und reichte ihr wie ein Chauffeur die Hand.

Als sie nebeneinander zum Haus liefen, zwitscherten die Vögel, als wären sie ein Empfangskomitee. Sophie ahnte, wie sehr sie diesen Klang vermissen würde, wenn sie wieder in ihrer Wohnung in München war, und spürte einen wehmütigen Stich im Herzen.

Der Geruch von verbrannter Schokolade hing in der Luft, als sie die Tür öffnete.

»Oje, Sara hat gebacken«, murmelte Niklas und verzog das Gesicht.

»Das hab ich gehört«, drang ihre Stimme aus der Küche.

»Ich fürchte, das wird nichts ändern«, sang er laut in ihre Richtung, während ein Blech krachend zu Boden ging.

»Das vielleicht schon«, bemerkte er grinsend.

»Na, hattet ihr einen schönen Tag?«

Dan kam die Treppe herunter und verzog das Gesicht.

»Oje, hat sie gebacken?«

Mit dem Finger deutete er in die Küche.

»Das hab ich auch gehört«, ertönte Saras Stimme.

Er zog eine Grimasse und widmete sich wieder Niklas und Sophie.

»Die Bucht war unglaublich schön. Danke für den Tipp«, sagte Sophie. »Wir hatten den ganzen Strand für uns.«

Wir. Für uns. Autsch.

Ein undurchschaubares Lächeln trat auf Dans Gesicht. Sie fluchte in sich hinein.

»Äh, ja, war eine echt gute Idee, Sophie«, schaltete sich Niklas ein und klang ungewohnt kumpelhaft.

»Wollt ihr ein Stück Kuchen?«, rief Sara aus der Küche.

»Nein, danke«, antworteten alle im Chor und eine Spur zu schnell.

Peinlich berührt kniff Sophie die Augen zusammen.

»Es wäre auch noch Nudelsuppe da.«

Nudelsuppe klang wunderbar in Sophies Ohren. Am Strand hatten sie sich nachmittags eine Tüte Chips geteilt, doch inzwischen gab ihr Magen knurrende Geräusche von sich. Sie sah zu Niklas, der jedoch den Kopf schüttelte.

»Für mich nicht. Ich spring schnell unter die Dusche und mach mich dann an die Arbeit.«

»Arbeit?«, fragte Dan.

Mit den Händen formte Niklas eine Kamera und machte »klick«.

»Die Leute vom Verlag wollten sich heute per Skype melden. Wir müssen über die Fotos sprechen.«

Sophie war überrascht, denn er hatte seinen Job den ganzen

Tag über nicht erwähnt. Entweder war es ein Täuschungsmanöver im Rahmen seiner »Wir behalten es für uns«-Strategie oder ein Termin, den er nicht für wichtig genug erachtete, um ihr davon zu erzählen. Ehe sie sich versah, hatte Niklas sich bereits an Dan vorbeigeschoben und lief die Treppen hinauf.

»Essen wir beide einen Teller Suppe?«, fragte Dan sie erwartungsvoll.

Sophie nickte zustimmend. Kurz darauf saßen sie sich auf der Terrasse gegenüber und löffelten klare Brühe aus braunen Keramikschalen. Die Suppe war lauwarm und schmeckte nach Koriander und Zitronengras.

»Hat sie nicht was von Nudeln gesagt?«, murmelte Dan in seinen Bart.

Sophie zuckte mit den Schultern und schmunzelte. Abgesehen von ein paar Vögeln lag eine angenehme Stille in der Luft.

»Das werde ich vermissen«, seufzte sie und schloss einen Moment lang die Augen.

»Zu Hause warten sicher auch schöne Dinge auf dich.«

Er lächelte ihr aufmunternd zu, doch Sophies Miene war finster.

»So schlimm?«

Sie seufzte.

»Nein. Es ist nur ... Als ich hierhergekommen bin, war alles anders. *Ich* war anders. Irgendwie kann ich mir nicht vorstellen, in meinen Alltag zurückzukehren, als wäre nichts gewesen.«

Je länger sie darüber nachdachte, umso überzeugter war sie, dass sie mit »Alltag« eigentlich ihren Job meinte. Der Gedanke, jeden Tag in der Kanzlei von Maximilians Familie zu verbringen und stapelweise Verträge zu prüfen und zu bearbeiten, widerte sie regelrecht an. Was war nur los mit ihr?

»Dann tu's nicht.«

Fragend hob sie die Brauen.

»Soll ich etwa nach Bali auswandern?«, flachste Sophie.

»Vielleicht nicht gleich so extrem. Aber du hast selbst in der Hand, wie dein Alltag aussieht. Und wenn er dir nicht gefällt ... ändere was.«

Ein gemütliches Lächeln trat auf sein Gesicht.

»Wenn es nur so leicht wäre.«

»Manchmal ist es das tatsächlich. Manchmal braucht man auch ein wenig Geduld.«

Er tauchte den Löffel in die Suppe und fischte eine einsame Nudel heraus.

»Aber am Ende findet man das, was man sucht.«

Sophie

Niklas ließ sich den ganzen Abend nicht mehr auf der Terrasse blicken, und obwohl sie ein paar nette Stunden mit Sara und Dan verbrachte, sehnte sich Sophie nach seiner Nähe. Ein paarmal war sie kurz davor, sich zu verabschieden und ihn aufzusuchen, doch die Vernunft in ihr setzte sich durch. Wenn Niklas sie hätte um sich haben wollen, hätte er das anders gezeigt. Sie wohnten schließlich unter demselben Dach. Vielleicht musste er tatsächlich ein wichtiges Gespräch führen oder seine Fotos bearbeiten. Just als sie den Gedanken an ihn beiseiteschieben wollte, fragte

Sara, wie in aller Welt sie es geschafft hatte, Niklas zum Schwimmen zu bringen.

»Schwimmen ist übertrieben. Er war nur ein paar Meter im Meer. Nur dort, wo es seicht war.«

Ihre verschlungenen Körper im Sand taten sich vor ihrem geistigen Auge auf, und Sophie hatte Mühe, die Bilder zu verscheuchen.

»Ich hätte trotzdem nicht gedacht, dass du das hinbekommst«, sagte Dan mit seiner brummigen Stimme und lächelte ihr anerkennend zu. »Seit Thailand hat er das Meer regelrecht gehasst. Ich wollte ihn einmal mit zum Segeln nehmen. Keine Chance.«

»Du hast eben keine langen blonden Haare, mein Lieber«, zog Sara ihn auf und drückte ihm liebevoll die Hand.

Sophie errötete.

»Na ja, er hat einfach nur einen Schubs gebraucht.«

Sara runzelte die Stirn.

»Ich glaube, es ging eher darum, *wer* ihm diesen Schubs verpasst.«

Sophie senkte den Blick, als ihr erneut die Hitze in die Wangen schoss.

»Ich bin sehr froh, dass er dich getroffen hat, Sophie. Nach Haleys Tod ist Nick für uns wie ein Sohn geworden. Ich ... ich will, dass er glücklich ist.«

Sophie wusste, wohin dieses Gespräch führen würde, und sie wusste, dass sie dort nicht hinwollte. Entsprechend erleichtert war sie, als Sara ein anderes Thema anschnitt. Viel davon bekam sie allerdings nicht mit, weil ihre Gedanken schlagartig wieder um ihn kreisten.

»Sophie?«

Sie zuckte zusammen und hob den Kopf.

»Was?«

Sara und Dan musterten sie amüsiert.

»Wann dein Flug geht.«

»Mein Flug«, faselte sie. »Äh … übermorgen. Um etwa 14 Uhr, glaube ich.«

Sara nickte.

»Wir fahren dich natürlich zum Flughafen.«

»Das müsst ihr nicht. Ich kann mir ein Taxi bestellen.«

Oder Niklas fragen?

»Das wäre ja noch schöner. Wir bringen dich gerne hin, Liebes.«

Entschlossenheit schwang in ihrer Stimme mit, und Sophie ahnte, dass Sara nur ein »ja« akzeptieren würde.

»O.k.«, beugte sie sich lächelnd.

»Möchtest du noch ein Glas?«

Dan hob die Flasche Rotwein an, doch Sophie schüttelte den Kopf und gab sich müde.

»Ich glaube, ich gehe langsam ins Bett.«

Sie setzte das Glas an und trank einen letzten Schluck, bevor sie sich erhob und Sara und Dan eine gute Nacht wünschte. Auf dem Weg ins Atelier blieb sie kurz vor Niklas' Tür stehen und lauschte. Gedämpft drangen Stimmen an ihr Ohr. Er schien zu telefonieren oder zu skypen. Vielleicht würde sie es später noch einmal versuchen. Oder sich bis morgen früh gedulden müssen.

Als sie sich auf das Sofa im Atelier legte, spürte sie, wie müde sie der Cocktail aus Sonne und Rotwein gemacht hatte. Erschöpft ließ sie den Kopf auf das Kissen sinken. Letzte Nacht um diese Uhrzeit hatte sie hier neben ihm gelegen, sich von ihm pflegen lassen. Sehnsüchtig blickte sie zur Tür und wünschte sich einen

Augenblick lang, sie würde aufgehen. Doch das tat sie nicht. Nicht jetzt, nicht zehn Minuten später. Sophie löschte das Licht und legte sich, die Arme hinter dem Kopf verschränkt, auf den Rücken. Als sie genug davon hatte, wechselte sie auf den Bauch. Und zur Seite. Und wieder auf den Rücken. Irgendwann schlief sie endlich ein.

Als sie aufwachte, war es stockfinster. Vier, fünf Sekunden lang hatte sie keine Ahnung, wo sie war. Im hintersten Winkel ihres Gehirns blinkte ein Lämpchen auf. Bali. Sara und Dan. Atelier. Ihr Körper entspannte sich sogleich. Ein Blick auf die Uhr verriet ihr, dass es kurz nach drei war. Entspannung zu Ende. Sie hatte keine drei Stunden geschlafen und fühlte sich putzmunter. *Super.* Zu Hause in München würde sie jetzt nach ihrem Handy greifen (nicht vorhanden), ein Buch aufschlagen (nicht vorhanden) oder den Fernseher einschalten (nicht vorhanden). Da es mindestens 25 Jahre her war, dass sie zum letzten Mal an den Erfolg von Schäfchenzählen geglaubt hatte, schwang sie ihre Beine aus dem Bett und tapste zur Tür. In Dans Bücherregal gab es sicher irgendeinen dicken Schinken, der ihr beim Einschlafen helfen würde. Doch bevor sie die Treppe erreichte, bemerkte Sophie den feinen Lichtstrahl, der aus Niklas' Zimmer drang. Die Tür war nur angelehnt. Ob er noch wach war? Ihre Haut begann zu kribbeln. Zaghaft drückte sie den Zeigefinger gegen das dunkle Teakholz, bis sich die Tür so weit geöffnet hatte, dass sie hineinspitzen konnte. Das Licht kam von seinem Laptop, doch die gleichmäßigen Atemgeräusche verrieten ihr, dass Niklas tief und fest schlief. Wahrscheinlich war er beim Arbeiten eingeschlafen. Auf Zehenspitzen schlich sie zum Bett und betrachtete gerührt den verrenkten Körper. Das Kopfkissen hatte er sich unter den Arm geklemmt und sein linkes Bein um das dünne Laken geschlungen. Etwas in ihr wollte den Arm ausstrecken und ihn berühren, über seine Haut streichen und sich neben ihn legen. Vorsichtig hob sie das Notebook an und trug es vom Bett zum Tisch. Gerade als sie es zuklappen wollte, erhaschten ihre Augen einen Blick auf das Display. Sophie stutzte. Es war ihr eigenes Gesicht, in das sie blickte. Ihr Gesicht in Großaufnahme und Schwarz-Weiß. Stirnrunzelnd betrachtete sie die Frau im Halbprofil, ihr helles Haar, das ihr glatt über die Schultern fiel, die schmale Nase, die hohen Wangenknochen, die geschwungenen Brauen, die großen Augen, die fast andächtig auf etwas gerichtet waren, was sie in ihren Händen hielt: ein Foto. Sophie schluckte. Sie wusste genau, wo diese Aufnahme entstanden war. Der Tempel im Regenwald. Der Teich mit den Lotusblüten. Sie hatte Maximilians Foto dort abgelegt, und Niklas musste sie genau in diesem Moment fotografiert haben. Sophie spürte einen unangenehmen Druck auf ihrer Brust, und er verstärkte sich, als sie begriff, dass das, was sie vor sich sah, nicht einfach nur ein Foto war. Zitternd fuhren ihre Finger über das Touchpad und scrollten nach oben. Weitere Aufnahmen kamen zum Vorschein, flogen regelrecht über den Bildschirm. Sie am Tanah Lot Tempel, sie in den Reisfeldern, am Bratan See. Immer war es dieselbe Situation, immer derselbe Ausdruck in ihren Augen. Als sie nicht mehr weiterscrollen konnte, hafteten sich ihre Augen an die Überschrift, die in großen schwarzen Buchstaben auf dem Bildschirm prangte.

»Bilder von dir«, murmelte Sophie und stutzte.

Bilder von dir?

Ohne es zu wollen, hatte sie plötzlich diesen Song im Kopf, den sie irgendwann Ende der 90er einmal gemocht hatte, wenn er im Radio lief. *Bilder von dir überdauern bis in alle Zeit. Bilder von dir überdauern bis in die Ewigkeit.* Ihre Augen flatterten, als sie über die wenigen Zeilen flog, die unter der Überschrift prangten. Nur mit Mühe konnte ihr Gehirn verarbeiten, was ihre Augen einfingen. Ihren Namen, Maximilians Namen, Wörter wie Flitterwochen und Bali, Trauer und Abschied, Porträts und Liebe. Schwarze Buchstaben auf weißem Hintergrund. Sie schluckte. Was bitte war hier los? Ihr Blick schnellte zur Adresszeile.

»www.globe-magazin.de«, murmelte sie.

Auch wenn Sophie nicht wusste, was das *Globe Magazin* war, verfiel sie in eine Art Schockstarre. Eine böse Vorahnung beschlich sie, als ihr Blick auf die anderen Tabs fiel, die im Browser geöffnet waren. Zitternd klickte sie auf den ersten und gelangte zur Seite der Huffington Post.

»Diese Geschichte rührt zu Tränen«, las Sophie mit bebender Unterlippe und starrte ungläubig auf das Foto, das direkt unter der Überschrift prangte und sie vor Nyomans blauem Warung zeigte. Bestürzt wanderten ihre Augen über die schwarzen Buchstaben. »… nahm die junge Frau nun auf ganz besondere Weise von ihrer großen Liebe Abschied.«

Sophie wurde schlecht. Die Buchstaben vor ihren Augen begannen zu tanzen. Sie musste raus aus diesem Zimmer. Mit dem Notebook im Arm steuerte sie blindlings auf die Tür zu, stolperte fast über Niklas' Sneakers auf dem Boden und rang nach Luft. Mit klopfendem Herzen drehte sie sich um und stellte erleichtert fest, dass sie ihn nicht geweckt hatte. Sophie konnte sich jetzt nicht mit ihm auseinandersetzen. Sie war zu verwirrt, zu aufgewühlt, um Klarheit in das Chaos in ihrem Kopf zu bringen. Ihre Gedanken waren wie lose Fäden im Wind.

Im Atelier setzte sie sich, den Laptop im Schoß, auf das Schlafsofa und klickte sich durch die anderen Artikel. Ein Blogger namens »Phototramp« hatte auf seiner Website mehr als 15 Fotos von ihr veröffentlicht, darunter eines, dessen Anblick ihr wie ein Dolch ins Herz fuhr. Es zeigte nichts als das kleine Bündel Fotos, zusammengehalten von einer blauen Schleife. Sophies Augen füllten sich mit Tränen. Sie rang nach Luft, nach Fassung, nach irgendetwas. Im Schnelldurchlauf sah sie sich die anderen Seiten an.

»Zum Weinen schöne Bilder«, las sie auf der Homepage einer Münchner Tageszeitung. »Romantisch bis in die Ewigkeit«, titelte jolie.de.

Dann war da noch ein Frauenmagazin, das sie nicht kannte, ein Blog namens *Reisenomaden*, der Online-Auftritt der *Zeit* – und sein E-Mail-Account. Sophie stutzte, als sie den Posteingang vor sich sah. In ihrem Kopf begann ein Boxkampf zwischen Engelchen und Teufelchen. Nein, das würde sie nicht tun. Sie würde nicht seine E-Mails lesen. *Er hat dich verraten, flüsterte* eine Stimme. Gequält schloss Sophie die Augen. Gerade als sie das Fenster schließen wollte, fingen ihre Augen ein nicht unwesentliches Detail ein.

»Hallo, Phototramp« stand unter dem Yahoo-Symbol in der linken Ecke des Bildschirms. *Phototramp*. Die Erkenntnis brach über sie herein. Er war Phototramp. Er hatte die vielen Fotos auf seinem Blog veröffentlicht. Sophie kämpfte gegen den Würgereiz. Ihre moralischen Grundsätze waren plötzlich wie weggefegt, als sie die Absender überflog. Pia Stegner, Amazon, Jakob Eisele … und *Globe Magazin*. Ihr Herz hämmerte schmerzhaft gegen ihre Rippen, als sie die Mail öffnete. Der Verlauf bestand aus etwa sechs Nachrichten, doch sie nahm sich nur die obersten beiden vor. »Wow« stand als Betreffzeile in der aktuellsten Mail, die er am gestrigen Abend erhalten hatte.

Von: cornelius.holtkamp@globe-magazin.de
An: niklas.goldmann@yahoo.de

Hey Niklas,
die Story ist der absolute Renner im Netz. Wird geklickt wie blöd. Meld dich, wenn du in München bist. Hab vielleicht ein Angebot für dich. VG, Cornelius.

Sophie schüttelte ungläubig den Kopf und klickte weiter zu einer älteren Mail. Dem Datum nach hatte Niklas sie vor etwa fünf Tagen bekommen.

Von: cornelius.holtkamp@globe-magazin.de
An: niklas.goldmann@yahoo.de

Hallo Niklas,
gute Story, gute Bilder. Für unser Special leider nicht ganz geeignet. Wir bringen sie online. Da geht so was immer. Wo du nur immer diese Leute auftreibst … ;-)
VG
Cornelius

Fassungslos starrte Sophie auf den Bildschirm. Eine schreckliche Erkenntnis nahm in ihrem Kopf Gestalt an. Er hatte ihre Geschichte benutzt. Benutzt und verkauft.

Charlie

»Ist das Ihr beschissener Ernst?«, fluchte Charlie ins Telefon, während sie Bierflasche für Bierflasche in den Kühlschrank hinter dem Tresen stapelte. Aus den Boxen drang die kehlige Stimme von Tom Odell. Doch obwohl Charlie, wenn sie morgens ihre Bar aufräumte, ruhige, reduzierte Klänge bevorzugte, erschienen sie ihr in diesem Moment absolut unpassend. Wäre ihr Leben ein Film, müsste jetzt »Rammstein« einsetzen. Etwas Lautes und Zorniges beschrieb wohl besser, wie sie sich gerade fühlte, als der Song »Another Love«.

»Es ist mir scheißegal, was Sie mir gesagt haben. Ich will, dass Sie zum Teufel noch mal was tun. Und zwar schnell.«

»Charlotte, Sie müssen sich ...«

»Nennen Sie mich nicht Charlotte«, fauchte sie und knallte die Kühlschranktür zu.

»Wir können im Moment nicht mehr tun als ...«

»Wir? Wir? Sie sollen gefälligst das tun, wofür Sie bezahlt werden.«

»Nun, ich werde genau genommen nicht von Ihnen ...«

»Es ist mir egal, wer Ihnen Ihre beschissene Rolex finanziert.«

Sein Räuspern drang durchs Telefon.

»Für eine einstweilige Verfügung müssen wir Ihre Schwester erreichen. Da lässt uns das Gesetz wenig Spielraum«, sagte er in der charakteristischen Sprechweise von Juristen. »Wir wissen ja nicht einmal, wie das Ganze zustande gekommen ist.«

Charlie hasste ihn, seit sie denken konnte. Sie hatte ihn gehasst, als er ihr als Kind Pralinen aus Bitterschokolade mitgebracht hatte. Und sie hatte ihn gehasst, als er ihr als Teenager verbieten wollte, auf eine Demonstration gegen ein Atomkraftwerk zu gehen. Sie hasste außerdem seine alberne Frau mit der Botoxstirn, und sie hasste seine konservativen Spießersöhne mit den Stehkrägen. Siegfried und Gunter. Als hätte er das verdammte Nibelungenlied geschrieben.

»Wenn Sie meine Schwester kennen würden, wüssten Sie, dass sie niemals … niiiieeemals so etwas zulassen würde. Es muss doch verdammt noch mal irgendetwas geben, das wir tun können?«

»Gibt es. Finden Sie Ihre Schwester.«

Mit tiefen Falten auf ihrer Stirn legte sie auf.

»*And if somebody hurts you I wanna fight, but my hands been broken, one too many times, so I use my voice, I'll be so fucking rude …*«, drang Tom Odells Stimme aus den Boxen, und Charlie hatte plötzlich das Gefühl, dass der Song doch erstaunlich gut passte.

Niklas

Es war fast Mittag, als Niklas die Augen öffnete, weil direkt vor seinem Fenster ein Gesangswettbewerb der Kolibris stattfand. Ein dünner Streifen Sonne drang durch die Jalousien, und ein seliges Lächeln trat auf sein Gesicht. Doch es hielt keine fünf Sekunden an. Schlagartig brach die Erkenntnis über ihn herein. Sein Brustkorb hob und senkte sich unruhig. Er musste mit Sophie sprechen. Sofort. Letzte Nacht hatte er sie nicht mehr wecken wollen, war um zwei Uhr aufgekratzt vor ihrer Tür gestanden und schließlich zaudernd zurück ins Bett getapst. Hatte fieberhaft nach einer Lösung gesucht, verschiedene Szenarien durchgespielt und sich Worte zurechtgelegt. Irgendwann musste er eingeschlafen sein. Und nun, etwa zehn Stunden später, musste Niklas Goldmann erkennen, dass auf die Weisheit seiner Mutter, alles würde besser aussehen, nachdem man eine Nacht darüber geschlafen hatte, kein Verlass mehr war. Im Gegenteil. Die Klemme, in der er steckte, hatte sich zu einem einzigen Schraubstock entwickelt. Warum nur hatte er Cornelius diese bescheuerten Fotos geschickt? Und warum hatte er sie nicht einfach um Erlaubnis gebeten? Mit Sicherheit hätte Sophie sie ihm nicht gegeben, auf ihre Intimsphäre gepocht und Paragrafen zum Recht am eigenen Bild zitiert. Und dann wäre er nie in diesen Schlamassel hineingeschlittert. Aber wie hätte er auch ahnen sollen, dass *Globe* eine Online-Story aus der Geschichte machen würde? Und dass diese Story in sämtlichen sozialen Netzwerken geteilt werden würde? Schließlich waren es nur ein paar Fotos. Nur ein bisschen Herzschmerz. Eine unsichtbare Hand verpasste ihm eine Ohrfeige. *Na schön, es war mehr als das.* Er musste dringend mit ihr sprechen. Bevor es jemand anders tat.

Hastig schwang er sich aus dem Bett und schlüpfte in das T-Shirt von gestern. Als er auf den Flur trat, drang das Geräusch von klapperndem Geschirr an sein Ohr. Er klopfte an die Tür des Ateliers und wartete auf eine Reaktion, doch sie kam nicht.

»Sophie?«

Er klopfte ein zweites Mal. Nichts. Obwohl er sich nicht vorstellen konnte, dass sie noch schlief, öffnete er die Tür einen

Spalt. Das Zimmer war leer, das Bett gemacht. Etwas war anders, als seine Augen durch den Raum wanderten, doch er konnte nicht sagen, was es war. Barfuß tapste er die Treppe hinab und begegnete Sara, die eine Pfanne abtrocknete.

»Weißt du, wo Sophie ist?«

Sara drehte sich um, und Niklas war schlagartig klar, dass etwas nicht stimmte. Er las es in ihren Augen, die ihn seltsam distanziert ansahen, sah es an ihrer Stirn, die immer mehr Falten hervorbrachte.

»Weg.«

Ihre Stimme schnitt durch den Raum.

»Wie, weg?«, fragte er krächzend.

Wortlos deutete Sara auf den Wohnzimmertisch. Wie ein Roboter folgte er ihrem Zeigefinger und entdeckte sein Notebook. *Das Notebook*. Es war heute Morgen nicht in seinem Zimmer gewesen, fiel es ihm wie Schuppen von den Augen. Er machte einen Satz nach vorne und blieb mit dem kleinen Zeh an der letzten Stufe hängen. Kurzzeitig wurde ihm schwarz vor Augen. Stöhnend humpelte er zu seinem Laptop und riss die Augen auf. Niklas sackte in sich zusammen. Es war zu spät.

»Wo ist sie?«

Hektisch kamen die Worte aus seinem Mund.

»In der Luft, nehme ich an.«

Ein bedauernder und gleichzeitig vorwurfsvoller Blick lag in Saras Augen.

»In der ...«

Fassungslos sah er sie an.

»Sie hat sich heute Morgen um sechs ein Taxi zum Flughafen bestellt.«

»Ihr Flug geht doch erst ...«

»Ich glaube, so lange wollte sie nicht mehr warten.«

Er schluckte schwer und ließ sich auf das Sofa sinken.

»Warum hast du sie nicht aufgehalten?«

Sie räusperte sich.

»Warum hätte ich das tun sollen?«

»Na, weil«, begann er aufgebracht, senkte jedoch seine Lautstärke. »Weil ich das alles erklären kann.«

Seine Worte klangen seltsam hohl in seinen Ohren. Seufzend legte Sara die Pfanne zur Seite und setzte sich neben ihn auf die Couch.

»Was hast du dir nur dabei gedacht, Nick?«

Er fuhr sich mit den Händen durch die Haare.

»Das war alles ... anders geplant. Gar nicht ... geplant. Die Bilder hätten nur in diesem bescheuerten Reisemagazin erscheinen sollen. Das kaufen sich eh nur ... ach ... niemand kauft das.«

Skeptisch sah sie ihn an.

»Ich konnte doch nicht wissen, dass die Fotos plötzlich im Internet auftauchen.«

»Na ja, du hättest Sophie so oder so ... fragen müssen.«

Ein schuldbewusstes Seufzen drang aus seinem Mund.

»Ja ... Ich hab nicht nachgedacht«, murmelte er. »Das Angebot war so ... verlockend. Ich warte schon seit Ewigkeiten auf eine solche Chance. Und als ... als ich diese Mail bekommen habe, da war noch nichts zwischen uns. Wir kannten uns kaum. Ich dachte, ich sehe sie eh nie wieder.«

Er machte eine Pause.

»Ich muss zum Flughafen.«

Wie von der Tarantel gestochen schoss er hoch, doch Sara drückte seine Knie sanft nach unten.

»Ihr Flieger ging um kurz nach elf.«

»Scheiße«, fluchte er und schlug mit der Hand auf den Tisch.

»Heyheyhey«, beschwichtigte ihn Sara. »Das bringt jetzt auch nichts.«

»Sie wird nie wieder ein Wort mit mir sprechen. Nie wieder.«

Er vergrub das Gesicht in den Händen.

»Gib ihr ein wenig Zeit. Vielleicht ...«

Sara brach ab und schenkte ihm ein zuversichtliches Lächeln. Niedergeschlagen nickte er, doch wenige Sekunden später drang ein bitteres Lachen aus seinem Mund.

»Weißt du, was das Beste ist? Ich hab nicht mal ihre Nummer.«

Sophie

Die traurigsten Flitterwochen der Welt. Die letzte Reise mit ihm. Rührend und ergreifend. Obwohl Sophie die Schlagzeilen in den vergangenen Tagen mehrfach gelesen hatte, trafen sie sie noch immer wie Ohrfeigen. Wenn sie sich durch die Onlinemagazine, Portale und Blogs klickte, die über ihre Geschichte berichteten, hatte sie das Gefühl, als hätten sämtliche Kriege dieser Welt ihren Nachrichtenwert verloren, als wäre es nicht mehr von Bedeutung, ob der islamistische Terror eine weltweite Gefahr darstellte, ob die Flüchtlingsströme weiter zunahmen oder die globale Erwärmung voranschritt.

»Sommerloch«, hätte Maximilian dazu gesagt. Vielleicht auch nicht. Sie wusste nicht, was er in diesem Moment sagen würde, wenn er neben ihr auf dem Sofa sitzen und die Fotos sehen könnte, mit denen sie sich in den letzten Tagen immer wieder konfrontiert hatte. Fotos von ihr, von ihm. Fotos, die niemand hätte sehen sollen. Die nun geteilt und geliket wurden, als wären sie Teil eines Wettbewerbs. Den Wettbewerb um die rührseligsten Kommentare hätte sie schon mal gewonnen. *Boah, wie traurig. Ich könnte jetzt losheulen*, hatte eine Amelie unter den Artikel des *Globe Magazins* geschrieben. *Die Arme!!! Ich wünsche ihr viel Kraft*, eine Userin namens Weltenbummlerin87. Und dann waren da noch zahlreiche Kommentare, die aus weinenden Smileys oder den Buchstaben R.I.P. bestanden. Als wäre Sophie über Nacht zu den meist bedauerten Personen des World Wide Web avanciert.

»Warum siehst du dir den Mist überhaupt an?«, hörte sie die Stimme ihrer Schwester hinter sich.

Charlie stand in der Küche und kippte den Inhalt einer Tüte Kartoffelchips in eine Glasschüssel. Sophie betrachtete das als großen Fortschritt, denn ihre Schwester hatte sich in den letzten Tagen vor allem durch Kaffeeränder und Krümel in ihrer Wohnung verewigt. Mit ihrem schwarzen *Kiss*-T-Shirt, der karierten Baumwollhose und ihrer dunklen Mähne, die sie zu einem verwuschelten Dutt trug, gab Charlie ein absurdes Bild in Sophies klinisch wirkender weißer Designerküche ab. Sie war wie ein dunkler Fleck auf einer hellen Wand – wenn auch ihr Lieblingsfleck.

»Ich dachte, der dämliche Winkeladvokat hätte dafür gesorgt, dass diese Bilder nicht mehr gezeigt werden dürfen«, brummte sie, als sie Weingläser im Schrank suchte und beim dritten Anlauf fündig wurde.

»Na ja, das Internet vergisst nicht«, seufzte Sophie und blickte gequält auf den Bildschirm.

Und ich auch nicht, fügte sie in Gedanken hinzu. Sie hatte den ersten großen Liebeskummer ihres Lebens – ein vollkommen unangebrachter Liebeskummer, wenn man bedachte, dass er nicht ihrem toten Verlobten galt. Trotzdem quälte sie dieses grauenhafte Gefühl des Verlassenwordenseins, des Getäuschtwordenseins, Verratenwordenseins. Verraten von jemandem, den sie für eine kurze Zeit für etwas Besonderes gehalten hatte. Charlie stellte indessen eine Flasche Rotwein, Gläser und die Schüssel auf den Couchtisch.

»Ist es dafür nicht ein bisschen zu früh?«

Sophies Augenbrauen hoben sich. Es war gerade einmal 15 Uhr.

»Chips gehen immer«, erwiderte Charlie unbekümmert und zuckte mit den Schultern.

»Die habe ich auch nicht gemeint.«

Charlie sah an sich hinab und betrachtete T-Shirt und Pyjamahose.

»Ach so. Den hab ich heute noch gar nicht ausgezogen.«

Sophie verkniff sich die Bemerkung, dass sie eigentlich den Wein gemeint hatte, und Charlie ließ sich ins Sofa plumpsen und legte ihre Füße, die in gepunkteten Socken steckten, auf den Glastisch. Sophie hatte längst aufgehört, ihre Schwester darum zu bitten, ihre Füße nicht auf dem 2.000-Euro-Glastisch zu platzieren, den sie und Maximilian vor einigen Jahren in einem hübschen kleinen Geschäft in Schwabing gekauft hatten. Ebenso hatte sie es aufgegeben, Charlie mit Blicken zu töten, wenn sie direkt aus der Flasche trank oder ihre Kaffeetasse auf dem cremefarbenen Wildledersofa abstellte.

»Dieser Hurensohn«, murrte Charlie.

»Der Winkeladvokat?«

»Nein, dieser Niklas-Arschgesicht-Goldmann.«

Sophie zuckte innerlich zusammen. Weil Charlie seinen

Namen regelrecht ausspuckte, aber vor allem, weil er einen tiefen Schmerz in ihr auslöste. Ein Schmerz, der, seit sie aus Bali zurückgekehrt war, nicht nachgelassen hatte. Ein Schmerz, der in diesem Moment genauso groß war wie vor vier Tagen, als sie Sara in einem Anflug von Panik gebeten hatte, ihr Telefon benutzen zu dürfen, und erfahren hatte, wer Niklas Goldmann wirklich war: ein Lügner und Heuchler.

»Wie kann man nur so scheiße sein? Da macht dieser Idiot einen auf Samariter und kutschiert dich durch die Gegend, um am Ende heimlich Fotos von dir ins Internet zu stellen. Bäh, ätzend.«

Charlie verzog das Gesicht, nahm die Füße vom Tisch und öffnete die Flasche Rotwein, die sie Sophie mitgebracht hatte.

»Charlotte, mit diesem Fusel kannst du höchstens deine Möbel polieren«, äffte sie die Stimme ihrer Mutter nach und rümpfte angewidert die Nase, was Sophie zum Lachen brachte und den eisernen Griff um ihr Herz etwas löste. Es tat gut, Charlie um sich zu haben. Sie strahlte eine Sorglosigkeit aus, die Sophie an sich selbst immer vermisst hatte, und brachte mit ihrer unbekümmerten Art Farbe in ihren tristen Alltag. »Sophie, du solltest wirklich über einen Friseurtermin nachdenken. Dein Haar ist wie Stroh«, tönte Charlie affektiert und stopfte sich grinsend ein paar Chips in den Mund.

Seit Sophie aus Bali zurück war, hatte sie ihre Mutter zweimal gesehen. Über die Fotos hatten sie nur am Rande gesprochen, denn über Probleme redete man in ihrer Familie nicht. Man löste sie und schwieg.

»Du solltest Mia endlich einmal mitbringen«, sagte Sophie und warf ihrer Schwester einen vorwurfsvollen Blick zu.

Obwohl Charlie seit über fünf Jahren mit ihrer Freundin

zusammen war, hatte sie sie noch nie mit nach München gebracht.

»Einer muss auf die Bar aufpassen.«

Sophie legte ungläubig den Kopf schief.

»Ihr hattet nur Angst, dass ich keine Pärchen um mich haben will.«

Charlie schenkte Wein in die Gläser und nahm einen ersten Schluck.

»Na ja, du hast gerade erst jemanden verloren.«

Sophie dachte an Niklas und schämte sich sogleich, weil dieser erste Gedanke Maximilian hätte gelten müssen. So viel zum Thema »Unangebrachter Liebeskummer«.

»Also, was ziehen wir uns rein?«

Charlie deutete auf die DVD-Hüllen, die sie zu einem Turm gestapelt hatte.

»Garantiert frei von Romantik.«

Sophie lächelte schwach.

»Wir hätten ... Terminator und ... Indiana Jones.«

Sie schmiss beide DVDs zur Seite.

»Was ist los?«

»Zu viel Liebe. Aussortiert«, sagte Charlie und fuhr fort, »›Stirb langsam 1‹, ›Stirb langsam 2‹, ›Stirb langsam 3‹, ›Stirb langsam 4‹, ›Stirb langsam 5‹, und jetzt kommen die Klassiker, ›Die glorreichen Sieben‹ und ›Zwei Banditen‹.«

Sophie schluckte.

»›Zwei Banditen‹ hab ich ja ewig nicht mehr gesehen«, murmelte Charlie mehr zu sich selbst. »Der ist ziemlich gut. Robert Redford und ...«

»Paul Newman, ich weiß«, flüsterte Sophie mit leicht brüchiger Stimme, während eine Erinnerung aufflackerte. Für ein, zwei

Sekunden war sie zurück in diesem Hotelzimmer auf Bali. Sie spürte einen unangenehmen Druck auf der Brust. »Lieber nicht. Den hab ich erst kürzlich ... gesehen.«

Sophie schluckte, und ihre Augen wurden feucht.

»Hab ich was ... Falsches gesagt?«, flüsterte Charlie neben ihr besorgt.

Verlegen strich sie sich eine einsame Träne von der Wange und schüttelte den Kopf.

»Hast du den mit Maximilian gesehen?«

Sophie brach in Tränen aus.

»Oje«, murmelte Charlie und drückte ihre kleine Schwester an sich, die nur noch schluchzende Laute von sich gab.

»Nein«, brachte Sophie heiser hervor. »Mit Niklas.«

»Niklas? Wer ist Niklas?«

Sophie japste nach Luft.

»Sophie! Wer ist Niklas?«, fragte sie eindringlicher.

Die Tränen schossen ihr wie Bäche aus den Augen.

»Niklas«, schluchzte sie und deutete auf den Bildschirm.

Charlie machte große Augen.

»Niklas wie in Niklas-Arschgesicht-Goldmann?«

Ihre Stimme hatte einen schrillen Ton angenommen und war ein paar Oktaven zu hoch. Sophie nickte.

»Warum siehst du dir mit Niklas-Arschgesicht-Goldmann alte Western an?«

Sophie spürte Charlies bohrenden Blick auf sich und senkte ausweichend den Kopf.

»Sophie, sag mir, dass das das Einzige ist, was du mit Niklas-Arschgesicht-Goldmann gemacht hast?«

Charlie

»Sie hat mit Niklas-Arschgesicht-Goldmann geschlafen!«

»Wer ist Niklas-Arschgesicht-Goldmann? Und warum flüsterst du?«

Mia klang müde. Es war ein Uhr nachts, und im Hintergrund dröhnte ein lauter Bass.

»Weil Sophie auf der Couch schläft und ich sie nicht wecken will.«

»Das war nur die Antwort auf den zweiten Teil.«

Charlie nahm das Telefon mit ins Badezimmer und schloss die Tür hinter sich.

»Das ist der Ficker, der die Fotos von ihr gemacht hat.«

»Charlie!«

Mias Stimme hatte einen warnenden Unterton, wie immer, wenn Charlie aussprach, was sie dachte.

»Sorry. Das ist der Hurensohn, der die Fotos gemacht hat.«

Ein verschmitztes Grinsen trat auf Charlies Gesicht, als sie Mia am anderen Ende der Leitung seufzen hörte.

»Und er hat mit ihr geschlafen, um diese Fotos zu machen?«, fragte sie irritiert.

Charlie legte sich in die leere Badewanne und stellte ein weiteres Mal fest, dass Sophies Badezimmer genauso klinisch weiß und sauber wie der Rest der Wohnung war. Es kam ihr manchmal vor, als würde niemand diese Räume bewohnen. Oder ein Herz-Thorax-Chirurg darin operieren.

»Keine Ahnung. Ich blicke da selbst nicht ganz durch.«

Als würde Mia ihr gegenübersitzen, runzelte Charlie die Stirn. Sie konnte noch immer nicht glauben, was Sophie ihr vor wenigen Stunden unter Schluchzen anvertraut hatte. Nie im Leben hätte sie es für möglich gehalten, dass ihre vernünftige kleine Schwester mit einem fast Fremden durch Bali getourt und am Ende sogar mit ihm im Bett gelandet war. Sophie, der Inbegriff von Perfektionismus und Anstand, die in ihrem Leben keinen anderen Mann an sich herangelassen hatte als diesen Lackaffen von Maximilian.

»Oh nein! Sie musste doch schon genug durchmachen«, flüsterte Mia sorgenvoll. »Und wie geht es ihr jetzt?«

»Nicht gut«, brummte Charlie in den Hörer und spielte mit dem Verschluss von Sophies Haarkur.

»Glaubst du, sie hat Gefühle für ihn?«

»Schwer zu sagen, aber sie haben zusammen ›Zwei Banditen‹ gesehen.«

»Oje.«

»Dieser Scheißkerl. Ich würde ihn am liebsten verprügeln lassen.«

Charlie trommelte mit den Füßen gegen die Innenseite der Badewanne.

»Aber er lässt sie in Ruhe, oder?«

Sie hörte klirrende Gläser im Hintergrund und jemanden, der Mias Namen rief. In der Bar war um diese Uhrzeit Hochbetrieb, und sie rechnete damit, dass sich ihre Freundin jeden Moment verabschieden würde.

»Sophie sagt, er hat nicht mal ihre Nummer. Schätze also schon.«

Mia gähnte am anderen Ende der Leitung.

»Wann kommst du nach Berlin zurück?«

»Wenn du ein, zwei weitere Tage ohne mich klarkommst, würde ich gerne noch bleiben. Ich kann sie hier nicht mit der eisernen Margarete allein lassen.«

Mia kicherte.

»Mach dir keine Sorgen, ich komme klar. Außerdem hab ich ja noch die Jungs.«

Die Jungs, das waren Benno und Timo, zwei Studenten, die seit Jahren in der Kneipe jobbten und inzwischen zu guten Freunden von Mia und Charlie geworden waren.

»Du bist die Beste.«

»Die Beste muss jetzt wieder hinter die Bar.«

»Ich liebe dich«, flüsterte Charlie, bevor sie auflegte und aus der Badewanne kletterte.

Sophie

Die ersten Tage nach ihrem Urlaub blieb Sophie fast ausschließlich in ihrer Wohnung. Sie verbrachte viel Zeit damit, Maximilians Kleidung in Kisten zu packen, seine Bücher und Ordner in Kartons zu verstauen und sämtliche Drogerieartikel aus dem Bad zu entfernen, die auf einen Mann schließen ließen. Sie weinte viel und drückte den Großteil der Gegenstände mindestens einmal an sich, aber tief in sich drin wusste Sophie, dass es Zeit war loszulassen, sich zu lösen und ein neues Leben zu beginnen. Allerdings musste sie noch mit sich selbst ausmachen, wie es aussehen sollte. Denn eins war sicher: Sie konnte nicht zurück in ihr altes

Leben. Ihr altes Leben, das war Maximilian. Und Maximilian war nicht mehr.

Als sie umringt von Kisten und Müllsäcken auf dem Boden saß und den Blick durch ihr weitläufiges Wohnzimmer schweifen ließ, wurde ihr bewusst, dass sie darüber nachdenken musste, die Wohnung zu kündigen. Mit ihren vier Zimmern war sie deutlich zu groß für eine Person. Zu zweit war die Miete kein Problem gewesen, zumal Maximilian in manchen Monaten mehr verdient hatte, als eine Kassiererin im ganzen Jahr. Sie allein hingegen würde sich zu sehr einschränken müssen, wenn sie hier wohnen bleiben wollte. Womöglich würde ihr Gehalt als Rechtsreferendarin nicht einmal ausreichen. Wenn sie es denn überhaupt einplanen konnte, denn in den letzten Tagen hatte sie sich immer wieder erwischt, Alternativen durchzuspielen. Manchmal glaubte sie, dass Maximilian ihr Interesse für Jura mit sich ins Grab genommen hatte. Manchmal war sie auch der Meinung, dass es irgendwo zwischen München und Bali im Ozean ertrunken war. Und manchmal dachte sie an Niklas, der davon überzeugt war, sie könne den Zug jederzeit zurück in den Bahnhof ordern. Dass sie es selbst in der Hand hatte, was sie mit ihrem Leben anstellte.

Niklas. Sie hasste ihn. Zumindest die meiste Zeit. Den Rest der Zeit googelte sie seinen Namen oder suchte nach Spuren, die er im Internet hinterlassen hatte. Nach drei Gläsern Riesling hatte sie sich eines Abends sogar intensiver mit seinem Blog befasst. *Phototramp*. Wie auch immer man auf solche Namen kam. Sophie hatte den Begriff gegoogelt, aber nichts Hilfreiches dazu gefunden. Der Blog selbst war nicht sonderlich gut aufgemacht, das erkannte sogar sie als Laie. Auch wenn sie von Webdesign keine Ahnung hatte, erschien er ihr vernachlässigt, fast lieblos, als hätte jemand kein Interesse daran, Zeit zu investieren. Die Fotos auf dem Blog hingegen waren schlichtweg großartig, das musste sie zugeben. Niklas hielt in seinen Bildern größtenteils Alltagsszenen aus dem Münchner Straßenleben fest. Passanten, U-Bahn-Fahrer, Bauarbeiter, Musiker, Straßenkünstler. Die meisten seiner Aufnahmen waren schwarz-weiß, schnappschussartig und unverfälscht. Sie zeigten das Leben, wie es war, authentisch und ehrlich. Der Rest seiner Fotos musste auf Reisen entstanden sein. Er hatte sie nach Kontinenten geordnet. Sophie hatte sich zuerst durch Europa geklickt und Fotos aus Italien, Spanien, Schweden, Norwegen und Finnland entdeckt. Auch in Amerika hatte er bereits einige Orte bereist, wie ihr Aufnahmen aus Mexiko, Brasilien und den Vereinigten Staaten verrieten. Der Bereich »Asien« war hingegen fast leer. Ein paar wenige Fotos aus Thailand zeigten goldene Buddhastatuen, Elefanten, Palmen und Tuk-Tuks. Keine Spur von Bali. Keine Spur von ihr. Der Anwalt ihrer Eltern, ein enger Freund der Familie, hatte dafür gesorgt, dass Niklas die Fotos von seiner Seite nehmen musste. Sie hätte ihn verklagen können und mit Sicherheit gewonnen, das wusste Sophie. Trotzdem hatte sie es bei einer Abmahnung belassen. Sie brauchte sein Geld nicht, und er hatte keins. Und da er weder ihre Adresse noch ihre Nummer hatte und sie in keinem Telefonbuch finden würde, würde sie ihm nie wieder begegnen müssen. Ein Gedanke, der sich nicht immer so gut anfühlte, wie sie es sich wünschte.

Sophie

»Du hast gekündigt!?«

Der Brustkorb ihrer Mutter hob und senkte sich in schnellem Stakkato und stellte die Perlenknöpfe der blütenweißen Bluse auf eine Belastungsprobe.

»Ja, ich werde nicht mehr in der Kanzlei von Maximilians Vater arbeiten.«

Eine ungewohnte Ruhe überkam Sophie.

»Sondern in welcher?«

»In gar keiner.«

Ihre Mutter öffnete den Mund, schloss ihn jedoch wieder. Ein paar Sekunden war es totenstill.

»Und was willst du jetzt tun? Auch eine Bar aufmachen?«

Margarete Silber schnaubte verächtlich und machte eine Geste in Richtung Charlie, die auf Sophies Couch lungerte und fernsah.

»Ja, genau, Mutter. Eine verrauchte Bar mit ganz viel Dreck und tätowierten und gepiercten Menschen, die alle bisexuell sind«, wisperte Charlie und zog eine grässliche Grimasse, die Sophie ein Grinsen entlockte.

»Dass dir das gefällt, wundert mich überhaupt nicht, Charlotte«, zischte ihre Mutter und verschränkte mit starrer Miene die Arme vor der Brust.

»Ich habe mir überlegt, noch einmal zu studieren.«

Sophies Mutter atmete scharf ein.

»Studieren? Du bist fast 30, Sophie.«

»Ja, und sie hat noch mindestens 35 Arbeitsjahre vor sich, wenn es nach den Parteikollegen unseres Herrn Papa geht«, flachste Charlie und stopfte sich genüsslich Chips in den Mund.

»Ich möchte Dolmetscherin werden. Das wollte ich eigentlich schon immer machen.«

»Dolmetscherin.«

Aus dem Mund ihrer Mutter klang es wie Ebola. Oder Krätze.

Sophie nickte.

»Französisch, Italienisch und Spanisch.«

Margarete Silber furchte die Stirn.

»Du sprichst diese Sprachen doch längst fließend.«

»Ja, aber ich habe keinen anerkannten Abschluss.«

Ihre Mutter rang um Fassung.

»Du hast einen anerkannten Abschluss in Jura, Sophie. Ein hervorragendes Staatsexamen, blendende Perspektiven, einen guten Namen. Die Welt steht dir offen.«

»Nicht die, in der ich leben will«, erwiderte Sophie mit fester Stimme und bemerkte, wie sich die Kieferpartie ihrer Mutter anspannte.

»Sophie. Ich weiß, du hast viel durchgemacht. Erst stirbt Maximilian, dann macht irgend so ein Esel heimlich Fotos von dir ...«

»Ein Goldesel«, flachste Charlie und fing sich einen eindeutigen Blick von Sophie ein.

»Das hat nichts damit zu tun. Ich habe nur gemerkt, dass ich mein ganzes Leben lang damit beschäftigt war, alle anderen zufriedenzustellen, statt das zu machen, was mir gefällt. Ich wollte euch eine gute Tochter sein, nachdem Charlie ...«

»Ich bin auch in diesem Zimmer«, kam es von der Couch.

Sophie warf Charlie einen entschuldigenden Blick zu.

»Und ich wollte Maximilian die perfekte Freundin sein, die perfekte Partnerin. Ich glaube, ich habe für ihn Jura studiert. Wegen ihm. Und jetzt …«

Ihre Mutter gab sich uneinsichtig.

»Wovon willst du denn leben? Dein Vater und ich werden dich nicht wieder jahrelang unterstützen.«

Theatralisch schüttelte Margarete Silber den Kopf.

»Es sind nur drei Jahre. Ich habe einiges angespart, und wenn es nicht reicht, arbeite ich eben.«

»Ich kenne jemanden, der eine Bar hat«, rief Charlie von der Wohnzimmercouch zu ihnen.

Sophie grinste. Charlies Anwesenheit machte diese Unterhaltung so viel angenehmer.

»Ich werde auch aus dieser Wohnung ausziehen.«

Sophies Mutter riss die Augen auf.

»Aber diese Wohnung ist ein Traum. Diese Lage allein. Und der hübsche Balkon. Der Ausblick.«

Unverständnis machte sich auf Margarete Silbers Gesicht breit.

»Ich brauche keine vier Zimmer. Ich bin allein.«

»Aber du wirst doch nicht immer allein bleiben, Sophie. Du bist eine junge Frau. Und wenn du dir endlich einen Friseurtermin geben lässt, eine zauberhafte. Du wirst sicher wieder einen netten Mann finden, mit dem du hier wohnen kannst.«

»Vielleicht werde ich das. Aber dann müssen wir auch nicht sofort zusammenziehen und heiraten.«

»Und wo willst du wohnen?«, schnaubte sie.

»In einer WG mit Punks und Transvestiten natürlich«, tönte Charlie amüsiert, ohne den Blick vom Fernseher zu wenden.

Sophie prustete, während ihre Mutter empört den Kopf schüttelte.

»Wirst du denn eigentlich nirgendwo gebraucht, Charlotte? Es ist Dienstagnachmittag. Da arbeiten normale Menschen.«

»Wirst du denn nirgendwo gebraucht, Mutter? Es ist Dienstagnachmittag. Da arbeiten normale Menschen«, konterte Charlie mit gespielt ernster Miene.

»Ich werde schon eine kleine Wohnung finden«, unterbrach Sophie das Hin und Her der beiden.

Sophies Mutter strich sich über das perfekt geföhnte Haar.

»Als eure Mutter hat man es wirklich nicht leicht«, schnaubte sie gekränkt. »Wenigstens von dir, Sophie, hätte ich ein wenig mehr Vernunft erwartet.«

»Das ist das Vernünftigste, was ich seit Langem getan habe«, erwiderte Sophie mit ruhiger Stimme. »Und du wirst dich damit abfinden müssen.«

Niklas

Niklas hatte schon oft in seinem Leben geglaubt, am Tiefpunkt angekommen zu sein – etwa, als jemand in seinen Wagen eingestiegen war und »Zum Sendlinger Tor« gesagt hatte oder als ihm jemand zwei Euro in den Kaffeebecher geschmissen hatte, während er vor einem Supermarkt wartete –, daher ahnte er, dass er nun den Tiefstpunkt erreicht haben musste. Seine fünf Sekunden Ruhm im World Wide Web hatten ihm nicht nur eine Abmahnung und die Androhung einer einstweiligen Verfügung eingebracht, sondern auch einen Tobsuchtsanfall von Cornelius Holtkamp, der eine künftige Zusammenarbeit auf immer und ewig (Zitat) ausgeschlossen hatte. Jakob hatte ihn als *Grasdaggl* beschimpft (was auch immer das war), und Anrufe und Anfragen von Fernsehsendern waren genauso ausgeblieben wie Jobangebote renommierter Magazine. Lediglich Rosi Hofnagel, eine rothaarige Mittvierzigerin in Leopardenbluse, die behauptete, seit zehn Jahren über ihm zu wohnen (grundsätzlich möglich), hatte ihn vor den Müllcontainern abgefangen und gefragt, ob man ihn auch für den Polterabend ihrer Nichte buchen könne. Angesichts seines Kontostandes, der weit unter dem Meeresspiegel lag, hätte er vielleicht »ja« sagen sollen.

»Warum hast du kein richtiges Cola?«

Niklas sah über den Rand seines Laptops zu Greta, die in einem rosafarbenen Schlafanzug vor dem Fernseher saß und skeptisch ihren Trinkbecher beäugte, während ein singender Schneemann über die Mattscheibe flimmerte.

»Das ist richtiges Cola.«

Sie nahm noch einen Schluck und rümpfte verdrießlich die Nase.

»Das schmeckt anders als unser Cola zu Hause.«

»Euer Cola zu Hause kann ich mir nicht leisten«, murmelte Niklas abwesend, während er auf den Bildschirm seines Laptops stierte.

In den vergangenen Tagen hatte er mehrfach Sophies Namen gegoogelt und immer wieder die gleichen frustrierenden Schlüsse gezogen: dass sie zu den wenigen Menschen auf diesem Planeten zählte, die noch nicht gläsern waren. Er hatte weder eine Adresse gefunden, noch ihre Telefonnummer. Selbst mit der Bildersuche hatte er kein Glück gehabt.

»Du bist doch reich«, holte ihn Gretas Quaken aus seinen Gedanken. »Melissa Martini sagt, du bist berühmt. Und wer berühmt ist, ist auch reich.«

Niklas warf ihr einen skeptischen Blick zu.

»Wer zum Henker ist Melissa Martini?«

Sie rümpfte die Nase.

»Wer ist Henker?«

»Das sagt man so.«

Wieder rümpfte sie die Nase, bevor sie sich erneut ihrem Disneyfilm widmete.

»Und wer ist jetzt diese Melissa Martini?«, fragte Niklas und warf ihr von der Couch aus ein Kissen auf den Kopf. Ein Kichern kam aus ihrem Mund.

»Melissa Martini ist meine Feuerbohnenprojekt-Partnerin.«

»Deine was?«

»Meine Feuerbohnenprojektpartnerin.«

Sie sagte es mit der Selbstverständlichkeit, mit der andere »Zum Mitnehmen« oder »Bis morgen« sagten.

»In HSU müssen wir uns um einen Bohnensamen kümmern und Tagebuch darüber führen, wie er sich entwickelt«, erklärte sie. »Unsere Pflanze ist schon 82 cm hoch.«

»Das ist gut«, fügte sie vorwurfsvoll hinzu, als Niklas die Augenbrauen hob.

Er wusste nicht, was HSU war. Dafür wusste er jetzt, wie sich Ron Weasley gefühlt hatte, als er Hermine Granger begegnet war.

»Und … warum bin ich noch mal reich?«

»Melissa Martini sagt, dass ihre große Schwester dich auf Face … ähm … also im Internet gesehen hat, weil du Fotos von einer Frau gemacht hast, die traurig ist. Und Melissas Schwester sagt, dass das Umweltbeschmutzung ist, wenn man Fotos einfach ins Meer wirft.«

Abwartend sah Greta ihn an.

»Also wenn ich wie ein ekliger Kräuterschnaps heißen würde, dann würde ich mich nicht so weit aus dem Fenster lehnen«, sagte Niklas und schüttelte den Kopf.

Greta deutete auf ihren Becher.

»Das schmeckt auch eklig.«

Er warf ein zweites Kissen nach ihr, und sie gluckste, wobei Cola auf seinen Teppichboden schwappte, um den es nicht schade war, weil er aussah, als wären bereits römische Streitwagen über ihn hinweggesaust.

»Wenn es nach deiner Mutter geht, dürftest du das überhaupt nicht trinken.«

»Ich weiß. Sie sagt immer, Cola und ich sind schuld daran, dass ihre Lieblingshose nicht mehr passt.«

Greta zuckte mit den Schultern, bevor sie sich endgültig wieder dem Bildschirm widmete, auf dem Elsa gerade ihren Eispalast aus dem Boden stampfte. Sofort musste er wieder an Sophie denken, den Spieleabend, der vollkommen eskaliert war, weil er sie mit der Eiskönigin verglichen hatte. Ein wehmütiges Lächeln spielte um seine Lippen. Wenn es doch nur irgendeine Möglichkeit gäbe, sie zu erreichen. Irgendeine Möglichkeit, ihr alles zu erklären. Er hatte sich die vergangenen sechs Tage den Kopf darüber zerbrochen, was er ihr sagen würde, wenn er ihr auf der Straße begegnen würde. Aber insgeheim wusste Niklas, dass nichts dergleichen passieren würde. Sie lebten in der drittgrößten Stadt Deutschlands. Hier sah man sich nicht einfach auf der Straße, beim Bäcker oder dem Italiener um die Ecke. Dann traf es ihn wie ein Geistesblitz. *Italiener.* Niklas richtete sich auf. Das war die Lösung!

Sophie

Als sie durch die Tür des »Destino« trat, den Duft frisch gebackener Steinofenpizza in der Nase, erwartete Sophie das übliche »Ciao Bella« von Gianluca. Eine Floskel, die ihr, so abgedroschen sie auch klang, immer ein Lächeln aufs Gesicht zauberte. Diesmal hingegen erstarrte genau dieses Gesicht zu einer Maske. Denn am Tresen der kleinen urigen Pizzeria entdeckte sie nicht Gianluca Rossini, den Besitzer des »Destino«, sondern Niklas Goldmann. Niklas-Arschgesicht-Goldmann. Obwohl er mit dem Rücken zu ihr saß, erkannte sie ihn sofort. Das dichte, dunkle Haar, die ausgetretenen Boots, sein Lachen, unterlegt von Stimmengewirr und klirrenden Gläsern.

Als Gianluca sie bemerkte und ihre Blicke sich trafen, murmelte er etwas in Niklas' Richtung, was dazu führte, dass dessen Kopf schlagartig herumfuhr. In seinen Augen spiegelte sich so einiges, aber Überraschung zählte nicht dazu. Er sah fast ein wenig so aus, als hätte er sie erwartet. Was war hier los? Was wollte er hier? Sophies Körper verkrampfte sich. Mit frostiger Miene beobachtete sie, wie er sich vom Barhocker schwang und einen Schritt nach vorn machte. Einen Schritt, den sie reflexartig zurückging und dabei auf Charlies Fuß trat.

»Sophie«, setzte Niklas an.

Unsicherheit lag in seiner Stimme. Sie spürte Charlies Blick in ihrem Nacken, Gianlucas Blick auf ihrem Gesicht. Sie spürte tausend Blicke in diesem Moment. In den letzten Tagen hatte sie sich in schwachen Momenten immer wieder vorgestellt, wie es sein würde, ihn eines Tages wiederzusehen. Eines Tages, wenn sie beide schon alt waren, Jahrzehnte vergangen waren, die sich in Falten in ihrer beider Gesichter verewigt hatten. Sie hatte sich vorgestellt, wie sie sich auf der Straße begegneten, kurz innehielten, nickten und an etwas zurückdachten, das weit in der Vergangenheit lag. Dass dieses Aufeinandertreffen bei ihrem Lieblingsitaliener stattfinden würde, nur zwei Wochen nach ihrer letzten Begegnung, damit hatte sie nicht gerechnet.

»Ist der Tisch am Fenster frei?«, fragte sie Gianluca mit leicht zittriger Stimme.

Einen Moment lang reagierte der Italiener nicht, ließ stattdessen seinen Blick zwischen ihr und Niklas hin- und herwandern, als würde zwischen ihnen ein Tischtennisball fliegen.

»Sì«, antwortete er schließlich. »Er gehört euch.«

Sophie nickte, griff hinter sich nach Charlies Hand und zog sie mit sich zu einem Tisch, der für zwei Personen eingedeckt war. Eine Kerze brannte in einer alten Weinflasche und hinterließ dicke Wachstropfen auf dem Hals. Sie setzte sich mit dem Rücken zu Niklas und kämpfte gegen das Beben in ihrem Körper. Es war, als würde jeder Muskel in ihr zucken, jede Vene pochen.

»Ist er das?«, flüsterte Charlie aufgeregt und machte große Augen. »Niklas-Arschgesicht-Goldmann?«

»Ja«, presste Sophie hervor und schenkte ihrer Schwester einen warnenden Blick.

»Alter Schwede. Der ist heiß!«

Das letzte Wort kam fast zischend aus ihrem Mund.

»Charlie!«

»Nur weil ich auf Frauen stehe, heißt das nicht ...«

Sophie unterbrach sie genervt.

»Wir finden ihn nicht heiß, Charlie.«

»Sorry, aber ein anderes Attribut fällt mir da jetzt wirklich nicht ein.«

Sie warf einen verstohlenen Blick in seine Richtung.

»Wusste gar nicht, dass du auf so was stehst.«

Sophies Augenbrauen hoben sich.

»Auf was?«

»Holzfällertypen.«

»Tu ich ja auch nicht. Außerdem ist er kein Holzfäller.«

»Hm, ich kann mir gerade aber sehr gut vorstellen, wie er so im Wald steht, mit freiem Oberkörper und ...«

»Charlie!«

»Was wollen die Signorine trinken?«, fragte Gianluca und reichte ihnen zwei Speisekarten mit abgenutztem Ledereinband.

»Wasser, bitte«, sagte Sophie und brachte ein schwaches Lächeln zustande.

Sie spürte seinen Blick in ihrem Rücken, seine Anwesenheit in diesem Raum und sah sich mit hunderttausend Fragen konfrontiert. Was machte er hier? Woher wusste er, dass sie hier war? War es vielleicht nur Zufall? Würde er bleiben? Sie ein zweites Mal ansprechen? Sollte sie besser gehen?

Charlie schüttelte den Kopf.

»Wir trinken Wein. Barolo?«

Gianluca nickte, und Sophie zuckte kapitulierend mit den Schultern.

»Eine Flasche, bitte.«

»Und die Nummer sieben. Pizza Meeresfrüchte«, sagte

Sophie, ohne in die Karte zu sehen, und erntete ein Stirnrunzeln ihrer Schwester.

»Was? Ich bin eben jede Woche hier.«

»Gibt es eine mit Artischocken?«, fragte Charlie in Gianlucas Richtung.

»Die Neun«, antwortete Sophie apathisch. »Artischocken, Schinken und Pilze.«

Der Italiener grinste und nickte.

»Tja, dann ... die Neun.«

Gianluca ließ sie wieder allein, und Sophie starrte Löcher in die weiße Tischdecke.

»Vielleicht solltest du lieber *ihn* anstarren«, feixte Charlie, während ihr Blick, an Sophie vorbei, zu Niklas huschte.

»Was ist noch mal aus ›Wenn ich den in die Finger kriege, verdresche ich ihn‹ geworden?«

Charlie begann zu lachen.

»Verdreschen? Dieses Wort ist nicht Teil meines Wortschatzes.«

»Na, dann eben ›Fresse polieren‹ oder so«, murmelte Sophie verlegen.

»Sag das noch mal. Das klingt so niedlich aus deinem Mund«, amüsierte sich Charlie.

Sophie zog eine Grimasse.

»Oh, ich glaube, er kommt her.«

Sophie versteifte sich. Sämtliche Alarmglocken in ihrem Kopf gingen gleichzeitig los.

»Was?! Nein! Ich will nicht ...«

Ihre Stimme wurde zu einem einzigen Stammeln.

»Zu spääääähäääät«, trällerte ihre Schwester, und wenige Sekunden später drang eine Stimme an ihr Ohr, deren Klang sie zugleich schwitzen und frösteln ließ.

»Hey.«

Eine unangenehme Pause entstand, die noch länger wirkte, weil Sophie nicht ebenfalls »Hey« sagte – und weil sie auf die Tischdecke stierte statt in sein Gesicht.

»Ich ... bin Niklas«, sagte er in Charlies Richtung.

Stellte er sich da gerade wirklich ihrer Schwester vor? Wie ein guter Freund, der mal eben Hallo sagte?

»Charlie.«

Und hatte sie ihm gerade zwinkernd geantwortet? Sophie wollte ihrer Schwester am liebsten einen Tritt verpassen. Was war aus Niklas-Arschgesicht-Goldmann geworden?

»Ich ...«, zauderte er. »Ähm ... können wir reden?«

Seine Stimme klang anders als in ihrer Erinnerung. Weder selbstbewusst noch charmant. Weder leichtfüßig noch entspannt. Sophies Kopf schnellte zu ihm.

»Worüber?«

Sie war froh, dass es genauso kühl aus ihrem Mund kam wie beabsichtigt.

»Deine Qualitäten als Fotograf? Deine Lügen? Deinen unterirdisch miesen Charakter?«

Sie spuckte ihm die Worte förmlich ins Gesicht. »Nein, können wir nicht.«

Es tat gut, sich die Wut von der Seele zu sprechen – und weh, in diese grünen Augen zu blicken.

»Ich würde dir wirklich gerne alles erklären.«

»Nicht nötig.«

Mit frostiger Miene verschränkte sie die Arme vor der Brust, doch ihr Herz war alles andere als gefroren. Es hämmerte wie wild gegen ihre Rippen.

»Sophie, es …«

»Nicht nötig«, wiederholte sie eine Spur zu laut und betonte jedes Wort. »Ich wäre dir sehr dankbar, wenn du uns jetzt in Ruhe lassen würdest. Jetzt … und immer.«

Als sie Charlies betretene Miene sah, wurde sie wütend.

»O.k.«, flüsterte Niklas stumpf.

Aus dem Augenwinkel beobachtete sie, wie er sich in einer ratlosen Geste mit der Hand durchs Haar fuhr.

»War schön, dich kennengelernt zu haben, Charlie.«

Das Gesicht ihrer Schwester verzog sich zu einem Lächeln.

Verräterin.

»So, der Wein«, platzte Gianluca in die Runde und stellte eine Flasche auf den Tisch, dazu zwei große, schlichte Gläser.

Sophie hatte das Gefühl, dass an diesem Abend mehr als ein Glas nötig sein würde.

Niklas

Es war der fünfte Abend, den Niklas im »Destino« verbracht hatte. Inzwischen wusste er, dass Gianluca in Genua geboren war, drei Töchter namens Gina, Giulia und Alessia hatte, jeden Sonntag in die Kirche ging, eine Abneigung gegen Schweinebraten hatte und ein leidenschaftlicher Anhänger von Juventus Turin war. Die Speisekarte, die nur aus Pizza bestand, hatte er inzwischen zur Hälfte durch und die Nummer 3, Pizza Parma, für am besten befunden.

»Sie kommt bestimmt«, hatte Gianluca ihm Abend für Abend versichert.

Niklas hatte ihm nicht viel erzählt, nur, dass er auf der Suche nach einer jungen Frau namens Sophie war, die langes hellblondes Haar und außergewöhnliche Augen hatte. Gianluca hatte sofort gewusst, wen er meinte.

»Sie kommt jede Woche mindestens einmal.«

Als Sophie am ersten Abend nicht gekommen war, war er am darauffolgenden Tag zurückgekommen. Und wieder. Und wieder. Und heute, am fünften Abend, hatte sie tatsächlich in der Tür gestanden. Blass, schmal, mit Ringen unter den Augen. Augen, aus denen ihm Verachtung entgegengesprungen war. Neben ihr hatte ihre Schwester gestanden, die er sich irgendwie anders vorgestellt hatte. Mit ihren dunklen Haaren, den tiefbraunen Augen und dem Piercing in der Augenbraue war sie zwar das glatte Gegenteil ihrer kleinen Schwester, aber dennoch interessant. Und nicht ganz so finster, wie Sophie sie ihm beschrieben hatte. Eigentlich hatte sie sympathisch gewirkt, vor allem, weil sie ihn – im Gegensatz zu Sophie – nicht mit Blicken getötet hatte. Dennoch war sein Auftritt ein einziges Fiasko gewesen. Sophie hasste ihn, so viel stand fest. Sie sah ihn nicht einmal an, wenn er mit ihr sprach. Die Frau, die ihn vor zwei Wochen so leidenschaftlich geküsst hatte, brachte es nicht mehr fertig, ihm in die Augen zu sehen.

»Ich wäre dir sehr dankbar, wenn du uns jetzt in Ruhe lassen würdest. Jetzt … und immer«, hatte sie zu ihm gesagt mit der Stimme eines Eisblocks, der die Titanic versenkt hätte. Auch jetzt, am Morgen danach, hallte dieses unmissverständliche *immer* noch in seinem Kopf und führte ihm vor Augen, wie aussichtslos die Lage tatsächlich war.

»Du siehst aus, als könntest du einen starken Kaffee vertragen«, riss ihn Cleos Stimme aus seinem Selbstmitleid.

Mit gerunzelter Stirn stand sie vor ihrer Wohnzimmercouch und hielt ihm eine dampfende Tasse entgegen. Sie trug einen eng anliegenden dunkelblauen Rock, der ihr bis zu den Knien reichte, und eine rote Seidenbluse.

»Und du siehst aus wie eine Stewardess von American Airlines«, brummte Niklas.

»So sehen Menschen eben aus, die zur Arbeit müssen. Und so«, Cleo zog ihm die Decke vom Körper, »solche, die dringend ihr Leben in den Griff kriegen müssen.«

»Hey«, murrte Niklas und schnappte nach der karierten Wolldecke, die Cleo ihm in der Nacht zuvor zugeworfen hatte, als er nach drei Ramazotti bei Gianluca und vier Gin Tonics in seiner Lieblingskneipe lallend vor ihrer Tür aufgekreuzt war. Da Cleo nur drei Häuser weiter wohnte, war sie es gewohnt, dass er unangemeldet vorbeikam – zumal sie seit Schulzeiten eng befreundet waren – mal eng, mal enger. Sie hatte sich bis halb zwei Uhr morgens geduldig sein Selbstmitleid angehört, und Niklas musste nun beschämt feststellen, dass er vollkommen vergessen hatte, dass sie im Gegensatz zu ihm einen geregelten Tagesablauf hatte und pünktlich um neun im Büro sitzen musste.

»Sie verzeiht mir nicht«, jammerte Niklas, als sei ihm just in diesem Moment wieder eingefallen, warum er sich am Abend zuvor mit Gin Tonic vergiftet hatte.

Cleo schürzte die Lippen, die an diesem Morgen den Farbton ihrer Bluse hatten.

»Hätte mich auch gewundert, wenn sich daran in den letzten«, sie warf einen Blick auf ihre Uhr und gähnte, »sechs Stunden etwas geändert hätte.«

Niklas richtete sich auf und griff nach der Kaffeetasse, auf der in geschwungenen Buchstaben »When nothing goes right, go left« stand. Er warf ihr einen Blick zu.

»Das war Absicht.«

Cleo grinste.

»Kaffeetassenweisheiten werden unterschätzt.«

»Warum nur«, brummte Niklas und trank einen Schluck.

Seufzend setzte sich Cleo auf die Kante des Sofas.

»Denkst du nicht, es wird langsam mal Zeit, was zu ändern?«

Niklas sah an sich herab und zog an seinem zerknitterten grauen T-Shirt.

»An meinem Kleidungsstil? Ich find ihn eigentlich ganz gut. Lässig und …«

Cleos warnender Blick ließ ihn verstummen.

»Das mit dieser … Sophie ist scheiße gelaufen, keine Frage. Aber vorher war es doch auch nicht gerade rosig. Du hangelst dich von einem Job zum nächsten und wartest auf die große Chance, die vielleicht nie kommt.«

Niklas schwieg.

»Ruf Jakob an.«

»Jakob?«

»Er ist einer deiner besten Freunde. Und er hat jede Menge Kontakte.«

»Ich will nicht immer zu Jakob rennen, wenn's mal schlecht läuft.«

»Mal?«

Sie warf ihm einen skeptischen Blick zu.

»Wann hattest du das letzte Mal keine Geldsorgen? Ein geregeltes Einkommen?«

»Wer sagt, dass ich das überhaupt will?«

»Du willst diese Sophie. Die kriegst du aber nicht, wenn du hier jammernd auf meinem Sofa sitzt und dich selbst bemitleidest.«

»Die krieg ich auch nicht, wenn ich eine«, er machte eine Pause und setzte Anführungszeichen in die Luft, »Festanstellung habe.«

»Kann sein. Aber deine Chancen stehen besser, wenn du dein Leben in den Griff kriegst. Lass Gras über die Sache wachsen, und fang von vorne an.«

»Da müsste schon ein Regenwald über die Sache wachsen, bevor sie mir verzeiht«, murrte er.

Cleo rollte mit den Augen. Sie hatte tolle Augen. Bernsteinfarben und groß, mit langen, dichten Wimpern, die manchmal klimperten, wenn sie es wollte. Überhaupt war Cleo eine der attraktivsten Frauen, die er kannte, und er hatte sich oft genug dafür verflucht, in ihr nicht mehr zu sehen als eine gute Freundin – und ab und an eine Freundin mit gewissen Vorzügen. Es war unkompliziert zwischen ihnen, schon immer gewesen. Unverbindlich und locker. Sie wollten es beide so und fuhren gut damit. Keiner von ihnen hatte in den letzten Jahren eine Beziehung gehabt.

»Warum rufst du nicht mal diesen Typen von der Galerie an? Ich hab dir doch schon vor Bali seine Nummer gegeben? Die hatten letzte Woche erst Eröffnung, vielleicht sind sie offen für …?«

»Nobodys? Anfänger? Loser?«

Ihre Augen verengten sich.

»Talentierte junge Künstler, wollte ich sagen.«

»Wolltest du nicht.«

»Ruf ihn einfach an. Du kannst ja sagen, dass du seine Nummer von mir hast«, sagte Cleo und zwinkerte.

»Will ich wissen, woher du diese Nummer hast?«

»Er ist *Kunde* bei uns.«

Cleo leitete die Anzeigenabteilung einer Münchner Tageszeitung und war durch ihren Job immer bestens darüber informiert, welche Läden auf- oder dichtmachten, welcher Elektrofachmarkt die günstigsten Spülmaschinen verscherbelte und in welchem Reisebüro es zwei Wochen all-inclusive für unter 500 Euro gab.

»Ich muss los«, bemerkte sie mit Blick auf die Uhr, beugte sich zu ihm herunter und hauchte ihm einen Kuss auf die Wange.

Ein schwerer, aromatischer Duft drang an seine Nase.

»Wirf den Schlüssel in den Briefkasten«, rief sie ihm zu, während sie sich den Mantel zuknöpfte und nach ihrem Schal griff. »Und ruf ihn an.«

Niklas wusste nicht, ob sie Jakob oder den Galerie-Fritzen meinte, und starrte missmutig auf Cleos Wohnzimmerwand. *Leben heißt, nicht zu warten, dass der Sturm vorübergeht, sondern im Regen zu tanzen* stand dort in geschwungenen Lettern.

»Hast du das heute Nacht da hingeklebt?«, brummte er.

»Was?«

»Na diese … Wandtattoo-Lyrik.«

Cleo lachte. Mit einem Zwinkern drehte sie sich um und ging durch die Tür.

Zwei Monate später

Sophie

»Zweiter Stock, ist offen«, rief Sophie in die Sprechanlage ihrer neuen Wohnung, während sie mit dem rechten Fuß die Türklinke nach unten drückte und mit dem verbliebenen Bein auf dem Hocker balancierte. Seit einer halben Stunde versuchte sie, eine Lampe anzuschließen, was ihr komplizierter erschien als ihr gesamtes Jurastudium. Die Decke war einfach zu weit oben, sie zu klein und der Hocker zu niedrig. Sie hörte Geräusche im Treppenhaus, den Aufzug, der sich ratternd durch den Altbau bewegte und im zweiten Stock zum Stehen kam.

»Pizza«, dachte sie schmunzelnd, während sich ihr Magen vorfreudig zusammenzog.

Sie hatte seit heute Morgen nichts mehr gegessen vor lauter Kisten schleppen, Möbelstücke hin- und herschieben, Schränke einräumen – und Lampen anschließen. Wie gut, dass Gianluca auch lieferte – beziehungsweise Töchter hatte, die das taten, um sich ihr Studium zu finanzieren. Schritte näherten sich ihrer Wohnung. Ein kurzes Klopfen auf Holz.

»Hereinspaziert«, flötete Sophie gut gelaunt und wollte gerade von ihrem Hocker steigen, als sich Niklas' Kopf durch die Tür schob. In seinen Augen spiegelte sich erst Unsicherheit, dann Neugier.

»Was …?«, setzte sie perplex an und spürte, wie ihre Beine zu wackeln begannen.

Es war, als konnte ihr Gehirn nicht verarbeiten, was ihre Augen sahen. Niklas Goldmann. In ihrer Tür. Wortlos hielt er ihr den Pizzakarton hin.

»Niemals den Pizzaboten bedrohen«, sagte er und deutete grinsend auf den Schraubenzieher in ihrer Hand, den sie unbeabsichtigt wie eine Waffe auf ihn gerichtet hatte.

»Was soll das?«, fuhr sie ihn an, ohne den Schraubenzieher zu senken.

Ihre Stimme war kühl, aber bei Weitem nicht so sicher, wie sie es sich wünschte. *Da steht wirklich Niklas Goldmann. In meiner Tür.* Wie lange war es her, dass sie ihn gesehen hatte, damals in der Pizzeria? Sechs, sieben Wochen? Länger?

»Deine Pizza«, holte er sie aus ihren Gedanken. »Ich habe angeboten, sie zu dir zu fahren, weil … niemand Zeit hatte und … der Lieferwagen kaputt ist.«

Unschuldig zuckte er mit den Schultern.

»Niemand Zeit«, wiederholte sie ungläubig. »Der Lieferwagen kaputt.«

»Tja, so ist das manchmal. Ich bin nur eingesprungen, weil ich ohnehin gerade dort war.«

Sophie fragte nicht, warum er schon wieder in ihrer Lieblingspizzeria aufgetaucht war.

»Na schön. Was kriegst du?«, fragte sie kühl.

»Sie ist schon bezahlt. Ich weiß auch nicht …«

Wieder verzogen sich seine Lippen zu einem Grinsen.

»Was soll das?«

Genervt sah sie zu ihm hinab. Erst in diesem Moment fiel ihr auf, dass sie noch immer auf dem Hocker stand – und dass sie eine Latzhose trug und ihr Haar zu zwei Zöpfen gebunden hatte. Wie lächerlich sie aussehen musste. Trotzig stieg sie die drei Stufen hinunter und riss ihm den Karton aus der Hand. Der köstliche Duft von überbackenem Käse und Meeresfrüchten stieg ihr in die Nase. Sie hatte unglaublichen Hunger – und keine Lust, sich vom Essen abhalten zu lassen.

»Ziehst du um?«, fragte Niklas und ließ seine Augen durch den Flur wandern, vorbei an kahlen Wänden, Werkzeug und Umzugskartons.

»Ein.«

In diesem Moment löste sich eine Schraube über ihrem Kopf und ließ die Lampe gut einen halben Meter nach unten sacken.

»Vorsicht«, sagte Niklas reflexartig und zog sie an sich. Ihre Körper berührten sich kurz, bevor Sophie sich hastig löste und ihn wütend ansah.

»Das ist eine Lampe, kein Meteorit«, fauchte sie.

Eine weitere Schraube fiel von der Decke.

»Mist«, murmelte sie und rümpfte die Nase.

»Ist nur eine Schraube, kein Meteorit«, bemerkte er und grinste.

Sie schenkte ihm einen finsteren Blick.

»Ich wusste gar nicht, dass du Lampen anschließen kannst.«

Ihr Blick wanderte nach oben.

»Kann ich ja scheinbar auch nicht.«

»Brauchst du Hilfe?«

Seine grünen Augen sahen sie sanft an, und jeder schmerzende Muskel ihres müden Körpers wollte »ja« schreien. Ihr Stolz hingegen war eindeutig Masochist – und setzte sich durch.

»Nein«, brummte sie und verschränkte die Arme vor der Brust. »Ich brauche nur Pizza. Und meine Ruhe.«

»Na schön.« Niklas zog seine Jacke aus, und ehe sie protestieren konnte, hatte er bereits seine Ärmel hochgekrempelt. »Dann machen wir einen Deal. Du isst Pizza – in Ruhe –, und ich kümmere mich ums Licht.«

Ohne ihr »O.k.« abzuwarten, schloss er die Tür hinter sich, schob sich an ihr vorbei und stieg auf den Hocker. Er war groß genug, um die Lampe problemlos zu erreichen. Für ein, zwei Sekunden war Sophie sprachlos.

»Ich brauche deine Hilfe aber nicht.«

»Ja, ja, ich weiß. Schraubenzieher, bitte!«

Als sie sich nicht rührte, hob er die Augenbrauen.

»Schraubenzieher!«

Widerwillig reichte sie ihm das Werkzeug und beobachtete ihn dabei, wie er routiniert mit dem Schraubenzieher hantierte.

»Warum holst du dir keine Hilfe?«

Weil mein Verlobter tot ist. Weil mein Vater zwei linke Hände hat. Weil ich mir etwas beweisen wollte, dachte Sophie, aber sprach es nicht aus.

»Du wolltest deine Pizza essen«, erinnerte Niklas sie, als sie ihn unschlüssig ansah. Ohne zu protestieren, setzte sie sich im Schneidersitz auf den Boden und lehnte sich gegen die weiße Wand. Als sie den Karton öffnete, inhalierte sie den Duft von frisch zerlaufenem Mozzarella auf Meeresfrüchten.

»Nummer sieben«, bemerkte Niklas und streifte sie mit einem kurzen Blick.

Er setzte den Schraubenzieher an und beobachtete aus dem Augenwinkel, wie sie ihn fragend ansah.

»Nummer sieben. Pizza Meeresfrüchte.«

Sophie nickte.

»Und du hattest recht. Im ›Destino‹ gibt es wirklich die beste Pizza. Inzwischen hab ich alle durch.«

»Alle?«

Niklas grinste.

»Alle. Ich musste ja irgendwas tun, während ich darauf gewartet habe, dass du durch die Tür kommst. Aber heute warst du mir einen Schritt voraus.«

Sie seufzte und deutete mit der Hand in seine Richtung.

»Scheinbar ja nicht.«

»Anders hätte ich dich nie dazu gebracht, mit mir zu reden.«

»Wer sagt, dass ich es jetzt tue?«

»Was machen wir denn gerade?«

»Über Pizza sprechen, Niklas.«

Sie legte das angebissene Stück auf den Karton und schwieg.

»Vorschlag«, begann er vorsichtig. »Ich schließe dir jede Lampe in dieser Wohnung an, wenn du dir in dieser Zeit anhörst, was ich zu sagen habe.«

Skeptisch sah sie ihn an und begann, darüber nachzudenken, wie viele Lampen in dieser Wohnung hängen sollten.

»Alle Lampen gegen ein paar Minuten Redezeit. Danach musst du mich nie wieder sehen, versprochen.«

Seine Stimme hatte etwas Fügsames an sich.

»Klingt gut.«

»Teil eins des Satzes?«

»Nein, Teil zwei«, antwortete sie kühl.

Er schmunzelte trotzdem.

Niklas

»Als wir uns im Flugzeug begegnet sind, da ...«

»Möchtest du bei Adam und Eva anfangen oder vorsichtshalber zu Moses springen?«, unterbrach sie ihn und rümpfte die Nase.

»Meine Redezeit«, betonte Niklas, warf ihr einen scharfen Blick zu und trug den Hocker ins Nebenzimmer, in dem ein helles Sofa, ein Plasmabildschirm und mehrere unausgepackte Kartons standen. »Wird das das Wohnzimmer?«

Ihr frostiger Blick war ihm Antwort genug.

»Als wir uns im Flugzeug begegnet sind«, begann Niklas erneut und stieg auf den Hocker, »war ich an einem ziemlich miesen Punkt in meinem Leben angekommen.«

Sophies bitteres Lachen hallte in dem fast leeren Raum.

»Nicht so wie du, ich weiß. Aber ... na ja, beruflich lief es einfach nicht sonderlich gut bei mir. Lief es ... noch nie ... sonderlich gut bei mir.«

Niklas blickte zu Sophie und deutete auf die weiße Pendelleuchte, die auf dem Boden lag. Wortlos reichte sie ihm die Lampe.

»Ich war frustriert. Ziemlich frustriert.«

»Soll ich jetzt Mitleid mit dir haben, weil du Ärmster nach Bali fliegen und Fotos von Palmen, Stränden und Sonnenaufgängen machen musstest?«

Niklas setzte den Schraubenzieher ab.

»Glaubst du, davon kann man leben? Von ein paar Fotos für einen zweitklassigen Reiseführer? Solche Jobangebote kommen einmal in drei Jahren. Die restliche Zeit mache ich Fotos auf irgendwelchen idiotischen Hochzeitsmessen oder sonst was.«

Sophie sagte nichts, und Niklas ahnte, wie leer seine Worte in ihren Ohren klingen mussten.

»Ist ja auch egal. Eigentlich wollte ich dir nur sagen, dass ich das alles nicht geplant hatte. Es hat mich einfach ... im falschen Moment ... erwischt. Als das Angebot kam ... da ... ich weiß nicht, dachte ich einfach, es wäre *die* Chance.«

Sophie schnaubte verächtlich.

»Es hätte dir doch klar sein müssen, dass ich das niemals erlaubt hätte.«

»Ich dachte, du würdest das eh nie zu Gesicht bekommen. *Globe* ist nicht gerade der *Spiegel*. Das kaufen ... Leute wie ich. Fotografen, Reisejunkies. Die Auflage ist nicht sonderlich hoch.«

»Nur weil ich es nicht gesehen hätte, heißt das doch nicht, dass es in Ordnung gewesen wäre.«

»Natürlich nicht. Aber ... es war einfach nie geplant, dass so viele Menschen diese Fotos sehen.«

Er widmete sich wieder der Lampe.

»Hätte ich gewusst, dass *Globe* es online bringt, dann ... ich hätte nie zugestimmt. Erst recht nicht, nachdem ...«

Niklas brach ab und schluckte. Er spürte, wie sein Mund trocken wurde. Unangenehmes Schweigen breitete sich zwischen ihnen aus.

»Es tut mir unendlich leid, Sophie.«

Er wartete auf eine Reaktion, doch sie kam nicht. Es war immer wieder erstaunlich, wie viel ein Mund doch sagen konnte, wenn er nichts sagte.

»Wenn ich es ungeschehen machte könnte …«

»Kannst du nicht«, unterbrach sie ihn.

Ihre Miene war hart und finster.

»Glaubst du, du kannst mir irgendwann verzeihen?«

»›Irgendwann‹«, seufzte Sophie, »ist ein Wort, das Menschen benutzen, wenn sie eigentlich ›nie‹ meinen.«

Niklas wusste in diesem Moment, dass es zu spät war. Dass er keine Chance hatte. Er trat eine Stufe nach unten und streckte ihr den Schraubenzieher entgegen.

»Dann gehe ich jetzt wohl besser.«

»Nein«, sagte sie und schüttelte den Kopf, und ein Funken Hoffnung regte sich in ihm. »Ich hab noch zwei Lampen. Das war unser Deal.«

Sophie

Als ihr Geburtstag näher kam, fiel Sophie in ein Loch aus Trübsal. Vielleicht lag es daran, dass es ihr erster Geburtstag ohne Maximilian war, vielleicht auch daran, dass einem Geburtstage ab einem gewissen Alter nur noch zeigten, was man noch *nicht* erreicht hatte, was man noch *nicht* war. Oder was man *nicht mehr* war. Und sie war nun mal nicht mehr die Frau, die sie noch ein Jahr zuvor gewesen war. Die Verlobte von Maximilian Huber, die angehende Juristin.

Charlie hatte Sophies Geburtstagskoller zum Anlass genommen, ein verlängertes Wochenende mit Mia in München zu verbringen und sich auf der Couch ihrer kleinen Schwester einzuquartieren. Es war das erste Mal, dass sie Mia mit in ihre Heimatstadt brachte, ein Ort, der für Doppelleben und unterdrückte Gefühle stand, für den Zwang, sich verstellen zu müssen. Sophie hatte daher Verständnis, dass ihre Schwester noch aufgedrehter war als sonst.

»Was hast du für heute Abend geplant?«, fragte Charlie und kletterte über die Rückenlehne des Sofas.

»Wir könnten Pizza bestellen und einen Film ansehen«, schlug Sophie vor, während sie drei Kaffeetassen und die Zuckerdose auf den Couchtisch stellte.

»Geht nicht, hab die Stricknadeln nicht dabei«, spottete Charlie.

Mia gab ihrer Freundin einen sanften Klaps.

»Was ist? Sie wird doch 29 und nicht 89.«

»Es ist aber *ihr* Geburtstag, nicht deiner.«

»Den sie in den letzten Jahren sicherlich auch nicht mit Pizza und Filmen verbracht hat«, murrte Charlie, und damit hatte sie nicht ganz unrecht. Ihre letzten beiden Geburtstage hatte Sophie mit Maximilian verbracht. Beide Male hatten sie in einem schicken Restaurant zu Abend gegessen und anschließend ein Musical, Konzert oder Theaterstück besucht.

»Lass uns feiern gehen«, schlug Charlie vor.

»Was soll ich feiern? Dass ich allein bin? Keinen Job mehr habe?«

Charlie packte sie bei den Schultern.

»Dass du eine starke und unabhängige Frau bist, die die letzten Wochen unglaublich gut gemeistert und ihr Leben von Grund auf verändert hat.«

»Klingt, als wäre ich diese Eat-Pray-Love-Frau aus dem Julia-Roberts-Film«, brummte Sophie.

»Quatsch. Die wollte doch nur endlich Kohlenhydrate essen«, flachste Charlie. »Außerdem hast du bald wieder einen Job.«

»Bald? Frühestens in drei Jahren«, bemerkte Sophie zweifelnd.

Erst vor ein paar Tagen hatte sie sich für das Sommersemester an der Dolmetscherschule eingeschrieben, das im Februar beginnen würde. Es hatte sich unglaublich gut angefühlt, den Bogen auszufüllen, doch jetzt, mit ein wenig Abstand, überkam Sophie ein Anflug von Panik, wenn sie daran dachte, in ein paar Monaten bei null anzufangen und mit Menschen in einem Raum zu sitzen, die gerade Abiturprüfungen geschrieben hatten.

»Ich find's unglaublich mutig, dass du das machst«, sagte Mia und lächelte Sophie aufmunternd an.

»Die einen finden's mutig, die anderen ... wahnsinnig«, seufzte Sophie und dachte an ihre Mutter.

»Maximilian wäre sicher stolz auf dich«, sagte Mia und drückte Sophies Arm.

»Maximilian?«, tönte Charlie und runzelte die Stirn. »Der würde sich im Grab umdrehen.«

»Charlie«, seufzte Mia, doch Sophie schmunzelte, denn ihre Schwester hatte recht. Maximilian hätte ihren Entschluss ganz sicher nicht befürwortet. Im Gegenteil. Er hätte wohl alles unternommen, um sie davon abzubringen, ihre Karriere als Juristin zu beenden, bevor sie je angefangen hatte. Sophie fiel nur noch ein Mensch ein, der sie in ihrer Entscheidung voll und ganz unterstützt hätte, und an diesen Menschen wollte sie gerade heute nicht denken. Ihre letzte Begegnung lag Wochen zurück und hatte ein so unterkühltes Ende gefunden, dass es wohl für immer die letzte bleiben würde.

»Also, wo machen wir heute die Nacht zum Tag?«, versuchte es Charlie erneut.

»Ich würde wirklich lieber zu Hause bleiben«, antwortete Sophie. »Mir ist nicht so nach Feiern.«

»Wegen Maximilian?«

Sophie schwieg.

»Na gut«, seufzte Charlie, und Sophie machte sich bereits Hoffnungen auf Jogginghose und Chips, »dann gehst du eben in Schwarz mit uns feiern.«

Sophie schnappte sich ein Kissen und warf es auf ihre Schwester.

Niklas

»Solltest du öfter tragen«, bemerkte Cleo, während er unruhig an seinem Hemd zupfte, das ihm irgendwie zu eng erschien.

»Hemden? Nein, die sind viel zu unbequem«, brummte er und öffnete den obersten Knopf, um wieder Luft zu bekommen.

»Nein, die Brille.«

Ihre schlanken Finger rückten sein Brillengestell zurecht, obwohl er sich ziemlich sicher war, dass sie auch vorher gut gesessen hatte.

»Sie lässt dich so intellektuell aussehen.«

Ihr Parfüm drang an seine Nase. Sie duftete unglaublich gut. Nach Blumen und Frühling. Und sie sah wie immer atemberaubend aus an diesem Abend. Ihr langes schwarzes Haar glänzte seidig, und das rote Kleid betonte ihre Kurven.

»Mir reicht es vollkommen, wenn ich damit *etwas* sehe«, bemerkte er und zupfte wieder an seinem Hemd. Seit etwa einer Woche musste er eine Brille tragen, und es nervte ihn tierisch, dass jeder Zweite sie für ein Modeaccessoire hielt.

Er warf einen Blick auf seine Uhr. Noch zehn Minuten. Die Galerie füllte sich langsam. Sektgläser klimperten, Häppchen wurden gereicht, Hände geschüttelt.

»Du bist nervös.«

»Ohne dich wäre ich noch nervöser«, murmelte Niklas. »Obwohl, vergiss es. Ohne dich wäre ich gar nicht erst hier.«

Sie gab ihm einen harmlosen Klaps auf die Schulter.

»Danke, Cleo.«

Er hoffte, dass es so aufrichtig klang, wie es gemeint war, denn ohne Cleos Tritt in den Hintern – und die tiefsinnige Poesie ihrer Tassen und Wandtattoos – hätte er womöglich niemals den Galeristen der »Young Gallery« kontaktiert.

»Und danke, dass du mich heute begleitest und mit diesem Kleid dafür sorgst, dass mich da drinnen jeder Mensch mit Y-Chromosom rücklings erdolchen will.«

Cleo lachte und strich sich das Haar hinters Ohr, eine Geste, die so verlegen und bezaubernd war, dass er sich fest vornahm, sich in seinem nächsten Leben in diese Frau zu verlieben.

Sophie

Vielleicht lag es am Alkohol, dass Sophie mit zunehmendem Verstreichen der Zeit immer mehr zu der Überzeugung gelangte, dass es richtig gewesen war, Pizza gegen Prosecco zu tauschen und mit Charlie und Mia um die Häuser zu ziehen. Nachdem sie in einem spanischen Restaurant eine Tapas-Platte verdrückt und sich eine Flasche Rioja geteilt hatten, waren sie nun auf dem Weg in eine Cocktailbar, die, wie Sophie wusste, zwischen 21 und 22 Uhr Happy Hour hatte.

Als sie aus der S-Bahn stiegen, fiel Sophies Blick auf das grün ausgeleuchtete Schaufenster der »Young Gallery« auf der gegenüberliegenden Straßenseite. Doch es war nicht das grelle LED-Licht, das ihre Aufmerksamkeit erregte, sondern das gerahmte Porträt, das nahezu die ganze Breite des Schaufensters einnahm. In schnellen Schritten überquerte Sophie die Straße, bis sie vor der Galerie stand, aus der dezente Lounge-Musik drang.

»Wow«, hörte sie Charlies Stimme hinter sich und zuckte zusammen.

Sophie brachte keinen Ton hervor. Mit großen Augen starrte sie auf die Frau im Schaufenster, deren Gesicht von einem breitkrempigen Strohhut verdeckt wurde.

»Bist das ... du?«, fragte Mia verblüfft und legte den Kopf schief, als müsse sie die Aufnahme aus einer anderen Perspektive betrachten, um sich zu vergewissern.

Sophie nickte wortlos.

»Was machst du in diesem Schaufenster?«

Sophie trat einen Schritt zurück und betrachtete die gerahmte Fotografie, die im Schaufensterlicht einen leichten Grünstich hatte. Sie wusste genau, wo dieses Bild entstanden war, und sie wusste auch, wer es gemacht hatte. Kleine Gewitterwolken brauten sich in ihrem Bauch zusammen.

»Street Diving – Fotografien von Niklas Goldmann«, las Charlie und deutete auf ein weißes Schild im unteren rechten Eck. »Ausstellungseröffnung am 7. Dezember, 20 Uhr.«

Sophie schluckte.

»Das ist heute«, bemerkte Charlie, während sie ihre Nase gegen die Scheibe presste. »Es ist gerammelt voll da drin. Und es gibt ... Sekt ... und ... einen DJ. Und ... Häppchen.«

Sophie erwachte aus ihrer Starre.

»Lass uns weitergehen«, murmelte sie und war gerade dabei, sich abzuwenden, als Charlie sie am Ärmel zurückhielt.

»Wir gehen da jetzt rein.«

»Ganz bestimmt nicht.«

Sophie machte demonstrativ einen Schritt nach hinten.

»Wir gehen da jetzt rein und fragen Niklas-Arschgesicht-Goldmann, ob ihm eine Abmahnung nicht gereicht hat.«

Charlies Stimme hatte einen aufsässigen Unterton.

»Er hat dich ja wohl kaum gefragt, ob er dich hier ausstellen darf.«

»Diesmal musste er das auch nicht.«

Charlie und Mia sahen sie fragend an.

»Man erkennt mich nicht auf dem Foto. Man erkennt nicht mal mein Gesicht.«

Sie zuckte mit den Schultern und deutete auf das Bild.

»Das da … ist einfach nur eine Frau mit Strohhut, die in die Ferne sieht«, seufzte Sophie.

»Aber *wir* haben dich doch erkannt«, protestierte Charlie.

»Auch, wenn ich nicht hier stehen geblieben wäre? Wenn ihr einfach nur daran vorbeigeschlendert wärt?«

Das Schweigen der beiden war Antwort genug.

»Lasst uns gehen«, murmelte sie müde.

Charlie dachte nach.

»Nein.«

»Wenn Niklas-Arschgesicht-Goldmann eine Party auf deine Kosten schmeißt, dann soll er wenigstens eine Flasche Schampus springen lassen.«

Mit einem trotzigen Gesichtsausdruck marschierte Charlie zum Eingang der Galerie und ließ sich auch von Sophies flehentlichem Bitten nicht davon abhalten, die Tür zu öffnen.

Stimmengewirr und Musik drangen nach außen, als die Tür aus Milchglas aufschwang. Mia warf Sophie einen »Mitgefangen, mitgehangen«-Blick zu und zuckte mit den Schultern. Als sie Charlie erreichten, war diese bereits im Gespräch mit einer jungen Frau in Boyfriend-Jeans und Blazer, deren Gesichtsausdruck freundlich, aber bedauernd war. Sie hatte dunkles, kurz geschnittenes Haar und aufmerksame braune Augen, die hinter einer modischen Hornbrille hervorlugten. Sophies Blick fiel auf das dezente Schild an ihrem Blazer. Eva Kessener, Young Gallery.

»… leider nur für geladene Gäste«, schnappte Sophie noch auf und spürte Erleichterung in sich aufkommen.

Auch wenn sie selbst Charlie nicht aufhalten konnte, Gästelisten konnten es mit Sicherheit.

»Sie ist die Frau in Ihrem Schaufenster«, sagte Charlie und deutete mit dem Daumen auf Sophie, die sogleich errötete.

Eva Kessener verstand nicht.

»In Ihrem Schaufenster«, begann Charlie übertrieben langsam, »hängt ein Foto«, sie zeichnete mit ihren Händen ein Rechteck, »und auf diesem Foto ist ... diese Dame hier.«

Unsicherheit spiegelte sich in den Augen der jungen Frau.

»Ich ... ich bin nur für ... also ich muss mich an die Liste halten.«

Gerade als Sophie freundlich abwinken wollte, schaltete sich Charlie wieder ein.

»Sie müssen sich vor allem an das Recht am eigenen Bild halten. Ich glaube nicht, dass Ihnen die Unterschrift meiner Schwester vorliegt, dass sie hier ausgestellt werden möchte. Aber das klären wir vielleicht besser über unsere Anwälte.«

Das war der Moment, in dem Sophie im Erdboden versinken wollte – oder Charlie im Erdboden *versenken*.

»Charlie«, flüsterte Mia beschwichtigend, die bisher geschwiegen hatte.

»Also ... ich ...«, stammelte Eva Kessener, während ihre Augen nervös die Galerie absuchten. »Ich kläre das mal eben mit den Veranstaltern. Oder vielleicht ... mit dem Fotografen. Er ist nur gerade ... also er gibt gerade noch die Einführung. Treten Sie doch schon mal ein.«

Eva Kessener eilte in schnellen Schritten davon, und Sophie hatte das dringende Bedürfnis, es ihr gleichzutun – nur in die andere Richtung. Dieser Drang wurde noch stärker, als sie sich der vielen gut gekleideten Menschen bewusst wurde, die eine Art Traube um etwas gebildet hatten. In ihrem dunkelblauen Wollmantel und den Wildlederstiefeletten fiel Sophie zwar nicht auf, wohl fühlte sie sich aber dennoch nicht.

»... deswegen habe ich hier eine andere Perspektive gewählt.«

Als sie seine Stimme hörte, verkrampfte sich etwas in ihr. Er musste inmitten seiner Gäste stehen, denn sie konnte ihn nicht sehen.

»Wenn Sie keine Fragen mehr haben, wünsche ich uns allen einen schönen Abend. Sprechen Sie mich einfach an, wenn Sie etwas zu den Bildern wissen möchten.«

Er klang gut gelaunt und unbekümmert. Die Menschentraube um ihn herum begann, sich langsam aufzulösen, und Sophie überkam das dringende Bedürfnis, sich hinter einem Vorhang zu verstecken, der nicht da war. Sie wollte ihn nicht sehen, und sie wollte nicht, dass *er* sie sah. Schließlich konnte sie nicht einmal erklären, was sie hier eigentlich machte. Gerade als ihr Fluchtinstinkt übermächtig wurde und sie in Richtung Ausgang eilen wollte, trafen sich ihre Blicke. Seine grünen Augen weiteten sich vor Überraschung. Für ein, zwei Sekunden stand die Welt still. Als sie sich wieder zu drehen begann, steuerte Sophie die Tür an.

»Sophie«, hörte sie Charlies Stimme hinter sich, während ihr Puls raste.

Als sie eine Hand auf ihrem Schulterblatt spürte, rechnete sie damit, dass es Charlies war. Stattdessen blickte sie in sein Gesicht. Wieder trafen sich ihre Augen. Wieder stand kurz die Welt still.

»Hi«, sagte er mit leicht rauer Stimme und schob ein Lächeln nach.

»Hi«, brachte Sophie stockend hervor und verharrte einen Moment auf seinem blütenweißen Hemd, das ihn so anders aussehen ließ. Und dann war da noch diese Brille mit dem feinen schwarzen Rahmen, die seine Augen betonte.

»Äh, das sind Charlie ... die kennst du bereits ... und ... Mia, ihre Freundin«, sagte sie leicht fahrig und überlegte fieberhaft, wie sie dieser Situation entfliehen konnte.

»Hi ... Charlie ... und Mia.«

Niklas hob die Hand und lächelte, woraufhin Charlie und Mia scheinbar nichts Besseres einfiel, als ebenfalls zu lächeln.

»Niklas, diese drei ... Damen hier stehen nicht auf der Gästeliste, aber sie wollten unbedingt ...«, sagte plötzlich Eva Kessener, die nun neben ihm stand und ihnen einen Blick zuwarf, der bei Weitem nicht mehr so freundlich war wie zuvor.

Sophie fragte sich, was wohl Evas erste Wahl für »Damen« gewesen war. Schmarotzer? Miststücke?

»Schon o.k. Das sind ... Freunde von mir.«

Die junge Frau wirkte erleichtert, beugte sich diskret zu ihm und flüsterte ihm etwas ins Ohr, das Sophie jedoch hören konnte.

»Und der Herr dort drüben fragt, was das Bild im Schaufenster kostet. Das mit ... der Frau und dem Hut.«

Für eine Sekunde streifte ihr Blick Sophie.

»Unverkäuflich«, wisperte Niklas.

Eva Kessener nickte und entfernte sich wieder.

»Sorry«, entschuldigte sich Niklas.

»Wir müssen sowieso gehen«, erwiderte Sophie hastig und sah hoffnungsvoll zu Charlie und Mia.

»Bleibt doch noch kurz. Auf ... ein Glas Sekt?«

Er biss sich auf die Unterlippe und wirkte ungewohnt nervös.

»Oder ... Häppchen?«

Erwartungsvoll blickte er in die Runde.

»Häppchen?«, schaltete sich Charlie mit leuchtenden Augen ein, bevor Sophie verneinen konnte. »Ich sterbe vor Hunger.«

Sie machte ein ausgezehrtes Gesicht, und Sophie trat ihr unauffällig gegen den Fuß.

»Lass uns ein paar Häppchen holen«, forderte sie ihre Freundin auf und zog Mia mit sich, ehe Sophie protestieren konnte.

Mit finsterer Miene sah sie ihnen nach.

»Glückwunsch ... zur Ausstellung«, brachte sie schleppend hervor und stöhnte in sich hinein.

Glückwunsch zur Ausstellung? Hatte ihr Verstand einen Ausflug ins All gemacht?

»Danke. Wie hast du ...?«

»Oh, ich bin nur zufällig vorbeigelaufen ... und hab mich im Schaufenster gesehen.«

Ihre Stimme hatte einen spöttischen Unterton, und er schloss gequält die Augen.

»Ich hätte dich fragen sollen, ich weiß. Aber ... es ist nur dieses eine Bild, und ich wusste nicht, dass es ins Schaufenster kommt. Und man sieht dich ja auch gar nicht. Außerdem«, er machte eine Pause und holte Luft, »hatte ich Angst, du würdest Nein sagen.«

»Hätte ich auch.«

»Ich kann es abnehmen lassen, wenn du willst.«

»Nein, ist o.k.«

Schweigen machte sich zwischen ihnen breit.

»Das sind tolle Fotos«, bemerkte Sophie, während ihre Augen über die Wände fuhren, an denen gerahmte Fotografien in Schwarz-Weiß hingen, die Alltagsmomente zeigten. Eine Frau mit Regenschirm, die über den Zebrastreifen rannte, Graffitikunst an einer Industriehalle, ein Straßenkünstler, der mit Bällen jonglierte. Sie strahlten etwas Spontanes, Flüchtiges und gleichzeitig Ehrliches aus.

»Die Galerie unterstützt Newcomer und junge Fotografen. Zweimal im Jahr gibt es hier Sonderausstellungen.«

Sophie nickte, ohne den Blick von den Fotos zu wenden.

»Keine Reiseführer mehr?«

Er schüttelte den Kopf.

»Ich arbeite seit ein paar Wochen in einer Fotoagentur hier in München. Wir kooperieren mit Verlagen, Zeitungen, Werbeagenturen und so was.«

»Wow, das klingt ... toll.«

Niklas lächelte zufrieden.

»Ich muss mich noch daran gewöhnen, einen halbwegs geregelten Tagesablauf zu haben, aber ansonsten ... ist es wirklich o.k. Und es gibt mir die Möglichkeit, nebenher so was zu machen.«

Er deutete auf die Wände voll gerahmter Fotografien, die von Gästen begutachtet und bewundert wurden.

»Ich gehe ab dem nächsten Jahr auf die Dolmetscherschule«, sagte Sophie plötzlich und biss sich sogleich auf die Lippe, weil sie nicht den Schimmer einer Ahnung hatte, warum sie es ihm erzählte.

Ein breites Lächeln trat auf sein Gesicht.

»Das ist toll, Sophie.«

Einen Moment lang sahen sie sich einfach nur an. Dann schlangen sich zwei schlanke Frauenarme um Niklas' Taille, und ein hübsches Gesicht mit dunklem Haar tauchte unter seinem Arm hindurch.

»Da bist du«, sagte die junge Frau und schenkte Niklas ein Zwinkern. »Die zwei Herren da hinten würden gerne ein paar Bilder kaufen.« Sein Blick folgte ihrem Zeigefinger. »Kommst du?«

Erst in diesem Moment schien ihr aufzufallen, dass sie ein Gespräch unterbrochen hatte.

»Oh, tut mir leid. Ich bin Cleo.«

Sie streckte Sophie die Hand entgegen und lächelte freundlich, wobei ihr die fast schwarzen Wellen über die Schulter glitten. Ihre Zähne waren gerade und weiß und ihre Lippen so erdbeerrot wie das Kleid, das ihre Kurven an den richtigen Stellen betonte. Sie war eine Frau, neben der man nicht stehen wollte, mit der man nicht einmal im selben Raum sein wollte. Eine Superzahl im Gen-Lotto.

»Sophie.«

Sie brachte ein schwaches, aber höfliches Lächeln zustande.

»Sophie«, wiederholte Cleo überrascht und suchte Niklas' Blick.

Ein merkwürdiger Moment entstand.

»Tja, ich gehe dann mal wieder zu den beiden Herren. Komm einfach, sobald du kannst.«

Wieder zwinkerte sie ihm zu. Sophie sah ihr nach, als sie sich entfernte. Selbst ihr Rücken hatte etwas Attraktives.

»Deine Freundin?«, fragte Sophie und wusste plötzlich nicht mehr, ob sie die Antwort hören wollte.

»Ähm ...«

»Geht mich nichts an«, unterbrach sie ihn und hielt sich versucht locker die Hand vor die Brust, was nichts daran ändern konnte, dass ihre Wangen heiß wurden. Niklas öffnete den Mund, als sie erneut unterbrochen wurden.

»Herr Goldmann.«

Ein Mann im Jackett reichte ihm die Hand.

»Jonathan Mühlbeck. Ich hatte mich für die Fotografie im Schaufenster interessiert, aber die junge Dame hat mir bereits mitgeteilt, dass das Bild unverkäuflich ist. Sie lassen sich nicht überreden? Ich würde Ihnen einen guten Preis vorschlagen.«

Er lächelte smart, doch Niklas schüttelte bedauernd den Kopf.

»Nein, tut mir leid. Es ist unverkäuflich.«

»Letztes Wort?«

Der Mann im Jackett legte den Kopf schief.

»Letztes Wort.«

»Kann man nichts machen.«

Er seufzte lächelnd und hob die Hand zum Abschied.

»Du lässt dir da ganz schön was durch die Lappen gehen«, zog sie ihn auf.

»Ich verkauf dich kein zweites Mal.«

Sie schluckte, und für ein paar Sekunden schien alles wie eingefroren. Da waren nur sie und er. Sophie und Niklas. Dann drückte jemand auf »Weiter«.

»Sophie, wir müssen weiter. Das Nachtleben ruft.«

Charlies Stimme war alkoholgeschwängert, und Niklas lächelte.

»Ihr habt noch was vor?«

»Sie hat in«, Charlie blickte auf ihre Uhr und kniff die Augen zusammen, »zwei Stunden und sieben Minuten Geburtstag.«

Sophie rollte mit den Augen.

»Du hast morgen Geburtstag.«

»Hab keine Wahl.«

Unschlüssig sah Niklas sie an.

»Tja, also ... wir müssen dann«, sagte Sophie und deutete mit dem Daumen hinter sich – eine automatische Geste, die ihr aber plötzlich albern erschien.

»Ja, dann viel Spaß noch. Und ... feiert schön.«

Einen Moment lang hatte sie das Gefühl, er wolle noch etwas hinzufügen, doch sein Mund blieb ein einziger Strich.

»Dir noch eine schöne ... Ausstellung.«

»Genau«, schaltete sich Charlie ein, »und danke für die Häppchen, Niklas-Arschgesicht-Goldmann.«

Sie prustete, während Sophie und Mia beschämt die Augen schlossen.

»O.k.«, murmelte Niklas langsam. »Ein Spitzname mehr.«

»Sie verträgt keinen Sekt«, murmelte Mia verlegen in Niklas' Richtung.

»Deswegen hab ich doch auch Champagner getrunken«, kicherte Charlie.

»Es gab überhaupt keinen Champagner«, brummte Mia, als sie zu dritt durch die Tür traten und ihnen eisige Winterluft entgegenblies.

»So, wo gehen wir jetzt hin?«, fragte Charlie und wirkte plötzlich wieder putzmunter und klar im Kopf.

Mia runzelte die Stirn.

»Du warst vor zwei Sekunden noch betrunken.«

»Von zwei Gläsern Champagner bin ich doch nicht betrunken.«

»Sekt«, brummte Mia. »Du hast gelallt.«

Charlie zuckte mit den Schultern.

»Quatsch, ich wollte ihn nur Arschgesicht nennen, ohne Ärger zu bekommen.«

Sophie

»Er sieht echt gut aus, dieser Niklas-Arschloch-Goldmann«, säuselte Charlie, nachdem sie zwei Mojito in unter 30 Minuten getrunken hatte und mit einem Minzblatt auf ihrer Lippe kämpfte.

»Arsch*gesicht*«, hickste Sophie.

»Häh?«

»Du hast ihn Niklas-Arsch*gesicht*-Goldmann getauft.«

»Der sieht auch gut aus«, kam es schleppend aus ihrem Mund.

Mia und Sophie lachten. Sie saßen im hinteren Bereich einer kubanischen Bar und lauschten den unverkennbaren Klängen des Buena Vista Social Clubs, die aus den Lautsprechern drangen und sich unter das Stimmengewirr mischten. Mit ihren Palmen, Efeuranken und Topfpflanzen sah die Bar aus, als hätte man sie in einem Gartencenter eröffnet, fand Sophie, aber wenn es nach der Schlange im Eingangsbereich ging, war Gartencenter scheinbar angesagt.

»Noch einen«, rief Sophie einem Kellner mit weißem Hut und Schürze zu, der ihren Tisch passierte.

Während Mia sich entschieden hatte, bei Bier zu bleiben, tranken Sophie und ihre Schwester Mojitos wie ein eiskaltes Glas Wasser bei 35 Grad im Schatten.

»Wenn du dich wegschießen willst, hättest du in der Galerie bleiben sollen. Da war's umsonst«, bemerkte Charlie.

»Ich will mich nicht wegschießen.«

»Nein, du willst ihn aus deinem Kopf schießen.«

»Ich will gar nicht schießen«, brummte Sophie und stützte das Kinn auf die Ellbogen.

Aus dem Augenwinkel beobachtete sie, wie Charlie und Mia Blicke austauschten.

»Außerdem hat er eine Freundin. Und die sieht aus wie Monica Bellucci, als sie 25 war.«

»Also macht es dir was aus«, stellte Mia fest.

»Keine Ahnung. Aber mir wär's lieber, sie würde nicht aussehen wie Monica Bellucci, als sie 25 war.«

»Vielleicht tröstet es dich, dass ich keine Ahnung habe, wer Monica Bellucci ist«, sagte Mia trocken.

Sophie lachte und nahm einen großen Schluck von ihrem Mojito, den der Kellner zwischenzeitlich serviert hatte. Sie genoss das Gefühl, das der Alkohol in ihrem Kopf auslöste. Plötzlich musste sie an jenen Abend in den Reisterrassen denken, die Unmengen an Arak, die sie getrunken hatten. Sie und Niklas. Sie wollte nicht an ihn denken, und trotzdem hatte sie ständig sein Gesicht vor Augen. Er hatte so gut ausgesehen in seinem weißen Hemd, und diese Brille hatte ihm etwas unglaublich Attraktives verliehen. Seufzend setzte sie das Glas an.

»Hast du schon mal darüber nachgedacht, ihm einfach zu verzeihen?«, fragte Mia vorsichtig und drehte ihre Bierflasche in der Hand. »Immerhin tut es ihm wahnsinnig leid.«

»Ja, vielleicht habt ihr euch einfach zur falschen Zeit kennengelernt. Falsches Timing und so«, sagte Charlie.

»Timing«, spottete Sophie. »Was haben immer alle mit diesem idiotischen Timing? Ich bin keine Rennfahrerin.«

Die Eiswürfel klimperten, als sie ihr Glas ansetzte.

»Außerdem spielt das jetzt eh keine Rolle mehr. Stichwort: Monica Bellucci.«

»So wie er dich angesehen hat, dürfte das kein Hindernis sein«, bemerkte Charlie trocken und erntete einen finsteren Blick. »Was denn?! Der hat dich angesehen, als wärst du der Grund, warum er atmet.«

Sophie trank einen weiteren Schluck Mojito.

»Ich glaube, ich wäre auch noch nicht bereit für was Neues. Egal, mit wem. Man sollte sich da vielleicht Zeit lassen.«

Charlie rümpfte die Nase.

»Du lässt dir doch schon über ein halbes Jahr Zeit.«

»Man nennt es nicht umsonst Trauerjahr.«

»Wer genau ist eigentlich dieser ›man‹?«

Sophie warf ihrer Schwester einen finsteren Blick zu.

»Ich weiß, du mochtest Maximilian nicht, aber das ändert nichts daran, dass …«, sie hickste und lief rot an.

»… du das Trinkvermögen eines Vorschulkindes hast. Ich weiß«, beendete Charlie den Satz und lachte. »Ich mochte Maximilian nicht, weil er aus dir etwas gemacht hat, was du nicht bist. Du hast dich ihm so … angepasst. So Mimiry-mäßig.«

»Mimikry«, bemerkte Sophie. »Und das, was du meinst, heißt Mimese.«

Charlie rollte mit den Augen und murmelte »Zehn Punkte für *Gryffindor*«.

»Maximilian und ich hatten eben ähnliche Interessen.«

»Scheinbar nicht. Denn du wirfst sie ja alle über den Haufen, seit du Niklas kennst.«

Sophie schluckte.

»Schluss damit«, schlichtete Mia. »Sophie hat in genau einer Stunde Geburtstag, und bis dahin sind sämtliche Männernamen tabu, würde ich vorschlagen.«

Sophie

Sophies erstes Geburtstagsgeschenk war eine Aspirintablette ihrer Schwester. In Boxershorts und T-Shirt saß Charlie auf ihrer Bettkante und reichte Sophie eine Tasse Tee.

»Trinken und schlucken.«

Grummelnd zog sie sich die Decke über den Kopf, doch die Dunkelheit war ihr nicht lange vergönnt.

»Raus da«, tönte Charlie und zog ihr die Decke vom Körper. »Es ist schon fast Mittag. Du verpennst noch deinen eigenen Geburtstag.«

»Ich will sterben«, jammerte Sophie und rollte sich wie ein Embryo zusammen. Ihr Kopf fühlte sich an, als wären fünf pummelige Kinder darauf Trampolin gesprungen, und ihre Zunge lag wie Schmirgelpapier in ihrem Mund.

»Ja, irgendwann. Aber jetzt gehst du erst mal duschen und frühstückst etwas mit viel Salz und Fett.«

Mürrische Laute kamen aus ihrem Mund, doch Charlie ließ sich nicht davon beeindrucken.

»Wenn du jetzt nicht aus dem Bett kommst, ruf ich die eiserne Margarete an.«

Sophies Kopf fuhr nach oben. Kurz darauf saß sie kerzengerade im Bett.

»Das wagst du nicht«, knurrte sie ihre Schwester an.

»Willst du's drauf ankommen lassen?«

Herausfordernd sah sie Sophie an und imitierte plötzlich viel zu gut ihre Mutter.

»Sophie, sieh dir nur deine Haare an! Deine Haut ist ganz rot. Wann hast du das letzte Mal eine Maske aufgetragen? Wie riecht es denn hier? Hast du getrunken? Und warum liegen deine Kleider auf dem Boden? Sieh dir diese Unordnung an!«

Sophie musste lachen, und ihr Kopf dankte es ihr mit pochenden Schmerzen in den Schläfen. Ächzend kletterte sie aus ihrem Bett und rieb sich die Augen. Sie trug noch die Kleidung vom Vorabend, eine dunkle Jeans und eine marineblaue Bluse, die nun

Knitterfalten für die Ewigkeit hatte. Und sie stellte fest, dass sie kratergroße Erinnerungslücken hatte.

»Wann waren wir daheim?«

»Um eins. Da konntest du bereits keine Konsonanten mehr aussprechen.«

»Und Vokale?«

Charlie warf ihrer Schwester einen eindeutigen Blick zu.

»Warum geht es dir so gut? Du hast doch auch so viel gebechert.«

»Im Vergleich zu dir habe ich das Trinkvermögen eines irischen Profiboxers.«

Sie grinste breit und reichte Sophie die dampfende Tasse. Skeptisch beäugte sie die Weisheit, die auf ein kleines Schild am Teebeutel gedruckt war.

»Liebe deine Seele«, las Sophie unmotiviert.

»Häh?«

»Liebe deine Seele. Das steht auf meinem Teebeutel.«

Charlie betrachtete stirnrunzelnd ihre eigene Tasse.

»Bei mir steht ... Ziehzeit sechs Minuten.«

Sie lachten beide.

»Wo ist eigentlich Mia?«

»Im Olympiapark. Da ist heute ein großer Flohmarkt. Wir wollten eigentlich mit dir zusammen hin, aber ... Mia hat vermutet, dass dir vielleicht nicht danach ist.«

Sophie nickte zustimmend.

»Und du? Wolltest du nicht mit?«

»Doch ... aber ... an seinem Geburtstag sollte man nicht allein aufwachen.«

Charlie zwinkerte.

»Ach, Quatsch. Geh ruhig hin. Ich muss eh erst mal duschen.

Und was essen. Und dann wieder schlafen«, brummte Sophie und fuhr sich mit der Hand durchs strähnige Haar. »Geh ... rostige Plattenspieler kaufen. Oder was man sonst so auf Flohmärkten macht.«

»Sicher?«

»Sicher. Wir essen dann später den Kuchen, den ihr mir mitbringt.«

Ihre Mundwinkel hoben sich. Es dauerte etwa zehn Minuten, bis die Tür ins Schloss fiel und Sophie allein in ihrer Wohnung war. Barfuß tapste sie ins Bad, schlüpfte aus ihren Klamotten, in denen sich die Gerüche der letzten Nacht verewigt hatten, und stieg unter die Dusche. Minutenlang ließ sie sich das heiße Wasser über den Kopf rinnen, bis das Badezimmer nebelig vor Dampf war. Nur in einem Bademantel bekleidet stand sie schließlich in ihrer Küche, um Kaffee zu kochen, als sie ein Kratzen an ihrer Wohnungstür hörte, gefolgt von einem dumpfen Geräusch.

»Shit«, hörte sie jemanden fluchen.

Sophie runzelte die Stirn, ging zur Tür und verfluchte sie, weil sie keinen Spion hatte. Vorsichtig öffnete sie die Tür einen Spalt, ehe ihr einfiel, dass sie nur einen Bademantel trug, allein zu Hause war und zu viele Krimis gesehen hatte.

»Äh ...«, stammelte sie verdutzt, als sie in Niklas' Gesicht blickte, in das sich schlagartig Verlegenheit schlich.

Er wirkte regelrecht ertappt, und als sie seinem Blick folgte, wusste sie auch, warum. Neben ihrer Tür lehnte ein großes rechteckiges Paket. Fragend sah Sophie ihn an. Als er keine Anstalten machte, sich zu erklären, bückte sie sich und stellte fest, dass es kein Paket war. Sie löste das braune Papier und stutzte einen Moment, als das Bild zum Vorschein kam, das in der vergangenen

Nacht im Schaufenster der Galerie gehangen hatte. Die Frau mit dem Strohhut. Das unverkäufliche Bild.

»Du solltest es haben«, bemerkte er mit leiser Stimme.

Sophie schluckte.

»Es ist aber dein Bild.«

»Ich schenke es dir. Happy Birthday.«

Ein schwaches Lächeln trat auf sein Gesicht, das ein wenig müde aussah, als hätte er zu wenig geschlafen. Erst in diesem Moment fiel ihr ein, dass sie selbst ein viel grauenvolleres Bild abgeben musste.

»Ich ...«, setzte sie an, als die akzentuierte Sprechweise ihrer Mutter durch das Treppenhaus schallte.

»Oh nein«, murmelte Sophie und schloss genervt die Augen.

»Sophie«, sagte Margarete Silber halb überrascht, halb entrüstet. Ihr Blick wanderte von ihren nassen Haaren zu ihrem Bademantel und den nackten Füßen und schließlich zurück zu ihrer Begleitung, einem weißhaarigen Mann im schwarzen Mantel. Sophies Vater.

»Mutter«, sagte Sophie und zwang sich zu einem Lächeln.

»Deine Mutter und ich wollten dir einen Geburtstagsbesuch abstatten. Wir wussten nicht, dass du bereits ... Besuch hast.«

Die blassblauen Augen ihres Vaters hafteten sich an Niklas, der etwas verloren im Treppenhaus stand.

»Er ist nicht ... ähm ... ich habe keinen Besuch«, stammelte Sophie und griff nach der Kordel ihres Bademantels.

Sie rechnete fest mit einem schnippischen Kommentar, doch ihre Mutter blickte wie gebannt auf Sophies Hände.

»Wie reizend.«

Margarete Silber begutachtete die Fotografie. »Das bist du, oder? Wunderbar getroffen. Findest du nicht auch?«

Sie blickte ihren Mann erwartungsvoll an, der zustimmend nickte.

»Ausgesprochen gut. Haben Sie das gemacht?«

Sophie sah zu Niklas, der aussah, als wollte er einfach nur verschwinden. Natürlich wollte er das. Er hatte Panik, dass sie ihren Eltern erzählen würde, wer er war, was er getan hatte. Dass er der Mann war, gegen den sie gerichtlich vorgegangen waren.

»Ja, hat er«, antwortete sie an seiner Stelle. »Er ist ... Fotograf.«

»Fotograf. Wie interessant. Und ihr beide seid ...?«

»Wir ...«, begann Sophie, als Niklas das Wort ergriff.

»... sind befreundet.«

Sophie atmete aus.

»Wir treffen uns manchmal beim Italiener«, ergänzte er.

Ihre Eltern schienen Sophies Unmut nicht zu bemerken.

»Ich wollte ihr nur zum Geburtstag gratulieren ... und ihr dieses Bild schenken.«

Margarete und Leopold Silber nickten erfreut.

»Es ist Ihnen wirklich außerordentlich gut gelungen. Ich glaube, ich habe meine Tochter noch nie so perfekt getroffen gesehen.«

»Man sieht mich doch gar nicht«, bemerkte Sophie spitz, weil ihr die Lobhudelei auf die Nerven ging.

»Unsinn. Du bist ...«

»... wunderschön«, vollendete Niklas den Satz ihres Vaters.

Ihre Blicke trafen sich, und Sophie errötete. Unbehagliches Schweigen breitete sich zwischen ihnen aus.

»Tja, also ... ich ... muss dann mal wieder los.«

»Bleiben Sie doch noch zum Kaffee. Ich habe Torte dabei, und

Sophie hat sicher noch etwas anderes im Kleiderschrank als diesen ... Frotteesack.«

»Mutter!«

»Sehr nett von Ihnen. Ich würde wirklich gerne noch bleiben, aber ich muss noch einiges vorbereiten. Für ... meine Ausstellung heute Abend.«

»Sie stellen aus?«, fragte ihre Mutter interessiert.

»Ja, in der Young Gallery. Gestern war ... Ausstellungseröffnung.«

Sophie beobachtete, wie das entzückte Lächeln auf dem Gesicht ihrer Mutter immer breiter wurde. *Wenn du wüsstest, dass du gerade den Teufel mit Komplimenten fütterst*, spottete sie innerlich.

»Dann noch einen schönen Tag«, sagte Niklas zu Sophie. »Und nett, Sie kennengelernt zu haben.«

Ihre Eltern lächelten.

»Danke für das Bild.«

Es kam flüsternd aus ihrem Mund.

»Wie gesagt, es hat immer dir gehört.«

Ein Lächeln huschte über sein Gesicht, bevor er sich umdrehte und ging.

Niklas

Timing. Immer kam ihm das Timing dazwischen. Es stimmte einfach nie in seinem Leben. Er war immer zur falschen Zeit am falschen Ort. Warum hatte er nicht einfach das Bild abstellen und verschwinden können? Warum hatte sie in diesem Moment die Tür öffnen müssen, und warum mussten ausgerechnet dann noch ihre Eltern auftauchen?

Er wäre vor Panik fast gestorben. Sie hätte ihn den beiden zum Fraß vorwerfen können. Hätte ihn ausliefern können. Ihn, den großen Verräter. Aber sie hatte es nicht getan. Warum? Sie hasste ihn doch so sehr. Sie verabscheute ihn mehr als alles andere. Genervt kickte Niklas eine leere Dose mit dem Fuß weg, die auf der Straße lag und nun auf einem Gullideckel landete.

Es war schwer gewesen, sie gestern wiederzusehen. Noch schwerer war es heute. Sie hatte so hübsch ausgesehen in diesem Bademantel, die Wangen rot vom heißen Duschwasser, die Haare feucht und durcheinander. So unglaublich ... natürlich.

»Niklas-Arschgesicht-Goldmann«, riss ihn eine Frauenstimme aus seinen Gedanken.

Er sah auf und blickte in dunkle Augen, die frech unter einem akkurat geschnittenen Pony hervorblitzten. Charlie. Er hatte sie bereits zweimal getroffen. Beide Male war das – ja – Timing falsch gewesen. Neben ihr stand ihre Freundin mit den kurzen blonden Haaren. Maja? Marie? Mia!

»Hey.«

»Die Wohnung meiner Schwester ist nur eine Straße entfernt, und an Zufälle glaube ich nicht.«

»Ich wollte ihr nur kurz was vorbeibringen. Und zum Geburtstag gratulieren«, antwortete Niklas vorsichtig, als rechnete er mit Prügeln.

»Und ... dann?«

Ihre Augen verzogen sich zu Schlitzen. Etwas Abwägendes spiegelte sich darin.

»Dann kamen eure Eltern.«

»Ach du große Scheiße.«

Niklas musste schmunzeln.

»Sind die noch da?«

»Schätze schon. Ich bin gerade erst dort gewesen, und sie hatten Kuchen dabei, glaube ich.«

»Fuck«, fluchte Charlie und erntete einen finsteren Blick von Mia. »Wir können da unmöglich hin.«

Niklas war irritiert. Er wusste von Sophie, dass Charlie kein gutes Verhältnis zu ihren Eltern hatte. Wie schlimm es tatsächlich war, überraschte ihn dennoch.

»Und was machen wir dann?«, fragte Mia skeptisch.

»Die bleiben schon nicht ewig. Wir gehen einfach so lange … spazieren.«

»Spazieren? Charlie, mir ist eiskalt. Ich bin seit vier Stunden an der frischen Luft. Ich will jetzt eine Couch, eine Tasse Tee und was zu essen.«

Mia klang wie ein kleines Kind, das nicht mehr laufen wollte.

»Bekommst du ja auch. In ein paar Stunden. Wenn Marianne und Michael weg sind.«

Mia schien genervt.

»Das ist lächerlich. Was sollen sie schon machen? Dich wieder ins Internat stecken? Du bist eine erwachsene Frau, Charlie.«

»Du kennst meine Eltern nicht.«

»Stimmt. Trotzdem ist mir kalt«, murrte Mia und rieb sich demonstrativ die Hände.

»Dann suchen wir eben ein nettes Café.«

»Wir waren heute schon in einem netten Café, Charlie.«

Mit zunehmendem Unwohlsein verfolgte Niklas das Gespräch, während sein Kopf wie bei einem Tennisspiel hin- und herwanderte.

»Tja, also meine Wohnung ist nur etwa zehn Minuten entfernt von hier«, schaltete er sich ein und erntete fragende Blicke.

»Na ja, ich habe eine Couch, sicherlich auch ein paar Teebeutel und jede Menge Junkfood. Falls ihr Veganer seid, muss ich euch allerdings enttäuschen.«

Mia sah ihn finster an, und er wollte intuitiv einen Schritt zurück machen.

»Warum sollten wir Veganerinnen sein? Weil wir lesbisch sind?«

Ihre Stimme hatte einen feindseligen Ton angenommen.

»Äh ... nein ... keine Ahnung. Ich wollt's nur gesagt haben.«

Sie zuckte mit den Schultern.

»Bring uns da hin.«

Aus dem Augenwinkel sah er den Blick, den Charlie ihr zuwarf. Fragend, skeptisch, überrascht. Als hätte sie soeben erkannt, was er längst wusste: dass Frauen alles zuzutrauen war, wenn sie Hunger hatten.

Charlie

Niklas' Wohnung roch nach Tomatensoße und Waschmittel. Auf dem Kühlschrank klebten bunte Magnete, im Spülbecken stapelten sich ein paar Tassen und Teller, und die durchgesessene Ledercouch im Wohnzimmer sah so aus, als hätten Uschi Obermaier und Rainer Langhans darauf wilde Orgien gefeiert. Kurzum: Charlie fühlte sich pudelwohl. Es fehlte nur noch ein mit

Postkarten tapeziertes Gästeklo, und sie hätte sich wie zu Hause in Berlin gefühlt.

»Sorry, hab keinen Besuch erwartet.«

Niklas kickte mit dem Fuß ein paar ausgetretene Sneakers aus dem Weg.

»Wie lange wohnst du schon hier?«, fragte Mia, während sie mit großen Augen die Weltkarte abfuhr, die Niklas mit Unmengen von Fähnchen versehen hatte.

»Seit«, er schien nachzudenken, »neun Jahren? Zehn? Ich habe schon während meiner Ausbildung hier gewohnt.«

Charlie fragte sich, wie alt er war. 28? 29? Auf keinen Fall älter als 30, da war sie sich sicher.

»Was für eine Ausbildung?«

»Ich bin Fotograf.«

Er kehrte ihr schnell den Rücken zu und gab vor, sich mit dem Inhalt seines Küchenschrankes zu befassen, doch Charlie spürte, dass es ihm unangenehm war.

»Hatte ich verdrängt«, bemerkte sie spitz.

»Ich habe Pfefferminz- und Früchtetee. Und natürlich Kaffee. Außerdem einen Multivitaminsaft, aber Vitamine dürften da inzwischen nicht mehr drin sein«, sagte Niklas und roch an der Tetra Pak-Öffnung.

»Früchtetee«, entschied Mia.

»Kaffee«, sagte Charlie. »Schwarz.«

Sie ging mit Mia nach nebenan ins Wohnzimmer und ließ ihn in der Küche werkeln. Tassen klirrten, der Wasserkocher sprudelte, und die metallblaue Nespresso-Maschine, die sie neben dem Kühlschrank entdeckt hatte, begann zu rattern. Das Wohnzimmer wirkte genauso studentisch-chaotisch wie der Rest der Wohnung, hatte jedoch einen gemütlichen Charme. Charlie erblickte ein paar Ikea-Regale, die sie ebenfalls in ihrer Wohnung hatte, sah sich die beachtliche CD- und DVD-Sammlung an und bewunderte die großen Leinwände mit Schwarz-Weiß-Fotografien. Sie zeigten Städte, Landschaften, aber auch Menschen und Alltagsszenen.

»Hast du die gemacht?«, fragte sie Niklas, als er mit zwei dampfenden Tassen durch die Tür kam.

Er nickte.

»Wow.«

Am eindrucksvollsten fand sie ein hochkantiges Bild, das einen Oldtimer zeigte, der durch eine, wie sie annahm, lateinamerikanische Stadt fuhr.

»Das war in Havanna.«

Er stand direkt hinter ihr und reichte ihr die Tasse.

»Da waren wir gestern auch für ein paar Stunden«, flachste Charlie.

Niklas runzelte die Stirn, fragte aber nicht nach. Als er sich in den Ohrensessel setzen wollte, fragte Mia leicht verlegen, ob sie etwas zu essen haben könnte.

»Ach Mist, das hab ich ganz vergessen.«

Er sprang wieder auf und ging in die Küche.

»Ob das eine gute Idee war«, murmelte Charlie in Mias Richtung.

»Ich hab eben Hunger.«

»Doch nicht das! Hier zu sein. In seiner Wohnung.«

»Wir bleiben doch nur kurz. Außerdem wolltest du nicht zurück zu Sophie.«

»Weil ich keinen Bock habe auf die Eltern des Grauens«, zischte Charlie.

Niklas' Kopf schob sich durch die Tür.

»Ich hätte Brot und Käse da, außerdem Nudeln mit Tomatensoße von gestern, Schokoladenkekse und ...«, er überlegte, »Essiggurken.«

»Wir nehmen die Essiggurken«, antwortete Charlie.

Seine Brauen wanderten nach oben.

»Ernsthaft?«

»Nein, natürlich nicht. Die alten Nudeln, bitte.«

»Alles klar. Zweimal alte Nudeln.«

Niklas verschwand wieder in der Küche.

»Er hat ziemlich viele DVDs«, stellte Mia fest.

Charlie folgte ihrem Blick zu der bunten Reihe an Plastikhüllen. *James Bond. Bourne Identität. Spy Game.* Er mochte Spionagefilme. Wie passend.

»Willst du jetzt auch noch einen Filmabend mit ihm machen?«

»Quatsch.«

In der Küche gab die Mikrowelle einen piepsenden Ton von sich. Kurz darauf trug Niklas zwei Teller mit Nudeln ins Wohnzimmer.

»Bon appétit, Ladys.«

Die Spaghetti waren etwas hart und klebten aneinander, doch das störte Charlie nicht.

»Mmmh, lecker«, schmatzte Mia, als hätte sie den ganzen Tag noch nichts gegessen – und als befänden sich auf ihrem Teller nicht Nudeln vom Vortag, sondern Scampi in Weißweinjus.

»Tomatensoße ist die einzige Soße, die ich selbst hinkriege«, sagte Niklas nüchtern.

Charlie rollte sich mit der Gabel Spaghetti auf und schob sie sich in den Mund. Die Soße schmeckte tatsächlich gut. Nach Tomaten, Paprika und etwas, das sie nicht definieren konnte. Schnaps? Wein?

»Wohnst du hier allein?«

Falls er sie durchschaute, ließ er es sich nicht anmerken. Er nickte.

»Und deine Freundin?«

»Meine ... Freundin?«

»Na, der Monica-Bellucci-Verschnitt von gestern Abend.«

Er schien noch immer nicht zu verstehen.

»Schwarze Haare, rotes Kleid, große Möpse. 9 von 10.«

Mias Ellbogen landete in ihrer Seite.

»Was denn? Die ist eine 9. Und du eine 10.«

Schelmisch grinste sie.

»Ihr meint Cleo. Sie ist nicht meine Freundin. Na ja, zumindest nicht das, was andere darunter verstehen.«

Charlie runzelte skeptisch die Stirn.

»Wir kennen uns schon seit der Schule. Mit Cleo und mir ist das schon immer was Lockeres gewesen. Wenn wir beide Single sind, dann unternehmen wir was zusammen.«

»Unternehmen«, spöttelte Charlie und tippte sich mit dem Finger an den Kopf. »Klar. Ihr seid Bums-Kumpanen.«

»Charlie!«

Unbekümmert zuckte Niklas mit den Schultern.

»Auch schon vorgekommen. Wir wissen beide, dass es nur Spaß ist.«

»Bist du in sie verliebt?«

»Ich hab doch gerade gesagt, dass es nichts Ernstes ist.«

»Ich rede ja auch nicht von Cleo.«

Niklas

In seinem Wohnzimmer saßen also zwei attraktive lesbische Frauen in durchnässter Kleidung und aßen Spaghetti. Seine Kumpels hätten das wohl den Beginn eines wunderbaren Pornos genannt. Er lehnte sich zurück und beobachtete die beiden. Mia mit ihrem honigblonden Bubikopf und den feinen Zügen und Charlie, an der alles irgendwie wild und ungezähmt wirkte. Sie war so anders als ihre Schwester. Optisch, aber auch was den Charakter betraf. Er mochte ihre schlagfertige Art, ihr forsches, selbstbewusstes Auftreten. Sie war jemand, mit der er jederzeit ein Bier trinken gehen würde. Ein Kumpeltyp.

»Also? Bist du in sie verliebt oder nicht?«, holte ihn Charlie zurück ins Jetzt.

»Spielt keine Rolle mehr, oder?«

»Das war also ein Ja.«

»Nein«, entgegnete er vehement.

»Nein, du bist nicht in sie verliebt?«

»Nein, ich habe nicht gesagt, dass ich nicht in sie verliebt bin.« Kurz musste er selbst über seinen Satz nachdenken.

»Ein ›nein‹, zwei ›nicht‹. Das ergibt dann … ja.«

Niklas warf ihr einen skeptischen Blick zu.

»Nach welcher Formel?«

»Der Ackermannschen«, meinte sie nüchtern.

»Die hast du gerade erfunden.«

Charlie zuckte gleichgültig mit den Schultern.

»Zweimal minus ergibt plus.«

»Das wären aber drei minus«, bemerkte er stirnrunzelnd.

In diesem Moment klingelte ein Handy. Charlie griff in ihre Jackentasche und zog ein weißes iPhone hervor.

»Mist. Sophie«, murmelte sie. »Ja, was gibt's?«

Eine kleine Pause entstand.

»Dann schick sie heim.«

Wieder eine Pause.

»Klar kannst du das. Ist schließlich dein Geburtstag. Du hast einen Wunsch frei.«

Pause.

»Äh ...«

Niklas beobachtete, wie Charlie unruhig wurde.

»Bei ... Nik ...o.«

Niklas warf ihr einen fragenden Blick zu.

»Kennst du nicht. Alter Schulfreund von mir.«

Pause.

»Der war auch auf dem Flohmarkt.«

Pause.

»Ja, wir kommen bald, versprochen. Aber ... Niko hat gerade gekocht. Und solange Marianne und Michael in deinem Wohnzimmer sitzen, bewege ich mich keinen Zentimeter auf deine Wohnung zu.«

Pause.

»Nudeln mit Tomatensoße.«

Pause.

»Dann bringen wir dir eben eine Pizza mit.«

Charlie rollte mit den Augen, während sie das iPhone an ihr Ohr drückte.

»›Destino‹? Kenn ich nicht.«

Niklas gab ihr ein Zeichen.

»Nik ...o sagt, er weiß, wo das ist.«

Pause.

»Ach stimmt, das war an dem Abend, als wir Niklas-Arschgesicht-Goldmann getroffen haben.«

Niklas warf ihr einen warnenden Blick zu, doch Charlie zuckte nur mit den Schultern.

»Echt? Einfach so? Und was wollte er bei dir?«

Er spitzte die Ohren und beobachtete Charlies Mimik. Zu gern hätte er gewusst, was Sophie ihrer Schwester über seinen Besuch erzählte. Sie hatte eher überrascht als verärgert gewirkt.

»So ein Vollidiot«, plapperte Charlie ins Telefon und grinste diebisch.

O.k., Fehleinschätzung.

»Welche soll ich bestellen?«

Pause.

»Fisch auf Pizza ... Sophie, manchmal bist du eklig.«

Pause.

»Eine Stunde brauchen wir mindestens.«

Pause.

»O.k., bis dann.«

Sie legte auf und sah in die Runde.

»Wir müssen der Geburtstagsprinzessin eine Pizza Meeresfrüchte aus dem ›Destino‹ organisieren. Und du«, sie zeigte auf Niklas, »wirst uns den Weg dorthin zeigen.«

Sophie

Als Sophie die Tür hinter sich zugezogen hatte, atmete sie erleichtert auf. Sie räumte die drei Tassen und Teller in die Spülmaschine und wischte die Kuchenkrümel vom Tisch. Zwei Stunden mit ihren Eltern waren wie ein endloses Vorstellungsgespräch bei einer Firma, für die sie nicht arbeiten wollte, wie eine Präsentation, bei der man selbst das Konzept war. Ich mache dies und das aus folgendem Grund. Ich habe mich so entschieden, weil ...

Als moralische Unterstützung hätte sie Charlie gut gebrauchen können. Die scherte sich wenigstens nicht darum, bei ihren Eltern Punkte zu sammeln. Aber sie konnte nachvollziehen, dass ihre Schwester einer Begegnung aus dem Weg ging – allein schon Mia zuliebe. Ihre Eltern konnten einfach nicht akzeptieren, dass Charlie Frauen liebte, mit einer Frau zusammenlebte, eine Bar besaß – in Berlin.

Als es klingelte, sprang Sophie in der Hoffnung auf Pizza vorfreudig zur Tür. Nach eineinhalb Stücken Sahnetorte waren ihr und ihrem katergeschädigten Magen eindeutig nach etwas Deftigem, Fettigem, Salzigem. Sie riss die Tür auf, und kurz darauf schob sich ein verführerisch duftender Pizzakarton, gefolgt von Charlie, hindurch. Und Mia. Und ... Niklas. *Niklas?*

»Hey«, sagte er vorsichtig und blieb in Reichweite der Tür.

Er wirkte angespannt. Verdattert sah Sophie in die Runde.

»Du hast gesagt, wir können Niko mitbringen«, verteidigte sich Charlie und hob die Hände vor die Brust.

»Ja, *Niko*«, sagte Sophie finster.

»Wir nennen ihn so«, entgegnete Charlie und zuckte unschuldig mit den Achseln. »Nur ein Vokal Unterschied.«

»Habt ihr was getrunken?«

»In der Tomatensoße war etwas Rotwein, aber der müsste eigentlich verkocht sein«, bemerkte Niklas.

»Rotwein. Ich wusste es«, triumphierte Charlie.

»Tomatensoße. Rotwein«, wiederholte Sophie skeptisch. »Hab ich irgendwas verpasst?«

Sie wollte gelassen klingen, doch es gelang ihr nicht.

»Die weltbeste Tomatensoße«, sagte Charlie, während Mia anerkennend nickte. »Der Mann hat's drauf.«

»Was …«

»Er hat uns vor dem Regen gerettet. Und vor der eisernen Margarete. Und … er hat eine beeindruckende DVD-Sammlung.«

Niklas trat von einem Bein aufs andere.

»Ihr wart bei ihm zu Hause.«

Es war mehr eine Feststellung als eine Frage.

»Einmal Fisch mit Pizza«, unterbrach Charlie die hitzige Unterhaltung und drückte Sophie den Karton in die Hand. »Ich muss jetzt erst mal duschen. Dieser Fischgestank …«

»Ich auch«, stieg Mia mit ein und deutete auf ihre feuchte Hose. »Diese Hose …«

Sophie gab ein leicht hysterisches Lachen von sich. Sie ließen sie hier tatsächlich mit ihm allein. Mit ihm. Niklas.

»Hm, na schön«, murmelte Sophie und nickte.

Sie konnte ihn immer noch rausschmeißen. Oder ihn bitten zu gehen, was die höfliche Variante von rausschmeißen war. Oder mit ihm sprechen? Unschlüssig musterte sie ihn. Er stand noch immer an der Tür, als könne er sich nicht recht entscheiden, ob er vor oder zurückgehen sollte. Angriff oder Flucht.

»Das heute Mittag ist irgendwie ... ungünstig gelaufen«, sagte sie schließlich. »Ich wusste nicht, dass meine Eltern kommen würden.«

Er steckte die Hände in die Taschen seiner Winterjacke.

»Ich war einfach froh, ohne blaues Auge davonzukommen.«

»Oh, mein Vater ist kein guter Boxer«, bemerkte sie.

»Ich hatte da auch eher an deine Mutter gedacht.«

Er runzelte die Stirn, und sie lächelte.

»Musstest du wirklich noch etwas vorbereiten für heute Abend?«

»Nein«, gestand er. »Das war die einzige Ausrede, die mir eingefallen ist.«

Sie nickte und schwieg.

»Ist schön geworden«, sagte er und spitzte in den Flur. Wie ein Vampir, der erst hereingebeten werden musste.

»Noch etwas kahl. Aber jetzt habe ich ja mein erstes Bild.«

Ein schwaches Lächeln spielte um ihre Mundwinkel. Sie räusperte sich, als das Schweigen zwischen ihnen unangenehm wurde. In ihrem Kopf tobten die Emotionen. Dann traf sie eine Entscheidung.

»Willst du kurz reinkommen und sie dir ansehen?«, fragte sie vorsichtig, ohne ihn dabei anzusehen.

Was, wenn er jetzt Nein sagt?

»Klar.«

In seinen Augen blitzte etwas auf. Überraschung? Hoffnung? Er schloss die Tür hinter sich. *Vampir im Haus.* Sophie zwang sich zu einem Lächeln, zitterte jedoch innerlich vor Nervosität.

»Tolle Möbel«, sagte er sichtlich beeindruckt und fuhr mit der

Hand über das weiß lasierte Holz einer Kommode im Wohnzimmer.

»Die sind von einem Schreiner, den Maximilian … na ja also von einem Bekannten von uns.«

Sie senkte kurz den Blick.

»Wow«, bemerkte Niklas nicht ohne Unterton, als sein Blick auf die ausladende helle Wildledercouch fiel.

Sophie überlegte, ob es eine schlechte Idee gewesen war, ihn hereinzubitten. Ihre Wohnung strahlte noch ansatzweise den Luxus ihres früheren Lebens aus. Schließlich wollte sie ihre Möbel nicht wegwerfen, nur weil Maximilian sie gekauft hatte.

»Das ist alles noch aus unserer … meiner … alten Wohnung.«

Seine Augen wanderten zu ihrer offenen Küche, die sie sich neu gekauft hatte, weil die alte eine Maßanfertigung gewesen war, und blieben an der Schokoladentorte kleben, die auf der Küchenplatte stand. Zu dritt hatten sie gerade einmal ein Viertel davon geschafft. Sophie erinnerte sich daran, wie sehr er Schokolade liebte und wie genüsslich er die Torte im Flugzeug verschlungen hatte. Ihre Honeymoon-Torte.

»Willst du ein Stück?«

Er grinste ertappt.

»Das wär jetzt echt der Hammer.«

»Du Torte, ich Pizza?«

Zustimmend streckte er den Daumen nach oben. Ein paar Minuten später saßen sie zusammen auf ihrer Couch.

»Entspannt essen kann man hier aber nicht wirklich«, sagte er mit Blick auf das helle Leder und schob sich die Gabel in den Mund.

»Diese Couch hat Charlie überlebt, da wird sie deine Torte auch wegstecken.«

Sophie biss von einem Pizzastück ab, wobei sich eine Krabbe aus dem Käsemantel löste und auf ihre Jeans fiel.

»Die Frage ist: Wird sie deine Pizza überleben?«

Niklas machte ein ernstes Gesicht, und sie musste lachen.

»Was machst du, bis die Ausbildung an der Dolmetscherschule beginnt?«, fragte er sie, als er ein aufgeschlagenes Wörterbuch auf dem Couchtisch entdeckte.

»Ich arbeite in der Kanzlei eines guten Freundes.«

»Ich hätte nicht gedacht, dass du das wirklich durchziehst. Das freut mich für dich.«

Er schob sich ein Stück Torte in den Mund.

»Schätze, da hattest du deinen Anteil daran.«

Schweigen breitete sich zwischen ihnen aus.

»Die duschen ziemlich lange«, sagte er schließlich.

»Wenn sie überhaupt duschen.«

Sophie rollte mit den Augen und griff nach einem weiteren Stück Pizza.

»Ich mag die zwei irgendwie«, sagte Niklas. »Deine Schwester ist schon eine Nummer.«

Es überraschte Sophie nicht, dass Charlie ihm sympathisch war. Aber es war ungewohnt. Maximilian und Charlie hatten sich nie wirklich gut verstanden, was Sophie oftmals betrübt hatte. Wenn man zwei Menschen mehr als alles andere auf der Welt liebte, wollte man natürlich, dass sie sich auch liebten.

»Was macht ihr heute noch so?«

Sie zuckte mit den Schultern.

»Nichts. Wir waren ja gestern feiern.«

»Aber heute ist dein Geburtstag!«

»Ich steh nicht so auf Geburtstage.«

»Ich weiß. Weil du früher keinen Kindergeburtstag feiern durftest.«

Sophie sah ihn überrascht an.

»Das hast du mir erzählt. An dem Abend in den Reisplantagen. Dass deine Eltern keinen Lärm im Haus haben wollten.«

»Daran erinnerst du dich?«

»Klar. Ich habe jeden meiner Geburtstage mit mindestens zehn Freunden, Hotdog-Wettessen und Minigolf gefeiert. Wenn jemand das alles verpasst hat, brennt sich mir das für immer ins Gedächtnis.«

Er machte ein entsetztes Gesicht, und sie lachte.

»Schätze, ich habe ein waschechtes Geburtstagstrauma.«

In diesem Moment vibrierte sein Handy. Sophie hatte sofort Cleo vor Augen. Wahrscheinlich waren sie verabredet. Oder sie wollte ihn zu sich einladen. Oder sie wohnten längst zusammen, und sie sehnte sich nach ihm. Oder Sex. Sie sah aus wie jemand, der sich rund um die Uhr nach Sex sehnte.

Er stellte den leeren Teller auf den Couchtisch und meldete sich mit seinem Namen.

»Mist, das hab ich total verschwitzt«, sagte er und kniff die Augen zusammen.

Ganz klar Cleo. Er hatte sie versetzt, und jetzt war sie sauer.

»Ich komme sofort!«

Ein Hauch von Enttäuschung machte sich in ihr breit.

»Ja, ich weiß. Tut mir echt leid. Ich hab's einfach vergessen. Gib mir eine halbe Stunde.«

Sie beobachtete ihn beim Telefonieren, sah, wie er sich mit der Hand durchs Haar fuhr, die Nase rümpfte, wie sein Gesichtsausdruck zunehmend angespannter wurde.

»Gut, dann eine Viertelstunde.«

Seine Augen wanderten zu Sophie, die leicht ertappt wegsah.

»Ähm ... würde es dir was ausmachen, wenn ich jemanden mitbringe?«

Sie erstarrte. Meinte er sie? Wollte er sie mit zu Cleo nehmen? Oder war das nicht Cleo, und er wollte fragen, ob er Cleo mitbringen durfte? Überfordert biss sie in ihre lauwarme Pizza, die zu einem zähen Klumpen in ihrem Mund wurde.

»Bis gleich.«

Er ließ das Handy wieder in seine Jackentasche gleiten.

»Ich muss los.«

»Klar«, entgegnete sie bemüht lässig.

»Und du kommst mit!«

»Was?«, fragte sie perplex.

»Du kommst mit!«

Seine Stimme hatte etwas Entschiedenes.

»W-w-wohin?«, stammelte Sophie.

»Zur Traumabewältigung.«

Sophie

»Wo fahren wir denn überhaupt hin?«, fragte Sophie und blickte irritiert aus dem Fenster der S-Bahn. Lichterketten blinkten an den Hausfassaden, und die hell erleuchteten Schaufenster waren weihnachtlich geschmückt. Ein paar Schneeflocken fielen vom Himmel und blieben an der Scheibe kleben. Sophie fiel auf, dass sie in der Eile weder an Schal noch Mütze gedacht hatte. Obwohl es vollkommen untypisch für sie war, hatte sie sich blindlings ihre Jacke übergezogen und war Niklas gefolgt, und nun saßen sie nebeneinander in der S-Bahn, umringt von Menschen mit voll bepackten Einkaufstüten und Lebkuchenherzen um den Hals.

»Was machen wir hier?«, fragte sie erneut, doch Niklas grinste nur.

»Ich muss Charlie Bescheid geben«, murmelte Sophie, zog ihr Handy aus der Tasche und tippte eine kurze Nachricht an ihre Schwester.

»Wir müssen hier raus«, sagte Niklas an der nächsten Haltestelle.

Als sie ins Freie traten, peitschte Sophie ein eisiger Wind entgegen. Sie verkroch sich in ihrem Mantel und verfluchte sich einen Moment lang für ihr blindes Vertrauen. Das war doch sonst nicht ihre Art.

»Ist nicht weit«, bemerkte er mit Blick auf ihren dünnen Mantel.

Von der Haltestelle liefen sie noch etwa zehn Minuten, in denen sie kaum ein Wort miteinander wechselten, weil der Wind so heftig blies, dass sie die Köpfe gesenkt hielten.

»Hier ist es.«

»Was?«

Sie sah ihn mit großen Augen an.

»Das Märchenschloss«, flüsterte er geheimnisvoll.

Sophie runzelte die Stirn. Niklas lachte und drückte zeitgleich auf die Klingel neben dem Namensschild, auf dem »Stegner« stand.

»Niklas, wer ist das?«

Ihre Stimme hatte an Schärfe gewonnen.

»Wer ist da?«, quäkte eine Kinderstimme aus der Sprechanlage.

Es war ein Mädchen und der Stimme nach nicht älter als sieben oder acht Jahre.

»Hier ist Niklas ... ähm ... Prinz Niklas.«

Ein niedliches Kichern drang aus der Sprechanlage, gefolgt von Gekreische und Gelächter im Hintergrund.

»Bin ich da richtig bei Prinzessin Greta?«

»Ja«, kicherte sie.

»Erbitte Einlass in Euer Königreich, Hoheit.«

Der Türöffner ertönte, und Sophie folgte Niklas zögerlich ins Innere.

»Wo sind wir hier?«, flüsterte sie, weil es im Treppenhaus hallte.

»Wirst du gleich sehen.«

Über die Treppe gelangten sie in den ersten Stock, aus dem Musik und Stimmengewirr drangen. Jugendstil-Kacheln mit Ornamenten zierten die Wände, und es roch nach überbackenem Essen. Als sich eine weiß lackierte Holztür öffnete, wurden die Geräusche in Sekundenschnelle um ein Vielfaches lauter, und ein blondes Mädchen sprang auf Niklas zu. Sie trug ein rosafarbenes Kleid mit einem goldenen Krönchen im Haar.

»Na, da ist ja die Prinzessin«, sagte Niklas, hob das Mädchen hoch und wirbelte es durch die Luft. Die Kleine kicherte vergnügt, und Sophies Herz begann zu flattern. Eine weibliche Ausgabe von Niklas erschien im Türrahmen und schüttelte amüsiert den Kopf.

»Hallo, ich bin Pia«, sagte sie freundlich und reichte Sophie die Hand, während Niklas noch immer mit dem Mädchen herumtollte. »Die große Schwester von«, sie zog eine Grimasse, »diesem erwachsenen Kind da.«

»Sophie«, erwiderte sie verdutzt.

Die … keine Ahnung was von ihm, die … warum auch immer hier ist.

»Greta, das ist Sophie«, sagte Niklas schließlich. »Sie ist heute auch eine Geburtstagsprinzessin.«

Das kleine Mädchen grinste.

»Sophie, das ist mein Patenkind Greta. Verzeihung, Prinzessin Greta. Seit heute stolze sieben.«

»Acht«, rief sie mit kindlicher Empörung.

»Acht, hab ich doch gesagt.«

»Wie alt bist du?«, fragte Greta in Sophies Richtung.

»29.«

Die Kleine streckte die Hände von sich, um mit den Fingern zu zählen, gab es aber sogleich auf.

»Ja, da bräuchte man mehr Finger«, sagte Sophie schmunzelnd.

Niklas ging in die Hocke und zog Greta zu sich.

»Sophie hatte noch nie einen Prinzessinnengeburtstag«, flüsterte er. »Deswegen hab ich sie heute dabei. Vielleicht kannst du ihr zeigen, wie das funktioniert.«

Greta nickte freudig, und Sophie warf ihm einen fragenden Blick zu.

Sie traute ihren Augen nicht, als sie die Wohnung betrat und von sämtlichen Rosa- und Pinktönen dieser Welt überflutet wurde. Den Flur zierten Girlanden mit aufgedruckten Krönchen und ein plüschiger pinkfarbener Teppich, der ins Wohnzimmer führte. Dort saßen etwa zehn Mini-Prinzessinnen um einen Tisch herum, der mit rosafarbenen Papptellern und -bechern sowie passenden Servietten eingedeckt war. In der Mitte des Tisches entdeckte Sophie einen Teller mit Himbeercupcakes und eine Torte mit pinkfarbenem Zuckerguss. Die Mädchen kicherten und lachten vergnügt, als sie mit Niklas und Pia das Zimmer betrat und große Augen machte.

»Ja, das kommt heraus, wenn eine Siebenjährige ihren Papa bezirzt«, sagte Pia und zog die Augenbrauen hoch.

»Acht«, rief Greta und stemmte die Hände in die Hüften.

»Hat Oliver schon angerufen?«, erkundigte sich Niklas.

Pia nickte und wandte sich an Sophie.

»Gretas Vater ist Berufssoldat und noch bis Mai in Afghanistan. Er kann ihr keinen Wunsch abschlagen. Deswegen dieser Zirkus hier.«

»Onkeeeel Niiiiklaaas«, rief Greta aufgedreht und zeigte auf den leeren Platz neben sich. Dann rief sie nach Sophie, die überrascht war, dass sich die Kleine ihren Namen gemerkt hatte. Sie tat wie ihr befohlen und setzte sich auf den letzten freien Platz neben ein sommersprossiges Mädchen mit rotblonden Locken und einer goldenen Tiara im Haar.

»Ich bin Amelie«, sagte sie und entblößte eine Zahnlücke.

»Ich bin Sophie.«

»Du siehst aus wie Elsa«, sagt die Kleine und legte lächelnd den Kopf schief.

Sophie musste lachen.

»Das hab ich schon mal gehört.«

Sie suchte Niklas' Blick, doch er war zu sehr damit beschäftigt, ein Stück Kuchen auf seinen Teller zu wuchten. Kurz darauf hatte auch Sophie einen Cupcake und ein Glas Fanta vor sich – und dank Amelie eine Tiara im Haar. Niklas sah kurz zu ihr herüber und grinste amüsiert. Sie biss genüsslich in die Himbeercreme und ließ sich dabei von Amelie ausführlich berichten, worum es in ihrem Lieblingsfilm ging.

Greta, die inzwischen auf Niklas' Schoß saß, bat ihre Mutter um Musik, und es dauerte nur ein paar Minuten, bis sämtliche Disney-Soundtracks aus den Boxen schallten. Irgendwann schrie jemand »Mohrenkopfspiel«, und Pia brachte eine Packung mit großen Schokoladenschaumküssen ins Wohnzimmer.

»Wir müssen uns alle im Kreis aufstellen«, dirigierte Greta und deutete auf die Wohnzimmermitte. Die Mädchen zögerten nicht, sprangen von den Stühlen und stellten sich nebeneinander.

»Ihr müsst auch mitspielen«, rief Greta zu Sophie und Niklas, die am Tisch zurückgeblieben waren.

»Ich weiß gar nicht, wie das geht«, flüsterte Sophie.

»Einfach den Profis nachmachen«, flüsterte er zurück.

Sie ordneten sich nebeneinander in den Kreis aus Prinzessinnen ein und ließen sich von Greta das Spiel erklären. Bereits nach einem Satz ahnte Sophie, dass sie den ungünstigsten Platz in diesem Kreis gewählt hatte, weil es darum ging, einen Mohrenkopf mit dem Mund weiterzugeben – solange bis die Musik angehalten wurde. Warum nur hatte sie sich neben Niklas stellen müssen?

Pia drückte auf den Startknopf, und es ertönte ein Song aus »Arielle«. Greta nahm den Mohrenkopf in den Mund und gab ihn an Amelie weiter, die ihn wiederum an ihre Nachbarin übergab. Mit Unbehagen beobachtete Sophie, wie das Schokoladending immer näher kam, doch gerade als ihr ein schwarzhaariges Mädchen namens Melissa den Mund entgegenstrecken wollte – Sophie musste dafür in die Hocke gehen – hielt die Musik an. *Puh, Glück gehabt*. Melissa nicht. Sie war raus und weinte Krokodilstränen.

»Noch mal, noch mal«, riefen die Kleinen vergnügt.

Nein, nicht noch mal.

Das Spiel ging von vorne los, und es wurde immer schneller, was die Mädchen wie Cheerleader befeuerten.

»Schneller«, riefen sie. »Schneller.«

Schließlich hatte auch Sophie den Mohrenkopf im Mund – und Mühe, sich nicht zu verschlucken. Sie drehte sich nach rechts und blickte plötzlich in Niklas' grüne Augen, die sie mit einer Sanftheit ansahen, die alles in ihr zum Einstürzen brachte. Es war, als hätte jemand auf »Stopp« gedrückt, als gäbe es plötzlich nur noch sie und ihn. Ihre Glieder kribbelten, ihr Herz raste. Der laute Schrei ihres Namens katapultierte sie zurück ins Jetzt.

»Du musst weitermachen«, quäkten die Mädchen, als hätte sie das Spiel nicht verstanden. Hastig schob sie Niklas den Mohrenkopf zu, der sie verwirrt ansah. Sie wandte den Blick von ihm und drehte den Kopf in die andere Richtung. In diesem Moment stoppte die Musik.

»Onkel Niklas ist raus«, quietschte Greta vergnügt.

Aus dem Augenwinkel sah Sophie, wie Niklas einen Schritt nach hinten – raus dem Kreis – machte und sich auf die Couch setzte. Was war nur in sie gefahren? Sie hatte ihn angestarrt. Viel zu lange angestarrt. Und sich wie eine Kerze benommen, die zu flüssigem Wachs zerlief. Sophie hatte keine Zeit darüber nachzudenken. Sie spielte noch zwei Runden mit, bis das Ertönen von »Can you feel the love tonight« sie ausscheiden ließ. Als sie sich umsah, war Niklas weg. Sie fand ihn in der Küche, wo er neben seiner Schwester stand, die gerade Pizzabrötchen zubereitete. Er lehnte in einer lässigen Pose am Kühlschrank und sah überrascht auf, als sie hereinkam. Einmal mehr musste sie sich eingestehen, dass ihm diese Brille unglaublich gut stand. Sie betonte seine Augen, deren Blick dadurch noch eindringlicher wirkte.

»Bleibst du noch zum Essen? Greta hat sich Pizzabrötchen gewünscht«, sagte Pia und lächelte.

»Ähm … wir müssen leider …«, begann Niklas, doch Sophies

»Klar, gerne« unterbrach ihn. Seine Augen schnellten zu ihr, und sie glaubte, etwas wie Erstaunen darin zu erkennen.

»Kann ich was helfen?«

»Du bist die Erste in diesem Raum, die das fragt«, bemerkte Pia mit einem eindeutigen Blick zu ihrem Bruder, der entschuldigend die Hände vor die Brust hob.

»Mir tränen immer die Augen, wenn ich Zwiebeln schneiden muss.«

»Trotz deiner schicken Brille?«, zog Pia ihn grinsend auf.

»Die hat mir mein Augenarzt verordnet, wie oft denn noch?«

Ein breites Grinsen trat auf Sophies Gesicht.

»Ich bin fast fertig, ihr müsst nichts helfen«, beantwortete Pia schließlich Sophies Frage. »Ihr tut mir den größten Gefallen, wenn ihr meine Prinzessinnen da drüben im Auge behaltet.«

Während aus der Küche bereits der köstliche Duft frisch überbackener Pizzabrötchen strömte, saßen Sophie und Niklas auf der Couch im Wohnzimmer und sahen den Mädchen beim »Mumienspiel« zu, das im Wesentlichen daraus bestand, sich gegenseitig mit Klopapier einzuwickeln. Sophie war erleichtert, dass Greta diesmal keinen Wert auf ihre Teilnahme legte. Sie trank einen Schluck pappsüßes Fanta, als das Display seines Handys auf dem Couchtisch aufleuchtete. Cleo. Sophies Herz sackte in die Tiefgarage ihres Körpers. Vor lauter Rosa, Pink und Sahnetorte hatte sie vollkommen vergessen, dass eine andere Frau in diesem Moment neben ihm auf dem Sofa sitzen müsste. Seine Freundin. Ob sie wusste, dass Sophie mit ihm hier war? Ob sie eine von diesen super entspannten Frauen war, die nie Anlass zur Eifersucht sahen?

»Deine Freundin ruft an«, sagte Sophie schließlich, als er nicht reagierte.

Einen Moment lang sah er verwirrt aus, dann folgte er ihrem Zeigefinger.

»Ach so ...«

Schnell griff Niklas nach dem Handy.

»Hi«, sagte er gut gelaunt.

Sie *war* also eine dieser Frauen, die nie eifersüchtig waren.

»Sorry, heute nicht mehr. Ich bin auf Gretas Kindergeburtstag.«

Sophie beobachtete ihn von der Seite.

»O.k., vielleicht komme ich dann noch nach«, sagte Niklas ins Telefon und lachte kurz darauf über etwas. »Ciao«, verabschiedete er sich schließlich.

Ein »Hasi-Mausi-Lieb-dich-Drück-dich-Vermiss-dich-Paar« waren sie scheinbar nicht, dachte Sophie. Niklas legte das Handy zurück auf den Tisch und widmete seine Aufmerksamkeit wieder dem Klopapierspiel seiner Nichte.

Niklas

Vielleicht hätte er Sophie endlich sagen sollen, dass Cleo nicht seine Freundin war. Aber wie hätte er ihr erklären sollen, *was* sie war, ohne wie ein schwanzgesteuerter Macho dazustehen. »Wir schlafen nur ab und zu miteinander, ist nichts Ernstes«?, »Sie ist nur eine gute Freundin, mit der ich manchmal im Bett lande?« Sophie war definitiv nicht der Typ Frau, der solche Verhältnisse akzeptierte. Sie war die Sorte Frau, die das volle Programm wollte, die bedingungslose Liebe. Nicht, dass er das nicht auch wollte. Er war über die Jahre hinweg nur irgendwie abgestumpft, hatte eingesehen, dass es diese eine große Liebe womöglich nicht gab – dass man aber trotzdem Spaß haben konnte. Nach diesem Spaß war ihm heute nur nicht. Genauso wenig wie gestern. Seit er Sophie in der Galerie begegnet war, gab es nichts anderes in seinem Kopf als ihre Stimme, ihre Augen, ihre Lippen. Auch wenn ihm durchaus klar war, dass es keine Hoffnung mehr gab. Dass sie ihm nie verzeihen würde, was er ihr angetan hatte. Dieser eine Moment in diesem albernen Mohrenkopfspiel hatte ihn trotzdem für eine Sekunde lang hoffen lassen. Dieser Moment, in dem sie ihn auf eine Weise angesehen hatte, die sein Herz hatte Loopings fliegen lassen.

»Hatte Cleo heute keine Zeit?«

Die Beiläufigkeit, die dieser Frage anhaftete, störte ihn.

»Nein. Sie ... muss arbeiten.«

»Was macht sie?«

»Anzeigenabteilung«, antwortete er knapp, woraufhin sie nickte, was in seinen Augen ein neutrales »Aha« bedeutete. Er wollte nicht über Cleo reden.

»Sophie«, rief Greta plötzlich. »Kannst du uns auch so eins machen?«

Die Kleine fuhr sich seitlich durch die blonden Haare, und Sophie nickte lächelnd. Im Gegensatz zu ihm schien sie zu verstehen, was das Mädchen wollte. Er sah zu, wie Sophie sich im Schneidersitz auf den Boden setzte, was die Kinder dazu veranlasste, sich um sie zu scharen. Sophie setzte Greta direkt vor sich und begann, drei Haarsträhnen am Kopf entlangzuflechten, sodass ein seitlicher Zopf entstand. Es war faszinierend, wie geschickt sie die Finger bewegte und Strähne für Strähne miteinander verband. Er verstand nun auch, was Greta gemeint hatte, denn auch Sophie trug das Haar seitlich geflochten. War ihm das wirklich nicht aufgefallen?

Die Mädchen machten große Augen, als Sophie ihr Werk vollendet hatte, und stimmten in einen »Ich auch, ich auch, ich auch«-Chor ein. Sie gab sich geduldig und nahm sich den nächsten Prinzessinnenkopf vor, und er beobachtete sie von der Couch aus und dachte für einen klitzekleinen Moment, dass er auch gerne ein achtjähriges Mädchen wäre.

Sophie

»Schön, dass ihr da wart. Ich hoffe, wir sehen uns bald mal wieder«, sagte Pia, nachdem sie Sophie und Niklas zur Tür gebracht hatte. Sie wusste nicht recht, was sie darauf antworten sollte. Immerhin war sie heute nur hergekommen, weil Niklas ihr einen echten Kindergeburtstag zeigen wollte. Sie war Cinderella, und nun schlug die Turmuhr 12. Die Kutsche wurde wieder zum Kürbis – oder zur S-Bahn.

»Ja, das wäre schön. Vielen Dank für alles. Es war wirklich ein toller Geburtstag.«

Für Greta – und für mich, fügte sie in Gedanken hinzu.

»Wann sehen wir dich wieder?«, fragte Pia an ihren Bruder gewandt.

»Mittwoch, oder? Ich sollte Greta aus der Schule abholen.«

Pia nickte und drückte ihn kurz an sich, bevor sie sich endgültig verabschiedeten.

»Ihr steht euch nahe«, sagte Sophie, als sie nebeneinander zur S-Bahn-Haltestelle liefen. Es war bereits dunkel. Ein eisiger Wind zerrte an ihren Haaren, und Sophie schlang sich die Arme um die Brust.

»Es ist nicht leicht für sie. Oliver ist das halbe Jahr über auf irgendwelchen Auslandseinsätzen, die nicht gerade ungefährlich sind. Sie ist quasi alleinerziehend in dieser Zeit.«

Da sie in die gleiche Richtung mussten, stiegen sie in dieselbe S-Bahn. Sophie ließ sich in den Sitz fallen und stellte fest, dass sie der Kindergeburtstag müde gemacht hatte. Zu Hause würde sie sich eine heiße Dusche gönnen, in ihre bequemste Jogginghose schlüpfen und Charlie und Mia von ihrer Couch schmeißen, um es sich selbst dort gemütlich zu machen. Vielleicht sahen sie sich zusammen einen Film an und futterten Unmengen von Chips und Schokolade dabei. Und ob sie wollte oder nicht würden ihre Gedanken wohl pausenlos um den Mann kreisen, der gerade neben ihr saß und einer anderen schrieb. Ob Cleo auf ihn wartete? Ob sie zusammen in irgendeine Bar gingen? In ein Restaurant? Auf eine Party? Zu ihr nach Hause? Zu ihm? Vor ihrem inneren Auge flimmerten Bilder, die sie nicht sehen wollte, und plötzlich hatte Sophie das Gefühl, ihr Herz würde Eifersucht statt Blut durch ihren Körper pumpen.

»Wir müssen aussteigen«, riss Niklas sie aus ihren Gedanken.

Sie zuckte leicht zusammen und nickte. Die S-Bahn kam zum Stehen, Menschen strömten hinein, andere hinaus. Der Duft von gebrannten Mandeln und Glühwein lag in der Luft.

»Ich muss in diese Richtung«, sagte Sophie.

»Ich in … die andere.«

Unschlüssig sahen sie sich an und ließen die Sekunden verstreichen. Die Luft war eisig, und der Wind zerrte an ihren Haaren. Es war zu kalt, um sich wortlos gegenüberzustehen. *Mamihlapinatapai*, dachte Sophie und lächelte bitter in sich hinein. Ein Wort, über das sie kürzlich in einem Buch gestolpert war. Es existierte nur in einer einzigen Sprache, der Sprache des Stammes der Yamana, und beschrieb den Moment, in dem sich zwei Menschen gegenüberstanden und darauf hofften, der jeweils andere würde den Anfang machen.

»Ganz schön kalt«, sagte Niklas nach einer gefühlten Ewigkeit und rieb sich die Hände.

Wenn man in der Small-Talk-Kiste wühlte, fand man am Ende scheinbar immer das Wetter, dachte Sophie und brachte nicht mehr zustande als ein gehauchtes »ja«.

»Danke für den schönen Nachmittag«, sagte sie schließlich.

Er lächelte und trat von einem Bein aufs andere.

»Ich … geh dann mal.«

»Ja«, murmelte er. »Sag deiner Schwester und Mia liebe Grüße.«

Sophie nickte und hob lächelnd die Hand, bevor sie sich umdrehte und langsamen Schrittes davonging. Sie rang mit sich, mit all den Emotionen, die sie überfielen, mit der Unzufriedenheit über dieses Ende, das sich so falsch anfühlte.

»Sophie?«

Als sie seine Stimme hörte, drehte sie sich eine Spur zu hastig um und blickte ihm erwartungsvoll in die Augen. Er sah sie nur an, machte einen Schritt auf sie zu, brachte ihr Herz zum Rasen, hielt an.

»Cleo …«

Sophie sah ihn abwartend an, und er holte Luft, als müsse er Mut einatmen.

»Sie ist nicht meine Freundin.«

Niklas

Jetzt war es raus. Und es war überhaupt nicht schwer gewesen. Ein lächerlicher Satz aus fünf Wörtern, keine ungeheuerliche Offenbarung. Eine Welle der Erleichterung durchströmte ihn. Nur Sophies unergründliches Schweigen verpasste seinem Hochgefühl einen Dämpfer. Wie ein Stein von Stonehenge stand sie vor ihm und furchte die Stirn. Niklas hatte keinen Tusch erwartet, kein Feuerwerk oder Applaus, keine Gefühlsexplosion, aber er hatte *irgendetwas* erwartet. Etwas anderes als ... nichts.

»O.k.«, kam es nach sekundenlangem Schweigen aus ihrem Mund. Langsam. Nüchtern.

Er schluckte.

»O.k.?«

Es war ihm egal, ob sie hörte, wie frustriert er war, ob sich sein verletztes Ego in seinen Augen spiegelte. Sollte sie es doch sehen!

»Was soll ich sonst sagen?«, murmelte sie und senkte den Blick.

Niklas seufzte ungläubig.

»Äh ... vielleicht: ›Wie meinst du das?‹ Oder: ›Was soll das heißen?‹ Oder: ›Warum wart ihr dann zusammen auf der Vernissage?‹ Irgendwas anderes als ›o.k.‹?«

Ohne es zu wollen, war er laut geworden – und wütend. Ein paar Passanten streiften ihn mit neugierigen Blicken, aber es war ihm gleichgültig. Wieder standen sie sich schweigend gegenüber. Ihr Gesicht war eine einzige Maske. War ihr das hier wirklich so egal? Interessierte es sie nicht ansatzweise, ob Cleo nun seine Freundin war oder nicht? Hatte er ihr Verhalten so falsch interpretiert? Ihm blieben nur Sekunden, um zu entscheiden, wie erwachsen er auf diese Abfuhr reagieren wollte.

»O.k. – um es in deinen Worten zu sagen. Dann noch einen schönen Abend«, presste er hervor, drehte sich um und ließ sie stehen. Er wusste, dass er sich wie ein Kleinkind verhielt, aber er kochte vor Wut. Wut auf Sophie, auf sich selbst, auf diese ganze bescheuerte Situation, die ihn wie einen Volltrottel dastehen ließ. *Was soll ich sonst sagen?*

Als er endlich seine Wohnung erreicht hatte, knallte er die Tür laut hinter sich zu, marschierte schnurstracks in die Küche und nahm sich eine Flasche Bier aus dem Kühlschrank. Er ahnte, in welche Richtung dieser Abend gehen würde, dass er sich seine Wunden mit Hochprozentigem lecken würde, nachdem Madame den XXL-Salzstreuer ausgepackt hatte. *Was soll ich sonst sagen?*

Als er die Flasche ansetzte, klingelte es an der Tür. Genervt schloss er die Augen. Er wollte nur noch seine Ruhe haben, zu schnell eine Flasche Bier trinken, zu schnell eine zweite, die Musik aufdrehen und die Welt verfluchen, irgendwann nachts auf dem Sofa aufwachen und das Ende eines drittklassigen Western sehen, den er in- und auswendig kannte. Wieder klingelte es. Mit finsterer Miene lief er zur Tür und riss sie eine Spur zu energisch auf. Seine Brauen hoben sich, als er Sophie erblickte, die einen Schritt zurück machte.

»Woher weißt du, wo ich wohne?«, platzte es ungewollt forsch aus seinem Mund.

»Ich ... bin dir gefolgt«, erwiderte sie zögerlich und musterte die Bierflasche in seiner Hand.

»Du hättest was sagen können.«

»Ja«, murmelte sie und betrachtete ihn unschlüssig. »Aber ... ich wusste nicht, was.«

Er stellte die Flasche auf der Kommode ab und verschränkte die Arme vor der Brust.

»Und ... jetzt weißt du es?«

In ihren blauen Augen flackerte es. Er bemerkte die Unsicherheit in ihrem Gesicht, und sein Groll war plötzlich wie weggewischt. Je länger er sie ansah, umso überwältigender wurde das Bedürfnis, sie in den Arm zu nehmen.

»Warum hast du mir das erzählt? Das ... mit dir und ... Cleo?«

Niklas seufzte.

»Warum ich dir das erzählt habe? Ist das dein Ernst?«

Ihr Schweigen brachte ihn fast um den Verstand.

»Meine Fresse, Sophie«, brach es wütend aus ihm heraus. »Du machst mich wirklich noch wahnsinnig. Ich weiß, dass ich Scheiße gebaut habe, und ich bereue es jeden verdammten Tag. Wenn ich es irgendwie rückgängig machen könnte, dass ich diese beschissenen Bilder veröffentlicht habe – dass ich sie überhaupt gemacht habe –, dann, glaub mir, würde ich es auf der Stelle machen. Aber ich bin langsam ratlos, was ich noch tun muss, damit du endlich kapierst, dass ich bis über beide Ohren in dich verliebt bin. Dass ich ... dich liebe.«

Sein Gehirn verstand erst mit zehnsekündiger Verzögerung, was sein Mund da gerade von sich gegeben hatte, und er schloss gequält die Augen. In diesem Moment rechnete er mit allem. Dass sie ihn stehen lassen, sich umdrehen und gehen würde. Dass sie ihn auslachen oder beschimpfen würde. Nur nicht damit, dass sie einen Schritt auf ihn zugehen, die Arme um seinen Nacken legen und ihn küssen würde. Sanft und zärtlich. Einen Augenblick lang war er überwältigt von der Berührung ihrer Lippen, dem Geschmack ihres Mundes, dem Duft ihrer Haare. Dann übernahm die Sehnsucht, die sich in ihm aufgestaut hatte, die Führung. Er schlang die Arme um sie und vertiefte den Kuss, zog sie so fest an sich, dass es fast schmerzte. Ein zufriedenes Seufzen drang aus ihrem Mund, und er fasste hinter sie und ließ die Tür ins Schloss fallen.

Sophie

Er hatte ihre Welt ein weiteres Mal aus den Angeln gehoben. Mit einem läppischen Satz. *Sie ist nicht meine Freundin*. Fünf Wörter, die alles veränderten. Fünf Wörter, die Hoffnung und Glück durch Sophies Adern rinnen ließen. Fünf Wörter, deren Bedeutung zu spät zu ihr durchgedrungen war. Warum war ihr nichts Besseres eingefallen als dieses unbeholfene »O.k.«? Warum hatte sie den Moment verpasst, ihm zu sagen, wie sie wirklich fühlte? Dass sie ihm verziehen hatte, ihn in ihrem Leben haben wollte, ihn … liebte. Und warum verpasste sie ihn jetzt, da sie ineinander verschlungen in sein Schlafzimmer taumelten, schon wieder? *Dass ich bis über beide Ohren in dich verliebt bin. Dass ich … dich liebe.* Fast verzweifelt waren diese Worte aus seinem Mund gekommen.

»Hey.«

Der sanfte Klang seiner Stimme holte sie zurück ins Jetzt. Zu ihm. Zärtlich strich er mit dem Daumen über ihre Wange und zwang sie, ihm in die Augen zu sehen. Diese grünen Augen, die ihr schon im Flugzeug aufgefallen waren. Sie standen mitten in seinem Schlafzimmer, ein Raum, den sie sich aus irgendwelchen Gründen unordentlicher und zusammengewürfelter vorgestellt hatte. Vielleicht weil er seine Wohnung immer als schäbige Studentenbude beschrieben hatte. Aber das Zimmer war gemütlich eingerichtet, mit hellen Wänden und Möbeln aus dunkel gebeiztem Holz. Ein breites, niedriges Bett nahm nahezu den halben Raum ein.

»Wir müssen nicht …«, begann Niklas, als er ihren Blick auffing. »Ich meine …«

Die Zärtlichkeit in seinen Worten berührte sie.

»Das ist es nicht«, flüsterte sie.

Fragend sah er sie an.

»Das, was du da eben gesagt hast … dass du mich liebst … das hat vorher … nur ein Mann zu mir gesagt.«

Ein Schatten huschte über sein Gesicht.

»Und auch ich habe es nur zu einem Mann gesagt«, fuhr sie fort. »Ich hätte nie gedacht, dass ich jemals wieder so viel für einen anderen Menschen empfinden würde, aber dann kamst du, und seit ich dich kenne, gibt es kein *nie* mehr. Du hast mich daran erinnert, wer ich bin, als ich es nicht mehr wusste. Und du hast mir gezeigt, wer ich sein kann.«

Sie lächelte und konnte nicht mehr verhindern, dass sich ihre Augen mit Tränen füllten.

»Hey«, flüsterte er sanft und strich ihr eine Träne aus dem Gesicht.

»Ich weiß, es wird nicht leicht, all das hinter uns zu lassen. Und ... Maximilian wird immer ein Teil von mir sein, aber ...«

Sein hoffnungsvoller Blick gab ihr die Kraft weiterzusprechen.

»Aber ... ich liebe dich. Ich liebe dich, Niklas. Und ich will mit dir zusammen sein.«

Seine Augen begannen zu strahlen. Er zog sie an sich und küsste sie.

Sophie

»Was überlegst du?«, flüsterte er an ihr Ohr und strich ihr eine blonde Strähne aus dem Gesicht. Sie lagen sich in den Armen, nackt und aufgeheizt von all den Küssen und Berührungen. Sophie blickte in seine grünen Augen.

»Wie ich das hier allen Leuten erkläre, die ich gebeten habe, Voodoo-Puppen von dir anzufertigen.«

Sie grinste, und er kitzelte sie mit gespielter Empörung, bis sie quietschend unter ihm lag.

»Was ist das mit dir und Cleo?«

Verwundert sah er sie an.

»Ich dachte, das interessiert dich nicht.«

Sie boxte ihn sanft in die Seite.

»Also?«

»Cleo und ich sind Freunde«, begann er. »... die manchmal auch mehr sind ... als gute Freunde.«

Sophie schluckte und spürte Eifersucht in sich aufsteigen. Sie richtete sich im Bett auf. Die karierte Decke rutschte ihr über die Schulter. Sie spürte seinen Blick auf ihrem Oberkörper und genoss das Kribbeln, das sich auf ihre Haut legte.

»Wart ihr mal zusammen?«

Niklas drehte sich zur Seite und stützte den Kopf auf die Hand.

»Nein. Es gab Zeiten, da habe ich darüber nachgedacht. Aber zwischen Cleo und mir war es nie so wie zwischen uns.«

»Wie ist es zwischen uns?«

»Na ... magisch.«

Er grinste sie an.

»Sieht Cleo das auch so, oder muss ich mich auf Revierkämpfe einstellen?«

Schmunzelnd schüttelte er den Kopf, und Sophie genoss die Erleichterung, die sie überkam. Sie beugte sich zu ihm und drückte ihm einen sanften Kuss auf die Stirn. Sachte drückte er ihren Körper auf die Matratze und schob sich über sie, sodass sie sich direkt in die Augen sehen konnten. Sein Herz schlug wild gegen ihre Brust.

»Ich liebe dich«, flüsterte er.

Ein Lächeln huschte über ihr Gesicht.

»Ich liebe dich auch.«

Dann formte er mit den Händen eine Kamera, kniff das rechte Auge zusammen und machte ein Klick-Geräusch.

»Was war das denn?«

Einen Augenblick lang sah er sie an.

»Ein Foto für die Ewigkeit.«

Danksagung

Wenn man ein Buch schreibt, geht man immer auf eine kleine Reise. Dass man weiß, wo sie hingehen soll, heißt nicht unbedingt, dass man den Weg kennt. Aber das macht nichts, weil man unterwegs nie allein ist. Deswegen möchte ich allen danken, die mich begleitet haben.

Tausend Dank an meinen Mann. Du bist der beste Travelbuddy, den man sich wünschen kann, und immer dazu bereit, mit mir auf Vulkane zu steigen – obwohl ich dich regelmäßig mit abstrusen Geografie-Fragen in den Wahnsinn treibe (»Wo wäre Kolumbus gelandet, wenn er sich gleich am Anfang verfahren hätte?«).

Danke an Laura, Nina und Lucas. Ich bin nichts lieber als eure große Schwester. Sollten mal schlechte Tage kommen, weiß ich, dass ihr meine Charlie seid. Und danke an meine Eltern für Wurzeln und Flügel. Und dafür, dass ihr großzügig darüber hinweggesehen habt, wenn ich als Kind mehr Bücher als Klamotten in den Urlaubskoffer gepackt habe.

Ganz lieben Dank an meine Lektorinnen Nina Wegscheider und Ingola Lammers sowie meine Agentin Regina Seitz, denen sofort auffällt, wenn meine Figuren notorische Brauenheber sind oder ein chronisches Räusperleiden haben. Ich bin sehr froh, dass es euch gibt. Mein Dank gilt hier aber auch Lara Gross und Franziska Hoffmann, die das Projekt auf der letzten Etappe begleitet haben.

Und weil ich gerade so in Fahrt bin, möchte ich meinen lieben Kolleginnen Kyra Groh, Angela Kirchner und Mila Summers an dieser Stelle einmal sagen, wie froh ich bin, sie gefunden zu haben. Ohne den Austausch mit euch würde das Schreiben nur halb so viel Spaß machen. Das gilt übrigens auch für die wunderbare Anne Sanders und die ebenso wunderbare Kristina Moninger. Ihr seid super, Mädels!

Und natürlich danke ich euch, liebe Leserinnen und Leser. Ich bin überglücklich, dass ihr dieses Buch gekauft und mit Niklas und Sophie nach Bali gereist seid. Es ist ein wunderbarer Fleck Erde, der mir unvergessliche Momente geschenkt hat. Ich wünsche euch von Herzen, dass ihr viele solcher Orte für euch entdeckt!